公路文學的經典創始作

旅途上

On The Road

傑克・凱魯亞克 著
Jack Kerouac

梁永安 譯

OPEN 是一種人本的寬厚

OPEN 是一種自由的開闊

OPEN 是一種平等的容納

OPEN 經典重啓 重現閱讀新典範

FOREWORD

一九九七年十月對臺灣商務印書館而言，具有非凡的意義，因爲這一年是商務印書館成立一百週年；也是臺灣商務印書館成立五十週年。在回顧輝煌歷史之際，我們同時注視著未來，二十一世紀的大門近在咫尺，等待我們將其開啓。在那新舊世紀交替過度之際，臺灣商務印書館以「OPEN」爲系列名，精選「最前端的思想浪潮」、「學術文化的經典」、「小說」、「小說以外的文學」等四大主軸的經典著作，期許開闊新時代的視野，引領新生代閱讀知識精華，讓傳統與現代並翼而翔，啓發新世代的思潮。

「OPEN」系列一出版即受到讀者的特別關注，深獲各界讀者的好評。這些經典名著是歷史的縮影，讓我們能理解不同時期的價值觀，認知社會制度與文化變遷，讓我們能反思當今世界的政治、社會與科技發展的問題，並從中汲取智慧與靈感。此系列出版至今已近三十年，即使經歷時代遷移變化，這些經典著作探討的議題與內含的意義，總能展現超越時代的價值。

作爲臺灣現存歷史最久遠的出版社，傳承文化經典是「臺灣商務印書館」任重而道遠的使命。有鑑於此，我們從「OPEN」經典中再細挑精選超越時代、切合現代關注的議題，重磅出版「OPEN 精選」系列，以續新世代閱讀知識精華，建立新觀點之使命。

「OPEN 精選」系列不僅僅只是舊版的復刻，而是一場與歷史、文化和個人記憶的深刻對話。它不僅只是帶回 OPEN 系列經典作品，更是喚醒了人們對閱讀、知識與思想的珍惜與熱愛。這些世界經典名著不僅蘊含深刻的人生智慧，還能幫助人們在快速變遷的世界中建立更堅實的思想基礎。

我們期待閱讀「OPEN 精選」系列的讀者能有以下幾個面向的收穫：一、**拓展視野、提升文化素養**：經典名著來自不同時代、不同文化，能讓人們了解世界歷史、人類文明的發展，以及各地的思想與價值觀。二、**培養批判思考能力**：經典名著往往探討深度的議題、學術研究與發現，不會給出簡單的答案，但總能啓發讀者思考。三、**提供人生智慧與建立新價值觀**：

許多經典探討人生的意義、道德選擇與社會關懷，這些問題在現代社會依然重要，讓我們看到時代如何重塑新的價值觀。**四、對比現代世界，理解社會變遷：**許多經典預言了科技、政治與社會的變化。這些內容對於當今社會仍然具有借鑑意義。**五、在數位時代找到平衡：**在社交媒體與短影音盛行的時代，人們容易習慣快速、碎片化的資訊，閱讀經典名著則需要深入的思考，有助於培養專注力與耐心，提升對事物的深度理解能力。**六、理解人性與情感：**無論時代如何變遷，人性的本質不變。經典名著中的角色經歷人世、成長、失敗與奮鬥，能幫助人們更好地理解自己與他人。**七、提升語言與表達能力：**閱讀經典能夠幫助人們熟悉優美詞語的表現方式，提高寫作與口語表達能力。閱讀經典名著不只是對過去的回顧，更是幫助人們了解當代世界、培養思辨能力、提升表達能力，甚至幫助人們在人生路上找到方向。它們帶來的智慧與價值，能在人們的成長過程中發揮深遠的影響。

關於 OPEN 經典著作重啓出版「OPEN 精選」系列，我們期待能「**找回讀者閱讀的感動**」：有些書是時代的印記，曾經陪伴無數讀者成長，但隨著時間流逝，這些經典逐漸淡出視野。我們期待能重拾讀者求學時代的思想啓發，或是曾經感動過的故事。我們期待能「**讓經典在現代社會發聲**」：經典之所以爲經典，不只是因爲它們屹立不搖，更因爲它們的價值跨越時代。在資訊海量、閱讀碎片化的時代，世界經典名著重新問世，提供現代人一個機會去思考：「我們遺忘了什麼？」「這些文字如何影響我們今日的世界？」「哪些傳統值得保留？哪些需要與時俱進？」我們亦期待**「文化傳承與時代對話，讓經典不再遙遠」**：許多經典名著的原版可能已經難以取得，或因時代變遷而顯得晦澀難懂。臺灣商務印書館出版的「OPEN 精選」系列，將持續廣泛的增選經典名著；從新時代的視角重新導讀名著，並重新設計、編排舒適的版面，讓不同世代的人都能輕鬆進入經典的世界，不僅能汲取前人的智慧，也能將這些思考應用於當代生活。

「OPEN」精神是開放、多元、跨界融合。「OPEN」不僅代表重新開啓，也象徵著包容與多元。OPEN 是一種人本的寬厚；OPEN 是一種自由的開闊；OPEN 是一種平等的容納；我們期待「OPEN 精選」系列的重啓，能成爲面對未來與新世代的態度，開創一種新的文化閱讀運動。

臺灣商務印書館董事長　**王春申**

導讀
改變時間流動的速度

FOREWORD

音樂創作人 雷光夏

你是否曾見過某人，談起自己的驚人旅行經歷——絕非物質豐厚，只是一個隨身行囊、也許加上破爛交通工具，跋涉到近乎邊界的地方，跟當地人過過他們的生活幾天，再離開。

我印象中認識的有兩位。

一位是較我年輕許多的旅行者，他後來成爲了傑出的報導寫作者。很巧地，和他的相識也是在某次東部旅途中。

另一位是我的父親。父親描述的事件總是太驚人，讓我誤以爲是虛構的。（不過，後來證實都是眞實的！）

你是否曾想過：拋棄身邊監視著自己的社群，帶著幾本書上路。那樣的旅程，值得幾天、幾個月，值得幾萬公里、值得認識新的人、值得讓自己在暫時迷惑的片刻。

以自己所處之地爲中心點，以同心圓向外擴散的旅次——記得幼時跟父母去過通宵、頭份訪友。少女時期忽而去了東京、夏威夷、舊金山，之後跟隨紀錄拍片去北京、湘西、雲南、上海、福建，再後來，旅遊足跡擴散歐洲，也短暫到過南美洲、非洲。

還有與我的一群朋友，夏日去望安島小住，我們在午後溫暖的海裡游泳，晚上坐在借宿的老三合院門口，吃著零食嘻嘻哈哈聊天。

也許是因爲滿天的星星與友伴，讓那些平靜的夏天，有了非常華麗的感受。

接著，和許多人一樣，我的旅行忽然停止了。

·

不知道爲什麼，「On the Road」這幾個字一直在心上。

家裡的書架並沒有這本書——我當時甚至不知道它應該是一本書的名字。

而「Beat Generation」這個詞，在多年前聽朋友提過後，就再也沒忘掉。

旅途上

現在，才一併知道了他們所代表的事物。

究竟是何等世代力量與歷史殘影，讓一九五七年發表的這本書——描述一九四〇年代中葉，一位青年在美國大地的旅行，讓人如此好奇深探？

有幾位曾改變世界的「大旅行」者，皆出自中產階級家庭——（比如青年時代展開南美摩托車之旅的切．格瓦拉）《旅途上》作者傑克．凱魯亞克亦如此，他甚至是虔誠的天主教徒，有著英俊外表、良好家教與知識訓練。

當時二十來歲的凱魯亞克，搭巴士、搭便車、坐朋友的順風車，在那片廣漠美國大地上來回穿越奔馳。以第一人稱的「我」作爲敘事的觀點，名字不同（在書中他叫做索爾），但那確實就是他自己。

小說裡的每個角色，也都有眞實中在他身邊對應的人物——那些人物，套句他書中的主角形容初見加州的話：「狂野、汗流浹背、重要、是孤獨的人、流亡的人和古怪的情人……」，「每個人不知怎麼地看起來都像是破敗、英俊、頹廢的電影演員。」

從這些角色提煉出來的意義非凡——那便是他們自稱的：Beat Generation，垮掉的一代。角色們如天神般降落在他的生活四周，而他所要做的，就是找出某種文體，記錄他們、寫下他們眞實發表過的那些荒唐的、或神聖的意見，以及有時根本見不得人的惡行。

在一次訪談中凱魯亞克自己提到，《旅途上》這本書，僅花三週便寫完，但他卻花了七年的時間去旅行。

這個說法，令當時的某些評論者忿忿不平。如名作家卡波特（Truman Capote）就曾說：「那不算寫作，是打字。」

本書導言人，學者安．沙特爾（Ann Charters）也詳細記錄：「動筆於一九五一年四月初，至四月九日寫成三萬四千字，至四月二十日寫成八萬六千字。全書在四月二十七日寫竣，用來打字的長卷，加起來有三十六公尺長。」

多麼驚人。

事實上，這樣的寫作速度，我或可以試著理解：因爲，用我所更熟悉的音樂來比喻，最好的靈感，有時不是來自樂譜上的塗塗抹抹，而是當你的手放在樂器上的那一刻時，它帶領你去的那個聲響空間——場景和故事早已迅速建造好了，其實你只是負責將它演奏出來。外在時間如何流逝，並不重要。

．

音樂。

凱魯亞克花了許多篇幅描述音樂。

那是咆勃音樂初現在這世界上的一九四〇年代，擺脫了爵士大樂團已編寫好的合聲旋律，音樂家們開始增加音符的密度，把和弦行進複雜化，他們減少樂團人數，專注聆聽彼此，感受那些快速變換的臨時決定，與埋在即興中的默契。

演奏中的樂手，正在說著獨一無二、動人的情感語言。

「砰！踏！鼓手用兩根鼓棍幾乎把鼓打到了地窖去，與此同時，又把鼓聲打上了天花板，格噠格噠，砰砰！一個大胖子跳到了臺上，讓舞台沉了一沉，吱嘎作響。每當薩克斯風手停下來喘氣，爲下一輪的獨奏作準備時，鋼琴手就會把十指張成鷹翅，猛敲在琴鍵上，讓整部鋼琴的每根木頭、每根金屬，都爲之顫抖起來。接著，薩克斯風手跳到臺下，站在人群中間，向四方八面吹奏起來。他的帽子歪了下來，遮住了眼睛，有人從後面幫他把帽子扶好。」他這麼寫。樂手們的身體姿態與眼神氣質，正是音樂的一部分。聽過現場音樂的人，一定都會這麼想。

凱魯亞克與他的那群朋友們，深愛著當時剛被發明出來的咆勃爵士這嶄新樂種，他們常在——一個夜晚，一間間換酒吧，只爲跟隨他們喜歡的（但不知道名字的）薩克斯風手。

我後來查看過一些影像片段，原來，凱魯亞克會跟隨咆勃爵士音樂錄製朗誦自己的詩作——我發現，眞的沒有任何其他樂種，更適合當作朗誦他自己的文字的背景了。

那麼，也許我們可以這樣理解——他那任性瘋狂的大旅行，那快速流暢、驚人的書寫……全都是以這類自由、天才、又激情的音樂爲底色，才開始進行的吧。

·

固然決定全以身邊人物爲創作的主題，但這書寫與紀錄的文體其實不好鍊成——在那瘋狂寫作三週之前的數年之間，他已寫下不少相關的故事，而在那之後多年，他仍然試著就類似主題但不同視角改寫，他說，自己最終想追求的是一種不羈的形式（wild form）。

爲何形式如此重要？

研究者說，凱魯亞克來自移民家庭——父母是加拿大魁北克的法裔移民，因此他的第一母語並非英語，而是一種法語的方言。終其一生，他便帶著那種局外人（outsider）的心情與敘事觀點。也許因此，更能與衆不同地、選擇非母語敘事的獨特樣態。

我記憶所及，日本作家村上春樹似乎也用非母語的第二語言——英語，完成他的第一本小說《聽風的歌》。而我的作家父親雷驤那代的寫作者，有些人也模仿日文或俄文翻譯小說的特殊文法，作爲有別於當時漢語風味的寫作文體。

·

「On the Road」的精神，還存留在哪裡？那毫不在乎世俗的氣息，那總在追尋著什麼的漫長旅途。

這回，在一部馬丁．史柯西斯（Martin Scorsese）拍攝七〇年代巴布狄倫（Bob Dylan）的影片中，我偶然看到年輕的狄倫與「垮掉的一代」代表人物、同時也是小說裡原形人物之一的艾倫．金斯堡，兩人一同步行到凱魯亞克的墳前，在陽光青草地上，他們坐在那兒唸了一首詩。

另一幕中，狄倫與（前戀人、戰友）瓊．拜茲（Joan Baez）聊天，瓊讚賞狄倫寫作歌詞的速度一頁接一頁，狄倫說：我才沒有——那是凱魯亞克才做得到。

年老後，似乎仍對誰都保持一點距離感的狄倫，很認真地對鏡頭說：「*On the Road* 這本書影響我太大了，我認爲凱魯亞克說的那條路，其實是指人生。」

·

關於「垮掉的一代」——Beat Generation，究竟是什麼？看到這本書的最後，也許你會和我一樣發現，凱魯亞克已在文中埋下他自己的定義：「Beat」的另一面是「臻於至福者」（Beatfic）的字根，字典上解釋，它竟然是帶著宗教性、是蒙福、聖潔又平靜的那種喜悅。

在寬廣的大地上，凱魯亞克描述隨著旅程展開：清晨金燦的巨雲、星星明亮而寂寞、即將升起的巨大的紅光，即將照耀西部那片褐色、蕭瑟的土地，再加上那些身在其中、奔來跑去的邊緣人角色摯友們……

這正是他心中美國風景的原型。他的美國夢。

看來是人渣的朋友們，其實擁有最純粹的靈魂，他們已在凱魯亞克筆下、在他心中的這片大地上封聖。

儘管世間其他人不以爲然。

・

物質拮据的旅行者出發時，通常年少，不擔心風吹雨打，更不介意下一餐吃什麼。路上的困難，他們可以靠蠻力解決，或以小動物般的機警逃離。

他們出發時，厭倦了原本所處的一切——他們知道，在移動中，他們才有力量改變時間流動的速度，足以讓世界與自己的形狀逐漸清晰。

有些人回來，成了作家。（就像先前提過，我見過的那兩位。）

當然還有這本書的作者凱魯亞克。

也許，讀者您也是。

Bon Voyage.

目錄

序言
INTRODUCTION

安・沙特爾（Ann Charters）

一九五七年十一月四日午夜前不久，傑克・凱魯亞克（Jack Kerouac）和同居女友喬伊絲步出她位於紐約市上西區的公寓，走到第六十六街與百老匯街交界的一個報亭，等待送報車把《紐約時報》送來。出版商告訴過他，第二天的《紐約時報》會有他小說《旅途上》的書評。報紙送來後，他們站在街燈下，翻開「時報書評」版。爲《旅途上》寫書評的人是吉爾伯特・米爾斯坦恩（Gilbert Millstein），他這樣說：

《旅途上》是傑克・凱魯亞克的第二本小說，在任何以追逐潮流為務，注意力碎散和感受力紊亂的年代，有像這樣一部真誠的藝術品出版，都會是大事一件。……這部小說，不但寫得漂亮，也是一個世代的年輕人——凱魯亞克幾年前名之為「垮掉的一代」——最清晰和最重要的宣言。

在二〇年代的小說中，沒有一部比《太陽照樣升起》[1]更有資格被視爲「失落的一代」[2]的《聖經》，同樣地，《旅途上》也勢將成爲「垮掉的一代」的《聖經》。

凱魯亞克和喬伊絲把報紙帶到附近一家酒吧的廂座中，在昏黃的燈光中把書評看了一遍又一遍。在回憶錄《小角色》（*Minor Characters*）裡，喬伊絲回顧了當時的情形：「傑克不斷搖頭，彷彿是搞不懂爲什麼他並沒有因此而變得更快樂。」最後，他們回公寓去睡覺。「這是傑克生平最後一次以無名小卒的身分就寢。第二天早上，電話把他挖了起來，他成名了。」

只不過，第二天早上打電話來的記者，關心的都只是「垮掉」一詞究係何解，而非小說本身；終其一生，凱魯亞克被記者問到的，都是這個問題。大家對「垮掉的一代」這麼感興趣，還有一個原因。前些時，凱魯亞克的好朋友艾倫．金斯堡（Allen Ginsberg）才因爲出版詩集《嚎叫》（*Howl and Other Peoms*），而以淫穢罪被起訴，在舊金山引起廣泛注目與討論。法官最後的判決是，金斯堡的詩具有「救贖性的社會意義」。金斯堡把《嚎叫》提獻給幾個老朋友：卡爾．所羅門（Carl Solomon）、傑克．凱魯亞克、威廉．巴洛茲（William

Burroughs）和尼爾．卡薩迪（Neal Cassady）。〈嚎叫〉一詩以這樣的詩句起始（也是最常被報紙徵引的詩句）：「我目睹我這一代最優秀的心靈被飢餓的、歇斯底里的、赤裸裸的瘋狂所摧毀……」於是，「垮掉的一代」成爲了流行，而凱魯亞克則被認定是它的代言人。

人們認定，凱魯亞克寫作《旅途上》，目的是爲一個新的世代下定義。新聞記者沒興趣知道，凱魯亞克本人是誰，他寫《旅途上》花了多少時間，或他投身寫作的目的何在。據喬伊絲回憶，面對記者千篇一律的問題，凱魯亞克起初表現得出奇的有禮貌和有耐性。他對記者解釋，「垮掉」這個字，是他十年前從時代廣場上一個毒品掮客赫伯特．胡克（Herbert Huneke）口中聽來的，胡克用它來形容一種極度興奮過後的筋疲力竭感。不過，凱魯亞克又指出，在他的用法裡，「垮掉」（beat）一詞也和天主教的「臻於至福」（beatific）概念有關。（天主教形容那些可以在天國裡直接目睹上帝聖容的人爲臻於至福。）這種思路讓大部分採訪者都摸不著頭腦。他們想要的，是個一目瞭然的定義，而非一個跟宗教牽扯不清的解釋。

凱魯亞克告訴採訪者，他用了七年時間去旅行，但只用了三星期寫小說。沒想到這又成爲話柄。在一個電視訪談節目中，主持人史蒂夫．艾倫對以暢銷作家身分受訪的凱魯亞克詭稱，換成是他，會寧願用三星期來旅行，用七年寫小說。作家卡波特（Truman Capote）也不以爲然地表示：「那不是寫作，只是打字。」這些挖苦最終引起了凱魯亞克的抱怨：「美國作家是從什麼時候開始非要受形象販子和媒體怪獸騷擾不可的？」媒體的反應是那麼偏頗，以致要再等上一代，凱魯亞克嚴肅作家的身分才獲得肯定，他獨特的文體和有激發性的生活觀點也才受到正視。《旅途上》出版沒多久就登上美國經典小說的殿堂，但凱魯亞克獲得美國經典作家的地位，卻要晚上很多。

《旅途上》出版當年，凱魯亞克三十五歲。回顧起來，我們似乎可以把他的寫作事業區分為前後兩期：在前期，他為寫作和推動《旅途上》的出版而絞盡腦汁，但在後期，他所致力的，卻是讓人們忘掉他出過這本書。《旅途上》帶給凱魯亞克兩個苦惱，一是人們認定他是「垮掉的一代」的代言人，二是人們認定小說中那個令人目眩的角色——狄恩．莫里亞提——就是他本人的自畫像。雖然凱魯亞克再三重申，書中代表他的，不是狄恩．莫里亞提，而是那個跟在莫里亞提屁股後面四處跑的索爾．帕拉代斯，但媒體根本充耳不聞。

媒體無論是對「索爾．帕拉代斯」還是凱魯亞克本人都興趣缺缺。當凱魯亞克告訴記者，他來自一個法裔加拿大家庭時，他們就會擱下紙筆；當他告訴記者，他愛美國，因為美國對他雙親敞開大門時，他們就會左顧右盼；當他告訴記者，他不是一個「垮派」，而是一個「狂熱的天主教神祕主義者」時，他們都認為他開玩笑。在記者的心目中，這一切的分量，都還遠不能跟「狄恩．莫里亞提」這個精力過剩的角色或「垮掉的一代」的出現相比。不過，《旅途上》的意義畢竟不僅止於一則報紙頭條，而凱魯亞克的聲音在經過多年的呼喊後，也終於被聽到。

傑克．凱魯亞克，原名尚－路易．樂比利．德．凱魯亞克（Jean-Louis Lebris de Kerouac），一九二二年三月十二日生於麻省的羅威爾（Lowell）。雙親（李奧與加比莉拉）是來自加拿大魁北克農村地區的法裔移民，他們在新罕布什爾州認識、結婚，婚後不久移居羅威爾，住在一個法裔加拿大移民社區裡。若阿爾語（joual）是凱魯亞克的第一語言，終其一生，他與母親交談，用的都是這種法語方言。（他稱呼母親，用的就是若阿爾語的「阿母」[Mémêre]）。一直到六歲進入教會學校就讀以後，他才開始能說寫流利的英語。

一九三九年，凱魯亞克畢業於羅威爾高中。從高中起，他就是個運動健將，所以先後獲得了進入賀拉斯．曼預科學校和哥倫比亞大學就讀的獎學金。凱魯亞克在大一加入了哥大的足球隊，但第二年就因爲和教練口角而自動退學。正如他稍後所形容的，十九歲時候的他，「嚮往獨立自主嚮往得發瘋」。他認定自己是個「有想法」的人，沒有唸完大學的必要。他憧憬當「一名探險者、一個孤獨的旅人」，以便能成爲傑克．倫敦和湯瑪斯．伍爾夫（Thomas Wolfe）這些傳統的偉大美國小說家。

第二次世界大戰期間，凱魯亞克在商船上當水手，並開始撰寫第一部小說《大海是我兄弟》（*The Seais my Brother*），此書在一九四三年完稿。一九四四年夏天，他在哥大校園四周結識了一群朋友，自此成爲作家的決心益發堅決。他結交的這群朋友，構成了日後被稱爲「垮掉的一代」的核心人物，他們其中一些，就是《旅途上》中的人物原型。凱魯亞克透過伊蒂．派克（Edie Paker），認識了路斯恩．卡爾（Lucien Carr）和艾倫．金斯堡（他們當時都是大學部學生），以及威廉．巴洛茲（一個住在紐約的哈佛畢業生）。卡爾來自聖路易一個富有家庭，進入哥大以前，曾被好幾所學校開除過。金斯堡是紐澤西州一名高中老師兼詩人的兒子，當時十八歲，正在唸大一。巴洛茲是「巴洛茲辦公室機器公司」創辦人的孫子，靠父母的生活津貼過日子。他以吸食毒品作爲體驗生命的一種方法，經常與時報廣場的赫伯特．胡克和下西區的其他毒品掮客打交道。

路斯恩．卡爾回憶說，在一九四〇年代中葉，他和一群朋友都是「叛逆分子」，他們「試著以不同的方式看世界，賦世界予一些（新的）意義，試著去尋找一些（……）可以成立的價值觀。而文學被認定是可以達成上述所有目的的手段。」透過閱讀法國象徵派詩人的詩歌，讓卡爾想出創立一種「新視觀」（New Vision）來批判所有既有社會成規的主意。金斯堡的日記也透露出，凱魯亞克和一票朋友都相信，透過嗑藥，可以讓他們更快發現一種不一樣的生活方式，並因此而成爲大作家。「透過長時間、大幅度和縝密地弄亂所有的感官，詩人就可以蛻變爲預言家。他要經歷各種形狀的愛、苦難、瘋狂。他探索自我，把所有穿腸毒藥在體內燒盡，但保留其中的精華。」

不過，比卡爾和金斯堡大好幾歲的巴洛茲，卻對他們要建立一種新哲學的盲頭蒼蠅般努力表示懷疑。他以這群朋友的督導者自許，堅持大家都要讀一讀史賓格勒的《西方的沒落》，以平衡他們對法國詩人韓波（Arthur Rimbaud）的過分迷戀。凱魯亞克深爲這些紐約朋友「無與倫比的知性與風格」所傾倒。在小說《杜魯士的虛幻》（*Vanity of Duluoz*）中，他自承：「這一群都是人渣，都是最可惡的知識混球，是美國的狗屎，我尚未歷練、容易心動的年輕心靈，卻無法自拔地傾倒在他們腳前。」

凱魯亞克有如在朋友與家人之間走著一條鋼索。他把時間分成兩半，一半用在與朋友進行吸食各種毒品（安非他命、嗎啡、大麻、酒精）的「實驗」，另一半用在陪伴勞工階級的雙親，規規矩矩地過生活。終其一生，凱魯亞克都無法從這種分裂性的生活中抽身。一九四四年八月，凱魯亞克被捲進一件謀殺案。出於自衛，卡爾用童軍刀刺死了他們同夥中的一員（大衛．卡米爾），他要求凱魯亞克幫助他湮滅證據。東窗事發後，凱魯亞克以知情不報的罪名被逮捕，保釋金是一百美元，但他父親卻拒絕保釋有辱家聲的兒子。依蒂．派克（Edie Parker）答應爲凱魯亞克保釋，但條件是他要先與她結婚。凱魯亞克答應了，但這段婚姻只維持到他出獄後不久。之後，凱魯亞克出海當了一段日子海員，回來後繼續與紐約一幫朋友廝混。他的健康由於嗑藥太多而逐漸受損。有一次，他因為吸食安非他命過量，引發靜脈炎，被送入了急診室。

這期間，他父母遷到紐約市的皇后區。出院後，凱魯亞克留在家裡照顧罹患癌症的父親。一九四六年，他父親過世，哀痛之餘，凱魯亞克發願要寫一本「向每個人解釋一切的大小說」，以挽回自己在親族中的聲譽。他媽媽繼續在工廠工作，以維持他不事生產的寫作生活。凱魯亞克把小說命名為《城與鎮》(*The Town and the City*)，花了兩年時間完成。寫作期間他都有做筆記，記錄構思此書的過程；筆記本裡還包含著一些他自撰的讚美詩和禱告詞。凱魯亞克創作這些讚美詩和禱告詞，是為了強化一個信念：只要小說一出版，他的親族將會以他為榮。

就像凱魯亞克所寫的每本作品一樣，《城與鎮》也是一本自傳性質的小說。他稍後指出：「我利用我的男男女女朋友，還有我父母親，作為人物原型，創造了一個大家族：馬丁家族。」小說敘述了一九三五年至第二次世界大戰末期之間發生於馬丁家族的種種。書中，凱魯亞克透過馬丁家族兩個兄弟（彼得和法蘭西斯）人生體驗的對比，戲劇性地呈現了自己在家人和紐約一票朋友這兩股拉力之間所承受的煎熬。凱魯亞克在小說中並未能為彼得和法蘭西斯兩兄弟的分歧找到調解之道，這反映出他在現實中的無力調解自己內心衝突。

事與願違，《城與鎮》並沒有能讓凱魯亞克揚眉吐氣。全書在一九四八年脫稿，兩年後出版。書評的掌聲稀落，銷售狀況奇差，所以凱魯亞克只得繼續依賴母親的收入生活。也是在這個時期，凱魯亞克開始對伍爾夫的文風感到不滿。一直以來，伍爾夫《天使望鄉》（*Look homeward, Angel*）一書的風格與結構，都被凱魯亞克奉爲文學楷模。但現在，他開始感到伍爾夫所建立的文學成規有其不足之處。

這時期，還有另一件大事發生在凱魯亞克的身上，其重要性，不亞於他當初立志要當作家。一九四六年十二月，也就是他動筆寫《城與鎮》沒多久，透過朋友霍爾．蔡斯（Hal Chase）引介，他認識了來自丹佛的尼爾．卡薩迪。這個卡薩迪，就是日後《旅途上》的靈魂角色狄恩．莫里亞提之所本。卡薩迪帶著新婚妻子露安妮坐灰狗巴士來紐約，爲的是找當時正在哥大唸書的蔡斯。凱魯亞克早在蔡斯口中聽過卡薩迪其人，也讀過卡薩迪從科羅拉多少年感化院寫給蔡斯的一些信。這些信引起凱魯亞克對卡薩迪的莫大好奇。卡薩迪一九二六年出生於猶他州的鹽湖城，自小生活在丹佛，父親是個酒鬼，父子倆同住在一家廉價旅館中。少年時代，卡薩迪有好幾次因爲偷車兜風而被關進少年感化院。不過，在少年感化院圖書館讀過一些哈佛大學出版的經典名著以後，他產生了唸大學的念頭。

透過蔡斯認識金斯堡和凱魯亞克後，卡薩迪就拋棄到哥大唸書的模糊念頭，轉而決心要向他們兩人學習寫作，成為作家。他和凱魯亞克在哥大校園的首度會面，並沒有帶給雙方什麼深刻印象，但稍後的第二次碰面——在一戶冷水公寓裡碰的面——卻讓他們有機會深談，而友誼也從此開始了（《旅途上》的首章描述了這次碰面的經過）。

起初，凱魯亞克對卡薩迪的觀感是好壞參半。一方面，他覺得卡薩迪像西部片中的牛仔英雄吉恩．奧特里（Gene Autry），但另一方面，又覺得卡薩迪「像我小時候在羅威爾認識的某些法裔加拿大人一樣難纏」。卡薩迪回到丹佛以後，開始給凱魯亞克寫信，這些信帶給凱魯亞克莫大的衝擊，以致讓他下定決心，一寫完《城與鎮》的前半部，就出發到西部去旅行——那將是他生平頭一遭橫跨美國之旅。「滿懷著對芝加哥、丹佛和舊金山的種種遐想」，他展開了一趟以順風車作為交通工具的旅程，第一個目的地是到丹佛去找卡薩迪。這次旅行的經過，後來被寫入《旅途上》的「第一部」。

凱魯亞克最早的一次西行之旅（一九四七年七月），時間與《城與鎮》的寫作重疊。這次旅行帶給他的震撼極為巨大，讓他決定，一寫畢《城與鎮》，就立刻動手寫一部以這次旅途為藍本的小說。經過好幾次不成功的試筆，凱魯亞克發現，只要他一不模仿伍爾夫，就無法把自己的思想和感受轉化為小說。撰寫《旅途上》一書，是他平生最倍感挫折的經驗之一。

寫完《城與鎮》沒多久，凱魯亞克就動筆寫作《旅途上》最早一個版本。他自稱，他使用的，是一種「事實主義」（factualist）或自然主義的手法，而這種手法，是他從德萊塞（Theodore Dreiser）學來的——他是在新學院（New School）唸到德萊塞的小說的。開始時寫作進展得很順利，一則他寫於一九四八年十一月二十日的札記可以佐證：「從十一月九日下筆迄今，我已經寫出三萬兩千五百字……我喜愛這個數字（我一向都是個喜愛數字的人），因爲它具體地證明了，我寫這本書，要比寫《城與鎭》得心應手得多。」

然而，經過一個月的寫作以後，凱魯亞克遇上了瓶頸。他自己形容，當他坐在文稿前面的時候，有一種「空洞的甚至是犯了錯的」感覺。他採用的新風格無法傳達他所想傳達的那種「虔敬的瘋狂感受」，而這種感受，他曾經很成功地體現在《城與鎭》他自認爲最好的篇章中。一九四八年聖誕節剛過不久，卡薩迪突然降臨凱魯亞克姊姊位於北卡羅萊納州的家（當時他在姊姊家過節），這給了凱魯亞克一個把寫作拋開的口實。他坐上卡薩迪新買的「赫德森」汽車，聯袂西行——他們一道穿州過省、橫越美國，這還是第一次。

當凱魯亞克在一九四九年二月回到母親身邊之後，他發現，他幾星期以來在旅途上所體驗到的強烈情緒，根本是無法以「事實主義」的手法來傳達的，於是，他打消了用「事實主義」手法去寫一本叫《旅途上》的小說的念頭，轉而投入於創作「一本關於兒童與邪惡的小說。

一本雨夜的神話。」（好些年後，這部小說經過重寫，以《薩克斯醫生》（*Doctor Sax*）的書名出版。）這段期間，他繼續在新學院修讀有關美國小說的課程，並著手撰寫一篇有關伍爾夫的課業論文。爲了掙脫伍爾夫對他的影響和找出屬於自己的聲音，凱魯亞克對伍爾夫的語言變得極其挑剔。他認爲，伍爾夫的語言，並未能充分達到知性上的清晰和靈性上的震盪——一種他本人所嚮往的境界。借文評家布魯姆（Harold Bloom）的術語來說，這時期的凱魯亞克，正禁受著「影響的焦慮」（the anxiety of influence）。他殫思竭慮要擺脫景仰的前輩作家對他的影響。

完成有關伍爾夫的論文後，凱魯亞克又重拾起寫一本名爲《旅途上》的小說的雄心壯志。這一次，他把《旅途上》設想成一本跟塞萬提斯的《唐吉訶德》（*Don Quixote*）和班揚的《天路歷程》（*The Pilgrim's Progress*）相似的探求小說（quest novel）。他丟棄了前一版那個負責敘事的角色雷伊．史密斯，代之以一個名叫史密提的第一人稱敘述者。史密提的角色和《唐吉訶德》中的桑丘．潘沙③類似。桑丘．潘沙是唐吉訶德的陪襯，而史密提則是瑞德．穆爾特里（全書的靈魂人物）的陪襯。瑞德．穆爾特里是個二十來歲的青年，當過小聯盟的棒球手、爵士樂鼓手和海員，後來因爲在搶劫中充當共犯而坐了牢。根據凱魯亞克的構想，這個瑞德，就是因爲在獄中讀了《天路歷程》，受到啓發，才會有出獄後展開一段探求之旅的想法。他要探求的——借班揚的話來說——是一種「固存的、不會腐蝕、不會汙損和不會褪色的東西」。

凱魯亞克把他構思此書人物與情節時的想法記在一本筆記裡，不過，這本筆記最引人入勝的部分，卻是他有關「狂野爵士樂」的一些感想文字，例如：「別人怎樣說是他家的事……至於我嘛，則是早已被這野東西拉出了鞋子——好一杯純威士忌！別聽那些爵士樂評家和對咆勃④張口結舌的人鬼扯了——反正我就是愛我的威士忌，就是愛星期六晚的野，就是愛那次中音薩克斯風手瘋得像個瘋婆子，就是愛搖擺和發瘋。如果我非大醉不可的話，就讓我大醉吧，我喜歡被後巷音樂灌醉……」。

一九四九年四月，哈考特出版社同意出版《城與鎮》，條件是要他把一千一百頁的手稿大肆刪削。拿過出版社給的預付款後，凱魯亞克就擱下《旅途上》的筆記本，前往丹佛去了。同年六月，他重新提筆，用七百字描繪了主角瑞德出獄前（也就是上路前）最後一晚的情景。不過，之後他就又寫不下去了。他對已寫出的部分感到不滿意；它們缺少他評述爵士樂的文字那種鮮活與自然流淌。他乾脆丟下小說，跑到舊金山去找卡薩迪。這一趟旅程，後來被寫成《旅途上》的「第三部」。

一九五〇年三月，《城與鎮》出版。五月，凱魯亞克搬到丹佛，想藉助環境的轉換，突破寫作的瓶頸。不過，他還沒有寫出多少字，卡薩迪就一陣風似地到了丹佛，把他帶到墨西哥去。這趟墨西哥之旅，是《旅途上》「第四部」之所本。在墨西哥市的時候，由於嗑藥嗑得太兇，凱魯亞克大病了一場。回到紐約後，他坐在母親位於歐松公園（Ozone Park）的新公寓的廚房裡，下定決心要把《旅途上》完完全全重寫一遍。這一次，扮演敘事者角色的，變成是個十歲的黑人小孩。寫完後，他就把小說擱在一邊，並稱之爲《旅途上》的「第三版本」。這部小說，要等到凱魯亞克身後，才以《圖片》（*Pic*）之名被出版。

一九五〇年十一月，由於厭倦了東飄西蕩的生活，凱魯亞克結了第二次婚。他的新太太名叫瓊．哈弗蒂（Joan Haverty），是他前不久才在紐約認識的女孩。起初，小倆口與阿母同住在昆士，後來則搬到曼哈頓，經營自己的愛巢。這期間，凱魯亞克在一家電影公司當了幾星期的劇情綱要撰稿人，以賺錢支付《城與鎭》預付款的入息稅（這預付款他早花光光）。雖然幾年來他寫作《旅途上》的計畫一直不順遂，但他卻始終不願放棄。他告訴《城與鎭》的英國出版商，他構思中的這本新小說，是一部史詩級的作品，「它講述的是美國拓荒本能的復甦和這種復甦在這一代美國人身上的體現。書的名字，我暫定爲《旅途上》。」

凱魯亞克和他紐約一票朋友的聯繫始終沒斷過。金斯堡和霍姆斯仍然住在紐約，但巴洛茲卻已結了婚，離開紐約，先後遷居紐奧良、德州和墨西哥市——因爲這些地方毒品的取得要更容易。巴洛茲不時會寄些零碎的手稿給金斯堡過目，因爲這時的金斯堡，已經成爲一位文學經紀人（這之前，金斯堡曾被強制住院幾個月，接受精神狀態觀察）。巴洛茲這些手稿後來彙集成書，以《毒蟲》（*Junky*）及《酷兒》（*Queer*）之名發表。

巴洛茲作品中那種忠實的第一人稱敘事方式讓凱魯亞克深深動容，不過，最讓他震撼的，還是卡薩迪寫給他和金斯堡那些狂放不羈的信函。一九五〇年十二月，卡薩迪寄給了一封長信給凱魯亞克，敘述自己邇來的一些性冒險。這封信現在只有片段保留下來，收錄在卡薩迪的自傳《頭三個》（*The Frist Third*）中。

信中，卡薩迪告訴凱魯亞克，當他正在和一個名叫「櫻桃」．瑪莉的保母做愛時，瑪莉負責照顧那個嬰兒的媽媽突然回到家裡來。卡薩迪連忙躲到浴室裡去，「全身赤條條，一絲不掛，所有出路都被封死。」瑪莉千方百計想引開那婦人的注意，而身在浴室裡的卡薩迪則忙著：

我小聲得像老鼠一樣，把這戶有錢人家經年收集而來，擋在浴室唯一一個窗戶前面的小擺設統統挪開。雖然近乎不可能，但我還是踩到浴缸的壁沿上，試著用指甲去挑鬆窗外的紗窗。現在，讓我們來瞧瞧這窗戶：它由四塊六英寸乘四英寸的玻璃片所組成，形成一個

十二、三英寸高，八、九英寸寬的長方形。想穿過它，本來就難乎其難，更慘的是，它有一個該死的時髦設計：正中央橫著一根金屬欄杆！它把窗子一分為二，上下兩扇窗就閂在欄杆上面。

因為窗子是往外開的，所以我幾乎碰不著紗窗。但我用力把窗子往外一推——發出了一下大得見鬼的聲音——紗窗就讓我給頂穿了。接下來，就輪到收縮身體、爬過窗子這個近乎不可能的任務了。我想，只要我的頭穿得過，我的身體就應該可以穿得過；靠著把窗子中間那根難纏的金屬欄杆拗彎，我才僅僅得以穿身而過……等我千辛萬苦掙脫到窗外十一月冷冽的空氣中時，我的「驕傲和歡樂」⑸已差不多被扯斷……

一九五〇年十二月二十七日，瓊．哈弗蒂覆信給卡薩迪，說她和凱魯亞克都被他的信重重電了一下。她說，凱魯亞克花了兩小時「在一家咖啡館讀信，直到六點才回家。他把信交給我，晚餐因此又被再延誤一個小時。」至於凱魯亞克給卡薩迪的回信，則反映出他本人多渴望成為一個有自己聲音的作家。「一句話，我認為你談到瓊．安德森與『櫻桃』．瑪莉那封一萬三千字的信，可以躋身美國有史以來最優秀的作品之林。……我說的是真心話，不管是德萊塞還是伍爾夫，都沒有比你更接近這種境界；梅爾維爾就更不用說了。我知道我不是在痴人說夢。你寫的東西，不會像海明威那樣稀薄、蹣跚，因爲它一無隱藏；你寫的每一個細節都是必要的……不像費茲傑羅那樣，有多餘的東西。你必須不惜一切代價把寫作持續下去，那怕它需要犧牲你的舒適、健康、樂子。不過，你也必須不惜一切保持這種即興式的寫作（kickwriting），也就是說，只有在有什麼東西踢（kick）你一下，讓你從狂喜忘形中回過神來的時候，才動筆寫作。」

除巴洛茲和卡薩迪以外，這時期對凱魯亞克的創作大有影響的，還有朋友群中的另一個成員：約翰．霍姆斯（John Holmes）。一九五一年三月，霍姆斯把他一本小說的手稿交給凱魯亞克過目，書名是《垮掉的一代》〔出版時更名爲《走》（Go）〕。書中人物以霍姆斯本人、他太太、金斯堡、凱魯亞克和卡薩迪幾個爲原型。三年前，霍姆斯在讀《城與鎭》的手稿時，曾對凱魯亞克把一群紐約朋友的不羈生活小說化的做法表示嘉許，但現在，他卻比凱魯亞克走出更遠：《垮掉的一代》中一些段落，幾乎是在逐字逐句引述凱魯亞克和金斯堡的談話。

多年來，凱魯亞克一直竭盡心思要爲《旅途上》構思一些虛構的角色和情節，所以，當他看到霍姆斯直接把眞人眞事寫入小說時，不禁大感氣餒。一直以來，凱魯亞克私底下都以霍姆斯的指導者自居，例如，他在致卡薩迪的信函中就表示：「霍姆斯在能沉澱下來以前，不可能弄懂些什麼。」不過，《垮掉的一代》的成就卻讓他的指導者身分被拉下馬來。稍後，當他得悉霍姆斯因爲《垮掉的一代》而獲得出版社兩萬美元的預付款時，更像是挨了一記耳光。據尼古西亞（Gerard Nicosia）在他爲凱魯亞克所寫的傳記中指出，凱魯亞克曾向霍姆斯透露，「他費盡心思要爲角色創造一個可信的生活背景和家庭背景，……卻始終無法做到讓自己滿意。他告訴霍姆斯：『我決定把這些狗屁構想統統扔到垃圾桶，改爲照事實去寫。』」

凱魯亞克曾經鼓勵巴洛茲和卡薩迪去寫他們眞實的生活故事。他甚至催促太太瓊寫一部有關她的生平，「點滴不漏、鉅細靡遺」的小說。他在給卡薩迪的信中盛讚自己太太，說她「委實是個懂得憑本能、童眞寫作的女人。很少女人能做到這一點。瓊……將會是舊地平線上升起的一個新作家。我已經可以預見到我、她穿著花呢服裝環遊世界的樣子了，帥呆了……」瓊曾問過他：「你和尼爾以前幹過些什麼？」這給了凱魯亞克一個靈感：何不採取仿如對自己太太憶述往事的口吻，來寫他與卡薩迪到處旅行的所見所遇？他計畫採用巴洛茲的第一人稱敘事方式，但卻模仿卡薩迪的告解式風格，因爲只有這種風格，才足以把他在旅途上所體驗到的情感強度，淋漓盡致地傳達出來。

凱魯亞克是個打字快手，他就像詩人哈特．克雷恩（Hart Crane）一樣，深信寫作必須一氣呵成，那怕是打字中途停下來換紙，都有把泉湧的文思打斷之虞。爲此，他把一張張描圖紙用膠帶黏成近四公尺一卷，邊邊修齊，當成打字紙用。據這時期到他家造訪過的霍姆斯憶述，凱魯亞克打起字來迅疾不斷、聲如雷鳴，讓他爲之咋舌。

瓊白天當女侍賺錢養家，下班後爲丈夫煮豆子湯和咖啡解渴充飢。因爲要熬夜，凱魯亞克以服食安非他命來提神。據瓊回憶，凱魯亞克寫作《旅途上》期間很會出汗，一天要換上好幾件T恤。他把溼T恤晾在房間四周，風乾後再換穿。《旅途上》動筆於一九五一年四月初，至四月九日寫成三萬四千字，至四月二十日寫成八萬六千字。全書在四月二十七日寫竣，用來打字的長卷，加起來有三十六公尺長。凱魯亞克得意地向霍姆斯展示自己的手稿卷軸，後者大吃一驚。霍姆斯回憶，凱魯亞克狂喜地告訴他，自己已爲美國文學「建立了一種新趨勢」。

凱魯亞克能夠在三星期內完成《旅途上》，固然拜霍姆斯、巴洛茲和卡薩迪自傳式敘事方式上的啓發匪淺，不過，三年來他對其他美國小說家的鑽研以及對各種語言和風格的反覆實驗，也是一大因素。凱魯亞克討厭海明威那種「稀薄、蹣跚」的文學風格，也對費茲傑羅那種浪漫化的小說多所批評。儘管如此，他在新學院裡對《大亨小傳》（*The Great Gatsby*）的研究，仍然有一大收穫：讓他認識到在小說裡設立一個以同情眼光看事情的敘事者的好處。

《旅途上》的最大藝術成就，自然非狄恩．莫里亞提——也就是小說化的尼爾．卡薩迪——這個角色而莫屬，然而，書中那個敘事者，也就是跟在莫里亞提屁股後面到處跑的索爾．帕拉代斯，同樣是個巧妙的設計，而且對故事的開展同樣不可或缺。索爾是個思想感情前後一貫的人物，他的存在，猶如一個牢牢的鐵錨，讓讀者在與迷神眩目、無可預測、旋風似的狄恩．莫里亞提相遇時，不致頓失方向感。

透過寫作《旅途上》，凱魯亞克終於找到屬於自己的聲音和屬於自己的主題：他以一介外來人（outsider）的身分在美國尋找定位的故事。雖然他的小說以自己和朋友的眞實經歷爲基本素材，但《旅途上》仍堪稱是小說與自傳的傑出融合。這不只是因爲凱魯亞克在書中虛構了一些人物和情節，也是因爲他以敘事者身分敘述自己的生平故事時，情感濃度高得讓所有人物和事件，都成爲了他本人思想感受的反映。狄恩是索爾的哥兒們、死黨和「他我」（alter ego），也是凱魯亞克對生活的高度憧憬的一個投射。

凱魯亞克對卡薩迪的內心混亂有極其精準的掌握，也因此，才能很恰如其分把卡薩迪寫給他的一些書信片段整合到小說中去。例如，狄恩在《旅途上》「第三部」的一段自白，就是凱魯亞克用卡薩迪一九四九年八月寫給他的一封信轉化而成：「我堂堂一個三A級的爵士樂獵手尼爾．卡薩迪，沒想到到頭來會得了隻『痛腳』，需要仰賴老婆每天爲他的大拇指注射盤尼西林；而又因爲這隻大拇指對盤尼西林過敏，導致了蜂窩狀組織……」書中，凱魯亞克淡化或隱去了卡薩迪的一些犯行，例如，書中雖然提到，狄恩結束第一次紐約之旅時，隨身帶回丹佛去一部打字機，但卻沒有點明，他這部打字機是偷來的。

書中凱魯亞克也隻字未提他在一九四八至五〇年間構思此書時所經歷的思竭腸枯。他只把自己描繪爲一個穩步邁進的青年作家，在全書近尾聲的章節出版了平生第一本小說（《城與鎮》），而且和一個女孩結了婚。他形容這女孩「有著一雙最純淨無邪的美目，而那正是我尋尋覓覓了許久許久的」——指的就是他的第二任太太瓊·哈弗蒂，也就是他寫完《旅途上》沒多久就離棄的女人。

《旅途上》也可以解讀爲索爾·帕拉代斯的自我探索歷程。索爾深信美國夢的前提——人擁有不受限制的自由——因而踏上了一趟又一趟的逐夢之旅。他把死黨狄恩視爲榜樣。狄恩是美國夢的現實。但作爲一個眞正的社會邊緣人，狄恩從不會像索爾一樣，幻想旅途會有一個盡頭。所以，他才會點醒天眞的索爾說：「你花了一輩子去擺脫別人對你的期望和羈絆……尋找一條沒有人會來煩你、可以讓你自由自在的路。……但這是一條怎麼樣的路呢，老哥？聖童的路，瘋子的路，彩虹的路，小魚的路，任何的路。」索爾一直認定，他的死黨狄恩擁有一把鑰匙，可以爲他開啓無限可能性的大門。

《旅途上》的人物交接和情節轉換都極爲匆促，讓每個上場人物的情緒感受，都難有充分披露的機會，而只能從敘述者索爾本人的感受中窺見一二。事件接二連三發生，讓索爾連交代都忙不過來，更遑論反省或解釋。但這種敘事方式卻帶給讀者一種大呼過癮的閱讀效果。索爾在美國東、西岸的高速公路之間來回奔波，追逐他的美國夢，不過，不管是在紐奧良、丹佛、舊金山、芝加哥還是在紐約，每次他以爲已經把夢抓到手，夢又會倏然離他遠去。到頭來，他找到的，只是一個「憂愁的天堂」（sad paradise）[6]。

由於一向自覺是個社會邊緣人，所以凱魯亞克在書中刻意隱去他法裔加拿大移民的身分。他把代表他的角色取名「索爾瓦托．帕拉代斯」（Salvatore Paradise），把他寫成義大利裔，與姑姑同住而不是與「阿母」同住，爲的就是讓自己顯得是個更道地的美國人。他把代表卡薩迪的角色取名「狄恩．莫里亞提」（Dean Moriarty），以暗示他具有愛爾蘭人的血統。由於凱魯亞克向來很窮，所以他對旅途上所遇到的各色下層社會人物（流動田工、墨西哥人和黑人），大都寄予深深的同情（但有時候會失諸把他們的生活過度浪漫）。凱魯亞克所交往的，大都是喜歡談文論藝之士，所以，《旅途上》少不了琳琅滿目文學家、哲學家的名字：哥德、杜斯妥也夫斯基、尼采、史賓格勒、薩德[7]、卡夫卡、塞利納[8]、阿蘭—傅尼葉[9]、海明威。書中提到，索爾途經夫勒斯諾（Fresno）時，從四周的人情景物認出那是「薩羅揚的故鄉」⑩，又提到，舊金山辦公大樓的燈火讓他聯想起哈米特（Dashiell Hammett）偵探小說中的山姆．史培德，這些，在在反映出索爾有一顆多文學性的心靈。

索爾雖然熱衷文學，但最令他如痴如醉的，卻還是爵士樂——美國的自由和創造力的象徵。他旅途上許多美好的時光，就是爵士樂所賜予的。索爾和狄恩一樣，都是無可救藥的爵士樂迷，是比莉．哈樂黛（Billie Holiday）、「瘦子」．蓋拉德（Slim Gaillard）、喬治．謝林（George Shearing）、李斯特．楊（Lester Young）的忠實景仰者。在索爾和狄恩眼中，咆勃爵士樂要比任何毀滅性的武器來得有力量。《旅途上》有一段文字，記載索爾和狄恩在一九四九年一月途經華盛頓時的所見，可視爲凱魯亞克對冷戰時代美蘇軍備競賽的一個揶揄：

我們在破曉時分抵達華盛頓。那剛好是亨利．杜魯門的第二任總統就職典禮日。賓夕法尼亞大道上排列著各式殺氣騰騰的武器，有B-29轟炸機，有魚雷快艇，有大砲。排在各種飛機大砲最末端的，是一艘一般的小型救生艇，它敬陪在一堆龐然的武器最後頭，顯得可憐又可笑。狄恩放慢車速，以便把救生艇看個仔細。他皺著眉不斷搖頭。「這些人在搞什麼鬼？亨利一定還躲城裡的某個地方睡覺。……好老頭亨利……他來自密蘇里，就像我一樣。……那救生艇肯定是他留給自己用的。」

雖然凱魯亞克聲稱他三星期就寫出《旅途上》，不過，這個「三星期版本」事實上又經過許多次的修修改改，才正式付梓。「三星期版本」現在還留存著，比較這個版本和刊行本開篇的段落，會發現它們非常接近。

「三星期版本」的第一段是這樣寫的：

我認識尼爾，是在與太太仳離沒多久之後。當時，我大病初癒。關於這場病，我懶得去談它，唯一值得一說的，是這場病和我父親的死有關，而且讓我產生萬念俱灰之感。隨著與尼爾的認識，我展開了一段你可以稱之為旅途上的生活。那之前，我經常夢想能到西部走走，常常會做些模糊的計畫，但從來沒有付諸實行過。尼爾是個最棒不過的旅伴，因為他名副其實就是在旅途上出生的：一九二六年，狄恩父母開車行經鹽湖城的時候（他們要去的是洛杉磯），他媽媽忽然陣痛，就這樣把他在老爺車內生了下來。我第一次聽到尼爾的名字，是從霍爾・蔡斯的口中，他在我面前秀了幾封尼爾從科羅拉多少年感化院寫給他的信。

而刊行本的第一段則是：

我認識狄恩，是在與太太仳離沒多久之後。當時，我大病初癒。關於這場病，我懶得去談它，唯一值得一說的，是這場病和那件叫人不勝疲憊的仳離事件有關，而且讓我產生萬念俱灰之感。隨著與狄恩的認識，我展開了一段你可以稱之為旅途上的生活。那之前，我經常夢想能到西部走走，常常會做些模糊的計畫，但從來沒有付諸實行過。狄恩是個最棒不過的旅伴，因為他名副其實就是在旅途上出生的：一九二六年，狄恩父母開車行經鹽湖城的時候（他們要去的是洛杉磯），他媽媽忽然陣痛，就這樣把他在老爺車內生了下來。我第一次聽到狄恩的名字，是從蔡德．金恩的口中，他在我面前秀了幾封狄恩從新墨西哥少年感化院寫給他的信。

兩相比較，可以發現，凱魯亞克改掉了一些眞實的人名地名（尼爾改爲狄恩，霍爾．蔡斯改爲蔡德．金恩，科羅拉多少年感化院改爲新墨西哥少年感化院）。這樣做，顯然是爲防吃上誹謗官司。另外，他又刪去父親過世一節，代以他與伊蒂．派克的離婚事件（「那件叫人不勝疲憊的仳離事件」）——沒離這個婚，他不可能有自由和卡薩迪一起踏上羈旅。

凱魯亞克文字的精練度，可以從《旅途上》第一稿中描述艾倫．金斯堡與尼爾．卡薩迪初識的那段文字窺見：「他們興匆匆跑到街上，東瞧瞧，西看看。每一件事物，看在他們眼裡都那麼的色彩繽紛，彷彿前所未見（雖然這一初在日後都會黯然褪色，不過那是後話）。他們甚至像音樂盒裡的小人兒一樣，當街翩翩跳起舞來。我則跟在他們屁股後面到處跑。我這個人，就是喜歡跟在能讓我感興趣的人屁股後面跑，而會讓我感興趣的，又通常都是一身瘋勁兒的人——瘋於生活，瘋於說話，會在同一時間對千百種事物著迷；他們從不會做一件平凡事、說一句平凡的話……只會燃燒、燃燒、燃燒自己，就像劃過天際的焰火。艾倫當時正把生活實驗推到最大極限，嘗試過男同志的生活。尼爾看出了這一點，你知道在丹佛當過男妓而又熱切想從艾倫那裡學習寫詩的尼爾一開始是用什麼手段嗎？是用一個巨大的情色靈魂（amorous soul）對艾倫發起進攻（這種事，只有一個騙徒幹得出來）。我當時在同一個房間裡，聽到他們從黑暗的另一頭所發出的聲音。我心想：『唔，有事情要發生啦，但我可不想軋一腳。』就這樣，在他們這段膠結期，我有大約兩星期沒見著他們的面。」

在後來的修訂中，凱魯亞克刪去了語涉金斯堡和卡薩迪同性戀關係的文字。「卷軸版」的《旅途上》寫成後，凱魯亞克把它交給金斯堡過目，而金斯堡又把它交給一個女文學經紀人過目，後者提出了一些修改的建議。凱魯亞克抱怨說，她想要的是「一條截去所有拐彎轉角的旅途」，而他自己想要的卻是一條像布雷克（William Blake）[11]那樣的「彎彎曲曲的譬世旅途」。不過，自疑卻占了上風。凱魯亞克甚至考慮過要把此書中有關索爾．帕拉代斯的部分與有關狄恩．莫里亞提的部分一分爲二，寫成兩本不同的書。因爲他始終覺得，他對關於莫里亞提其中一些材料的處理有欠公允。

經過近四年的一再修訂，凱魯亞克仍然覺得，他沒把作爲「西部狂歡之夜的英雄」的卡薩迪的全部面向寫完整。半年後的一九五一年十月，他決定把整本書重寫一遍。他告訴朋友，他正在實驗一種「不羈的形式」（wild form），他想借這種形式，超越「傳統那種會對材料加以武斷限制的說故事方式……只有一種不羈的形式可以網羅得住我想要說的一切——網羅得住從我腦海裡源源爆發出來的每一個意象和記憶……我有一種非理性的慾望：我想要把我有過的思想感受一滴不漏寫下來。」這種「不羈的形式」是一種自由聯想的技巧，凱魯亞克稱之爲「自發性散文」（spontaneous prose）。利用這種技巧，他花了一年時間，把《旅途上》改寫成一部名爲《寇迪的靈視》（*Visions of Cody*）的小說（卡薩迪在此書中被稱作寇迪．波默拉）。凱魯亞克宣稱，這小說是對卡薩迪與美國的關係所作的一個「垂直式的、形上學式的研究」。

魁北克文評家波提（Maurice Poteet）主張，凱魯亞克之所以那麼亟於掙脫伍爾夫的影響、尋找屬於自己聲音和開發一種「自發性散文」，跟他的雙語作家身分有關。凱魯亞克面對一個需要克服的難題：怎樣把若阿爾語——他的第一語言和最自發性的語言——與通俗的、美國式的文體相結合。波提認爲，凱魯亞克之所以那麼強調自發性（「寫作時不要停下來思考」），那麼喜歡擺弄文字遊戲，以及他小說中那種快速跳接，全是爲了「爲好些內在與區域性的實在（inner and local reality）架起對外的橋梁，沒有這些橋梁，這些實在將無法『變成』是美國的。換言之，自發性書寫是一個少數民族作家對其兩難處境的一個破解。這個兩難處境，跟心理學上所謂的雙重約束（double bind）很相似：一方面，如果作家不能把他的自我（即他的少數民族背景）呈現在作品中，他就等於是失敗了；另一方面，如果他變成一個徹頭徹尾的『民族』作家，他又等於是離了題。」

寫完《寇迪的靈視》之後，凱魯亞克把探討的主題回到自己的生活。他計畫使用告解式的自傳風格，寫一系列關於自己一生的小說，他預期，這些小說將構成他本人的「大傳奇」。在一九五二至一九五七年（《旅途上》出版的同一年）之間，從凱魯亞克筆下流出的作品源源不絕：《薩克斯醫生》（1952）、《夢之書》（*Book of Dreams*,1952-1960）、《瑪姬・卡西迪》（*Maggie Cassidy*,1953）、《地下室》（*The Subterraneans*, 1953）、《墨西哥市藍調》（*Mexico City Blues*,1955）、《憂鬱》（*Tristessyya*,1956）、《傑爾拉德的靈視》（*Visions of Gerard*,1956）、《永恆的經卷》（*The Scripture of the Golden Eternity*,1956）和《孤獨的天使》（*Desolation Angels*,1956）的第一部等。這名單還不包括後來沒出版的作品。

《旅途上》的手稿引起了一個有影響力的評論家——同時是維京出版社的編輯顧問——麥爾肯・考利（Malcolm Cowley）的注意。考利的賞識讓凱魯亞克大受鼓舞，他把《旅途上》各種版本的手稿統統寄給考利過目。看過以後，考利表示，他喜歡「卷軸版」的《旅途上》多於《寇迪的靈視》。他認爲，《寇迪的靈視》「包含了一些令人動容的好文字，但卻缺乏任何故事性。」考利本人寫過一本名爲《放逐者的回歸：一九二〇年代的文學奧德賽》(*Exile's Return: A Literary Odyssey of the 1920's*）的著作，在其中，他稱「失落的一代」的作家爲「無根的一代」，說「他們透過寫作，彼此凝結爲一個自足的社群」。考利會欣賞凱魯亞克，相當程度是因爲後者是一個性質與「失落的一代」相似的美國異議社群的代言人。考利也要了凱魯亞克的其他作品手稿來看，並試著把它們推薦給維京出版社。但出版社因爲怕吃上誹謗官司，不願意出版《旅途上》，而只願出版平裝本的《瑪姬・卡西迪》，答應提供的預付款也很微薄。有鑑於霍姆斯所獲得的巨額預付款，凱魯亞克自覺受到侮辱，而且對出版社不願出版《旅途上》也感到憤怒，所以拒絕與維京出版社洽談任何合作事宜。

考利繼續對凱魯亞克的小說青眼有加。在他的推薦下，《寇迪的靈視》中一些談論芝加哥和舊金山爵士樂的段落，被取名爲「垮掉一代的爵士樂」，收錄在一九五五年出版的《新世界的作品》（*New World Writing*）中。這是凱魯亞克自出版《城與鎮》後，五年來第一次有作品獲發表。另外，在考利的推薦下，《巴黎評論》也發表了一些選錄自凱魯亞克一本小說手稿「墨西哥女孩」的一些章節。這篇選錄，稍後又被瑪莎．福里（Martha Foley）收入她所編的《一九五六年度最佳短篇小說選》裡。這些出版的成功讓考利敢於再一次向維京出版社推薦《旅途上》。這時，社方的態度也有所改變，原因是有一個新進編輯凱斯．詹寧遜（Keith Jennison）非常欣賞凱魯亞克的作品。

但出版社要求凱魯亞克能依照考利的意見，把全書修訂一遍。凱魯亞克苦等《旅途上》的出版多年，不願再錯過這個機會，便答應了。考利認為，這本書有一個結構性的毛病：「它像個大鐘擺一樣，在東部與西部之間擺來擺去。我認為其中的幾趟旅程不妨放大……而另外兩三趟旅程則不妨稀釋，以保持全書調子的統一。」後來凱魯亞克告訴金斯堡，他「刪去了所有不是與卡薩迪直接有關的材料，而且接受考利的建議，把一些不同的旅程融合，讓焦點更集中。」一九五六年十二月中，凱魯亞克又應出版社之請，把書中有影射之嫌的部分悉數刪除。出版社終於接受了這個修訂本，並排定在一九五七年九月付梓。

出版社並沒有把清樣交給凱魯亞克過目。一九五七年七月，當他收到考利寄來的一箱新書樣本的時候，才知道出版社對《旅途上》動了手腳。考利在附信中告訴他，出版社對原稿做了一些額外的刪節和更改。凱魯亞克告訴金斯堡：他被「老狐狸考利」擺了一道，幸而，

《旅途上》的故事是「幾乎殺不死的」。儘管《紐約時報》和《鄉村之音》（*Village Voice*）都給予《旅途上》很高的評價，但圍繞此書而展開的爭論，同樣隨即展開。《星期六評論》（*TheSaturday Review*）稱《旅途上》爲「一部看得人頭昏眼花的旅行紀錄片」，而保守派的報紙也群起攻擊小說中那些「沒教養的」角色、那些「頭殼壞掉的偏激分子」，並稱《旅途上》是「浪漫小說的最後抽泣」。

挑戰戰後美國的虛矯和沾沾自喜，並不是凱魯亞克寫作《旅途上》的初衷，但他卻在無意中當了美國社會大眾意識改變的號手。誠如巴洛茲所體認到的：「一九五七年《旅途上》的出版，不但締造了億兆條李維氏牛仔褲和百萬個蒸汽咖啡壺的銷售業績，也把數不勝數的年輕小夥子送到了旅途上。這個成功，無疑部分是拜媒體這個頭號的機會主義者的炒作所賜。媒體不會對任何他們看到的新聞看走眼。垮掉的一代是一條新聞，而且是條大新聞。……垮派的文學運動來得恰恰是時候，因爲它要訴說的，正是全世界所有國家億兆人所引領待聽的事情。沒有人可以聽明白他本來不明白的事情。其實，在凱魯亞克向大眾揭示他的旅途時，他要傳達的那種疏離、不安和不滿感，早就在大眾身上蠢動。」

凱魯亞克對批評者的攻擊感到苦惱，但仍然筆耕不輟。自《旅途上》出版以後，他連續寫出多本按時間順序記錄他生平故事的自傳性小說：《達摩流浪者》（*The Dhama*

Bums,1958）、《大蘇爾》（*Big Sur*,1960）、《寂寞的旅人》（*Lonesome Traveler*,1960）、《在巴黎悟道》（*Satori in Paris*,1965）、《杜魯士的虛幻》（1968）。與此同時，他還寫了很多沒有出版的詩歌、戲劇，甚至翻譯了一些佛經。即使在《旅途上》出版二年以後，他仍然認爲，此書的藝術成就要在《寇迪的靈視》之下。凱魯亞克一直希望，有朝一日能夠把他寫過的所有自傳性小說集結起來，以統一的裝幀方式出版，並還給所有的角色以眞實的名字。他小說中的人物一貫都是使用化名。例如，在《旅途上》中，金斯堡被稱作「卡洛．麥克斯」（Carlo Marx），巴洛茲被稱作「公牛老李」（Old Bull Lee），霍姆斯被稱作「湯姆．沙布魯克」（Tom Saybrook），赫伯特．胡克被稱作「依爾馬．哈賽」（Elmo Hassel）。不過，還沒來得及把這個計畫付諸實現，凱魯亞克就在一九六九年十月二十一日暴卒，死因是酗酒引發的腹出血。

《旅途上》是凱魯亞克寫過最暢銷的一本書。據詩人蓋里．斯奈德（Gary Snyder）詮釋，《旅途上》旨在闡明的是「西部的活力、邊疆的活力，至今仍在源源不絕地流瀉著。而卡薩迪則是個撞得鼻青臉腫的牛仔。」在凱魯亞克後期的幾部作品中——包括《達摩流浪者》、《大蘇爾》和《孤獨的天使》——卡薩迪都是以「寇迪．波默拉」的化名出現。《孤獨的天使》（寫於一九六〇年）中有一段文字特別値得一提，它記述的是凱魯亞克與卡薩迪在一九五七年七月的一次會面。這一天，凱魯亞克剛收到一箱《旅途上》的新書樣本，而卡薩迪則突然造訪：

三天後，我正跪在地上，拆開一箱剛送到的《旅途上》新書樣本。……阿母去了商店買東西，所以屋子裡只剩我一個人。一輪金光無聲地從大門處射了進來，讓我不禁抬起了頭，而寇迪（和另外三個朋友）就站在大門處。……我們在金光中四目相交，不發一語。沒想到我竟然被當場逮個正著：一本《旅途上》就在我的手裡，而我自己甚至還沒有打開來看呢！我們相視而笑。我自然而然把一本《旅途上》遞給了寇迪，畢竟，這本可憐荒唐的小說，是以他為主角的啊。自我認識寇迪以來，有好幾次跟他碰面時，他身上都散發著這種無聲的金光。迄今為止，我都不知道這金光意味著些什麼，似乎，它意味的是寇迪是個降落人間的天使或天使長，而我認出了他。

然而，幾頁後，凱魯亞克卻告訴我們，這場聚會結束得並不愉快。寇迪（即尼爾．卡薩迪）走的時候臉色很難看，他似乎是在怪凱魯亞克，爲什麼要把他的事寫入小說中：「我們相識以來，這是第一次他離開的時候，沒有帶著告別的目光，而是掉頭就走。我不明白這是怎麼回事，至今還不明白。我只知道，準是哪裡出了差錯，而且錯得非常非常嚴重……」

凱魯亞克始終無法說服評論家，垮掉的一代「基本上是懷抱宗教情懷的一代」，不過他的朋友霍姆斯卻看出來，《旅途上》裡的人物實際上是在「進行一種探求，而這探求所指向的，是一個帶有宗教向度的目標。雖然他們穿州過省，到處遭人追打，但他們的實際旅程卻是發生在內心裡的。如果說他們的行止已經逾越了宗教和道德的大部分邊界，那只是因爲，他們希望在邊界的另一頭找尋到信仰。」《旅途上》是一本可以和馬克吐溫的《頑童歷險記》(*Adventures of Huckleberry Finn*) 和費茲傑羅的《大亨小傳》等量齊觀的小說，因爲它們的目的是一樣的：探索個人自由的課題和質疑「美國夢」的種種前提。

就像美國其他經典名著一樣，《旅途上》也反映出作者同時代人對女性與少數有色人種的歧視。亨利．詹姆斯對《湯姆叔叔的小屋》(*Uncle Tom's Cabin*)[12]的評述完全適用於《旅途上》：「對很多人來說，這本小說與其說是一本小說，不如說是一種觀照，一股良知。」拜《旅途上》之賜，我們有幸得與兩位「美國勇氣之師」——有可能是這一族的最後兩位——同其踏上旅途。

譯註

① 《太陽照樣升起》（*The Sun Also Rises*）：海明威的第一部長篇小說，中文版舊譯名《妾似朝陽又照君》。

② 失落的一代（Lost Generation）：泛指第一次世界大戰後的一代人，又特指以海明威爲首的一批美國作家。這批作家在大戰爆發時剛剛成年，滿懷理想，應募往歐洲參戰，但戰爭的殘酷和戰後美國社會的種種弊端，卻讓他們心生幻滅情緒。他們的作品有一個相近的主題：反戰、反傳統道德與倫理價值，抨擊功利主義的社會風氣。「失落的一代」一詞源於僑居巴黎的美國女作家斯泰因（Gertrude Stein）對海明威等人說過的一句話：「你們都是失落的一代。」海明威把這句話作爲他小說《太陽照樣升起》的題辭，「失落的一代」一詞於是不脛而走。

③ 唐吉訶德的僕人，追隨他一路探險，常常鬧笑話。

④ 咆勃（bebop）：爵士樂風格的一種，其特點爲樂句不對稱，旋律線華麗，有許多即興獨奏和複雜的節奏式，其和弦比十年前的搖擺樂風格新穎和不協和。咆勃興起於第二次世界大戰末，是爵士樂的一種革新。早期的咆勃樂手，穿著舉止都很怪異、喜歡蓄山羊鬍，戴黑邊眼鏡，頭戴圓形扁帽，表演時背對著觀衆，在歌曲中間倏然停頓，把觀衆搞得一頭霧水。

⑤ 應是指下體。

⑥ 憂愁的天堂（sad paradise）與索爾．帕拉代斯（Sal Paradise）諧音。

⑦ 薩德（Marquis de Sade; 1740-1814）：法國色情文學作家，一生多次因對婦女施以變態的性虐待行爲而下獄，作品中充斥這方面的描述。Sadism〔虐待狂〕一詞，即由其名字而來。

⑧ 塞利納（Louis-Ferdinand Celine; 1894-1961）：法國小說家，黑色幽默及荒謬文學的先驅。

⑨ 阿蘭—傅尼葉（Alain-Fournier; 1886,1941）：法國小說家，戰死第一次世界大戰中，英年早逝，留下未完成的小說《大莫納》（*Le Grand Meaulnes*）。

⑩ 薩羅揚（William Saroyan; 1908-1981）：美國小說家、劇作家，出生於夫勒斯樂一個阿美尼亞移民家庭。著有《大膽的空中飛人的青年演員》（*The Daring Young Man on the Flying Trapeze*）、《我的名字叫阿拉姆》（*My Name Is Aram*）、《人間喜劇》（*The Human Comedy*）等。

⑪ 布雷克（1757-1827）：英國詩人，著有《密爾頓》（*Milton*）、《耶路撒冷》（*Jerusalem*，編註：這是一首短詩）等詩歌。

⑫ 美國作家斯托（Harriet Beecher Stowe; 1811-1896）的作品。

THE BEAT GENERATION

第一部

1

我認識狄恩，是在與太太仳離沒多久之後。當時，我大病初癒。關於這場病，我懶得去談它，唯一値得一說的，是這場病和那件叫人不勝疲憊的仳離事件有關，而且讓我產生萬念俱灰之感。隨著與狄恩的認識，我展開了一段你可以稱之爲旅途上的生活。那之前，我經常夢想能到西部走走，常常會做些模糊的計畫，但從來沒有付諸實行過。狄恩是個最棒不過的旅伴，因爲他名副其實就是在旅途上出生的：一九二六年，狄恩父母開車行經鹽湖城的時候（他們要去的是洛杉磯），他媽媽忽然陣痛，就這樣把他在老爺車內生了下來。我第一次聽到狄恩的名字，是出自蔡德．金恩的口中，他在我面前秀了幾封狄恩從新墨西哥少年感化院寫給他的信。這些信引起了我莫大的興趣，因爲在信中，天眞可愛的狄恩竟然請求蔡德教他尼采哲學和蔡德懂得的其他所有有趣學問。卡爾也看過這些信，我們都很想會一會名叫狄恩．莫里亞提的這一號奇人。然而，這在當時只是個遙不可及的期望，因爲狄恩還在坐牢。在我們的心目中，他猶如包裹在一層迷霧中的人物。不過，稍後有消息傳來，說是狄恩已經出獄，而且正在東來紐約途中；我們還聽說，他剛剛跟一個名叫瑪莉露的女孩子結了婚。

有一天我在校園裡閒蕩時，蔡德和提姆．格雷走過來告訴我，狄恩已到了紐約，下榻在哈林區東邊西班牙人聚居區一棟冷水公寓裡①。狄恩是前一天晚上到的，這是他生平第一次來紐約，身邊帶著個漂亮寶貝瑪莉露。他們在第五十街下了灰狗巴士後，轉過街角，要找個吃東西的地方。他們逕直走進了赫克托自助餐店，點了漂亮的糖漿大蛋糕和奶油泡芙。自此以後，赫克托自助餐店就成爲了狄恩心目中紐約的重大象徵。

狄恩告訴瑪莉露：「甜心，我們現在已經來到紐約了，雖然我沒有完全告訴妳途經密蘇里時我心裡想些什麼——特別是沒有告訴妳，路過布恩維爾感化院時，它讓我對自己的牢獄歲月有多大感慨。不過，我們現在必須把所有這些隔夜飯菜乃至我們個人的男女私情拋諸腦後，因爲我們必須立刻開始思考接下來的工作大計……」這就是我認識狄恩早期他一貫的說話方式。

我跟著蔡德和提姆去找狄恩。他穿著短褲應門。瑪莉露看見我們來，連忙從沙發翻起身來。狄恩方才才把這套房的原主人打發到廚房去（叫他去煮咖啡之類的），以便自己可以和瑪莉露做些跟男女私情有關的事。雖然他口口聲聲強調，當務之急是要找份工作，但對他來說，性愛才是生命中唯一神聖和重要的東西。我發現，狄恩站著的時候，喜歡把頭擺來擺去，不時又會向下點一點，活像是個正在接受教練指示的年輕拳擊手。你說話時，他會不斷說「對對對」或「就是說嘛」，讓你覺得，他無比專心在聽著你說的一字一句。他身材高眺、窄臀、藍眼、一口奧克拉荷馬腔，給我的第一印象是個年輕的吉恩．奧特里[2]——一個留著大鬢角的西部牛仔英雄。事實上，狄恩也眞的當過牛仔：他在與瑪莉露結婚和東來紐約以前，曾經在科羅拉多州一個朋友（艾德．威爾）的牧場裡工作了一段日子。瑪莉露是個金髮的漂亮寶貝，有一頭海浪般的濃密卷髮。不過，她雖然外表甜蜜可愛，但卻是大草包一個，幹得出令人髮指的蠢勾當。那個晚上，我們喝啤酒、比腕力，聊天一直聊到天亮。當灰濛濛的日光照進來的時候，我們正東歪西躺，從菸灰缸裡撿菸屁股來抽。這時，狄恩忽然神經質地站了起來，來回踱步，似乎是在思考什麼大事，而他得出的結論是：瑪莉露應該立刻去做早餐和掃地板。「換言之，甜心，必須把我說過的話時刻銘記於心，否則，就會搖擺不定，得不到眞正的知識，也無法讓我們的計畫開花結果。」於是我們就告辭了。

接下來那星期，狄恩向蔡德透露，他很想學習寫作。蔡德很贊成，說我是個作家，鼓勵狄恩向我取經。與此同時，狄恩和瑪莉露鬧翻了。他們在霍布肯的公寓裡吵了一架（至於他們爲什麼要搬到霍布肯，只有天曉得）。瑪莉露氣壞了，爲了報復，竟然向警察局虛報狄恩是個患有歇斯底里症候的瘋子。在法院勒令之下狄恩不得不搬出霍布肯。於是，狄恩變成了無家可歸。他想到來找我。我與姑姑同住在紐澤西的派特森。有一個晚上，我在看書時，敲門聲忽然響起。我打開門，只見狄恩站在昏暗的走廊上，一副卑躬屈膝、忸怩不安的樣子。

「嗨，還記得我嗎？我是狄恩．莫里亞提。我想來向你請教寫作方面的事。」

「瑪莉露呢？」我問。狄恩說她靠賣淫賺了一點錢，回丹佛去了。「哼，那個娼婦！」他罵了一句。我姑姑正坐在起居室裡看報紙，有她在，我們是無法暢所欲言的，於是，我便帶他到酒吧去喝啤酒。我姑姑抬頭望了狄恩一眼——她肯定認為他是個瘋子。

在酒吧裡我對狄恩說：「欸，老哥，我一清二楚，你來找我，絕不只是為了想當作家。而有關寫作，我唯一知道的是，除非你有癮君子對安非他命的執著，否則不會寫出什麼成績來。」他說：「對，當然，我完全理解你的話。我碰到形形色色的問題，但我最想達成的，就是透過叔本華的二分法所強調的那些因素，來達成自我的實現……」他就這樣滔滔不絕說著一些我既一竅不通，而他自己也不甚了了的事情。在那段時間，狄恩是真的完全不知道自己在說些什麼。當時，他一心一意要成為一個真正的知識分子，所以喜歡用他從「真正知識分子」那裡囫圇吞棗學來的術語和口吻說話，說起話來自然會顛三倒四、不知所云。然而，要補充的是，狄恩並不是一個草包，因為，他只花了幾個月時間和卡洛．麥克斯③相處，就完全對那些術語行話的內涵心領神會。那個時候，我雖然聽不懂他的話，但卻能在另一個層次上理解他。我答應讓他住在我家裡，直至他找到工作為止。此外，我們又商量好，找個時間一同到西部走一走。那是一九四七年冬天的事。

有天晚上，狄恩在我家用餐（他當時已經找到一份停車場的工作）。餐後我坐在打字機前寫作，他在我背後站了好一會，然後一隻手搭在我肩上說：「喂，老哥，動作快一點，妞兒可是不會等人的。」

「再一下下，寫完這一章馬上好。」那是整本書中我最滿意的其中一章。然後，我就換過衣服，和他直奔紐約，去跟女孩子約會。當巴士穿過會發出古怪迴響的林肯隧道時，我們正挨在一起，手舞足蹈，興奮地大聲聊東道西。我已經在不知不覺間變成像狄恩一樣的瘋子了。人人都認爲狄恩是瘋子，其實，他只不過是個對生活懷抱著巨大熱情的年輕人罷了。沒有錯，他是個騙徒，但他之所以行騙，不過是出於對生活的熱情，不過是因爲如果他不耍些手段的話，他想接近的人根本就不會甩他。他在騙我（出於想從我這裡獲得住宿和學會寫作等等原因），這我知道，而他也知道我知道。但我不在乎。我們相處得很愉快。我從狄恩身上所學到的，有可能比他從我這裡學到的還要多。對於我的寫作，他的評語是：「加油，你寫的東西都很棒。」當我寫小說的時候，他會站在後面，一面看，一面大呼小叫：「漂亮！就是這樣！哇噻！老兄，你眞不是蓋的！」喊得滿頭大汗，要拿手帕出來擦。在巴士上，他對我說：「老兄，唉，我想做的事情多如牛毛，想寫的東西多如牛毛。我一直在想，我要怎樣才能把我想到的一切統統寫下來，又不會被林林總總的文學規矩和文法限制弄得面目全非……」

「你說得對極了，老兄，你眞是一針見血。」我喊道。當狄恩說著上述一番話的時候，我從他臉上看見了一暈神聖的光芒。巴士上的其他乘客都忍不住轉過頭來，看看這個喋喋不休、瘋言瘋語的傢伙是誰。狄恩的西部歲月，有三分之一在撞球室度過，有三分之一在感化院度過，有三分之一在公共圖書館度過。在丹佛，你常常會看見他捧著一堆書，從圖書館匆匆忙忙趕去撞球室，其他時間，他大多是窩在死黨的樹屋裡，不是在閱讀，就是在躲警察。

我們到了紐約，但並沒有女孩子等在那裡。狄恩說會有兩個黑妞在快餐店裡等我們，但她們卻沒有出現。我陪狄恩回他工作的停車場辦幾件事：換衣服和梳梳頭之類的。之後，我們再度出發去找樂子。我把卡洛．麥克斯介紹給他認識，就是在那個晚上。卡洛和狄恩相會的那一刻，可說是天雷勾動地火。這兩個敏銳的心靈一見面，就深深被對方所吸引。他們兩雙像矛一樣的眼睛互相刺穿了對方的眼睛。那一晚以後，我就很少看到狄恩。對此，我難免會有一點若有所失，但我沒有什麼好抱怨的。因爲他和卡洛的瘋勁兒，可謂旗鼓相當，相較起來，我不過是個蹩腳三罷了。我跟不上他們的腳步。一場會席捲一切的瘋狂旋風已經掀起了，而我們的所有朋友，都將會被捲入其中。那天晚上，卡洛給狄恩介紹了有關公牛老李、依馬爾．哈賽和珍的種種：公牛老李現在在德州種大麻，哈賽在賴克斯島蹲牢，而珍則囚爲嗑了安非他命，整天抱著小女兒在時代廣場茫然遊蕩，後來被扔進貝爾維爾精神病院。狄恩也向卡洛介紹了他西部的一些朋友，像湯米．史納克、羅伊．約翰遜、大塊頭艾德．鄧肯等。就連他孩提時代的死黨，他無以數計的女朋友和性伴侶，他看過的色情畫報，他有哪些男偶像女偶像，從事過什麼樣的冒險，狄恩都給卡洛一五一十道來。之後，他們又興沖沖跑到街上，東瞧瞧，西看看。每一件事物，看在他們眼裡都那麼的色彩繽紛，彷彿前所未見（雖然這一切在日後都會黯然褪色，不過那是後話）。他們甚至像音樂盒裡的小人兒一樣，當街翩翩跳起舞來。我則跟在他們屁股後面到處跑。我這個人，就是喜歡跟在能讓我感興趣的人屁股後面跑，而會讓我感興趣的，又通常都是一身瘋勁兒的人——瘋於生活，瘋於說話，會在同一時間對千百種事物著迷；他們從不會說一句平凡的話，打一個平凡哈欠，而只會燃燒、燃燒、燃燒自己，就像射向天際的焰火，在半空中「砰」一聲爆炸，四散成蜘蛛的形狀，光芒劃過每一顆星星，讓每個看到的人都不禁脫口喊一聲：「哇！」在歌德時代的德國，人們是怎樣稱呼狄恩、卡洛這一類年輕人的呢？當時的狄恩，正熱切想從卡洛那裡學習寫詩，你知道他一開始是用什麼手段嗎？是用一個巨大的情色靈魂對卡洛發起進攻（這種事，只有一個騙徒幹得出來）。「現在，卡洛，你聽我說。這就是我要說的話……」那天晚上之後，我有大約兩星期沒見著他們的面，這段期間，他們沒日沒夜地交談，凝結成如膠似漆的關係。

然後，春天來了；春天是旅行的季節，我的一幫朋友，幾乎各自都有去處。當時，我正忙於寫小說（這中間，我和姑姑到南部去看了我哥哥一趟）。待我把小說寫到一半，就動身展開平生的第一趟西部旅行。

這之前，狄恩已經離開了紐約。他走的時候，卡洛和我都有到第三十四街的灰狗巴士站送行。車站二樓有拍照的地方，兩角五分美元一張。我們拍了一張。照片中的卡洛脫掉眼鏡，一臉奸相；狄恩拍的是側臉，看起來有點忸怩。我照的是正面，看來像是個隨時會把對自己口出三字經的人幹掉的三十歲義大利人④。卡洛和狄恩用剃刀把照片從中間整齊割開，各自保存一半。狄恩身穿一套標準西部生意人樣式的西裝；他在紐約的第一次探勝已經結束了。雖然我用的是「探勝」兩個字，但狄恩在紐約所過的，實際上是累得像狗一樣的生活。他稱得上是全世界上最讓人目眩的泊車小弟。他會用六十公里的時速爲客人把車倒入一個窄得不能再窄的停車位（車尾幾乎抵到牆上），然後一躍而出，跑回票亭給下一個客人遞停車票，繼而，在對方還沒有完全跨出車外以前，就從對方腋下穿過，坐上駕駛座，踩下油門，把車門還一開一闔的車子，以剛才的方式，飛也似地倒到另一個窄得不能再窄的停車位裡。他每晚都要這樣不停工作八小時——包括下班尖峰時間和電影散場的繁忙時間。他的工作服包括一條有油漬、酒漬的褲子、一件脫線的毛皮襯裡夾克和一雙破鞋。要回丹佛以前，他特地到第三大道，花十一美元，買了一套藍色的條紋西裝、一個懷錶、一條錶鍊和一部打字機（他準備回丹佛找到工作後，就開始從事寫作）。我們在第七大道上的里卡餐館吃了一頓香腸豆子，作爲餞別飯。接著，狄恩就坐上一輛開往芝加哥的巴士，沒入夜幕中。我向他保證，等春天到來，大地重新露出笑靨的時候，我會到丹佛去找他。

這就是我後來那接二連三的旅途生活的肇端。我在旅途上遇到的事情實在太酷、太炫了，忍不住要把它寫成書，昭告每一個人。

我決定旅行到西部找狄恩，不只因爲我想多了解狄恩，不只因爲我在校園的閒晃已經走完一個循環，變得沉悶乏味，也不只因爲我是個作家，有體驗人生的需要，更重要的是，狄恩對我有一種特殊的吸引力。雖然我們個性不同，但不曉得爲什麼，他給我的感覺，卻像個散失多年的兄弟。不知道爲什麼，每當我看到他那瘦削愁苦的臉龐，長長的鬢角，以及他緊繃發汗的脖子，我就會不期然憶起我在派特森和帕塞伊克（Passaic）的兒時歲月，在染料堆、水潭和河邊嬉戲的日子。他那身髒兮兮的工作服，是那樣優雅地依附在他身上，會讓你覺得，即使找最好的裁縫量身訂造，也造不出這樣的貼身衣服來。只有一個樂在生活之中的「裁縫師」可以做得到這一點。在他那種亢奮的說話聲中，我可以再一次聽到兒時我的玩伴和兄弟走在橋上、騎在摩托車上或走過鄰居門前的說話聲。（我還記得，在那些讓人昏昏欲睡的下午，鄰居的小孩會坐在門階上彈吉他，而他們較年長的兄長，則在磨坊裡工作。）我目前的朋友，全都是「知識分子」，要不然就是像哈賽那樣的罪犯。蔡德是個尼采式的人類學家；卡洛是個瘋瘋癲癲的超現實主義詩人，喜歡用低沉的語氣談嚴肅的話題；公牛老李則喜歡拉長調子，批判這個，批判那個。至於我的罪犯朋友哈賽，則是個忸怩作態、喜歡遮遮掩掩的罪犯。珍也是這樣，她喜歡癱在鋪著東方式椅套的沙發上，一面看《紐約客》，一面擤鼻子⑤。但狄恩卻不一樣。論「知性」，狄恩的敏銳度、全面度和形式上的嚴謹度一點都不輸給我的其他的知識分子朋友，但他卻不會像他們那樣枯燥乏味。至於他的「罪性」，也不是偷偷摸摸的那一種，而是大大方方的，狄恩從來都不會隱瞞自己的慾望，總是勇敢而大聲地把自己的慾望說出來。那是一種西部式的作風，是一陣從西部吹來的風，是一首從大草原傳來的頌歌。還有一點就是，我的所有紐約朋友，對社會抱的都是一種負面的態度。他們喜歡引經據典，引用各種政治學或心理分析的論據，把這個社會貶得一文不值。但狄恩不會，他只會在社會裡蹦蹦跳，用極大的熱情追求麵包與愛情。他對什麼都無所謂。你從他嘴巴裡聽到的，只會是：「只要能讓我進入那個小美人的兩腿之間，我就死而無憾。」不然就是：「你只要給我吃的就行，老哥，聽到嗎？我餓斃了，我們立刻去吃東西吧！」正如《舊約．傳道書》所說的：「這就是你在太陽底下的份位。」每個人都有他的份位。

至於狄恩的份位，則是西部太陽的族裔。我姑姑警告我，和狄恩這種人混沒有好處，只會自找麻煩。然而，我卻聽到一種新的聲音在召喚我，看到一條新的地平線在迎向我。我相信我的年輕就是本錢。即使我真的會遇上麻煩，即使狄恩最後拒絕我當他的死黨，又即使他在我徬徨無助或輾轉病榻時置我於不顧（就如後來所發生的），又有什麼大不了的呢？我是個年輕作家，一心想著出發。

我知道，在旅途上的某地點，將會有女孩、有頓悟、有一切一切在等著我；在旅途上的某地點，蚌殼將會張開，把珍珠送到我的手裡。

2

一九四七年七月，我已經從退伍軍人福利金省夠了五十美元路費，可以啓程了。前不久，我才收到老朋友雷米．龐戈從舊金山寫來的信，問我有沒有興趣跟他上遠洋輪船工作。他保證可以把我弄到機房裡去。我回信說，只要能夠把我帶到太平洋的遠端和讓我賺到夠維持日後待在家裡寫作的生活費，再爛、再破的貨輪我都願上。雷米又回了一封信，說他現在住在舊金山郊外米爾鎮的一間棚屋，上船出海以前，我可以住他家，愛怎樣寫作就怎樣寫作。

他目前跟一個名叫莉安的女孩同居，莉安的廚藝堪稱一絕，任何吃過她煮的東西的人都會跳起來。雷米是我預科學校時代的老朋友，在巴黎長大的法國人，也是個徹頭徹尾的瘋子——天曉得他現在的瘋又增加幾成了。他希望我能在十天之內抵達舊金山。我姑姑完全贊成我到西部去旅行的計畫；她認爲我一整個冬天都悶在家裡寫作，出去透透氣是件好事。她甚至不反對我打算靠搭順風車旅行的計畫。她唯一希望的是，我能快快樂樂出門，平平安安回家。就這樣，七月的一個早上，整理好最後一次床鋪被子，把幾件必需隨身物品放入一個帆布袋以後，我就出發了——書桌上還放著那部寫到一半的小說。

出發前幾個月，我瀏覽了一大堆美國地圖，甚至還讀了一些有關拓荒者（如普拉特、錫馬龍）的書籍。在公路地圖上，我看到一條標示著「六號公路」的長長紅線，從科德角（Cape Cod）的最尖端，一直線通向內華達州的伊里（Ely），再折而下斜至洛杉磯。我信心滿滿告訴自己，我會沿六號公路一路搭便車搭到伊里。要到達六號公路，我得先到達大熊山。滿懷著對芝加哥、丹佛和舊金山的種種遐想，我坐上第七大道的地鐵，一直坐到第二四二街街尾，再轉乘電車到楊克斯（Yonkers），在楊克斯，我搭乘一輛出城的電車，直達紐約市的最邊緣——哈得遜河的東岸。五輛順風車接力般把我送到了大熊山橋。只不過，我才踏上從新英格蘭彎過來的六號公路時，雨傾盆而下。沿路不只沒有一輛車，甚至沒有可遮雨的地方。我只得在一些松樹之間奔跑躲雨，但幫助不大。我開始喊叫咒罵，罵自己是個大笨蛋，想出這種餿主意。當時，我往南距紐約市六十多公里。我一路上都擔心，在這個盛大的啓程日，我會不會盡是這樣子向北竄逃，而無法向我心儀的西部踏出半步。奔跑了半公里以後，我找到了一個廢棄的英國式加油站，便躲到屋簷下避雨。陣陣轟然的雷鳴從我頭頂的大熊山上打下來，讓我領略到什麼叫上帝的震怒。我抬頭仰望大熊山，唯一可以看到的只是籠罩在煙雨中的樹木和高達天際的荒涼。「我到這裡來搞什麼鬼？」我自怨自艾，「他們現在一定都在狂歡，但卻沒我的份。我什麼時候才到得了那裡！」最後終於有一輛汽車出現，它就停在加油站前面。車上坐著一男兩女，他們會停下來，是爲了研究地圖。我站出一步，向他們打手勢。他們互相商量了起來。他們一定是把我當神經病，這也難怪，不但我的頭髮是溼的，就連鞋子也是溼漉漉的。我的鞋子，是一雙根本不適合在雨天裡穿的墨西哥式平底涼鞋，唉，我眞是蠢到家了。不過，他們最後還是答應載我，把我載回去新伯格。我別無選擇，因爲走回頭路怎麼說也總比一整晚被困在荒涼的大熊山區要強。那男的跟我說：「早上六點以前，這裡不會有車經過。如果你想去芝加哥，最好是穿過紐約的荷蘭隧道，取道匹茲堡。」我知道他說的是事實。我一直有一個不切實際的想法：如果能夠沿著單一條紅線，一直去到芝加哥，不需要一直換路線的話，會是多美妙的一件事。我會落得如此下場，完全是這個鬼迷心竅的想法作祟。

到新伯格的時候，雨已經停了。我坐上一輛回紐約的巴士，滿車都是從山區度週末回來的學校老師，他們的廢話說個沒完。我沿途都爲多花的冤枉時間和冤枉錢咒罵自己。我要去的是西部，但我花了一天一夜，上上下下，南來北返，卻連到西部的第一步都還沒有跨出去。我發誓非要在明天抵達芝加哥不可。爲了達成目的，我在紐約市坐上一部直通芝加哥的巴士。雖然這會花掉我身上大部分的錢，但只要明天能到得了芝加哥，我在所不惜。

3

那是一種最普通不過的巴士之旅：此起彼落的嬰兒哭聲，灼熱的太陽，上上下下車子的乘客。賓夕法尼亞州沿路城鎮上下車的旅客很多，要直到俄亥俄的平原區，巴士才算眞正飛馳起來。從阿什塔比拉（Ashtabula）[6]的旁邊經過後，我們在晚上穿過印第安那州。巴士抵達芝加哥的時間相當早。我在青年會要了個房間，大睡了一覺，睡飽才起床探索芝加哥。

我享受了密西根湖畔的風，到盧普區（Loop）聽了一場咆勃[7]，在南霍爾斯特德街和北克拉克街溜達了一下，之後，又到森林裡去散了個步。一輛巡邏車覺得我可疑，尾隨了我一段路。一九四七年這當兒，咆勃正在全美各地刮起一陣旋風。盧普區的咆勃很正點，但卻帶有點懶洋洋的味道。這也沒有什麼好奇怪的，因爲咆勃當前的發展，正處於一個舊階段（查理．派克〔Charlie Parker〕）和一個新階段（邁爾斯．戴維斯〔Miles Davis〕）之間的過渡時期。當我聽著那代表我們每一個人的咆勃樂聲時，不禁惦念起分散全國各地的朋友，雖然我們現在分處在那麼廣大的土地上，但很有可能，他們也像我一樣，正在勁道十足的音樂聲中顫動著、嘶哮著。第二天中午，我終於踏上向西的征途。那是個晴天麗日，最適合攔順風車不過。爲了繞過芝加哥迷宮似的交通，我直接坐巴士到伊利諾州的若利埃（Joliet）。之後，我徒步走到鎭外，在高速公路邊豎起攔車的大拇指。從紐約到若利埃一路下來，我都是坐巴士，而我身上的錢，已花了過半。

我攔到的第一輛順風車，是輛插著紅旗子的貨車，它把我一路載到五十公里外伊利諾州鬱綠蒼翠的大草原。司機把六號公路和六十六號公路的交會點指給我看（我們就開在六號公路上），告訴我，這兩條公路在交會後會再度分開，直直馳向無限遠的西部。大約下午三點，我在路邊攤吃過一頓蘋果派和冰淇淋以後，就開始攔下一部車。一個開著小汽車的女人停在我前面。當我奔上前去的時候，還以爲搞不好會有什麼豔遇，但看清楚後，才曉得那是個中年婦人，年紀大得夠當我媽媽。她要到愛荷華去，問我願不願和她輪流駕駛。我當然是沒命地答應，愛荷華！愛荷華離丹佛不遠，而只要到得了丹佛，我就什麼都不愁了。開始幾小時由她駕駛。途中她停下來了一次，堅持要去參觀一家老教堂，彷彿我們是什麼觀光客似的。直到岩島（Rock Island）和達分波特（Davenport）的一路上，都是由我駕駛。在岩島，我生平第一次親睹心儀已久的密西西比河。經過夏天太陽的曝晒，密西西比河的水位變得很低，從廣闊的河床裡傳來一種腐臭的味道，聞起來就像是美國的體味。出岩島後，經過一條橋就到達達分波特。達分波特是個和岩島一模一樣的小鎮：鐵軌縱橫，棚屋林立，鎮中心區小小的。它在中西部和煦太陽的照耀下，散發出陣陣鋸屑的味道。我和女車主就在這裡分道揚鑣。

太陽慢慢西沉。喝過幾杯冰啤酒後，我開始向城鎮邊緣走去，這是一段長路。所有人都正在下班開車回家途中，他們有戴鐵路工人帽的，有戴棒球帽的，各式各樣的帽子都有，和美國任一個地方下班時間可以看到的情景沒有兩樣。他們其中一個把我載到了一個大草原邊的十字路口。四周的景色非常美。所有路過的車子都是農耕車輛，後面跟著一起回家的乳牛。一輛貨車都沒看見。是有兩三輛轎車經過，但它們都打我面前呼嘯而過。太陽已經完全下山，我被籠罩在紫黑的夜幕中。我開始害怕了。信不信由你，愛荷華鄉村地區的夜，竟可以黑得連一絲光線也沒有。幸好，後來有一個要到達分波特的人開車經過，把我載回城裡去。換言之，我又回到了原點。

我又吃了一頓蘋果派和冰淇淋。基本上，一路下來，我每一餐吃的都是這兩種玩意兒，它們不但營養，而且美味。我走到巴士總站，坐了下來，盤算該怎麼辦。最後，我決定賭一賭運氣。我坐上一輛巴士，再次到達城市的邊緣，不過這一次是在靠近加油站的地方下車。一輛輛大卡車從我面前咆哮而過。我不斷揮手，不到兩分鐘，就有一輛大卡車停了下來。我立刻往前跑去，高興得靈魂都飛了出竅。卡車司機是個彪形大漢，有一雙銅鈴大眼和一副沙啞刺耳的嗓子。他口沫橫飛，話說個不停，卻幾乎沒管我是不是在聽。這正合我意。要知道，搭便車旅行的一大苦事就是你要和無數搭載你的人聊天（有時甚至要取悅他們），以免讓他們覺得所載非人。如果你是個不打算住旅館而打算在車上睡覺的人，這尤其是一大負擔。卡車司機不用我答腔，我反而落得清閒。在向愛荷華市奔馳的一路上，司機告訴我一個又一個他怎樣在全國各地超速而又避過警察耳目的有趣故事。「那些死條子想要叮到我的屁股可是門兒都沒有！」就在快要開入愛荷華市的時候，他向跟在我們後面的另一輛大卡車打燈，示意對方停下來。原來卡車司機考慮到他要在愛荷華市掉頭，所以替我安排接下來的交通工具。後面的卡車司機果然停了下來，我趕緊拿起帆布袋往後面跑去。沒想到完全不用我做什麼，就有另一輛又高又大的卡車，載著我在黑夜中一百又一百公里地奔馳——我的快樂眞是無以復加！這個卡車司機和上一個一樣，是個話不停的人，所以我唯一要做的事，就是舒舒服服挨在椅背上。現在，我已經彷彿看得到，丹佛就像《聖經》中的應許之地一樣，在極遙遠的前方朦朧隱現。我甚至彷彿看到更遠方的舊金山，像珠寶一樣在黑夜中閃閃生光。疾行幾小時後，卡車司機把車停在一個愛荷華小鎮上，躺下來睡了兩三小時（幾年後，在這同一個小鎮，我和狄恩將會被誤以爲是偷車賊而被警察攔下來）。我也睡了一會兒，醒來後沿著一些磚牆散了個短步。鎮上每一條短街的盡頭都是一片森然的大草原，玉米的味道聞起來像是夜裡的露水。

卡車司機在破曉醒來後，我們再度上路。一小時後，第蒙（Des Moines）的炊煙出現在綠色玉米田的最前頭。卡車司機說他要去吃早餐和樂一樂，於是，我就和他分開，獨自往七公里外的第蒙走去。路上，兩個愛荷華大學的學生讓我搭他們的便車。坐在新款而又舒適的車子裡，聽他們談論有關考試的種種，讓我有一種虛幻不實之感。入城後，我第一件想做的事就是大睡一覺。但青年會已經客滿。直覺教我沿著路軌找住的地方（第蒙的鐵軌很多）。經過一番盤旋繞行後，我在火車頭車庫附近找到了一間老舊的旅館。房間裡有一張鋪著白床單、乾淨而硬的大床，枕頭旁邊的牆壁上被人刻上各種髒話歪詩；窗戶上掛著破舊的黃色百葉窗，擋住外頭煙濛濛的鐵路景色。我酣睡了一整天，醒來時太陽已經赤紅。就在醒來那一剎那，我經歷了一生中最詭異的一次體驗：我想不起來自己是誰。我遠離家園，因爲旅途跋涉而困頓不堪，躺在一家陌生的廉價旅館，盈耳是窗外火車的蒸汽嘶嘶聲、旅館木頭的吱嘎聲、樓上的腳步聲和各種引人憂鬱的聲音。我望著高高的、有裂痕的天花板，有整整十五秒鐘想不起來自己是誰。我覺得自己是另外一個人，一個陌生人，一個過了幽靈似的一生的人。其實，我會有這樣的錯覺並不奇怪。我已經跨越了半個美國，來到一條分水線上：分水線的一邊，是過去的東部的我；分水線的另一邊，是未來的西部的我。也許就是這個原因，才會在一個紅豔豔的午後，有那樣的怪事發生在我身上吧。

但我還有路要趕，不容浪費時間去傷春悲秋。我拿起帆布袋，跟坐在痰盂邊的老店東道過再見，就踏出旅館，去吃我的晚餐——還是蘋果派和冰淇淋。愈深入愛荷華，可以吃到的蘋果派就愈大個，冰淇淋就愈濃郁。第蒙到處都有最漂亮的女孩子，都是下課回家的高中女生。只不過，我實在沒心情去想這檔子事。我必須盡快趕到丹佛去。卡洛已經在丹佛了；狄恩也在那裡；蔡德．金恩和提姆．格雷也是（丹佛本來就是他們老家）；還有瑪莉露。除此以外，據說還有其他一大票人在等著我，包括賴伊．羅林斯和他漂亮的妹妹貝貝．羅林斯，還有狄恩認識的一對女侍應姊妹花，甚至連我大學時代的老友羅蘭．梅耶現在也到了丹佛。一想到和這樣一票人會合會是怎麼樣的樂事，我就雀躍難耐。所以，我只好置天底下最漂亮的美女於不顧，匆匆跟他們擦身而過。

一輛載滿各種工具的貨車把我載上了一個長長的山崗，然後，我又立刻攔到一輛由一對農人父子所開的車，他們的目的地是阿德（Adel）。就在阿德一個加油站附近一株大榆樹下，我認識了一個和我一樣，靠搭便車前進的旅人。他是愛爾蘭人，也是個典型的紐約客。據他說，他爲郵局開郵務車開了好幾年，現在打算到丹佛找一個女孩子，展開新生活。但我猜想，他離開紐約，是在躲些什麼，而且大有可能是在躲官司還糾紛什麼的。此人年約三十，鼻頭發紅，一望而知是個酒徒。換作平時，這種人會讓我厭煩，只是此刻我對任何形式的人類友誼有著強烈渴盼。他穿著破舊的毛線衣和鬆垮垮的褲子，身上沒有任何行李，只有牙刷與手帕。他建議我們結伴同行。我本來應該拒絕他的，因爲以他那副嚇人的尊容，只怕會讓我平白損失不少攔到便車的機會。不過我最後還是和他結了伴，而且攔到一輛要到愛荷華州的斯圖亞特（Stuart）的便車。不過，到了斯圖亞特，我們就被困住了。我們站在一個鐵路售票處前面，足足等了五小時，直到日落還攔不到一輛車子。起先，我們以聊聊各自的過去打發時間，繼而是他講了一些黃色笑話，等他笑話講光，我們就只能踢踢石子和製造各種怪叫聲，打發無聊。百無聊賴之餘，我建議不如乾脆去喝點啤酒。我們走到一家酒館，結果，他醉得和他在紐約每天晚上回家時沒有兩樣。他向我講述他各種下流的夢想。我開始有點喜歡他，倒不是因爲他是好人（後來發生的事情證明他不是），而是他很會做夢。喝完酒，我們再回到黑漆漆的公路邊攔車。天色已晚，路過的車子更少了，也沒有一輛願意停下來。我們躺在鐵路售票處的長凳上試著睡覺，但電報機一整晚響個不停，讓我們無法成眠。是有很多貨運火車轟隆隆地經過，但我們從沒有幹過攀火車的勾當⑧，不敢貿然嘗試，再說，我們也分辨不出哪一列火車是東行，哪一列是西行。天快亮的時候，我們乾脆坐上一輛到奧馬哈（Omaha）去的巴士，加入睡得東倒西歪的乘客的行列。我付了車票錢——兩個人的車票錢。他叫愛迪，長相和我一個表哥有點像，我會願意和他黏在一起，理由也在此。我希望沿路有個熟朋友、有個喜歡笑的人作伴。

車子在破曉時分經過康索布拉夫斯（Council Bluffs）。冬天的時候，我讀了許多有關拓荒的書，其中提到大篷車隊要前往俄勒岡或聖塔菲之前，先在康索布拉夫斯這裡召開會議。但當然的，現在會出現在車窗外的，就只有零零落落、籠罩在灰濛濛晨曦中的村舍罷了。車子開入奧馬哈的時候，老天，一個活生生的牛仔出現了在我的面前——這還是生平頭一遭呢！他頭戴高頂寬邊呢帽，腳蹬德州馬靴，沿著一些肉品批發店前面走過。不過，除了服飾以外，他的樣子和東部在黎明時走在磚牆旁邊的落魄角色沒兩樣。下巴士以後，我們直接出城，再次豎起攔便車的大拇指。一個頭戴高頂寬邊呢帽的有錢牧場主載了我們短暫一程。他說，普拉特河谷（Platte Valley）就像埃及的尼羅河谷一樣了不起。我看著隨普拉特河蜿蜒到天邊的參天大樹和兩旁綠油油的大片大片田野，幾乎忍不住要附和他的意見。我們在一個十字路口下車沒多久，就有另一個牛仔先生開車經過。他停下來問我們，我們兩個人之中，有沒有人會開車。我們都會開車，但只有愛迪有駕照。牛仔先生有兩輛車要開回蒙大拿，想找人幫他開其中一輛。我們只要把車開到格蘭德艾蘭（Grand Island），他太太就會接手。從這裡到內布拉斯加的格蘭德艾蘭，有快兩百公里的路，我們當然是忙不迭的答應。我坐牛仔先生的車，愛迪一個人開另一輛。一出城，愛迪就把車速飆到一百五十公里。「那小子在幹什麼！」牛仔先生哮道，緊追在後面。對於愛迪的舉動，我只能想到一個解釋：他想溜之大吉。但牛仔先生緊追不捨，讓愛迪無法得逞。最後，他趕上愛迪，猛按喇叭，示意愛迪停下來。

「小兄弟，你就不能開慢一點嗎？你這樣開，包管你會爆胎！」

「我真有開到一百五嗎？」愛迪說，「天啊，路太平坦了，我一點感覺不到自己開多快。我真該死！」

「慢慢開沒關係，這樣才能保證你能平平安安到達格蘭德艾蘭。」

「沒問題。」

再度上路後，愛迪開得很慢，慢到我懷疑他是不是一面開車一面打瞌睡。就這樣，我們沿著蜿蜒的普拉特河和它那些青翠的田野，在內布拉斯加州州境內開行了一兩百公里。

「經濟大蕭條那年頭，」牛仔先生對我，「我每個月最少會靠攀火車外出一次。和我一起攀在車廂外的，各色人等都有。有到處找工作的失業者，也有純粹的流浪漢。那年頭整個西部都是這樣的光景。火車司機從來不會爲難誰。至於他們現在還是不是這樣，我就不得而知了。我對內布拉斯加沒好感。在一九三〇年代，你在內布拉斯加這裡放眼望去，除了滾滾煙塵以外，什麼都看不到。空氣混濁凝重到你甚至無法呼吸，連土地都是黑色的。當時我就住在這裡。如果政府決定把內布拉斯加還給印第安人，我會舉雙手贊成。我討厭這個鬼地方要甚於世界任何地方。我現在住在蒙大拿——蒙大拿的密蘇拉（Missoula）。你有空到密蘇拉走走的話，就會知道上帝的國是什麼樣子。」他是個說話有趣的人。當下午他說話說累了之後，我便開始睡覺。

我們半路上停下來用過一次餐。牛仔先生拿了一個備胎去補，而愛迪和我則進了一家家庭式的小餐館。吃到一半，一陣大笑聲——肯定是世界上最大的笑聲——在門口響起。走進來了一個皮膚粗糲得像牛皮的老農夫，尾隨一群年輕小夥子。他的笑聲響徹了整個大草原，響徹了他年輕時代那個灰色世界。每個人都附和著他笑。他根本不在乎別人的眼光，而每個人都對他表現出最巨大的敬意。我心裡想：哇噻，聽聽這笑聲，這就是西部，我在西部啦！他快步走到吧檯前，對老闆娘說：「大娘，我餓慌了，快給我弄點什麼來祭祭五臟廟，否則，我說不準會把自己吃掉。」這個大娘，懂得做全內布拉斯加最美味的櫻桃派，而這樣的櫻桃派，我面前就有一個，上面還堆著像山一樣高的冰淇淋。老農夫一屁股坐到一張高腳凳上，哈哈哈哈笑個沒完。「上面記得放上些豆子。」現在，西部精神就活生生坐在我身邊。我真希望了解有關他的一切，希望了解這些年來，他除了笑和叫以外，還幹了些什麼。但牛仔先生這時卻回來了，我們只好離開。

在格蘭德艾蘭會合上牛仔太太後，我們就與牛仔先生分道揚鑣了，因爲他要往北走，而我們則要往西。兩個年輕小夥子在濛濛細雨中載了我們一程。繼而，一位老先生又把我們載到了謝爾頓（Shelton）。他沿途沒有說半句話，他爲什麼願意載我們，只有天曉得。在謝爾頓，我們站在一條路旁攔車，不遠處盤腿坐著一群五短身材的印第安人，顯然，他們既無事可做，也無處可去。路的對面是鐵路和一些上面寫著「謝爾頓」幾個字的大水箱。「老天，」愛迪吃驚地說，「這城鎮我以前來過吔。那是幾年前的事，還在打仗。我到的時候已經很晚。每個人都在火車上睡覺，只有我一個人走到月臺去抽菸。四周黑得鬼似的，我根本不知道這裡是那裡。但等我一抬頭，就看到大水箱上『謝爾頓』斗大幾個字。我坐的是一列到西岸去的火車，在這裡不過暫停幾分鐘，不知道是爲了加燃料還是什麼來著。火車上每個人都鼾聲大作。從那時起，我就討厭這個鬼地方。」謝爾頓又把我們困住了。就像在達分波特一樣，打我們前面經過的，盡是些農耕車輛。偶然也會出現些退休老遊客開的車子，但他們比農耕車輛的駕駛還要忌諱我們——車上那些本來正在看地圖或探頭看風景的老先生老太太，只要一看見任何可疑的臉孔，就會趕緊把頭往後一縮。

雨漸漸變大，愛迪有點著涼了，他身上衣服很少。我從帆布袋找出一件格子羊毛襯衫給他穿上，他感覺稍微好一點。我覺得自己也有點著涼，便到附近一家印第安雜貨店裡買了一瓶咳嗽藥水，又在一家一百二十公分見方的小郵局裡寫了張一分錢的明信片，寄給我姑姑。之後，我們折返那條灰濛濛的公路邊，大水箱上的「謝爾頓」幾個大字再一次映入眼簾。一列來自岩島的火車呼嘯而過，往我們嚮往的方向咆哮而去。雨下得更大了。

這時，一輛汽車在對面車道停下，走出來一個高高瘦瘦、頭戴著牛仔帽的老頭。他朝我們走過來，樣子像個警長。我們都在心裡盤算，待會兒要怎樣回答他的盤問。但他的步伐很悠閒。

「你們兩位小兄弟是要到什麼地方去嗎？還是只是漫無目的四處走走？」

我們不知道他爲什麼要問。

「你問這個幹麼？」我們反問他。

「哦，是這樣的，我是個遊藝團的團主。我的遊藝團現在就落腳在這條路幾公里開外。

我想找幾個年長一點又想賺點錢的小夥子幫忙。我們有那種套娃娃的攤位，就是向玩具娃娃投擲圈圈，圈中就可以把獎品帶走那種。如果你們願意幫忙看攤子，可以分到收入的三成。」

「包吃住嗎？」

「包住不包吃。吃飯的話你們要自己到鎮上吃。我們的遊藝團不時都會轉換地點。」我們考慮了一下子。「這可是一個好機會啊，你們錯過可惜。」他又補充了一句，很有耐心等候我們下決定。我不知道愛迪怎樣想，但我可沒興趣跟著一個遊藝團四處跑。我迫不及待要趕去丹佛。

我說：「我不認爲我有這個時間，我正在趕路。」愛迪也同樣回答。老頭兒揮了揮手，好整以暇地穿過馬路，回到車子去。我和愛迪爲這件事捧腹笑了一會兒，並在腦海裡想像我們在遊藝團裡工作的樣子。我看到了黑暗和煙塵滾滾的大平原，看到一個個閒晃的內布拉斯加家庭，看到一張張玫瑰色的孩子的臉——他們興奮地東張西望，而我則像個魔鬼一樣，用一些廉價的把戲去誘騙他們。我還看到自己睡在一輛鍍金的篷車裡的模樣。

接下來發生的事情說明了愛迪是個怎麼樣的同伴。一輛奇怪的東西朝著我們緩緩開來，駕駛是個老頭；他開的那東西由鋁片組裝而成，方正得像個盒子。那毫無疑問是部曳引車，但卻是一部怪裡怪氣的內布拉斯加曳引車。曳引車開得很慢，最後停了下來。我們忙不迭跑上前去，但老頭卻說他只能載一個人。愛迪二話不說就跳上車，然後隨著曳引車一嘎一嘎地慢慢從我視線消失——身上還穿著我給他的那件格子羊毛襯衫。嗯，沒什麼大不了的，我對著我的羊毛襯衫說了句再見。之後，我一個人在路邊攔了好久好久的車（有好幾小時），都徒勞無功。在我的主觀感覺上，天已經漸漸黑下來，但事實上，那還不過是下午。丹佛啊丹佛，我要怎樣才到得了丹佛？就在我打算放棄等待，找個地方喝杯咖啡時，一輛車子突然停在我的前面。那是一輛相當新的車子，駕駛很年輕。我瘋了一樣往前跑去。

「你要去那兒？」

「丹佛。」

「那好，我可以載你一百六十公里的路。」

「好，好。你是我的救命恩人。」

「我過去常搭順風車，所以現在喜歡搭載別人。」

「要是我有車，也一定這樣。」我們攀談了起來，他告訴了我一些有關他的事，但並不怎麼引人入勝。我睡了過去，等醒來時，車子是在戈騰堡（Gothenburg）的鎮外——也就是該我下車的地方。

4

接下來，我坐了生平最妙不可言的一趟順風車。車子是一輛帶車斗的貨車，車斗裡橫七豎八躺著六七個人。駕駛是兩個來自明尼蘇達州的金髮年輕人，只要路上有誰揮手，他們一律都會停下來。他們有著你所見過最怡人的微笑。當他們把車停下來時，我跑上前去問：「還有空位嗎？」他們回答說：「當然有，上來吧，任何要坐便車的人都有空位。」

貨車重新發動時，我還沒有來得及攀到車斗內，半個身體懸在車外，顯得有點狼狽。一隻手伸出來，把我拉了進去。大家在傳遞一瓶快見底的劣酒，我仰頭就著內布拉斯加狂野、抒情、毛毛雨的空氣，喝了一大口。一個戴棒球帽的小夥子喊道：「我們從第蒙開始就坐這兩位仁兄的車，車子一路下來沒有停過。如果要小便，你除非喊他們停車，否則就只能撒在半空中。抓穩啊，老兄，抓穩啊！」

我環顧了一下四周的車友。有兩個是來自北達科塔州的小夥子，他們頭戴紅色棒球帽，正在沿路找收割的零工打。另外有兩個小夥子是城市人，來自俄亥俄州的哥倫布市，是高中的棒球隊員；他們一面嚼口香糖，一面迎風唱歌。他們告訴我，他們在做暑假旅行，打算靠著搭便車環遊全國。「我們要去洛杉磯。」他們扯大嗓門兒告訴我。

「你們去洛杉磯幹麼？」

「唔，不知道。管他的。」

同車的還有一個高高瘦瘦的傢伙，一臉鬼鬼祟祟的表情。「你打哪來的？」我問他。他就躺在我旁邊的位置——車斗上沒有欄杆，所以如果你不是躺著而是坐著的話，篤定會被震出車外。他緩緩向我轉過臉來，說了三個字：「蒙—大—拿。」

尚餘的兩名車友是密西西比吉恩⑨和他帶出來的小朋友。密西西比吉恩是個瘦小、黝黑的流浪漢，長年靠著攀火車南來北往。他今年三十來歲，但有一張年輕的臉，不容易讓人猜到眞實年齡。他盤著雙腿，連續好幾百公里都不發一語。最後，他終於開腔了。他問我：「你去那裡？」

我說丹佛。

「我有個姊妹在丹佛，不過我們已有好幾年沒見過面。」他說起話來悅耳而緩慢。他是個有耐性沉得住氣的人。他帶在身邊那個十五六歲的金髮少年，也是一身流浪漢的裝束，也就是說，全身黑巴巴和髒兮兮的——這是攀火車和睡地板有以致之。金髮少年就跟密西西比吉恩一樣安靜，看上去，他離家外出，是爲了躲些什麼，而從他愣愣的眼神和憂慮的表情，我猜他八成是在躲警察。每過一陣子，蒙大拿瘦竹竿就會語帶挖苦地跟他們說上一兩句話，但他們都不搭理他。

「你身上有錢嗎？」蒙大拿瘦竹竿問我。

「少得可憐。到丹佛以後，大概只夠我買一瓶一品脫的威士忌。你呢？」

「我知道哪裡可以弄到些錢。」

「哪裡？」

「哪裡都可以。反正沒有哪條小巷暗街是找不到冤大頭的，你說呢？」

「嗯，我相信你有辦法找得到。」

「真有需要的時候，我不會猶豫的。我要到蒙大拿看我父親。我會在夏延（Cheyenne）下車，再換別的辦法去蒙大拿。這車是要去洛杉磯的。」

「直接到洛杉磯？」

「直接到。如果你是要去洛杉磯的話，就賺到了。」

他這話讓我怦然心動。一想到能夠在晚上馳騁於內布拉斯加、懷俄明，早上馳騁於猶他州的沙漠，下午馳騁於內華達的沙漠，然後到達洛杉磯，我就幾乎想改變原定的行程。但我必須要到丹佛去。我必須在夏延下車，改搭別的便車到一百四十公里外的丹佛。

開車的兩個明尼蘇達小夥子終於在北普拉特（North Platte）把車停了下來，以便用餐。

他們從車頭走出來，向坐在車斗裡的每個人微笑。他們其中一個說：「尿尿時間到。」另一個則說：「用餐時間到。」只不過，他們是一行人中唯一有錢買東西吃的人。我們跟在他們屁股後面，去到一家由幾個女人經營的餐館。我們吃的是漢堡和咖啡，而他們則像到了媽媽家的廚房一樣大吃大喝。他們是一對兄弟，剛把一批農耕機具從洛杉磯運到明尼蘇達，賺了一票，所以樂於搭載每個想坐便車的人。他們這樣在明尼蘇達與洛杉磯之間往返，迄今已有五次。似乎什麼事情都可以讓他們覺得開心，他們從不停止微笑。我試著和他們攀談——就像個一心想討好船長的水手那樣——但換回來的，只是兩個大微笑和四排雪亮的牙齒。

每個人都隨著他們到餐廳裡去，唯有密西西比吉恩和他身旁的小朋友除外。等我們用餐回來，他們還是鬱鬱不樂地坐在車斗裡。天漸漸黑了。兩位駕駛在抽菸，我想趁這個時間去買一瓶威士忌，以便在寒夜中取暖。我告訴那對駕駛兄弟我的想法，他們微笑著說：「去吧，快去快回。」

「待會兒一定要請你們喝兩杯。」

「啊不用，謝了。我們不喝酒。快去吧。」

蒙大拿瘦竹竿和兩個高中生跟著我一道走到北普拉特的街上亂逛，最後找到威士忌酒鋪。在他們三人各出一點錢的情況下，我買了一瓶五分之一加侖裝的酒。一些高個、陰沉的男人站在假立面建築前面，看著我們走過，大街兩旁林列著像正方形盒子般的房子。我覺得空氣的味道有點異樣，但又說不出所以然來（五分鐘後我就知道原因了）。等我們一回到貨車，車子就馬上開拔。天黑得很快。我們每個人都喝了一杯。當我抬頭往前望去時，只見綠色的田畝開始消失，極目所見，盡是一片片布滿山艾和沙子的荒地。我很驚訝。

「那是什麼玩意兒？」我大聲問蒙大拿瘦竹竿。

「我們開始進入放牧地了，老弟。再給我一杯吧。」

「吔呼！」兩個高中生大聲歡呼。「哥倫布市，再見了！如果史巴克和其他傢伙看見此情此景，不知道會說些什麼。萬歲！」

坐在車頭的兩兄弟換了手駕駛，新任駕駛把車速推進到了極限。路況也變了：路中央滿布著土瘤，路肩鬆軟，路兩邊各有一條大約一公尺深的溝渠。車子在路上顛上顛下，有時甚至從路的一邊顛到另一邊去——幸而老天保佑，每次發生這樣的事情時，對向都沒有來車。我原以爲我們遲早會翻個筋斗，不過卻沒有。開車兩兄弟是很高竿的駕駛。我很快就了解到，這條土瘤路是內布拉斯加和科羅拉多的接壤道路，而我們現在雖還沒有正式進入科羅拉多，但丹佛不過就在我們西南方幾百公里開外！我高興得引吭高呼。我們互相傳遞酒瓶。天空這時冒出了大群大群璀璨的星星，不斷往後退的沙丘慢慢黯淡了下來。我感覺自己就像一枝箭，正朝著目的地疾飛。

突然間，一直老僧入定的密西西比吉恩轉過臉來，俯身靠近我，開口說話了：「這些平原讓我憶起德州。」

「你是德州人嗎？」

「不，先生。我來自密西西比的格林維爾。」

「那孩子打哪來的？」

「他在密西西比碰到些麻煩，所以我幫他離開。他從未單獨外出過。我盡力照顧他，畢竟，他只是個孩子。」雖然吉恩是個白人，但他卻有著老黑人臉上那種睿智和倦容。他這樣南北奔波，理由無他，就只因爲沒有哪個地方是不會讓他待膩的。

「我到過奧格登（Ogden）好幾次。如果你想到那裡，我有一些朋友可以讓我們落腳。」

「我要在夏延下車，再到丹佛。」

「哦，隨你的便。但不是每天都有這麼好的便車可以坐的。」

這也是個很有誘惑力的建議。「奧格登會有什麼好玩的呢？」

「那是一個各色人等匯聚的地方。你可以見到各式各樣的人。」

我更年輕時當過水手，在船上認識了一個來自路易斯安那的朋友。他名叫威廉斯．霍姆斯．哈澤德，諢號「大高個」哈澤德。他是個志願的流浪漢。小時候，有一個流浪漢敲他家的門，向他媽媽討點吃的。當時小哈澤德問他媽媽：「媽，那人是誰？」「問這幹麼？他是個流浪漢。」「媽，我長大以後也想當流浪漢。」「閉嘴，沒有姓哈澤德的人會去當流浪漢。」但哈澤德從沒有忘記這個志願，等他長大，在路易斯安那大學校隊打了一陣子美式足球以後，就跑去當了流浪漢。不知道爲什麼，吉恩的樣子勾起了我對哈澤德的回憶。我問吉恩：「你有碰到過一個叫『大高個』哈澤德的傢伙嗎？」

「是一個高個子、笑起來很大聲的人嗎？」

「嗯，聽起來很像是他。他是路易斯安那州拉斯頓市人。」

「那就對了。我聽過別人喊他『路易斯安那大高個兒』。是的先生，我應該碰過他。」

「他曾經在德州東部的油田工作過。」

「就是德州東部，沒錯。他現在從事牧牛。」

雖然每一點都符合，但我仍然難以相信，我眼前這個湊巧遇上的陌生人，竟會認識我打聽了好些年的「大高個」哈澤德。「他以前是不是有在紐約的拖船上工作過？」

「這個我就不得而知了。」

「我猜你是在西部認識他的吧？」

「對。我從沒有到過紐約。」

「哇，眞神，這個國家那麼大，你我竟然會同時認識他，眞是不可思議。不過我還是相信你眞的認識『大高個』。」

「是的，先生。我和『大高個』眞的很熟。當他手頭有錢的時候，總是很慷慨。他也是個很悍的傢伙，我看過他在夏延的廣場上，一拳就擺平了一個警察。」這聽起來更像是「大高個」了，因爲他一向喜歡向空中練習揮拳──他看起來就像拳王登普西，只不過是個年輕而愛喝酒的登普西。

「太妙啦！」我在風中高喊，然後又喝了一口酒。我覺得暢快極了。每一口酒的負面效果，都會被迎面而來的疾風吹散，它的正面效果，則會沉到我的胃裡。「夏延，我來也！」我唱道，「丹佛，探頭出來看看你的孩子。」

蒙大拿瘦竹竿把頭轉向我，指指我的鞋子說：「你看，你把它們種到土裡去的話，會不會長出什麼來？」他說這個笑話的時候，表情一本正經，但卻把同車的其他人逗得哄堂大笑。沒有錯，我腳上穿的，肯定是全美國最可笑的鞋子了；我是特別爲了這趟旅行而買它們的，因爲我不喜歡一面走路腳一面出汗的感覺。事實上，除了在大熊山那一個雨夜以外，這雙鞋證明十分適合旅行穿。不過，現在它已經變得相當破舊，其中一些皮帶子斷掉，岔了開來（樣子就像是新鮮蘋果派上的絮塊），讓我的腳趾露了出來。我附和著大家一起笑。我們又乾了一杯和笑了一輪。彷如身在夢中一般，我們穿過一個又一個十字路口小鎮，看到一群又一群沒精打采的收割工和牛仔。每穿過一個城鎮以後，我們就會重新進入遮天蔽地的黑暗中。

每年這個時候，這一帶郊區小鎮的人都特別多，因爲現在正値收割季節。那兩個達科塔小夥子有點坐立不安。「我想我們會在下一次尿尿時間下車，看來這一帶有很多工作機會。」「等這邊的工作都結束以後，你們可以往北走，」蒙大拿瘦竹竿給他們出主意，「因爲愈往北，收割時間愈晚。你們可以這樣一路找工作找到加拿大去。」兩個達科塔小夥子似有若無地點了點頭，蒙大拿瘦竹竿的意見在他們心目中沒有什麼分量。

三不五時，吉恩就會把老僧入定的身子探向身旁的少年，在他耳邊溫柔地說上兩三句話。小夥子聽了後會點點頭。吉恩照顧著這個孩子，照顧著他的情緒與恐懼。我很好奇，他們到底要到那裡，幹些什麼。他們沒有香菸，我請他們抽我的；我喜歡他們。他們很感激。他們並不主動向我要，但我不時都會把菸包遞給他們。蒙大拿瘦竹竿也有自己的香菸，但從不拿出來跟大家分享。我們頭頂的星星清澈而明亮，因爲車子正走在西部高原的上坡路上，大約每走出一公里，就會向上爬升四十公分。再說，四周也沒有半棵樹木，讓即使是低空的星星也一目瞭然。有一次，我在路邊的鼠尾草叢山中瞥見一頭悶悶不樂的白臉乳牛。我們有如坐在一輛火車上，平穩而筆直。

在行經一個城鎮的時候，車速慢了下來，蒙大拿瘦竹竿自作聰明地說：「尿尿時間到！」但車子並沒有停下來，而是繼續往前走。「該死，我快憋不住了。」他罵道。

「到邊邊尿去吧。」某個人建議他說。

「你放心，我會的。」說罷，他就蹲著身體，一寸一寸地往車斗後面移動。有個人在車頭上敲了敲，開車的兩兄弟轉過頭來，露出心領神會的笑容。蒙大拿瘦竹竿好不容易到達貨車後頭，在搖搖晃晃之中就定位，蓄勢待發，突然間，貨車竟以一百一十公里的時速蛇行起來。蒙大拿瘦竹竿一下子就被顛得往後倒，只見一股水柱，像噴泉一樣從他身上向上噴發了出來。他掙扎著要回復坐姿，但等他一坐定，貨車又大幅度拐了一下，讓他倒到一邊去。他全尿到了自己衣服上面。在貨車的怒吼聲中，我們隱約可以聽到蒙大拿瘦竹竿的咒罵聲：「幹……幹……幹……」就像一個男人從遠山傳來的哀叫聲。他根本不知道這是我們故意整他的。他在狼狽中不停掙扎，活像《聖經》裡的約伯一樣堅強⑩。當他「尿完」，就扶著車斗邊緣，踉踉蹌蹌地回到原來的位置上。他身上溼漉漉的，一副愁眉苦臉的樣子。除金髮少年以外，每一個人都大笑，駕駛的兩兄弟也是笑得合不攏嘴。我把酒瓶遞給蒙大拿瘦竹竿，作爲對他的補償。

「搞什麼鬼，」他說，「他們故意整我的不成？」

「顯然是。」

「該死，我完全沒防到他們會搞這種把戲。我在內布拉斯加的時候也這麼幹過，卻完全沒有麻煩。」

沒兩三下功夫，我們就到了奧加拉拉（Ogallala）。開車兩兄弟用很愉快的聲音喊道：「尿尿時間到！」蒙大拿瘦竹竿倖倖然站在貨車邊，對平白損失一次尿尿時間有點不平。兩個達科塔小夥子決定要在這裡找工作，便與車上每一個人道再見。我們目送著他們沒入夜色中，走向小鎮另一頭亮著燈的一些棚屋去——一個穿牛仔褲的守夜人告訴他們，那裡有一些招工的人。我要再去買些香菸。吉恩和金髮少年想舒展舒展筋骨，便跟我一道去。我們進了一家冰果室。冰果室裡有一群少男少女，其中一些人隨著點唱機的音樂跳舞。我們進入時，全屋的人都安靜下來了一下子。吉恩和金髮少年只是站著，誰也不看；他們只想要香菸。冰果室裡有幾個很漂亮的女孩，其中一個對金髮少年有意思，頻頻對他使眼色，但他卻沒看見似的，相應不理。要不是因爲他對她沒興趣，就是因爲他太憂鬱和太疲憊了。

我給他們各買了一包菸，他們都說謝謝。貨車已經準備好再度上路。時近午夜，氣溫愈來愈低。周遊過全美國不知多少次的吉恩告訴大家，這時最聰明的做法，就是躲到防水布下面去，否則鐵定會被冷僵。就靠這個辦法，加上酒瓶裡剩下的酒，我們得以一直保持溫暖。車子愈爬愈高，滿天星斗看起來也愈來愈亮。現在，我們已經在懷俄明州境內了。我平躺著，直視著壯麗的蒼穹，為我所取得的進展感到自豪，為我已經從悲慘的大熊山走出有多遠而感到高興，而一想到在丹佛等著我的一切——不管是些什麼——我就興奮不已。吉恩開始唱起歌來，聲音低沉而有韻味，聽起來就像是潺潺的流水聲。歌詞很簡單，來來去去主要是這幾句：「我有一個美麗的小愛人，年方十六，是你看過最美麗的小姑娘。」他重複吟唱，偶爾插進幾句不同的歌詞。這首歌述說他對愛人的思念，述說他離愛人有多遠，有多想回到她身邊，但已經太遲了。

「吉恩，這是我聽過最美的一首歌。」

「也是最甜蜜的一首歌，就我所知道。」他微笑著說。

「我祝你能順利抵達你要到的地方。」

「我總有辦法去到我想要去的地方。」

本來睡著的蒙大拿瘦竹竿這時突然醒了過來，對我說：「喂，你到丹佛之前，和我一道一探夏延如何？」

「有什麼問題。」我已醉得沒什麼事情幹不出來。

在夏延的郊外，遠遠就看得見當地電臺高聳天線上的紅色燈光。才一刹那，貨車就已穿行於兩旁行人道川流不息的人群中間。「老天，好一個狂野西部[11]週末夜。」蒙大拿瘦竹竿說。一大群一大群穿著馬靴、頭戴高頂寬邊呢帽的生意人，帶著他們穿女牛仔裝的壯碩太太，在木頭行人道上你推我擠。再遠處，可以看到新市中心區大道上的燈火。不過，狂歡的人群都喜歡集中到舊市中心區這裡來。空包彈的槍聲響起。酒館裡的人多得擠到了行人道上。我一方面感到驚訝，另一方面又感到荒謬：沒想到我在西部第一晚喝酒，竟發現它的設施不足以維持它的驕傲傳統。該是我和蒙大拿瘦竹竿下車和跟車上每個人說再見的時間了，開車那對兄弟對於瞎逛沒有興趣。一股離愁湧上我的心頭。我知道，自此以後，我不會再有機會看到貨車上的任一個人。但旅行不就是這麼回事嗎？我警告吉恩說：「即使今晚你的屁股不會被凍壞，也難保它們明天下午不會在沙漠地帶被燙壞。」

「熬得過今晚就不成問題了。」他答道。貨車重新開動，穿過雜沓的人流遠去。沒有一個路人有興趣看貨車上的人一眼，相反的，車上的人卻像嬰兒車內的新生兒一樣，興孜孜地注視著車外的一切。我目送著車子遠去，直至它完全被黑暗吞沒爲止。

5

我和蒙大拿瘦竹竿一間酒吧接一間逛。我身上原剩七美元，但那個晚上，我竟愚蠢得花掉了其中五美元。每間酒吧、每個門道和每條人行道都擠滿穿牛仔裝的遊客、油井工人和牧場主，我和蒙大拿瘦竹竿則在人群間團團轉。蒙大拿瘦竹竿喝得暈頭轉向，對每個和他聊天的陌生人都挖心掏肺。我覺得餓，便走進一家墨西哥料理店去用餐。女侍是個漂亮的墨西哥女郎。吃過東西後，我在帳單後面寫了一些示愛的文字。當時店裡沒有別的人，每個人都喝酒去了。我叫她把帳單翻過來看。她一面看一面笑。那是一首小詩，述說我多期盼與她一起欣賞夜色。

「我很樂意去，可是我已經和男朋友約好了。」

「你放他鴿子不就行了嗎？」

「不，不，我辦不到。」她帶著點憂怨的口氣回答說。我喜歡這種口氣。

「那我改天再來好了。」我說。

「歡迎你隨時再來。」

我繼續賴著不走，一直盯著她看，又另外點了一杯咖啡。過了一會兒，她男友一臉陰沉地走了進來，問她什麼時候可以下班。她匆匆忙忙打點這個打點那個，準備打烊。我不得不走了。離開的時候，我對她笑了笑。外頭的狂野昂揚依舊，唯一的差別是，那些肥酒鬼愈來愈醉，吆喝聲也愈來愈大。好笑的是，在那些臉色漲紅、胡言亂語的人群中，竟然有一些頭戴大羽毛頭飾的印第安酋長夾雜其中。我看到蒙大拿瘦竹竿在人群裡跌跌撞撞，便上前找他去。

「我剛寫了張明信片給我老爸。你看哪裡會有郵筒？」這是個奇怪的問題。他把明信片遞給我後，就獨自推開兩扇酒吧活門，走了進去。我把明信片拿到郵筒去投遞，寄以前瞄了一眼。「親愛的老爸，我星期三就會回到家。今天晚上我一切都很棒，希望你也是。李察。」這張明信片讓我對蒙大拿瘦竹竿的印象大大改觀：他對爸爸說話的語氣，是何等溫柔而有禮啊。我再到酒吧去找他。接下來我們搭上兩個女孩，一個是年輕漂亮的金髮妞兒，一個是黑髮的肥妞兒。她們很沉默，但我們決心要把她們弄上手。我們把她們帶到一家即將打烊的夜總會，不惜花兩美元，爲她們點了蘇格蘭威士忌（我們自己則喝啤酒）。我愈來愈醉，但滿不在乎；我愜意得無以復加。我全副心思都落在金髮小美人身上，期盼著以全身的氣力，匍匐在她身上。夜總會打烊後，我們在街道上溜達了一會兒。我抬頭望向天空，清澈、美妙的星星仍然閃爍燃燒著。兩個女孩要到巴士總站，我們就陪她們一道走，沒想到她們原來約了幾個水手碰面，一個是肥女孩的堂兄弟，其他幾個是他朋友。我問金髮小美女：「妳要到哪去？」她說要回家；她家在夏延南邊的科羅拉多境內。「我陪妳坐巴士回去。」我說。

「不，巴士只停在高速公路邊上，從巴士站回家，我得在大草原上走一段路。下午來夏延的時候，我已經在那個無聊透頂的大草原上走過一趟，今晚可不想再走一趟。」

「聽好，我們可以在大草原的花叢中來一段美妙的散步。」

「那裡根本沒有什麼花，」她說，「我想到紐約去。這裡讓我厭惡。這裡除了夏延，就沒有什麼地方可去，而夏延卻什麼也沒有。」

「紐約也什麼也沒有。」

「沒有才怪。」她噘了噘嘴。

巴士總站裡擠滿了人，各色人等都有，有等巴士的，有等人的。等車的人中有好些是印第安人，他們用一雙冷冷的眼睛打量四周的一切。金髮女孩見到等她的水手以後，就毫不猶豫把我撇到了一邊。蒙大拿瘦竹竿坐在一張長凳上打瞌睡。我也坐了下來。全美國的巴士總站都是一個樣，地板布滿菸蒂和痰，會讓人產生一種只有在巴士總站才感受到的憂鬱感。有一剎那，我甚至分不清楚，自己是在紐華克的巴士總站還是夏延的巴士總站。不過當然，夏延巴士總站外面的轟轟人潮是紐華克所沒有的（我愛死了這種人潮）。我開始感到懊惱，埋怨自己爲什麼一再耽誤行程，爲什麼把那麼多錢花在一個板著臉的女孩身上。不過，我因爲太久沒睡過覺，已經累得連詛咒自己的力氣都沒有。我蜷曲在長凳上，以帆布包爲枕，一覺就睡到了第二天早上八點。

我醒來的時候頭痛欲裂。蒙大拿瘦竹竿已經走了，大概是逕自到蒙大拿去了。我走出巴士總站，在湛藍的天空下，白雪覆頂的落磯山出現在我視野的遠端——這還是我生平第一次親眼看見落磯山呢！我深呼吸了一口氣。我得立刻到丹佛去。吃罷一頓由烤吐司、咖啡和一顆蛋所組成的早餐後，我就直接往城外的高速公路走去。夏延的狂歡顯然還沒有結束，因爲一個馴野馬表演會開演在即，可以想見，歡鬧喧騰馬上就要捲土重來。但我無心逗留，一心一意只想趕去丹佛和一票死黨會合。我越過一條鐵路陸橋，走到幾間棚屋前面。在這裡，有兩條高速道路分岔而出，兩條都到得了丹佛。我決定取道傍山脈的一條，沿途可以飽覽山色。一個來自康乃迪克州的年輕小夥子搭載了我。他是東部一個編輯的兒子，正在駕著他那輛老爺車，在全國各地旅行。他的話說個不停，而我則因爲宿醉和高海拔而感到奄奄欲病，有一度甚至想把頭伸出車窗外，一吐爲快。不過，等接近科羅拉多的朗蒙特（Longmont）時，我已經恢復正常，甚至開始談起我這趟旅行的種種。下車的時候，駕駛祝我一路順風。

朗蒙特的風景很優美。在一個加油站旁的一棵參天老樹下，我找到一片很適合睡覺的綠色小草坪。徵得加油站管理員的同意後，我在草地上攤開一件羊毛襯衫，躺了下來。「終於來到科羅拉多啦！」我滿心歡快地想著，「棒呆了！棒呆了！我做到了！」我甜滋滋地睡了兩小時，唯一的騷擾只來自一隻科羅拉多螞蟻。睡飽後，我到加油站的洗手間盥洗，感覺自己全身活力充沛。爲了讓我那個灼熱、受折騰的胃降降溫，我在一家路邊餐飲店買了一杯又濃又稠的奶昔。

我運氣很不錯，爲我搖奶昔的，是個很漂亮的科羅拉多女孩，她一面搖奶昔，一面向我微笑；我很感激，覺得一路下來所受的各種罪，全在這一瞬間獲得了補償。我心想：「哇啊，丹佛會有多棒，可想而知！」接下來，我在高速公路邊攔到了一輛便車。駕駛是個年約三十五的丹佛生意人。汽車以一百一十公里的時速飛馳，我一路上興奮莫名，默算著不斷在減少中的每一分鐘和每一公里。不遠了，不遠了，一開過遠方埃斯蒂斯山山腳下那片滾滾麥田，古老的丹佛就會在望。我開始摹想，今晚我在丹佛酒吧裡和一票朋友相聚時，會是什麼樣的情景。（我看到他們每一個人全都屏息凝神，靜待我這個翻山越嶺西來的襤褸先知說出此行帶來的重大宣示，而我只說了三個字：「棒呆了！」）駕駛和我進行了長篇而友善的談話，互相述說彼此的人生規畫。我談得很入神，以至於車子開到丹佛外圍的水果批發市場時，我還渾然不覺。炊煙、鐵路、紅磚建築，還有遠處市中心區的灰石建築——老天，我人在丹佛了！我在拉里馬街下車，步履蹣跚地從一群老乞丐和落魄牛仔身邊走過。

6

當時，我和狄恩的交情，還沒有像日後深。所以，到丹佛後，我第一個想到要找的人，就是蔡德．金恩。接電話的人是他媽媽。「什麼，索爾，你來了！你來丹佛幹什麼？」蔡德是個金頭髮的瘦高個，有一張奇怪的、巫醫般的臉，這和他對人類學與印第安人史前史的興趣很登對。他還有一個微彎、幾乎像是在融化的鼻子和一頭閃閃金髮。他偶爾會在路邊酒館跳跳舞和踢踢足球，有著那些愛現的西部人的帥勁與優雅。他講話的時候，會帶著一點點顫抖的鼻音。「索爾，你知道我爲什麼會對大草原的印第安人那麼感興趣嗎？是因爲他們每次在族人面前誇示過自己剝了幾張頭皮之後，就會忸怩不安。魯克斯頓在《遙遠西部的生活》中記載，有些印第安人，因爲剝的頭皮太多，會害臊得臉紅耳赤，跑到大草原上躲起來。天啊，太絕啦！」

蔡德媽媽說蔡德正在當地的博物館，學編印第安人的籃子。我打電話到博物館找到蔡德，他答應來接我。他開的還是那輛老爺福特雙門小轎車，以前，他喜歡開著這輛車，在山區裡到處繞，搜集印第安人文物。他出現在巴士總站時，腿上穿著一條牛仔褲，臉上掛著一個大笑容。當時，我正墊著帆布包、坐在巴士總站的地板上，和一個水手聊天。說巧不巧，這個水手就是昨天夜裡在夏延巴士總站把我的金髮小妞兒帶走那個。我問他後來和金髮小妞兒有沒有怎樣，但他卻似乎對這個問題感到厭煩，沒有回答。我上了蔡德的車。當時我唯一想做的事，只有喝啤酒，但蔡德卻告訴我，他要先到州政府大樓去弄些地圖，然後還要去見一個從前的老師，還有一籮筐諸如此類的事。我問他，狄恩現在住在哪裡，又在做些什麼。出乎我意料之外的，蔡德竟說他已經決定不再跟狄恩來往。他甚至連狄恩住在哪兒也不知道。

「卡洛．麥克斯在丹佛嗎？」

「在。」不過蔡德也已經不跟卡洛說話了。這是蔡德退出我們這幫人的開始。那個下午，我在蔡德家裡打了個盹。他告訴我，提姆．格雷在丹佛有一棟公寓，等著我去住，羅蘭．梅耶已經住了進去。我嗅到空氣中有一股火藥味，蔓延在兩幫人之間：一邊是蔡德．金恩、提姆．格雷、羅蘭．梅耶和羅林斯家人，一邊是狄恩．莫里亞提和卡洛．麥克斯，而我則站在這場有趣的戰爭的風眼中間。

這也是一場帶有階級意味的戰爭。狄恩的父親是個葡萄酒鬼，也是拉里馬街最醉醺醺的流浪漢。事實上，狄恩就是在拉里馬街和附近一帶長大的。他很早熟，六歲開始就已經懂得在法庭爲父親求情。他常常在拉里馬街的巷口乞討，討到了錢，就交給等在一堆破瓶子前面的老爸和他死黨。當狄恩慢慢長大，就開始在撞球室混，後來因爲偷車罪而被送進了少年感化院（他破了丹佛偷車賊年齡最小的紀錄）。從十一歲至十七歲之間，他是少年感化院的常客。他的專長就是偷車，偷了車以後就開去泡高中女生，把她們載到山裡，成其好事，之後再回到市區，隨便找一家旅館，躲到浴缸裡去睡覺。狄恩父親原是一個勤快和受人尊敬的錫匠，但後來卻變成了一名葡萄酒鬼（葡萄酒鬼比威士忌酒鬼還要糟）。他現在的唯一會做的事，就是在冬天攀火車到德州，夏天再攀火車回丹佛。狄恩有幾個同母異父兄弟（他媽媽在他很小就過世），但他們並不喜歡他。狄恩的唯一朋友就只是撞球室裡的哥兒們。如果說狄恩是個具有驚人活力的新類型美國聖人的話，那卡洛就要算是丹佛夏季的地下室怪物了。卡洛住在格蘭特街的一個地下室裡。在那裡，我們——卡洛、狄恩、湯米．史納克、艾德．鄧肯、羅伊．約翰遜和我——將會舉行很多個通宵達旦的聚會，不過這是後話。

到達丹佛的第一天，我在蔡德的寢室裡睡了個午覺。蔡德去了圖書館，而他媽媽則在樓下忙家事。那是一個炎炎的七月下午。要不是有蔡德爸爸發明的那個裝置，我想我根本不會睡得著。蔡德爸爸是個慈祥的老人，年約七十多，體瘦而衰弱。他很喜歡用很慢很慢的語調回憶往事。他告訴了我很多有趣的往事：一八八〇年代他在北達科塔州大草原上的童年往事，他與同伴坐在無鞍的小馬上追逐野狼的往事，他在奧克拉荷馬州一間鄉村學校當老師的往事，他後來定居丹佛，從事各種設備買賣的往事。如今，他雖然已經退休，但他那間位於街上一個車庫二樓的辦公室還保留著，而辦公室裡的老辦公桌也還保留著。辦公桌抽屜裡無數塵封的文件，見證了過去一筆筆激動人心的交易。蔡德爸爸喜歡發明東西，例如，我在蔡德房間午睡時吹的空調設備，就是他的發明。他把一把普通的電風扇固定在窗框上，然後，透過某種辦法，用一些導管把冷水導引到旋轉著的葉片前面。在風扇一公尺半的範圍內，這空調設備的效果可謂一級棒。蔡德的床，就位在電風扇的下面，旁邊擺著個哥德的半身像。我舒舒服服進入了夢鄉。不過，才二十分鐘，我就被冷醒了。我蓋上毯子，但寒冷依舊。我冷得睡不著，乾脆起床下樓去。老人問我他的發明效果如何，我說棒透了（這個稱許當然不是毫無保留的）。我喜歡蔡德爸爸。他從椅子裡傾著身體，向我訴說往事。「我發明過一種除汗劑，但立刻就被東部的大公司剽竊過去。我一直想提出告訴。只要我請得起一位能幹的律師，他們就會吃不完……」不過，現在一切都爲時已晚，老人家唯一能做的，只是坐在家裡自怨自艾。傍晚時分，蔡德媽媽用蔡德的叔叔從山中打回來的野味，爲我們料理了一頓美妙的晚餐。但狄恩現在人在哪裡呢？

7

接下來的十天，套句電視諧星菲爾茲（W. C. Fields）的話來形容：「四處埋伏著赫赫的危機」，且瘋透了。我搬進了提姆．格雷父母擁有的一戶相當氣派的公寓，和羅蘭．梅耶成爲室友。我們各有一個寢室。公寓裡還有一個小廚房，冰盒[12]裡裝滿食物。梅耶喜歡穿著絲睡袍，坐在寬大的起居室裡，寫他最新一篇的海明威式短篇小說。梅耶這個人和他的偶像海明威很像：易怒、紅臉、矮胖，對一切都看不順眼，只有一個夠狂夠野的夜可望在他們臉上雕塑出最溫暖迷人的大笑容。梅耶坐在書桌前寫作時，我喜歡只穿一條褲子，在又厚又軟的地毯上活蹦亂跳。梅耶正在寫的這篇小說，主角名叫費爾，是個頭一次來丹佛的人。他的旅伴是個神祕而沉默的傢伙，名叫山姆。有一次，費爾在遊丹佛的時候，遇到了一大票僞藝文人士，被糾纏了老半天。回到旅館後，他語帶悲戚地告訴山姆這件事：「山姆，他們也在這裡。」聽到這個，山姆並不吃驚，只是默默望著窗外，低聲說了一句：「你不說我也知道。」梅耶這裡要傳達的重點是：山姆根本無須走出屋外，就可以知道丹佛這裡也充斥著僞藝文人士，因爲這類人是無所不在的，他們正在吸食著美國的骨血。梅耶和我是老朋友，彼此很相投；他認爲，在他認識的人之中，我是最不像僞藝文人士的一個。他喜歡喝上好的葡萄酒，就像海明威一樣。他向我回憶他最近的一趟法國之旅。「索爾，如果你能夠和我一同坐在巴斯克郊外的高處，品嘗冰鎮的一九一九年波瓦尼翁葡萄酒的話，你就會曉得，這個世界除貨運火車車廂以外，還有其他美妙的東西。」

「這個我曉得。你知道嗎，我之所以喜愛貨運火車車廂，就是因爲愛讀寫在它們上面的那些路線名，例如：密蘇里太平洋線、大北方線、岩島線。梅耶，我恨不得能把我搭便車來這裡沿途碰到的每一件事都告訴你。」

羅林斯一家住在離我們公寓幾條街之外。他們是一個怡人的家庭，由一個風姿未減的母親、五個兒子和兩個女兒所組成。五兄弟中最野的一個是賴伊．羅林斯，他和提姆．格雷自小就是死黨。賴伊開車子來接我們，與我一見如故。賴伊的其中一個妹妹名叫貝貝，是個金髮美女。她是提姆．格雷的馬子。至於梅耶，他雖然只是來丹佛小住，但也跟提姆．格雷的妹妹互相看對眼。同夥之中，我是唯一落單的。見到他們每一個，我都會問：「狄恩在哪裡？」但他們一律都是微笑著答以不知道。

但我終於還是得知了狄恩的下落。有一天，電話響了，是卡洛打來的。他給了我他地下室公寓的地址。我問他：「你在丹佛幹些什麼？我是問你幹了什麼？發生了什麼事？」

「見面再說。」

我馬上趕去與他會面。他告訴我，他現在每晚都在「五月」百貨商店打工。他所以會知道我來了丹佛，純屬陰錯陽差。賴伊從一家酒吧打電話告訴他，有個他們共同的朋友死了。卡洛立刻以爲是我。但賴伊從話筒裡告訴他：「不是索爾，他現在人好端端在丹佛。」接下來他就把我的電話地址給了卡洛。

「狄恩在那裡？」我問卡洛。

「狄恩在丹佛這裡。他的近況，你聽我慢慢道來。」他告訴我，狄恩止在周旋於兩個女人之間，一個是他前妻瑪莉露，一個是他新交的女友卡蜜兒。她們各在一家旅館等他上床。「他在她們兩個之間趕來趕去之餘，還要抽空跑來我這裡完成一個任務。」

「什麼任務？」

「我們試著把自己心裡的思想感受完完全全而且老老實實地告訴對方。我們盤腿坐在床上，臉對著臉，互相傾吐心中想到的每一個念頭。爲了讓自己更放鬆，我們還會吃安非他命。我最近才用這個辦法教狄恩認清一點：他有能力成就任何他想成就的事情。不管他想成爲丹佛市長、娶個百萬富婆，還是成爲繼韓波（Arthur Rimbaud）之後最偉大的詩人，都不是不可能的。不過，他常常坐不住，嚷著要去看小型賽車。我跟著他去，看見他又叫又跳，興奮得不能自已。索爾，你知道嗎，狄恩被太多這樣的旁騖給糾纏住了。」卡洛「唉」一聲嘆了口氣以後，就陷入了沉思。

「他的日程表是怎樣安排的？」我知道狄恩做什麼都有一個日程表。

「他的日程表是這樣的：我下班以後，他會給我半小時時間梳洗換衣服，這個時間，他則在旅館裡和瑪莉露溫存。之後，他會火速趕去卡蜜兒那裡，跟她稍事恩愛。當然，卡蜜兒並不知道狄恩在搞花樣。我會在一點三十分去到卡蜜兒住處樓下等他。他下樓後，就和我一道回公寓來進行交心聊天，直至早上六點。我們常常都會聊超過早上六點，不過這會給他帶來很大的麻煩，因爲他的時間都排得很緊。早上六點，他要回瑪莉露那裡，然後，接下來一整個早上，他都要爲辦理離婚的事情東奔西跑。瑪莉露完全願意接受離婚，但她堅持這段過渡期，狄恩要跟她繼續保持親密關係。她說她愛他——卡蜜兒也是這樣說。」

接下來，卡洛告訴我狄恩認識卡蜜兒的經過。最先認識卡蜜兒的人不是狄恩，而是羅伊．約翰遜，也就是狄恩撞球室的哥兒們。羅伊在一家酒吧和卡蜜兒搭訕以後，就把她帶到旅館去。他太得意了，竟然邀一票兄弟去看她。大家圍坐在卡蜜兒四周，和她聊天，唯獨狄恩一個人沉默不語，只管看著窗外。離去的時候，狄恩暗中向卡蜜兒指指自己的手腕，做了一個「四」的手勢（表示他會在四點再過來）。三點的時候，卡蜜兒的房門隨著羅伊．約翰遜的離開而鎖上，但到了四點，卻爲狄恩的蒞臨再次開啓。聽了卡洛這番話，我迫不及待要去見狄恩這個大瘋包，何況他答應過我，我來丹佛的話，要給我介紹馬子；狄恩認識丹佛的所有女孩子。

在茫茫夜色中，我和卡洛走過丹佛一條條鋪著大卵石的街道。空氣柔和得讓我感到有如置身夢中。我們走到狄恩和卡蜜兒恩恩愛愛的那間出租公寓。那是一棟紅磚建築，四周圍繞著一些木造車庫和老樹。我們走上鋪了地毯的樓梯。卡洛敲了門，然後就到後頭躲了起來；他不想讓卡蜜兒看到他。開門的是狄恩，一絲不掛的狄恩。我看到一個黑髮女孩躺在床上，其中一條奶白色的漂亮大腿上綁著黑緞帶。她表情有點微微驚訝。

「啊，索——索——爾！」狄恩顯得有點意外，「呃，你你，嗯，你來了？你這臭小子終於來了。」他轉過身去對卡蜜兒說，「欸，索爾來了，我紐約的老死黨。這是他到丹佛的第一晚，我非帶他去泡泡妞不可。」

「那你又要什麼時候回來呢？」

「現在是——」他看著手錶說，「剛好一點十四分。我會準時在三點十四分回來，和妳好好溫存一小時，甜蜜的一小時。那之後，親愛的，我跟妳說過而你也同意的，我必須去找一個律師，談我離婚的手續問題。半夜三更去找律師，聽起來是有點奇怪，不過有關這一點，我之前就已經向妳解釋得很清楚了。」狄恩每晚去見卡洛，用的就是找律師這個藉口。「所以，我必須立刻穿上衣服、褲子，回到生活去，我指的是外面的生活。哎喲，怎麼已經一點十五分啦，我動作一定要快，時間是不會等人的……」「好吧，狄恩，但你可千萬記得要在三點準時回來。」

「一言爲定，親愛的。但不要搞錯了，我說的不是三點，而是三點十四分。甜心，我們不是一向都坦誠以待、說話是話的嗎？」狄恩走過去，和卡蜜兒親了又親。在房間的牆壁上，掛著一幅狄恩的全裸像，巨大的下體纖毛畢現。畫是卡蜜兒畫的。我有點目瞪口呆。一切都瘋透了。

我們匆匆忙忙下樓，走入夜色中。卡洛在一條小巷裡和我們會合。然後我們沿著我所見過最狹窄、最怪異、最彎曲的小街道前進，深入丹佛墨西哥人聚居區的中心地帶。我們在萬籟俱靜中高聲交談。「索爾，」狄恩說，「你來得正好，我剛好有個馬子可以介紹給你。她剛下班。」他看了看錶，「她是個女侍，名叫麗塔．貝登各特，是個漂亮的小妞，但她有些性心理方面的障礙，我本來想幫她解決的，但既然你來了，就交給你去解決吧，我想你這個帥哥處理得來的。所以，現在就讓我們立刻出發吧。待會兒記得在路上買些啤酒，不，不用了，她們家裡應該會有。對了，」狄恩突然用拳頭搥打手掌說，「我正好順道把她姊妹瑪莉。」

「什麼？」卡洛說：「我們不是約好今晚要交心聊天的嗎？」

「沒錯，沒錯，不過是在帶索爾泡完妞兒之後。」

「老天，唉，我這些丹佛的憂鬱要什麼時候才能放晴！」卡洛仰天大喊。

「你看他是不是這個世界上最可愛的夥伴？」狄恩在我肋骨搥了一記，「你瞧他那樣子。瞧瞧他！」原來卡洛當街跳起猴子般的舞步來。以前在紐約，我也看過他這樣幹過很多次。

我不知道回答些什麼，只好問狄恩：「你們倆在丹佛搞些什麼名堂？」

「明天，索爾，我知道在那裡可以幫你找份工作，」狄恩隨即恢復了一本正經的聲音，「我明天會打電話給你，然後，利用離開瑪莉露一小時的空檔，直殺去你的公寓，和梅耶說過哈囉後，就帶你坐電車——媽的，我沒汽車——坐到卡瑪戈市場去。然後，你就可以立刻開始工作。這幾個星期以來，我都抽不出時間去工作，荷包都快要見底了。到了星期五，等你收到薪水支票後，我們三個老搭檔——你、我和卡洛——就毫無疑問有錢可以去看小型賽車了。我認識一個傢伙，可以把我們載到賽車場去……」狄恩就這樣滔滔不絕，說個沒完。

我們去到那對女侍姊妹花的住處。只有歸狄恩那一個在家裡，歸我那一個則還沒有下班。我打電話把賴伊找過來。他一下子就到了。才一進門，他就脫掉外衣和汗衫，對一個他完全不認識的女人——瑪莉．貝登各特——摟摟抱抱。酒瓶滾滿一地。三點一到，狄恩就匆匆忙忙趕回去赴他跟卡蜜兒的約，之後再趕回來。他回來得正是時候，因爲姊妹花的另一個也在此時回到了家裡。我們現在需要一部車。賴伊打電話給一個死黨，叫他開車過來。我們人擠人地上了車。卡洛還不死心，還想跟狄恩在後座進行原定的交心聊天，但車廂內太聒噪了，讓他進行不下去。「到我住的公寓去吧！」我登高一呼。我們去了。車一停，我就跳出車外，在草地上把身體倒立過來。我身上所有鑰匙掉了一地，從此沒有找回來過。我們一面喊叫，一面向公寓跑去。但羅蘭．梅耶此時卻穿著絲睡袍，擋在大門前面。

「我不會讓人在提姆的公寓裡舉行狂歡會的！」

「你說什麼？」我們異口同聲吆喊。場面一片混亂。賴伊抱著女侍姊妹花的其中一個，在草地上翻來滾去。梅耶說什麼就是不讓我們進去。我們沒辦法，只好表示要打電話給提姆，請他首肯，再回來舉行派對，還說屆時一定會邀梅耶一起參加。不過，我們最後並沒有打電話給提姆，而是跑回丹佛市區去瘋。當狂歡結束，大夥都散去後，我才發現，我連身上最後一美元也花掉了。

我徒步走了八公里的路，才回到科爾法克斯區的公寓去。梅耶當然不能不讓我進去。我很好奇，經過一夜狂歡，狄恩和卡洛是不是還有精力進行他們所謂的交心聊天。不管怎樣，我稍後會去打聽這件事的。丹佛的夜很清涼，我熟睡得像死人。

第二天，大夥就開始著手一趟山中遊的準備事宜。我在早上接到一通電話，讓事情變得複雜了一點。打來的不是別人，竟是我的舊路伴愛迪。他記得我提過的幾個名字，靠著胡碰瞎撞問到他們的電話，再透過他們找到我的電話。現在，我有機會要回我的羊毛格子襯衫了。愛迪和他的妞兒住在離科爾法克斯不遠。他問我知不知道那裡有工作機會。我想狄恩會知道，便叫愛迪過來我的住處。狄恩來了，一副匆匆忙忙的樣子，當時我和梅耶正在吃早餐。狄恩甚至忙得連坐下來的時間都沒有。「我有一千件事情要做，根本騰不出時間帶你到卡馬戈市場。不過罷了，我們走吧。」

「再等一下下，我一個路友愛迪要跟我們一道去。」

梅耶來丹佛，是爲了休閒和寫作，所以，他對我們的匆匆忙忙感到莞爾。他對狄恩一副必恭必敬的樣子，但狄恩卻不太搭理他。「莫里亞提，聽說你同一時間和三個女的上床，是這樣嗎？」狄恩在地毯上把腳拖來拖去，說：「對啊，對啊，就是這麼回事。」然後就低下頭來看手錶，不再理他。梅耶一直在我面前說狄恩是個白痴兼大笨蛋。狄恩當然不是白痴兼大笨蛋，而我很想用某個辦法向每個人證明這一點。

愛迪來了，狄恩也不搭理他。我們三人一道上了電車，穿過丹佛炎熱的中午找工作去。我一想到要工作就覺得討厭。愛迪還是老樣子，一路上話說個沒完沒了。我們在市場裡找到個願意雇我和愛迪的人，工作時間是凌晨四點至傍晚六點。那人說：「我喜歡熱愛工作的小夥子。」

「那你就用對人啦。」愛迪說。但我卻很猶豫。「我乾脆不睡覺就是。」我暗自決定。丹佛這裡實在有太多好玩的事情了，如果還要工作，我根本沒時間睡覺。

愛迪第二天準時上班，但我卻沒有。我有免費住的吃的，根本提不起勁工作（我吃的食物是梅耶提供的，他負責把冰盒裡的食物補滿，我則負責煮飯和洗碗）。有一個晚上，羅林斯家裡搞了個大派對。主辦人是賴伊，他媽媽旅行去了，讓他可以大幹一票。賴伊打電話給他認識的每一個人，約他們到他家，還交代每個人都要帶威士忌，然後，他又挑出他電話本裡每個女孩的電話。大部分邀約女孩的電話他都委託我來打。結果，派對來了一大票女孩子。我從打給卡洛的電話得知，狄恩會在凌晨三點到他家去。於是，派對結束後，我就往卡洛的住處跑。

卡洛的公寓位於格蘭特街上一棟紅磚建築的地下室，和一座教堂離得很近。你走入一條小巷，步下一些石階，推開一道未上漆的門，再走過一個像地窖般的空間後，就會抵達卡洛的那間寬闊的房間。裡面的擺設活脫脫是間俄國聖僧的房間：一張床，一根燃著的蠟燭，滲出水氣的石牆，還有一個卡洛手做的古怪圖案。他給我唸了一首他寫的詩，詩題是〈丹佛的憂鬱〉（Denver Doldrums）。詩中敘述，卡洛早上起來時，聽見「庸俗的鴿子」在斗室外的街道上咕咕而鳴，而「憂愁的夜鶯」則站在長凳上，不斷頷首，讓他油然憶起母親；晨曦像灰濛濛的裹屍布一樣，籠罩了整個城市。而宏偉的落磯山脈，此時看起來就像是紙糊的；整個宇宙變得瘋狂荒謬和極端怪異。詩中，卡洛分別稱狄恩爲「彩虹之子」和「伊底帕斯⑬愛迪」，形容狄恩飽受自己的痛苦陰莖折磨，又是個拚老命要把黏在窗框上的泡泡糖渣刮下來的人。卡洛房間裡還有一本大日記，裡面記錄了每天發生的每一件事，包括狄恩對他說過的每句話。

狄恩準三點來到。「一切都搞定了，」他宣布說，「我準備要跟瑪莉露離婚，跟卡蜜兒結婚，然後和她一起搬到舊金山去住。不過，當然，那是在我們三個——你、我和親愛的卡洛——去德州挖過公牛老李以後的事。」

接著，狄恩就開始和卡洛辦他們的「正事」。他們盤腿坐在床上，面對面互相凝視。我則無精打采挨在旁邊一張椅子，看他們搞什麼把戲。

卡洛說：「還記得我們行經瓦濟街的那一次嗎？當時我正想告訴你，我對你沉迷小型賽車一事有何感想，但我還沒開口，你就指著一個穿燈籠褲的老乞丐說，他長得就像你父親。

記得嗎？」

「記得，我當然記得；不只這樣，當時我心裡還掠過一打其他很稀奇古怪的想法。我本來當時就應該告訴你的，但我卻忘了，多虧你提醒我……」就這樣，又跑出來了兩個新的議題。他們在這兩個新議題上打了一陣轉以後，卡洛突然問狄恩，他是不是個忠實的人，特別是，狄恩是不是打心底對他卡洛忠實。

「爲什麼你又要問這個？」

「這是我最終想知道的一件事……」

「索爾就坐在那裡，他在聽。我們請索爾來做個公斷。」

我說：「卡洛，最終想知道的事情是最不可能知道的。我們一直活下去就是希望有朝一日徹底抓住它。」

「不、不、不，你說的都是狗屎，是伍爾夫式⑭的漂亮滑頭話。」卡洛說。

狄恩也趕緊撇清：「索爾的意見完全不能代表我的想法，他怎樣想是他的事。欸，對了，卡洛，你有沒有注意到，索爾坐在那裡看著我們談話的樣子很神氣？這個瘋傢伙跑了大半個美國才來到這裡，來了之後卻不肯說話。」

「不是我不肯說話，」我抗議說，「而是我根本不知道你們在搞什麼鬼。你們搞的這種把戲任誰都受不了。」

「怎麼你說的每句都是漏氣話。」

「那你說說看你們是在幹什麼來著。」

「告訴他。」

「不，你來告訴他。」

「你們根本說不出來。」我大笑著說。我把帽簷拉到眼睛下面去（我戴著卡洛的帽子），說：「我想睡覺。」

「可憐的索爾怎麼老是想睡覺。」

我默不吭聲，於是他們又重新開始對話起來。「你還記得你向我借錢買炸雞排那件事嗎？」

「不對，老兄，我借錢是要買辣肉醬！記得嗎，是在『德州之星』？」

「對，我把這件事跟星期二的事給搞混了。好，現在聽好，當你向我借錢買辣肉醬的時候，你對我說：『卡洛，這是我最後一次向你借錢。』你說這話，就好像我同意過以後不讓你向我借錢似的。」

「不不，我不是這意思……」一整個通宵下來，他們在說的，盡是這一類有的沒有的話。

黎明時，我抬眼望向他們。他們還在為最後一個問題糾纏不休。

「當我對你說，我現在必須睡覺、因為我十點要去見瑪莉露的時候，我並不是存心要和你唱反調，不是要反對你前面說過的，人不是非睡覺不可的。我說我必須去睡覺，只是單單純純和確確實實因為，我現在非去睡覺不可，因為，老哥，我的眼皮快撐不開來了，它們又紅、又瘦、又痛、又腫……」

「哼，小孩子。」卡洛說。

「現在就讓我們去睡覺吧。讓我們把機器關掉吧。」

「你不能把機器關掉！」卡洛用最大的聲音喊道。這時，第一隻鳥兒的啼叫聲響起了。

「聽好，當我把手舉起時，」狄恩說，「我們就立刻把談話中止，然後睡覺去。」

「你不能就這樣把機器關掉。」

「把機器關掉。」我說。他們一起轉過頭來看我。

「啊，索爾，原來你一直有在聽我們談話？你有什麼感想。」我告訴他們，我認為他們是徹頭徹尾的偏執狂。我說，聽他們談話，讓我聯想到一個面積像山一樣大的鐘，但裡面裝的，卻是這個世界最小最精細的鐘錶零件。他們笑了。我用手指指著他們說：「再這樣下去，你們兩個都會發瘋。不過，不管你們幹了些什麼，都務必要知會我一聲。」

我出了門，搭上一輛回住處的電車。大太陽從東面的平原冉冉升起，把紙糊的落磯山脈照得一片嫣紅。

9

傍晚，我就加入了一趟山中遊，一去五天，也因此沒有見著狄恩和卡洛五天。貝貝．羅林斯借了她老闆的車。我們帶了西裝，掛在後車窗的扶手上，然後就朝中央鎮（Central City）進發。賴伊．羅林斯開車，貝貝．羅林斯坐他旁邊，我和提姆．格雷坐後座。這是我第一次看到落磯山的內部景觀。中央鎮是一個老礦鎮，一度被稱爲「世界上最富有的一平方英里」，因爲人們在這裡找到了一條銀礦脈。淘銀者在一夜間致了富，於是，他們就在他們的房子之間蓋了一間漂亮小巧的歌劇院。拉塞爾（Lillian Russell）在這裡演出過，很多來自歐洲的紅星也在這裡演出過。稍後，銀礦被挖光，中央鎮也漸趨沒落。不過，後來西部某個活力十足的商會組織決定要把這裡復興起來。他們把歌劇院重新整修，每年夏天，都會有來自大都會歌劇院的明星到此演出。遊客從四面八方湧來，甚至好萊塢的明星也慕名前來。我們沿著山路開到中央鎮以後，發現每一條狹窄的街道都擠滿觀光客。這讓我想到，梅耶小說裡山姆所說的話，眞是對得不能再對。梅耶本人也來了中央鎮，他看到每個人，都會面露一個世故的大笑容。

「喂，索爾，」他一看到我，就馬上跑過來，攥住我的手臂說，「看看這個一百年的老城，不，應該只有八十年、六十年的歷史。這裡竟然也有歌劇院！」

「是啊，」我說，然後仿他小說中的費爾的口吻說，「但他們都來了。」

「叫他們去死吧！」梅耶咒罵了一句。不過說罷，他就高高興興地到別處找樂子去了——臂彎裡挽著貝蒂．格雷。

貝貝．羅林斯是個很有規畫長才的女孩。她知道在鎮邊有一間老礦工的房子，可供我們週末晚上住宿，甚至可以用它來搞個大派對。我們唯一要做的事情就是把它打掃乾淨。那是一間老舊的木房，地面上積著三公分厚的灰塵；它有一個門廊，後院還有口井。賴伊和提姆捋起袖子，開始進行清理的工作。那是一件大工程，預期將要用掉他們一整個下午和部分晚上的時間。不過不用爲他們擔心，因爲一籃子的啤酒就放在旁邊。

至於我，則已經計畫好和貝貝一道去當歌劇院的座上客。我換上一套向提姆借來的西裝。剛到丹佛的時候，我還落魄得像個乞丐，但才幾天工夫，我卻衣履光鮮，臂彎裡挽著個穿戴整齊的金髮大美女，在歌劇院底層大堂和一干紳士淑女談笑風生。要是密西西比吉恩這時看到我的樣子，眞不知道會作何感想。

演出的劇目是《菲黛里奧》（*Fidelio*）。「何其憂鬱啊！」男中音唱道——一塊咕嚕屾嚕響的石頭，正把他緩緩從一個地下室升到舞臺上。我眞想跟著他一起喊，因爲那正是我對人生的看法。這齣戲太精彩了，讓我渾然忘掉生活中的一切瘋狂與不快，完全陶醉在貝多分哀傷的樂聲和林布蘭色彩的故事情節中。

「嗯，索爾，你喜歡今年這齣戲嗎？」散場後，丹佛．D．多爾在街上很得意地問我。他跟本鎮的歌劇協會有淵源。

「何其憂鬱啊，何其憂鬱啊——」我說，「棒呆了。」

「那你就該去跟這齣戲的演員認識認識了。」他官腔官調對我說。幸而，他馬上想起有什麼別的事要忙，就從我眼前消失了。

和貝貝回到老礦工的木屋後，我就脫下西裝，加入清理工作的行列。梅耶也來了，但他大剌剌坐在已清理好的前廳裡，不願幫忙。在他前面一張小桌子上，放著一瓶啤酒和他的玻璃杯。當我們拿著水桶和拖把在那裡忙個不停的時候，他兀自沉湎在回憶中。「唉，什麼時候你有機會和我一起一面喝琴夏諾酒，一面聽邦多勒（Bandel）的樂師的演奏，就會知道什麼叫沒有白活。還有夏天的諾曼第也是非去不可的，那裡的木鞋和上好的陳年蘋果白蘭地都是一絕。來吧，山姆——」他對著他想像中的夥伴說，「把我們泡在河水中那瓶葡萄酒拿出來吧，看看我們方才釣魚這段時間，河水有沒有把酒泡得夠冷。」這完完全全是海明威小說裡的對白。

我們跟在街外走過的女孩子打招呼。「來幫我們清理這棟房子吧，今晚我們要邀每一個人來參加派對。」她們加入了，於是，我們有了一個龐大的工作團隊。最後，合唱團裡的歌手——大部分都是很年輕的小夥子——也加入了我們的行列。

太陽西沉了，而我們的清理工作也大功告成。提姆、賴伊和我決定要好好盥洗一番，以迎接今晚盛大狂歡的來臨。我們去到小鎮另一頭那些歌劇明星住的出租屋，偷溜了進去。從夜的另一頭，傳來晚場歌劇開演的音樂聲。「帥呆了，」賴伊說，「有了這些刮鬍刀和毛巾，我們就可以把自己弄得漂漂亮亮了。」我們還用了那些歌劇明星的髮刷、古龍水和刮鬍水。之後，我們一起擠到浴室去。我們一面洗澡，一面唱歌。「你們說說看，」提姆反覆地問，「偷用歌劇明星的浴室、毛巾、刮鬍水和電鬍刀，是不是很過癮？」。

那是個美妙的夜。中央鎮位於離海平面三．二公里高。它的高度，最初會讓你有點酒醉的感覺，繼而是疲倦的感覺，但最後卻會讓你感到靈魂在燃燒。我們在通向歌劇院那條窄街走了一段以後，就直接右轉，泡了幾家有著活動門的老舊酒館。大部分觀光客都在看歌劇，所以酒館裡的人並不多。我們點了幾瓶特大裝的啤酒，小試牛刀。有一架自動鋼琴在演奏。穿過後門，可以看到浸淫在月色中的山麓。我對著山麓大喊了一聲「吔呼」。狂歡夜正式開始了。

逛過酒吧後，我們匆匆趕回老礦工的房子。一個大派對所需要的一切全部準備就緒。貝貝和貝蒂熱了一些香腸和豆子作爲點心，然後，我們就開始跳舞和喝酒。晚場歌劇結束後，大批大批的女孩子湧進我們的派對。提姆、賴伊和我都不禁舔了舔脣。我們抱著她們，翩翩起舞。我們跳舞時，並沒有音樂伴奏。棚屋裡的人愈來愈多。開始有人帶酒進來。我們在派對的半路中途又跑出去泡酒吧，之後又匆匆趕回來。這個夜，愈來愈勁爆了。我眞希望狄恩和卡洛也在這裡，不過我知道，他們和這種地方格格不入，來了也不會感到愉快。他們就像是歌劇中那個男中音一樣，會憂鬱地從地下室徐徐升起。他們屬於一個新的世代，一個垮掉的世代，一個我會慢慢成爲一員的世代。

合唱團的小夥子出現了，給我們唱了一曲〈甜蜜的艾德琳〉。偶爾，他們也會鬧著玩的唱一句「把那瓶啤酒遞給我」或「你爲什麼要向著窗外凝眸」。我唱的則是：「哎，我啊，何其憂鬱啊！」派對上的女孩都棒得無以復加。她們在後院裡和我們耳鬢廝磨。房間裡有一些床鋪，不過都沒有經過清理，塵埃滿布。就在我和其中一個女孩坐在這樣的床鋪上聊著大時，外面突然闖進來一大票年輕的歌劇院帶位員，他們看到女孩就抱就親，完全不管什麼叫循序漸進。這些醉酒、毛躁、衣冠不整的少年把我們的派對徹底破壞無遺。不到五分鐘，所有女孩子就走光光了。

賴伊和提姆決定再去逛酒吧。梅耶走了，貝貝和貝蒂也走了。我們在夜中瞎逛。散場後的人潮把酒吧塞得水泄不通。梅耶隔著幾十個人頭向我們高聲打招呼。那位熱情、戴眼鏡的丹佛．D．多爾跟他碰到的每個人都會握握手，並說：「午安，你好嗎？」我看到他才跟著一個要人走開，隨即就帶著一個中年婦人回來；下一分鐘，他又和兩個年輕的帶位員在街上攀談起來；再下一分鐘，他完全不認得我似的走過來跟我握手，說：「新年快樂，小夥子。」他醉了，但不是因酒而醉，而是因他深深喜愛的事物——人潮——而醉。每個人都認識他。他時而會說「新年快樂」，時而會說「聖誕快樂」。我看，如果是聖誕節，他準會說「萬聖節快樂」。

丹佛．D．多爾告訴我酒吧裡坐著個受人尊敬的男高音，堅持要介紹我認識，我則極力推辭。他的名字是鄧南遮或之類的，和太太兩個人臉臭臭地坐在一張桌子旁邊。酒吧裡還有一些看來像是阿根廷人的觀光客。為了借路，賴伊推了其中一個阿根廷人一把，對方馬上轉過身來大吼。賴伊把酒杯交給我，然後一拳把那傢伙打倒在黃銅欄杆上。提姆和我連忙簇擁著賴伊離開。場面很混亂，以致警察根本無法穿過人群，找到受害者。沒有人認得賴伊。我們進了另一家酒吧，梅耶此時也跌跌撞撞地走了進來。「怎麼回事？發生打架了嗎？有架打立刻通知我。」這話引得周遭的人哈哈大笑。我很好奇，不知道落磯山的山靈對我們這股在中央鎮鬧轟轟的人潮有何感想。我舉目往山上看，看見掩映在月色中的短葉松，也看見一些老礦工的幽靈，飄蕩在樹影之間。在這個大分水嶺龐然的東壁上，除了我們這一小撮人的喧鬧以外，萬籟俱靜，只有風的輕訴聲；至於在這大分水嶺的西坡，則完完全全籠罩在黑暗中。我們現在身在美國的屋脊上，看來，除高喊歡呼以外，別無其他的事可做。但我在猜，說不定在這個夜的彼端，在我們東面的大草原上，正有一個白髮的老者，帶著「道」（Word），向我們緩緩走來。他隨時都會到達，他來到之後，我們就會收口不語。

賴伊堅持要回剛才的酒吧。提姆和我不認爲這是好主意，但還是跟著他走。賴伊走到了鄧南遮——就是那個男高音——前面，一杯酒往他臉上潑。我們趕緊把賴伊拖出了酒吧。合唱團的一個男中音加入我們，一起到另一家酒吧。在酒吧裡，賴伊罵一個女侍是婊子。一群臉色陰沉的男人排列在酒吧的四瀉；他們討厭觀光客。他們其中一個說：「你們幾個小子最好在我由一數到十之前出去。」我們很聽話。我們步履蹣跚地回到老房子，呼呼大睡。

早上，我醒來以後翻了個身，一大片灰塵從床墊上揚了起來。我趕緊想推開窗戶，哪知它是釘死的。提姆和我睡在同一張床上，我們都被灰塵嗆得直咳嗽和打噴嚏。我們的早點是走了味的啤酒。貝貝從她住的旅館過來了，我們收拾好該收拾的東西，準備打道回府。

一切都像散了架一樣。當我們往車上走的時候，貝貝滑了一跤，摔了個狗吃屎。可憐的貝貝已經累壞了。賴伊、提姆和我三人一道把她扶了起來。梅耶和貝蒂也坐我們的車下山。

我們沿著山路開著開著，突然間，海一樣平坦寬闊的丹佛毫無預警地展開在我們面前；陣陣像來自烤箱的熱氣從丹佛往上蒸騰。我們唱起了歌來。我的腳又癢了，很想盡快啓程，前往舊金山。

10

晚上，我找著了卡洛，而令我驚訝的是，他竟然說他和狄恩去了中央鎮一趟。

「你們在中央鎮幹了些什麼？」

「我們逛了一圈酒吧，然後，狄恩偷了一輛車，以一百四十公里的時速開下山。」

「我沒看到你們。」

「我們不曉得你也在那裡。」

「對了，我要出發去舊金山了。」

「但狄恩今天晚上已經幫你約好了麗塔。」

「我把出發的時間延後一點點就解了。」我一文不名，於是，我寫了一封航空信件，請姑姑匯五十美元給我。我保證，這是我最後一次向她要錢，只要我一找到船上的工作，領到薪俸，就會寄錢給她。

寄信後，我就去找麗塔．貝登各特，把她帶回我的公寓。我和她在昏暗的前廳裡經過一席長談後，就把她帶入臥室去。她是個甜美的女孩，單純而眞誠，但對性卻怕得要死。我告訴她，性是一件很美妙的事，我願意證明給她看。她讓我去證明，但我太猴急了，結果草草了事，什麼也沒證明。她在黑暗中嘆氣。我問她：「妳希望從生活中獲得什麼？」我習慣在這種時候問女孩子這個問題。

「我不知道，」她說，「我只會坐在桌子前面等，看看生活會帶給我些什麼。」她打了個哈欠。我用手遮住她的嘴，叫她不要打哈欠。我試著向她說明，生活對我來說是多興奮的事，而又有多少事情，是我倆可以攜手一起做的。（老天，我兩天內就要離開丹佛了，還說這個幹麼！）她疲倦地轉過身去。我們躺著，看著天花板。我在心裡納悶，上帝造人的時候一定是出了什麼差錯，否則怎麼會把人生弄得那麼哀愁？我和麗塔約好，要在舊金山再碰面。

送麗塔回家途中，我可以很具體地感覺到，我在丹佛的時光該是告一段落的時候了。回程時，我在一家老教堂的草地躺了下來。我旁邊還躺著幾個流浪漢，他們的談話，讓我產生一種盡快回到旅途上去的渴望。三不五時，他們其中都會有一個站起來，向路過的人討一毛錢。天氣溫暖而柔和。我眞想再把麗塔找出來，跟她談更多的東西，而且好好和她再做一次愛，以平息她對男人的恐懼心理。現在，性愛對美國的男孩女孩來說都是一個沉重的時刻，因爲爲求表示自己的老練，他們會直截了當地屈從於性，而不願意進行恰當的事前交談。我不是指那種求歡的交談，而是指那種眞正交流靈魂的交談，因爲生活是神聖的，每一刻都是珍貴的。我聽見一列開往格蘭德河的火車，轟隆隆地逐漸向著山區遠去。我渴望繼續追尋我的星辰。

午夜時分，我和梅耶在公寓裡話別。「你有沒有讀過《非洲的青山》？那是海明威最棒的一部小說。」他說。我們互道了祝福的話，並盼著會在舊金山再碰面。之後，我在一棵黑墨墨的行道樹下和賴伊話別。「再見了，賴伊，我們什麼時候可以再碰面呢？」接著，我又去找卡洛和狄恩，卻沒有找著。接下來幾小時，我在丹佛街頭漫無目的地溜達。看上去，每個在拉里馬街打混的流浪漢，都像是狄恩的老爸。我走進溫莎旅館——也就是狄恩父子以前寄居的旅館——晃了一下。狄恩告訴過我，以前有一晚，有一個沒有下肢的男人，坐在有輪子的板上，轟隆隆向他床邊滾過去，把他從夢中驚醒。那男的靠近他，是爲了想摸摸他。走過柯蒂斯街和第十五街的交界時，我再一次看到那個賣報的短腿婦人。柯蒂斯街上那些低級夜總會還在營業，但場面很冷清；街上有一些穿牛仔褲、紅襯衫的小夥子在溜達。在這條燈光明滅的街道的盡頭，是一片黑暗，而在黑暗的再過去，則是西岸。我必須動身了。

我在黎明時找著了卡洛。讀了他那部龐大日記的一部分之後，我睡了一覺。醒來的時候是早上，窗外下著毛毛雨，一片灰濛濛。一百八十公分高的艾德．鄧肯來了，後面跟著羅伊．約翰遜（一個帥哥）和湯米．史納克（一個畸足的撞球高竿）。我們圍坐在一起聊天。當卡洛開始唸起他那些瘋瘋癲癲、啓示錄式的詩歌時，大家臉上的笑容都變得侷促。我埋在椅子裡，好不容易聽他把詩唸完。「啊，爾輩丹佛之小鳥兒！」一等卡洛高聲唸出詩的最後一句，我們就一湧而出。當我在那些鋪著大卵石的典型丹佛巷道行走著時，不禁想起蔡德對我說過：「我小時候常常在這種巷子裡滾大木環。」我眞想看看他滾大木環時候的樣子，也很想看看，十年前，當我的這些朋友都還是小孩子的時候，丹佛是什麼樣子的。我彷彿看到，我所有的朋友——全都還只是小孩子，全都對未來懷抱著憧憬——在一個明豔的春日早晨，全跑到街上來滾大木環。當然，這中間不會有邋邋遢遢和衣衫襤褸的狄恩，因爲他自有別的樂子。

在濛濛細雨中，羅伊．約翰遜陪著我，一起到愛迪的女朋友家去拿我的羊毛襯衫——那件我在內布拉斯加的謝爾頓走失的襯衫。襯衫還在，但已經皺成一團，一副可憐巴巴的模樣。羅伊．約翰遜說他會到舊金山和我會合。看來每個人都準備要去舊金山。我到電報局查了查，發現錢已經匯到了。太陽出來時，提姆陪我坐電車到巴士總站去。我用五十美元的一半，買了一張到舊金山的車票，在下午兩點登上巴士。提姆與我揮手作別。望著窗外丹佛那些具有歷史性、人來人往的街道，我對自己許諾：「我一定會再回來，看看有沒有別的好玩的事情！」出門前最後一分鐘，我接到狄恩打來的電話，他說他和卡洛有可能會到西岸去和我會合。當我在巴士上想著狄恩這句話來著的時候，突然想起，我在丹佛這段時間，和他說話的時間全部加起來還不到五分鐘。

11

我和雷米．龐戈碰面的時間，比原先約定的還晚了兩星期。從丹佛到舊金山的一路上，都沒有什麼值得一提的事。只是，愈接近舊金山，我的心就愈雀躍難耐。巴士又一次載我路過夏延，只不過這一次是在下午，接著，行進的路線就折而向西，進入山區。巴士在午夜從克瑞斯頓（Creston）越過大分水嶺，第二天黎明到達鹽湖城（這是一個到處都有草坪灑水器的城市，也是狄恩最不可能的出生地），在大太陽下向著內華達馳騁，日暮抵達雷諾（Reno）和它那些燈火熒熒的唐人街。繼而是在內華達山脈攀爬：這裡的松樹、星星和山脊，在在讓人聯想到舊金山的浪漫。坐在巴士較後面的一個小女孩哭著問說：「媽媽，我們什麼時候會回到特拉基（Truckee）的家？」過特拉基之後，路就轉爲下坡，把我們直帶到平坦的沙加緬度（Sacramento）。空氣溫暖而充滿棕櫚的味道，棕櫚樹盈目，讓我突然意識到，加州已經到了。巴士在沙加緬度河河邊上的高速公路行駛了一段路，接著再度進入山區。上上下下，番之後，寬廣的舊金山灣就突然毫無預警地在眼前展開，昏昏欲睡的燈光點綴其間（當時是黎明前）。我在巴士開過奧克蘭灣區大橋時進入了夢鄉，這還是我離開丹佛以後首度熟睡。當巴士突然停定在市場街與第四街交界的巴士總站時，我被粗暴地搖醒，猛然想起我離紐澤西州派特森的家已經有五千公里遠。我像個枯槁的遊魂一樣，蕩出了巴士總站，破曉時分的舊金山赫然在目：長長的、冷清的街道，還有包裹在茫茫白霧中的纜車電纜。我步履蹣跚走過幾條街，遇到幾個向我討一毛兩毛的乞丐。從某處傳來了音樂聲。「晚點我一定要再來探索一番，不過眼下得先去找雷米．龐戈。」

米爾鎮——雷米住的地方——是個位在山谷中的棚屋區，原本是戰時政府爲安置海軍造船廠的工人而建設的一個住居區。它在一個很深的峽谷內，兩面斜坡上布滿樹木。鎮上有一些爲造船廠工人而開設的雜貨店、理髮店和裁縫店。據說，米爾鎮是全美國唯一一個黑人白人自願混居的社區。事實果眞如此，而它也是我見過最瘋狂、最歡樂的一個社區。在雷米所住的棚屋門上，釘著一張有三星期歷史的便條紙。

索爾，如果你來了，又沒有人應門的話，就自己從窗戶爬進來吧。

——雷米

這張便條因爲風吹日晒，已經有點泛黃變黑。

我從窗戶爬入屋內，發現雷米和他的女人莉安正在睡覺。他們在睡的那張床——雷米後來告訴我——是他從一艘商船上偷下來的。一想到一個甲板工程師，半夜三更鬼鬼祟祟把一張大床搬過甲板，卸到一條舢舨，再用兩根槳把舢舨划回岸邊的畫面，我就忍俊不禁。對於他是怎樣做到的，我也覺得不可思議。但雷米並沒有多作解釋。

我準備把我在舊金山碰到的每件事情都記上一筆，因爲，它們和以後發生的每件事情都有關聯。雷米是我預科學校的校友，不過，我們會變成密友則和我的前妻有關。最先認識我前妻的人是雷米。有一天，他走進我的宿舍房間，對我說：「帕拉代斯，起來吧，音樂大師來看你啦。」當時是下午四點，唸預科學校的時代，我有事沒事都在睡覺。我起了床，穿褲子的時候，幾個銅板從褲袋裡掉了出來。「得啦，得啦，我知道你很有錢，你用不著把黃金到處扔。我發現了一個漂亮的小妞，今晚就準備帶她到『獅子窩』去。」他硬要拉我去看看她。一星期後，去「獅子窩」的人，變成是我和她。雷米是個高䠷、黝黑、英俊的法國人，看起來像個二十歲的馬賽黑市商人。他的英文是一流的，法文也足一流的。他喜歡衣履光鮮，有點大學生的穿著風格，臂裡挽著個金髮美女，大把大把鈔票地花。我搶走他看上的女人，他非但沒有責怪我，反而對我更親近，爲什麼會這樣，只有上帝明白。

住在米爾鎮那段日子，正值雷米人生的低潮期。他一直想找份船上的工作，卻遲遲沒有著落。爲了餬口，他暫時屈就了一份營房警衛的差事。他的妞兒莉安是個毒舌婦，雷米每天少不了都要挨她一頓罵。他們平常很省，每天省吃儉用，只爲省下一分一毫，不過，一到星期六，他們就會跑到外面拚命花錢，只要三個小時，就可以花掉五十美元。雷米平常喜歡穿著短褲，戴一頂怪裡怪氣的陸軍帽，在棚屋附近晃來晃去。莉安則習慣頭上夾著髮捲到處跑。週一到週五，他們每天都會穿著上述的裝束對罵（我一輩子從未聽過這麼多對罵聲）。不過，一到週末晚上，他們就會笑逐顏開，穿戴得像兩個好萊塢大人物，高高興興跑到市區花錢去。

我爬窗的聲音吵醒了雷米。他一看到我，就哈哈大笑起來，他的笑聲，肯定是世界上最洪亮的笑聲之一。「啊哈，帕拉代斯來了，他爬窗而入，聽話得像條小狗。你死到那裡去了，晚到了整整兩星期！」他一掌拍在我背上，又一拳打在莉安肋上，然後挨在牆上，又笑又叫，又用力敲打桌子，務使全米爾鎭每一個人都聽得見。「帕拉代斯，」他尖叫著說，「天下無雙的帕拉代斯。」

我一時不知道該說些什麼，便問他：「索薩力托一定住了不少義大利人吧？」索薩力托是位於米爾鎭前面沒多遠的一個小漁村。

「索薩力托一定住了不少義大利人吧？」雷米大笑著重複我這句話。「哈哈哈哈！笑死我啦，哈哈哈！」他不斷搥胸頓足，然後倒在床上翻來滾去，差點沒掉到床下。「妳聽到他說什麼嗎，莉安？索薩力托一定住了不少義大利人吧？哇哈哈哈哈，太絕了，太妙了！哈哈，哈哈。⑮」他的臉漲紅得像甜菜根。「帕拉代斯，你眞是天底下最會搞笑的人。莉安，妳看到沒有，他眞的乖乖按照指示，從窗子爬進來，哈哈，哈哈！」

說巧不巧，雷米隔壁住了個叫史諾先生的黑人，愛笑的程度決不亞於雷米。我敢按著《聖經》發誓，這位史諾先生，肯定是世界上最容易發噱和笑得最厲害的人。每天晚餐，只要他太太偶然說了一句可笑的話，史諾先生就會立刻站起來，咳嗽幾聲（因爲嗆到了），靠到牆上，向天空望上一眼，就開始大笑不止。他會一面笑，一面往外走，挨在每戶鄰居的牆壁上大笑上一陣，直到走遍整個米爾鎮爲止。我不知道史諾先生有沒有哪一頓晚餐是從頭到尾吃完過的。我懷疑，雷米的愛笑，就是被史諾先生所傳染的（雖然他自己可能沒有察覺這點）。不過這也好，雷米目前既然遇到工作上的瓶頸，又得跟莉安這樣的毒舌婦生活在一起，學會動輒發笑，對他來說絕對只有好、沒有壞。

雷米安排我睡在靠窗的位置，離他和莉安睡的那張床有一點距離。他這個安排，是爲防我趁他睡著時，會對莉安不軌。雷米有一次就對我說：「我可不想有哪一天發現，你們以爲我睡著了，在那裡互相毛手毛腳。要知道，你甭想教老樂師新曲子⑯。這句格言，可是我原創的。」我望看莉安。她體態豐滿，一頭蜂蜜色的秀髮，是個有吸引力的女孩子。不過，從她眼中，我卻看得出她對我和雷米兩人的恨意。她來自一個俄勒岡小鎮，當初立志要找個金龜婿，不料卻碰著雷米這個光棍。雷米一向喜歡裝闊，在他認識莉安那個週末，一次就在她身上花了幾百美元，讓她誤以爲他是個小開。莉安萬萬沒有料到，自己會落得棲身棚屋的下場。由於她不名一文，所有只有繼續待下來。她在舊金山有一份工作，每天都得在公路上的十字路口等巴士。她永遠都不會原諒雷米。

我在棚屋住下以後，雷米建議我寫一個電影故事。他有個死黨的父親是好萊塢的知名導演，所以他想，要把我寫的電影故事推銷出去、大撈一筆，並不是什麼難事。他甚至計畫屆時一道把莉安介紹給那位知名導演認識。於是，住在米爾鎮的第一個星期，我就埋首寫了一個以紐約爲背景的憂鬱故事。我想這個故事應該可以讓好萊塢的導演滿意，唯一的毛病就只有寫得太悲哀了一點。雷米好不容易才勉強把故事讀完，所以，他把故事帶到好萊塢去，已經是幾星期後的事。至於莉安，則因爲恨我們兩個恨得太甚，根本不願意去讀它。電影故事寫好後，我每天除喝咖啡和亂塗亂寫以外，根本無所事事。我一文不名，除一日三餐要仰賴雷米以外，就連買菸的錢都要向他伸手。最後，我告訴雷米，這樣下去不是辦法，我必須找一份工作。我看到雷米的額頭掠過一抹歉疚的陰影——他總是會對別人不當一回事的事情難過。他的心地非常善良。

他試著爲我安排和他一樣的工作：當營房警衛。我辦了各種必要的申請手續，而出乎我意料之外的，我竟然被錄用了。在當地一個警察首長面前宣過誓後，我就領到一個徽章和一根警棍。現在，我是個特種警察了。我眞不知道，要是狄恩和卡洛知道這件事的話，會作何感想。我還領到了一件黑夾克和一頂警帽，但除此以外，我還需要一條藏青色的褲子。頭兩星期，我不得不暫時借穿雷米的褲子。由於他比我高，加上他有一個因爲無聊而吃喝出來的小肚子，所以我第一晚穿他的褲子値班時，走起路來活像是卓別林。雷米還給了我一個手電筒和一把點三二的手槍。
「你這手槍打哪來的？」
「去年夏天去西岸途中，爲了舒展舒展筋骨，我在內布拉斯加的北普拉特下了火車。櫥窗中這把樣子獨特的小槍一下子吸引住我的視線，我二話不說就買了下來。回頭的時候，火車差點沒有跑掉。」
聽他提到北普拉特，我馬上試著向他解釋北普拉特這個地方對我的意義，還有我和幾個車友去買威士忌的經過，但雷米只是拍拍我的背，說我是世界上最會搞笑的人。
每天晚上，我就是靠著雷米給我的手電筒去上班的。我首先得攀上峽谷南面的陡峭山壁，再穿過通向舊金山、車流如飛的高速公路，然後，從山的另一邊，連滾帶爬地走到下面的溪谷中。小溪附近有一戶農家，每次我經過，農家那條狗都會向我咆哮。繼而，我還得快步走過一條銀閃閃、塵兮兮，幾乎被兩旁黑墨墨的樹木所遮蔽的土路——就像電影《蒙面俠蘇洛》裡面那一條。最後，還要再攀上另一座山坡，才到得了我上班的營房。這些營房，是給那些要送到海外去工作的建築工人臨時住宿用的。他們大部分的目的地都是沖繩島。他們會選擇這個工作，多數都是爲了逃避些什麼——而一般都是被告啊或是其他什麼糾紛的。工人之中，各色各樣的人都有，有來自阿拉巴馬州的硬漢，也有來自紐約的滑頭。我們警衛的任務，就是防止營房會被這批傢伙掀翻。我們的總部位於主建築之內，不過是一間鑲了壁板的棚屋罷了。一般，除巡邏以外，我們在辦公室裡都無所事事，只有打哈欠和聽聽老警衛們說故事。

警衛當中，除我和雷米以外，全都是很有警察精神的人。我和雷米當警衛，只是爲了餬口，而他們則整天盼著可以逮捕到一兩個鬧事的工人，好向城裡的警察首長邀功。他們甚至說，誰要是一個月內沒逮上一兩個滋事的人，準會被炒魷魚。聽到要逮捕人，我不禁咽了一口口水。事實上，當警衛這段期間，我從未抓過任一個滋事分子，我甚至還跟他們醉在了一塊。

事情發生那個晚上，剛好只有我一個人值班，而營房裡的每個工人看來都喝得酩酊大醉。那是因爲，這批工人第二天早上就要上船了，所以豪飲得就像水手起錨出航的前夜。我坐在辦公室裡，二郎腿蹺在辦公桌上，讀著《藍皮書》上一些發生在俄勒岡和北方地區的冒險故事。突然間，我聽到從營房那邊傳來不平常的騷動聲——平時，它們晚上都是靜悄悄的。我去一看究竟。每個營房裡的燈都亮著。我聽到叫鬧聲和酒瓶的摔破聲。我硬著頭皮，拿起手電筒，走到最吵鬧的營房門外，敲了敲門。門被打開了大約十五公分。

「你要幹麼？」

「我是今晚值班的警衛，據我所知，你們應該是要盡可能保持安靜的。」我說（不然就是諸如此類的蠢話）。我話還沒說完，門就砰一聲闔上。我愣在那裡，鼻尖幾乎貼到了門上。我覺得自己好像置身在一部西部片之中，接下來的劇情，理應是要求我大展雄風。我又敲了敲門。這次門要開得更大些。「聽好，」我說：「我並不是想來找碴，不過如果你們鬧太兇，我就會丟掉飯碗。」

「你是誰？」

「這裡的警衛。」

「以前怎麼從沒見過你。」

「唔，這是我的警徽。」

「你屁股上掛那把會霹啪響的玩意兒幹麼？」

「那不是我的，」我道歉說，「是借來的。」

「要不要進來喝一杯。」結果我喝了兩杯。

臨走時，我說：「行了嗎？你們會保持安靜了嗎？你們不保持安靜的話，我就要遭殃了。」

「沒問題，老哥，」他們說，「巡你的邏去吧，有興趣的話，歡迎隨時再過來喝兩杯。」

我敲了每一間營房的門，而發生的事都一模一樣，於是，巡邏一趟下來，我就醉得跟營房裡每個人沒有兩樣。天亮時，我循規定把國旗掛到近兩公尺高的旗竿上，之後就回家睡覺去。我沒注意到我掛反了。傍晚我再回到辦公室的時候，只見幾個老鳥警衛不懷好意地看著我笑。

「說說看，昨天夜裡發生了什麼事情？怎麼峽谷對面的居民都來抗議太吵？」

「我不曉得，」我說，「我倒是覺得昨天晚上滿平靜的。」

「還有一件事情。你知不知道你把國旗掛反了？又知不知道，在政府機構工作掛反國旗是可以讓你坐牢的？」

「掛反了？」我頭皮發麻。我當然不知道，因爲每天早上掛國旗，我都只是虛應了事。

「答對了，」一個曾在阿爾卡特拉斯監獄當了二十年差的肥警衛說，「這種事是可以讓你坐牢的。」其他警衛笑著點頭稱是。他們爲自己的工作自豪。他們常常把玩手槍，談跟手槍有關的事。他們最夢寐以求的就是有人給他們射射，尤其是雷米和我。

那個在阿爾卡特拉斯監獄當過差的肥警衛年約六十，挺著個大肚子。他雖然已經退休，但卻捨不得離開那種滋養了他乾澀靈魂一輩子的空氣。每天晚上，他都會開著一輛三五年款的福特車來上班，分秒不差把卡放入打卡鐘，然後坐在辦公桌前面，吃力地填那張我們每天晚上都要填寫的值班表格。填好後，他就會挨在椅背上，談他的傲人往事。「你應該看看兩個月前我和史拉屈是怎樣修理那個在Ｇ號營房鬧事的醉鬼。（史拉屈年紀比肥警衛略小，他想當德州騎警沒當成，只好屈就現在的差事。）今晚我帶你去看看還留在牆上的血跡吧。我們把他甩向一面牆壁以後，又把他甩向另一面牆壁。史拉屈揍過他以後，又換我揍。之後，他就像一攤爛泥一樣，非常聽話、安安靜靜的。那傢伙發誓出獄後要來幹掉我們。他被判了三十天的牢，但現在已經第六十天了，卻什麼也沒發生。」這就是他故事的重點。他們把他修理得魂飛魄散，爲的就是讓他不敢回來找他們算帳。

肥警衛意猶未足，繼續向我憶述他在阿爾卡特拉斯監獄的往事。「囚犯用午餐的時候，我們會像操兵一樣把他們操到飯堂去。沒有一個人敢踩錯一步。我們把每件事情都做到像鐘錶發條一樣精準。你沒機會看到當時的情境，眞是可惜。我在那裡當了二十年獄警，從來沒有出過什麼亂子，因爲囚犯都知道，我是惹不起的。至於那些心慈手軟的獄警，倒是常常會惹上麻煩。依我觀察，你對這裡的傢伙都太仁慈了。」他舉起菸斗，嚴厲地看著我。「他們會吃定你的，你知道嗎？」

我知道。我告訴他，我不是當警衛的料。

「沒有錯，不過你既然應徵了這份工作，就別無選擇。如果你不痛下決心狠起心腸的話。你會吃不完兜著走的。那是你的責任，你起過誓的。你不能那麼好商量，法律和秩序必須維護。」

我不曉得要怎樣回答。我知道他說的話都是對的，但我唯一想做的，卻只是晚上溜班出去，看看這一帶的人都在幹些什麼。

另一個警衛史拉屈是個高個子，肌肉盤纏，理著平頭。他喜歡學拳擊手的模樣，常常以兩拳互擊。他把自己裝扮得像個德州騎警——只不過是個上了年紀的德州騎警。他腰繫一條子彈腰帶，左輪手槍垂得低低的，帶著根短柄馬鞭之類的玩意兒，衣服上垂著些皮革條塊，上身一件低領夾克，腳上一雙油光鋥亮的鞋，頭戴捲簷帽，整個人看起來活像是間會走路的拷打室。他唯一不像德州騎警的地方是沒有穿靴子。他常常用兩手抄到我的胯下，輕輕把我托起來，以彰顯自己多麼孔武有力。不過，若論氣力，我同樣一托就可以把他整個人扔到天花板上去。我很有把握我做得到，但我從來不讓他知道，因爲我怕他知道我這樣想的話，會要求和我角力。和這樣一個傢伙角力，一定會以槍擊事件收場。而我肯定，他的槍法一定比我準；我一輩子從未用過槍，即使只是配在身上，也讓我膽戰心驚。史拉屈希望逮人希望得發瘋。有一天晚上——當晚只有我和他兩個人值班——他氣沖沖地從外頭走入辦公室。

「我叫幾個傢伙保持安靜，他們卻繼續吵。我對他們說了兩次。我只給人兩次機會，不會有第三次。你跟我一起去逮捕他們。」

「呃，那就讓我來給他們第三次機會吧，」我說，「我會和他們好好談一談。」

「不行，長官，我從不給人兩次以上的機會。」

我嘆了口氣，只好跟他一起到那個讓他不爽的營房去。史拉屈打開了門，命令所有人列隊走出房間。場面很尷尬。每個人都漲紅了臉。試問，又有誰會認爲自己做的事情是錯的呢？更何況是一群正在喝酒和大聲說話的人。但史拉屈卻偏偏要證明他們是錯的。史拉屈拉我一起來是怕他們會拒捕，反過來一擁而上。他們眞的有可能會那這樣做。他們很多都是兄弟檔，何況，他們又全都是來自阿拉巴馬的漢子。我們把他們押回警崗，史拉屈走最前面，我走最後面。

其中一個工人對我說：「你勸那個混球放我們一馬吧，否則我們有可能會被開除，到不了沖繩島。」

「我會勸他。」

在警崗處，我勸史拉屈算了吧。但他卻漲紅著臉，用每個人都聽得見的聲音說：「我從不給別人兩次以上的機會。」

「你哪根筋不對啦，」那些阿拉巴馬工人說，「兩次三次有什麼分別。你這樣搞會讓我們丟掉飯碗的。」史拉屈沒理會他們，只管填寫逮捕表格。不過，他最後決定只逮捕他們其中一個。他打電話叫來一輛警車，把那人帶走。其他人臉陰陰地往房間走回去。我聽到他們其中一個說：「媽媽知道了一定會難過。」有一個工人走過來對我說，「你去告訴那個德州狗娘養，如果我弟弟明晚以前沒有被放出來，我就要打爛他的屁股眼。」我把這話轉告了史拉屈（當然是用中性得多的字眼），但他卻不吭聲。第二天，入獄那個人就被放了出來，而史拉屈的屁股眼也沒有被打爛。一批工人上船後，另一批工人就會住進來。如果不是因為雷米，這樣的工作我根本待不了兩小時。

在那些只有雷米和我當值的夜晚，一切都會活起來。在黃昏第一次巡邏的時候，雷米會去試轉每一個門把；他想找到一個沒上鎖的。他對我說：「這幾年來，我一直都想，我能不能訓練出一條能充當超級小偷的狗，牠懂得跑到這些傢伙的房間裡去，把他們的錢從衣褲口袋裡叼出來。我計畫把牠訓練成只偷紙鈔的狗。我會拿一張紙鈔給牠聞一整天，讓牠辨識紙鈔的味道。如果有辦法，我會把牠訓練成只偷二十美元紙鈔的狗。」雷米總是一腦袋異想天開的計畫。他和我談狗的事情，談了好幾星期。有一次，巡邏的時候，竟然真的給他發現一道沒有上鎖的門。他要把門推開，但我卻不喜歡這個主意，便獨個兒溜達到大堂去。雷米把門推開，沒想到，迎面出現的竟是營房的總監。雷米一向討厭這個人的臉。有一次，雷米問我：「你常常提到的那個俄國作家，名叫什麼來著？就是會把報紙塞到鞋裡，和戴著一頂從垃圾桶裡找來的大禮帽到處走的那一個。」他說的是杜斯妥也夫斯基，只不過，他的形容跟我向他形容的天差地遠。「唔，我想起來了，想起來了，他叫杜斯吐斯基。任何長相像營房總監的人，都只有一個名字可以形容：杜斯吐斯基。」雷米所找到的那間沒上鎖的房間，就是營房總監的房間。杜斯吐斯基本來在睡覺，因爲聽到有人轉他房間的門把而醒了過來。他穿著睡衣爬起來，臉色要比平常還要難看一倍。當雷米推開他的門以後，看到的是一張充滿憎惡和憤怒的臉。

「你這是在幹麼？」

「我以爲這裡是……以爲這裡是……嗯……是拖把房。我在找拖把。」

「你爲什麼要找拖把？」

「嗯……呃……」

我聽到發生的事情，馬上走過來爲雷米解圍：「不知誰在二樓抓兔子，吐了一地，我們想找把拖把把地拖乾淨。」

「這裡不是什麼拖把房，這裡是我的房間。如果再有下一次，我就會告訴你上司，讓你滾蛋。你聽清楚了沒有？」

「有個傢伙在二樓抓兔子。」我把話重複一遍。

「拖把房就在大堂這裡。在那邊。」他舉起手指，久久不放下來，等我們行動。我們只好眞的跑到拖把房，找到拖把，蠢蠢地拿到二樓去。

我對雷米發火說：「該死的，雷米，你幹麼老是要爲自己和我惹麻煩。爲什麼你不乾脆辭職算了？你爲什麼不偷東西就不高興。」

「這世界欠我很多，我要討回來，就這麼回事。你甭想教老樂師新曲子。如果你再用這種態度跟我說話，我就喊你杜斯吐斯基。」

雷米這個人和小孩子沒有兩樣。很久以前，在他還在法國當學童的那段孤獨歲月裡，確實被剝奪了許多東西。他的繼父把他擺在寄宿學校裡，不聞不問，而他則被一家學校踢到又一家學校。所以，一等長大，雷米就急於要回他曾經失去的一切；只不過，他所失去的，是個永遠塡不滿的無底洞。

營房的食堂有如是我倆的私人食物庫。只要一確定沒有人留意，特別是其他警衛沒有監視我們，我們就會偷溜進去。我負責蹲著，讓雷米踩在我的肩上，從窗戶爬入食堂。（食堂的窗戶從來不上鎖。）我的彈跳力比較好，所以只要兩腳一躍，就可以攀住窗戶，再爬窗而入。我們的第一目標是冰櫃。我做了一件從幼年就開始夢想的事情：打開巧克力冰淇淋的蓋子，一手抄到冰淇淋裡面，挖出一大團，湊到嘴上舔。之後，我們會走入廚房，打開冰箱看看有什麼可以放在口袋裡帶回家的東西。我常常會扯下一片烤牛肉，包在餐巾紙裡帶走。這個時候，雷米都喜歡說：「你知道杜魯門總統交代過我們什麼嗎？他說我們必須節省生活開支。」

有一次，我們在食堂裡耗了很久，因為雷米帶了一個很大的紙皮箱進去搬東西。不過，等我們要離開時，他才發現紙皮箱太大了，根本穿不過窗戶。於是，他只好心不甘情不願把東西一件件放回原位。稍後，雷米下了班，我一個人留在基地。一件怪事發生了。當時，我正在峽谷裡的一條小徑溜達，看能不能碰到一頭鹿（一九四七年的時候，這一帶還相當荒涼，雷米說他見過附近有鹿）。忽然間，我聽到了一陣嚇人的聲音，一種急速吸氣和噴氣的聲音。我猜是有一頭獨角獸，在黑暗中衝著我走過來。我用手握緊槍把。一個高大身影從黑暗中冒了出來，牠有一個巨大的頭。但我隨即看清楚，那不是獨角獸，而是雷米——肩上扛著個人箱子的雷米。原來，他不知打哪找到了食堂的鑰匙，把先前帶不走的一大堆罐頭再次偷了出來。箱子太重了，他上氣不接下氣。「雷米，我還以為你回家去了呢。你在這裡搞什麼鬼？」

他說：「帕拉代斯，我跟你說幾遍了？杜魯門總統交代過，我們必須節省生活開支。」

我聽到他在黑暗裡不斷喘氣。營房與我們棚屋之間的路有多崎嶇和起伏，先前我已經介紹過。雷米扛著大箱東西走了一段，便走不動了。他把東西藏在草堆裡，再回頭找我。「索爾，我一個人實在搬它不動，所以我打算把它分成兩箱，請你幫我搬一箱。」

「但我還在值班啊。」

「你走了以後，我會幫你看著這地方。」他抹去臉上的汗。「呼！我告訴過你多少次了，索爾，我們是哥倆，必須同進同退，別無選擇。你要曉得，包括杜斯吐斯基、那些警衛，還有莉安在內，這個世界上每個人都伺機要給我們致命一擊。我們絕不能讓他得逞。其實，他們的髒手撈過的油水，要比我們多不曉得多少倍。記住，你甭想教老樂師新曲子。」

我終於忍不住問他：「出海的事怎樣了？」我做這個爛差事已經十星期。我每星期可以賺到五十五美元，但平均會寄給我姑姑四十美元。我來這麼久，卻只在舊金山消磨過一個夜晚。我的生活完全被雷米的棚屋、他和莉安的戰爭，還有營房的值夜所困住了。

雷米和我輪流把食品罐頭揹回了棚屋。堆在廚桌上的食物罐頭，足足有一公里高。莉安醒了過來，揉了揉眼睛。

雷米對她說：「妳知道杜魯門總統說過什麼嗎？」她開心極了。沒多久，我開始意識到全美國每一個人其實都流著小偷的血液，而我也不例外。不知道從什麼時候開始，我也染上了雷米的習慣，只要有機會，就會試試那一道門沒有上鎖。其他警衛開始對我們起疑。這是當然的，憑著多年經驗，雷米和我是哪一類人，他們心裡有數。

有一天，雷米和我帶著槍，走到山上，試著打一些鵪鶉。他躡手躡腳走到一群咯咯叫的鵪鶉五公尺開外，瞄準，然後開槍。但卻沒有打中。他的大笑聲響徹了整個樹林，乃至整個美國。「該是你跟我去看看香蕉王的時候了。」

那是星期六。我們打扮整齊，在高速公路的十字路口搭上開往舊金山的巴士。在市區裡，我們走到哪兒，雷米的大笑聲就跟到哪兒。他說：「你非寫一篇關於香蕉王的故事不可。」又警告我：「你可別想耍我，不寫香蕉王的故事而去寫別的故事。香蕉王是你的賣點。瞧，香蕉王就在那邊。」原來他說的香蕉王，是個在街角賣香蕉的老頭兒。我快哭出來了，但雷米卻搥我的肋旁，甚至拽著我的衣領，硬把我往香蕉攤子拉去。「香蕉王的故事是這世界上最有趣、最有人味的生活故事。」我告訴他，香蕉王的故事引不起我一丁點兒興趣，但他反駁說：「除非你明白了香蕉王的重要，否則你絕對不會明白什麼叫這個世界最有人味的故事。」

海灣的外海浮著一艘被當成浮臺用的生鏽舊貨輪。不知道爲什麼，雷米老想划船到那裡走一走。所以，有一天下午，他叫莉安準備好午餐，就租了一條舢舨，往舊貨輪划去。他還帶了一些工具。到達舊貨輪後，莉安把所有衣服脫下，躺在艦橋上晒太陽。我從船尾處盯著她看。雷米則二話不說就跑到老鼠亂竄的甲板下層去敲敲打打。我走到已經坍塌的高級船員飯堂去溜達。這是一艘很老很老的船，過去曾經有過輝煌的一頁。船的木頭上都有雕花，還有著些內建式的水手櫃。這船是傑克．倫敦時代舊金山的幽靈。我站在日光照耀的飯堂裡怔怔出神，彷彿看到當年那個每天在這裡用餐的藍眼睛船長。

我在更下一層的船腹內找到雷米。他正在撬每一樣鬆動的東西。「什麼也沒有。我原以爲可以在這裡找到些銅的東西，不然，最少也可以撿到一兩把扳手。唉，這船已經被一群賊倒過來翻過一遍了。」這艘船浮在海灣裡已經很多很多年，而如果眞有人偷過它的話，那這個人現在也肯定已經不再是人了。

我對雷米說：「我很想能夠找一個大霧瀰漫的夜晚，在這船上睡上一睡，聽聽海浪拍打船身的聲音，聽聽船體嘎嘎作響的聲音。」

雷米很詫異，對我的佩服又增加了一倍。「索爾，如果你眞敢在這裡睡一晚的話，我就給你五塊錢。難道你不曉得，這種船會有老船長的鬼魂出沒的嗎？我不只會給你五塊錢，還會幫你準備午餐，借你毯子和蠟燭。」

「一言爲定！」我說。雷米跑著去告訴莉安這件事。我眞巴不得能從一根船桅上往下跳，直撲莉安身上，但我不能背叛雷米。我把視線從莉安身上移開。

接下來一段時間，我到城裡去的次數比較頻繁。我用盡書本上所教的每一招，想把到一個馬子，卻都徒勞無功。有一次，我甚至跟一個明尼蘇達的金髮妞坐在公園的長凳上，從晚上聊到天亮，不過，我依然沒有得償所願。舊金山的男同志不少。每次，酒吧裡有男同志想接近我，我都會把身上的手槍亮出來，說：「哈，唔，怎麼樣？」他們立刻就會落荒而逃。我不明白我為什麼要這樣做。我認識的男同志不少，而我對他們並不反感。大概會讓我想到對他們亮槍的唯一的理由就是，舊金山太寂寞和我身上剛好有一把槍的緣故吧。我忍不住要把槍拿出來秀一秀。有一次，經過一家珠寶店的時候，我突然有一種衝動，想一槍把櫥窗的玻璃射破，把裡面的首飾搜掠一空，再帶莉安遠走高飛。唉，看來，該是我非離開舊金山不可的時候了，再下去，我肯定會發瘋。

我寫了幾封長信給狄恩和卡洛，他們現在在德州，住在公牛老李家中。他們回信說，等幾件事情辦妥，就會來舊金山和我會合。只不過，他們還沒來，蓋在雷米、莉安和我頭頂上那片天就已經垮下來了。雨季在十月展開，風暴也隨之開始。雷米拿了我寫的那篇蠢小說，帶莉安坐飛機去了好萊塢一趟。不過，他期望的事情並沒有發生。他認識的那個著名導演喝醉了，根本不理他們。雷米和莉安在他的馬利布海灘別墅晃了一下，又在其他客人面前吵了一架，就飛回舊金山。

但好戲還在後頭。有一個賽馬日，雷米不知怎麼搞的，竟然把所有積蓄——大約是一百美元——統統提出來，要到賽馬場去放手一搏。此行，他還做了一件相當可以反映他心腸的事情。我們要去的金門賽馬場，位於海灣對岸的里士滿附近。出門前，雷米把我們偷來的食物罐頭的其中一半，放入一個大紙袋中。我們起初不知道他要幹麼，後來才曉得原來他要拿這些食物罐頭，送給一個住在里士滿的寡婦。那寡婦居所住的是個和米爾鎮類似的社區，到處都飄揚著旗子般的晾晒衣物。那寡婦有一群衣衫襤褸、面黃肌瘦的小孩。她不是雷米什麼至親，而不過是他略有認識的一個海員朋友的姊妹罷了。她對雷米千恩萬謝，但雷米卻用他最優雅有禮的聲調對她說：「卡特太太，別放在心上，這些東西，我們那邊多的是。」

在賽馬場裡，雷米的出手大得叫人咋舌，每一場下注額都高達二十美元。還沒有到第七場，他就破產了。我們必須靠攔便車回家。一個開時髦汽車的紳士載了我們一程。雷米騙對方說，皮包掉了在賽馬場的看臺，所以沒錢坐車回家，但我卻當場拆穿他的謊言：「實情是，我們把錢統統輸光；爲了不至於再發生要靠攔便車回家這種醜事，我們決定以後光顧地下投注站。嗯，雷米，對不對？」雷米的臉紅到了耳根子。稍後，載我們的人告訴我們，他是賽馬場的一名主管。他要去的地方是皇宮大飯店，所以我們也在那裡下車。我們目視他的身影消失在飯店內一盞盞枝型吊燈的後面——口袋裡滿滿的，頭抬得高高的。

「哇！呼！」雷米在舊金山黃昏的街道上喊，「帕拉代斯竟然當著賽馬場主管的面說他打算光顧地下投注站，莉安，妳說嗆不嗆，哈哈哈，哈哈哈……」一面笑一面搥莉安。「你肯定是天底下最會搞笑的人，帕拉代斯，哇哈哈哈。索薩力托一定住了不少義大利人吧？哈哈哈，哈哈哈！」他抱著一根燈柱笑個不停。

回到棚屋，天就開始下雨；莉安以鄙夷的目光看著雷米和我。屋子裡一毛錢也沒有。雨水劈里啪拉擊打在屋頂上。「這場雨看來會下一星期以上。」雷米說。他已經把漂亮的西裝脫下，換回可憐兮兮的短褲、陸軍帽和T恤。他用一雙憂愁的褐色大眼凝視著地板。手槍就放在桌上。雨聲裡彷彿夾雜著史諾先生的哈哈大笑聲。

「我受夠了你這狗娘養的了。」莉安發難了。她不斷用話去刺雷米，而雷米則只管翻一本黑色小本子，裡面記載著的，都是欠他錢的人的名字，大部分都是海員。每個名字旁邊，都用紅墨水寫著詛咒的話。我眞怕自己哪一天會榜上有名。由於我每週領到薪水，都會把大部分寄給姑姑，所以，我能爲雷米分攤的，只是四五美元的食物錢。後來，爲了讓雷米可以恪守杜魯門總統的訓示，我又把這個錢再增加幾美元。但雷米並不認爲我有分攤家用的義務；他故意把我們偷來的食物罐頭上的長緞帶和價錢標示，貼在浴室的牆上，提醒我，家裡不缺吃的。就因爲這個緣故，莉安一直懷疑雷米——也懷疑我——藏了私房錢。她威脅要離開他。

雷米翹著脣說：「妳以爲妳去得了哪裡？」

「吉米那裡。」

「吉米？就是馬場那個出納員？哈哈，索爾，你聽見沒有？可愛的莉安搭上了馬場出納員。不過，親愛的，去的時候可別忘了帶把掃把，有我進貢的一百美元，那裡的馬兒這星期會吃到的燕麥可不少啊。」

事情變本加厲了。雨在轟鳴。莉安要雷米收拾東西，馬上滾蛋（這棚屋是莉安先住的）。雷米竟然真的動手收拾起東西來。我開始擔心，雷米真的負氣走了的話，在這樣一個大雨天，我要怎樣和一個難以駕馭的潑婦單獨相處。我試著當和事佬，但毫不管用。不知怎的，雷米推了莉安一把。莉安立刻往桌上的手槍撲去。雷米及時把槍攫起，交給我保管；彈匣裡還有八顆子彈。莉安開始嘶喊，最後，她穿上雨衣，說要去找警察。她說的警察，肯定就是我們那個在阿爾卡特拉斯監獄當過差的肥警衛同仁，這附近除他以外，沒有別的警察。幸好他不在家。莉安回來的時候，全身溼得精光。我躲在我睡覺那個角落，頭埋在兩膝之間。老天，我在這個離家五千公里的地方攪和什麼啊？我來這裡是幹麼的？那艘要帶我到中國去的貨輪現在在哪兒？

「聽好，你這個下流胚子，」莉安怒道，「今晚是我最後一晚待在這鬼地方，最後一次煮咖哩臭羊肉，讓你肥死撐死。」

沒想到雷米卻心平氣和地說：「沒有關係，眞的、眞的沒有關係。打從妳跟著我那天開始，我就沒指望過以後會有甜蜜的家庭生活。會發生今天這樣的事，我一點也不驚訝。我努力爲你們——你們兩個——做一些事，但你們卻一再讓我失望，讓我失望到了極點。」他繼續以非常眞誠的態度說：「我本來以爲總有一天，我們會交上什麼好運道，可以永遠快快樂樂地生活在一起。我盡了各種努力，我去了好萊塢，我爲索爾找了一份工作，爲妳買了一些漂亮的衣服，還試過把妳介紹給舊金山最體面的人認識。我能做的都做了，但你們卻不領情，一再讓我失望。哪怕是我最小、最小的期望，你們也不願意配合。我從不要求你們回報我。但現在，我懇求你們幫我最後一次忙，之後，我絕對不會再煩你們。我繼父下週末晚要來舊金山。我想請求你們和我一起去見他，並盡量讓一切看起來和我信中所告訴他的一模一樣。我會想辦法去借一百美元，用作當晚的花費。我希望我的繼父能在舊金山有一段美好時光，離開的時候不會覺得有任何爲我憂慮的必要。」

這番話讓我很驚訝。我問雷米：「你是說你準備花一百美元在你繼父身上？他一天賺的錢，比你一輩子還要多呢！你會債臺高築的，老兄！」他繼父是位名醫，在維也納、巴黎和倫敦都執業過。

「沒有關係，」雷米平靜地說，「我只求你們幫最後這個忙，竭你們所能不要把事情搞砸，留給他一個好印象。我愛我繼父，我尊敬他。這次他和年輕的妻子一道來。我們必須盡最大的禮數去接待他們。」有些時候，雷米眞的是這個世界上最溫柔有禮的人。連莉安也爲之動容，期盼著與他的繼父會面。她想，雖然雷米不是條大魚，但搞不好他繼父會是。

第二個週末夜一下子就到了，而我也已經辭掉了警衛的工作（即使我不主動辭職，也馬上會被開除，因爲我逮捕過的人太少了）。我和雷米約好，到飯店後，他先和莉安上樓找他繼父，我則在樓下的酒吧待一會兒再上去。我在酒吧耗了很久才上樓。開門的人是雷米的繼父，他是一個鶴立雞群的高個子，鼻梁上夾著副夾鼻眼鏡。我一看到他就說：「龐戈先生，你好嗎？Je suis haut!」我本來是想用最後面這句法語來表示：「我剛喝過酒，我現在很high。」但龐戈醫生卻聽得莫名其妙。⑰沒想到我可以這麼快把雷米的事搞砸。雷米瞪著我，滿臉通紅。

隨後，我們一行五人，前往氣派的阿佛列餐廳用餐。可憐的雷米爲這頓飯花了整整五十美元。不過，更糟糕的事情才要上場呢。你猜我在餐廳裡碰到了誰？是我的老朋友羅蘭．梅耶，他坐在餐廳的吧檯旁邊喝酒。他從丹佛來舊金山還沒多久，在一家報社裡找到份工作。他喝醉了。他甚至鬍子也沒刮。他一看到我，馬上衝過來，一掌拍在我的背上——當時，我正要把一杯高杯酒遞到脣邊。他二話不說就坐在廂座的最邊邊——也就是龐戈醫生的旁邊——彎著身子，隔著老醫生的湯，大聲跟我說話。雷米的臉紅得像甜菜根。

「欸，索爾，你不要把我這個朋友介紹介紹給大家嗎？」他帶著一絲若有若無的戲謔笑容問。

「這位是羅蘭．梅耶，目前在舊金山的《阿爾戈斯報》工作。」我盡可能裝得若無其事。

莉安以冒火的眼睛看著我。

梅耶開始向老醫生胡說八道。「你喜歡在高中教法文的工作嗎？」

「抱歉，我不是高中法文老師。」

「啊，但你看起來很像高中法文老師呢！」這話帶有明顯的侮辱意味。這時，我想起梅耶在丹佛時不讓我們入屋狂歡的舊帳，但我決定原諒他。

我不只決定原諒他，也決定原諒每一個得罪過我的人，我誰也不想追究——因爲我醉了。我開始對老醫生的太太說些不莊重的話。我喝得太多了，以致每隔兩分鐘，就要去一趟洗手間，而每去一趟洗手間，都要連跨帶跳越過老醫生的膝蓋一次。事情糟糕得無以復加。我在舊金山的日子已經到了盡頭。雷米肯定不會再理我。一想到這一點，我就覺得害怕，因爲我不只眞心愛他，也是這世界上極少數幾個眞正了解他的眞誠與不同凡響的人。要平復雷米這個傷口，將要花上好幾年時間。現在的情境和我當日在派特森寫信給他，計畫沿六號公路橫跨美國時的預期，何啻天壤！我已走到美國的盡頭，除折返以外再無別的路可走。但我決定在回程的時候，最少要走一條先前沒走過的路，先到好萊塢走走，再取道德州，去看看公牛老李一票朋友；至於接下來要怎樣，我現在懶得去花這個腦筋。

梅耶被攆出了阿佛列餐廳。由於晚餐已經用完，我便陪他一道離去（這其實是雷米提議的，他建議我和梅耶到別的地方喝酒）。到了另一間酒吧之後，梅耶大聲對我說：「山姆，我不喜歡剛才那個老變態佬。」

「我也是……傑克。」我說。

「山姆，」他說，「我們回去把他的頭砸爛怎麼樣。」

「不，傑克，」我乾脆把這段仿海明威式的對話貫徹到底，「我們從這裡盯著他們，靜觀其變就好。」

早上我回到棚屋的時候，雷米和莉安正在熟睡。看著雷米那一大堆待洗的衣物，我有點黯然，因爲這些衣物原該是我拿到村子後面一部洗衣機去清洗的，我走了，就沒有人幫雷米辦這件事了。我走到門廊上去眺望。「不，該死，」我告訴自己，「你還不能走。你不是許諾過，非爬上過那座山，不會離開這裡的嗎？」我許諾要爬的山，是峽谷可以眺望到太平洋那一端的山嶺。

爲此，我又多留了一天。第二天是星期天。一股巨大的熱氣沉甸甸地從天上往下壓。但那是個漂亮的大晴天，太陽在三點就轉紅了。我開始往山上走，四點的時候爬到了山頂。漫山遍野都布滿可愛的加州木棉樹和桉樹。但愈接近山頂，樹木就愈少，最後就只剩下石頭和草。牛群在海岸的頂部啃草。再幾個小山丘之後就是太平洋，湛藍、浩瀚的太平洋。一片巨大的霧氣，正在太平洋遠端冉冉升起。再過一個小時，霧就會瀰漫過金門大橋，把整個城市覆蓋在羅曼蒂克的白色中。屆時，想必會有一個口袋裡放著瓶托卡伊酒的年輕人，牽著他女朋友的手，慢慢在長長的、白色的行人道往上走。我望見了舊金山；望見一些漂亮的女人，正站在一些白色的門道上，等待她們的男友；再過去是科伊特塔，還有埃巴卡德羅大道，還有市場街，再來就是那十一個熙熙攘攘的丘陵。

我旋轉身體，直到有點暈眩。我一面轉，一面想，我會不會就此掉落到山崖下，就像夢境中的那樣？啊，我愛的女孩，妳現在身在何方？我望向四方八面，躺在我面前的是一整片巨大的隆起，是美洲大陸龐然的身軀，而紐約——陰鬱、瘋狂的紐約——就在這片大塊極遠端的某處，向天空吞吐著它的煙霧和褐色的蒸汽。我感覺到，東部是一個棕色和神聖的所在，而加州則是一個像晾晒衣物一樣白、沒深度的所在。至少這是我當時的想法。

12

清晨，我趁雷米和莉安還在熟睡，悄悄收拾行囊，爬出那個當初我爬進屋內的窗戶，離開了米爾鎮。我沒有能實現在那艘名叫「費比上將號」的鬼船上睡上一晚的心願，而我和雷米也從此相失了彼此。

在奧克蘭一家門前掛著個大車輪的酒館和幾個流浪漢喝過一輪啤酒後，我就重新踏上旅途了。我徒步穿過奧克蘭，走到一條通向夫勒斯樂（Fresno）的公路。兩趟連續的便車把我載到了距離奧克蘭以南六百多公里的貝克斯菲爾德（Bakersfield）。第一個載我的，是個魁梧的金髮小夥子。他是個快車狂，開著一輛引擎加強過的跑車。「看到我那根腳趾沒有？」他問。他把車速飆到一百三十，趕超過每一部在他前面的車子。「看看它，」他一根腳趾上綁著繃帶。「我早上才在醫院動完切除手術。那些混球想要我留在醫院，但我不甩他們，拿了包包掉頭就走。一根腳趾有什麼大不了的。」「對，」我在心裡說，「是沒有什麼大不了，不過現在請你注意駕駛。」我把扶手抓得緊緊的。我從來沒有看過比他開車開得更肆無忌憚的人。車子才一下子就開到了特雷西（Tracy）。特雷西是個鐵路邊的城鎮；我看到，一些火車司機正在鐵軌旁邊一家火車廂形的小餐館陰沉地用著餐。火車在河谷中呼嘯來去。太陽正在西沉，變得又長又紅。沒多久，薄暮就展開了，一片葡萄紫色的暮靄慢慢向著柑橘樹叢與長條形的甜瓜田延展過去。太陽的顏色，這時就像是被壓碎的葡萄，也像是被灑在地上的勃根地紅酒，讓整個田野籠罩在一種西班牙情調的神祕感中。我把頭伸出車窗，深呼吸了幾口芬芳的空氣。那眞是我所經歷過最最美好的一刻。載我的那個瘋子也是個火車司機，住在夫勒斯樂。他告訴我，他的腳趾是在奧克蘭的調車場爲火車換軌時被夾到的。至於細節，我沒有問，他也沒說。他把我載到鬧哄哄的夫勒斯樂，在鎮的南邊把我放下。我在鐵軌旁的一家小雜貨店仰頭喝了一瓶可樂。一個表情憂鬱的阿美尼亞年輕人沿著一個個紅色的貨運車廂向著我這邊走過來，而就在同一時間，一輛火車頭響起了汽笛聲。我對自己說：嗯，分毫不差，這裡果然就是薩羅揚的故鄉。

接下來我必須向南走。一輛新款型的小貨車載了我一程。駕駛來自德州的拉博克(Lubbock)，從事的是活動車屋的買賣生意。「你想要買活動車屋嗎？」他問，「以後想到要買，隨時找我。」他告訴了我一個他父親的故事。「有一晚，我爸爸把商店一天的收入放在保險箱箱頂，打算過一下就把錢鎖入保險箱；沒想到他隨即忘了這回事。你知道發生了什麼事嗎？一個小偷在晚上摸了進來，撬開了保險箱，但除了一些紙張文件外，什麼也沒找到。他弄亂了紙張，踢翻了幾張椅子之後，就悻悻然地走了。他完全沒有發現到保險箱頂放著一千美元。你說玄不玄？」

他在貝克斯菲爾德把我放下車。我覺得冷，便穿起一件輕薄的陸軍雨衣。那是我在奧克蘭用三美元買來的，打算一路上遮風蔽雨之用。我走到一家西班牙風格的汽車旅館門外，想攔一輛便車坐坐。我向每一輛朝洛杉磯方向開的汽車熱烈揮手，卻沒有一輛停下來。我愈來愈冷。就這麼等到了午夜，整整兩小時。我一面等一面咒罵。看來，我在愛荷華斯圖亞特的遭遇又要歷史重演了。我無計可施，只好決定花兩美元，坐開往洛杉磯的巴士了。我沿著公路往回走，到達貝克斯菲爾德的巴士總站。

我買了票，坐在一張長凳上，等待開往洛杉磯的巴士的到達。我東張西望，突然間，我眼前爲之一亮：一個穿著寬鬆褲子的墨西哥小妞在我面前一晃而過。她是從剛到站的一輛巴士下車的，那巴士在這裡停，是爲了讓乘客中途休息。她的胸部堅挺突出、貨眞價實，她的肋腹讓人垂涎欲滴，她的長髮烏黑亮麗，她的眼睛大而藍，內藏著一點靦腆。我多希望自己跟她坐的是同一班車。但老天就是喜歡這樣作弄我——想到這個，我的心掠過一陣刺痛。每一次，只要我面前出現一個讓我心儀的女孩，她去的就總是和我相反的方向。這時，播音器響起，通知前往洛杉磯的旅客上車。於是，我就拿著包包上了車。老天，你猜我看到誰在車上？就是剛才那個墨西哥小妞！她還是一個人的呢！我坐到她右手邊的那排椅子上，心裡不斷盤算應該採取什麼步驟。我太寂寞了，太憂鬱了，太疲倦了，太落魄了，非要找到一個可以慰藉我心靈的女孩子不可。即便如此，我整整搥打了自己五分鐘的大腿，仍未鼓得起勇氣跟她搭訕。

去啊，白痴，去跟她說話啊！你豬啊，你是怎麼搞的？你哪根筋不對啦？就在我還弄不清自己在做什麼以前，就探身到了她那一邊去，問道：「小姐，你需要用我的雨衣來當枕頭嗎？」她當時正試著睡覺。

她抬起了頭，微微一笑，說：「不用，非常謝謝你。」

我坐回了原位，身體還在發抖。我點了一個菸屁股，盤算下一個步驟。過了一下，我看見她瞄了我一眼，眼角餘梢帶著情意。我立刻站了起來，探身問她：「我可以坐妳旁邊嗎？」

「隨便。」

我馬上坐在她旁邊。「妳要去哪？」

「LA。⑱」我喜歡她說LA兩個字的口吻。我喜歡聽西岸每個人說LA這兩個字的口吻。

「我也是往那邊！」我喊道，「眞高興沿途有妳坐我旁邊。我旅行了很長一段時間，感到很寂寞。」我們開始聊起了彼此。她告訴我，她有一個丈夫和小孩。丈夫打她，所以她離開他，回到賽賓洛的娘家（賽賓洛位於夫勒斯樂的南邊），現在正打算前往洛杉磯，和姊姊住一陣子。她把小孩留了給家人照顧，她家人是葡萄採摘工人，住在葡萄園的棚屋中。她說，住在家裡，除了想東想西以外，根本無事可做，她快要發瘋了。我眞想馬上用雙手把她抱住。我們談了又談。她說她喜歡和我談話。過了一會兒，她告訴我，她很希望有機會能到紐約走一走。「也許我們可以一塊去！」我高興得笑了起來。這時，巴士正在葡萄藤山口上咆哮地爬著坡。當路變爲下坡後，一片燈海就慢慢向我們接近。我們沒有事先協議，兩人的手就自然而然互握了起來。雖然我們什麼都沒有說，但我卻滿心愉悅地知道，到了洛杉磯，當我找到旅館房間後，她將會睡在我旁邊。我整個人都伏在她身上，又把頭靠在她美麗的秀髮上。她那小肩膀讓我發狂。我把她抱了又抱。她喜歡我這個樣子。

「我喜歡愛情。」她閉著眼睛說。我承諾會帶給她美麗的愛情。我滿足地看著她。當我們彼此的故事都說完，就不再說話，靜靜地沉醉在甜蜜的遠景中。你踏破鐵鞋去尋覓愛情，但它要來的時候，就是來得那麼簡單。貝蒂、瑪莉露、麗塔、卡蜜兒、伊麗莎——別人擁有一千個女人我都不介意，我只要擁有眼前這一個小姑娘——和我心靈相契的小姑娘——就心滿意足。我把這個想法告訴她。她承認，在巴士總站的時候，她注意到我在看她。「當時我還以爲你是大學生呢。」

「我是個大學生沒錯！」我說。這時，巴士抵達了好萊塢。外頭是髒兮兮、灰濛濛的破曉，就像電影《蘇利文遊記》中喬奥．馬克雷（Joel McCrea）和維倫妮嘉．萊克在快餐店裡相遇到的那個破曉。她睡在我的大腿上。我貪婪的望著窗外的景物：灰泥房子、棕櫚樹、汽車快餐店。這裡就是應許之地，美國的夢想之鄉。下車以後，我環顧四周，發現景物和我在堪薩斯市或芝加哥或波士頓下車時所見並無多大不同，不外就是紅磚建築、骯髒的街道、一些晃蕩的傢伙和吱吱嘎嘎的電車。當然，這裡也少不了美國大城市所特有那種腐臭味。

不知道怎麼搞的，一到洛杉磯，我就中了邪。一個愚蠢、偏執的念頭忽然把我攫住。我懷疑自己落入了仙人跳的圈套。我懷疑，泰妮——她的名字——其實不是什麼普通女孩，而是一個年輕妓女，一個專在巴士上釣肥羊的妓女。換言之，她會讓我接近，事實上是她和她姘頭事先計畫好的。按照他們的預謀，下巴士後，泰妮會把肥羊先帶到一個吃早餐地點，和等在那裡的姘頭會合，接下來，她會帶肥羊去旅館開房間，而她的姘頭跟著就會尾隨而至——手裡帶著一把槍或什麼的。在我們吃早餐的時候，有一個皮條兄⑲模樣的人一直盯著我們看，而我也覺得，泰妮在偷偷跟他打眼色。愚蠢的恐懼讓我的言行舉止變得很不入流。「妳認識那傢伙嗎？」我問泰妮。

「你說誰？甜……心。」我沒有再說話。泰妮做什麼都慢條斯理，光吃一頓早餐就花上不少時間；她對每口食物都慢咽細嚼，然後發一陣呆，然後抽根菸，然後又開始說起話來，說啊說，說個不停。我則對她每一個舉動都疑神疑鬼，懷疑她是在拖延時間。在和她牽著手前往旅館的一路上，我都冷汗直冒。我們問的第一家旅館就有空房間。進房間之後，我下意識把門把的鎖給按上。泰妮則坐在床沿，脫去鞋子。我上前溫柔地吻她。但願她永遠不要知道我剛才在想什麼。我知道，要讓我們彼此放輕鬆（特別是我），有需要一點威士忌的幫助。我跑出旅館，找了十二條街，好不容易才在一個報亭買到一瓶一品脫裝的威士忌。跑回旅館去的時候，我感到渾身上下都活力充沛。泰妮正在浴室裡整理她的臉。我把威士忌倒在一個大玻璃杯中，拿到浴室去。她站在鏡子前面，我走到她背後，抱著她，在浴室裡跳起舞來。

我開始向她談起我東部的朋友。

我說：「我在紐約有個很棒的女性朋友，名叫多莉亞，是個一百八十公分高的紅髮女郎。妳到達紐約之後，她可以幫妳介紹工作。」

「這個一百八十公分高的紅髮女人是幹麼的？」她疑心重重地問，「你為什麼要向我提她。」我意識到，她簡單的心靈是不可能了解我這種出自興奮的談話的，於是乾脆把話題打住。慢慢地，她在浴室裡喝醉了。

「回到床上去吧。」我一直勸她。

「一百八十公分高的紅髮女人，嗯？我還以為你是個規規矩矩的大學生；當我看到你穿的毛衣時，我對自己說：他好帥啊。我錯了！我錯了！我錯了！原來你跟他們一樣，不過是個該死的皮條兄！」

「妳在說什麼啊？」

「你可不要告訴我，你說那個一百八十公分高的紅髮女人不是老鴇。原來你和我碰到的其他男人一樣，都是個皮條兄。每一個男人都是皮條兄。」

「聽好，泰妮，我不是什麼皮條兄。我可以按著《聖經》發誓，我不是皮條兄。我為什麼會是皮條兄呢？」

「每一次我以為遇到一個好男孩，到頭來都會發現他是個皮條兄。」

「泰妮，」我用發自靈魂的誠懇求她，「求求妳相信我說的，我不是皮條兄。」才一個鐘頭以前，我還把她當成是妓女呢。眞是可悲。我們的內心都太多胡思亂想了，讓我們不敢互信。我解釋了又解釋，但她就是不肯相信，最後，我毛了，覺得自己把時間花在一個不明事理的墨西哥村姑身上，簡直就是浪費。我把這種想法告訴了她。我不自覺地拿起她那雙紅色的鞋子，擲向浴室的門。「滾吧，妳走吧。」我想睡覺，不想再管這碼子事。我還有自己可悲而襤褸的生活要過。浴室裡變得一片死寂。我脫掉衣服，上床要睡覺去。

這時，泰妮從浴室裡走了出來，眼眶中泛著歉疚的淚光。沒想到，我剛才一番舉動，反而讓她相信了我不是個皮條兄，因爲依她簡單而可笑的邏輯，皮條兄是不會對獵物扔鞋子和叫她們滾蛋的。她脫去所有衣服，然後把嬌小的身軀滑入我蓋著的毯子裡。她的皮膚褐得像褐色的葡萄。我看見她的小肚子上有一道刀疤；她的盆骨太窄了，不用剖腹產的話，根本沒法子把小孩子生下來。她整個人才一百四十七公分高，兩腿細得像竹竿。我們在那個疲乏而甜美的早上做過愛後，一覺睡到了下午過後。我們就像兩個疲倦的天使，被淒涼地丟在了洛杉磯的什麼地方，卻在一起找到了生命中最親密和甘美的事物。

13

接下來十五天，我們都生活在一起，有時開心，有時煩惱。起床後，我們決定要靠搭順風車，搭到紐約；泰妮打算當我的女人。我在心眼裡預見到我與狄恩、瑪莉露和其他人充滿狂野複雜性的互動，一個新的季度將會展開。不過，我們不找份工作的話，就難望湊到足夠的旅費。泰妮一開始就打算利用我手邊的二十美元當路費，我不喜歡這個主意。爲了解決錢的問題，我像個呆瓜一樣，待在旅館裡想了兩天。我們在自助餐店或酒吧裡，猛翻報紙的招聘廣告（洛杉磯報紙的瘋是我前所未見的）。但一直到我手頭的錢只剩下十美元多一點點，我還沒有想出辦法來。我們在小小的旅館房間裡過得很快樂。午夜時分，我因爲睡不著，爬了起來。我幫泰妮把被子拉到她棕褐色的肩膀上，然後從窗戶中審視洛杉磯的夜色。洛城的夜，是多麼荒涼、炎熱的夜啊！馬路對面那棟老舊的分租公寓裡，顯然是出了什麼不幸的事情。一輛巡邏警車就停在它旁邊。警察在盤問一個白髮老人，哭泣聲從屋內傳出。我聽得見一切，包括我們旅館霓虹燈所發出的嗡嗡聲。我一生中從未感受過有如這一刻的淒清。洛杉磯無疑是美國大城市中最荒涼寂寞的一個。沒有錯，紐約嚇死人的冬天也很荒涼，不過，即使是冬天的紐約，仍然可以在某些街道的某些場所，找得到一種很奇特的兄弟情誼，而洛杉磯這裡卻荒涼得像原始森林。

第二天晚上，我和泰妮一面吃熱狗，一面逛南大街。南大街燈光輝煌，人潮洶湧有如嘉年華會。幾乎每個街角都有穿靴子的警察在攔人搜身。全國最頹廢的人們擠滿了人行道——這一切都籠罩在南加州柔和的星空下，而這星空又淹沒在巨大沙漠營地洛杉磯的棕色光暈中。空氣中飄浮著大麻煙、辣肉醬豆和啤酒的味道。輝煌狂野的咆勃爵士樂從啤酒店裡傾瀉出來，和本來就在街道上流淌著的各種牛仔音樂和布基伍基音樂（Boogie-Woogie）⑳混合了在一起。每個人看起來都像哈賽。一些戴著蘋果酒帽㉑和蓄著山羊鬍的狂野黑人大笑著從我們身邊走過；之後是留著長髮的嬉皮士，他們囊洗如空，看樣子是從紐約沿六十六號公路直接走到這裡來的；之後是一些無業遊民，他們提著行李，要到廣場去占領張長凳；之後是一些袖口已經散線的美以美會牧師。偶爾也會有一個蓄著鬍、趿著拖鞋的「自然小子」㉒打我們身邊經過。我眞的很想和他們每個人都說上兩三句話，可惜我和泰妮忙著找工作，分身不暇。

我們前往好萊塢，試著在日落大道和瓦因街的超市找份工作。我們看到來自內陸的一大群家庭，從中古破車上下來，然後立刻東張西望，想看看找不找得到那個電影明星的身影。這時，一輛豪華轎車打他們身邊經過，立刻引起一陣騷動。他們忙不迭往前衝，要看看裡面坐著的是誰。開車的是個戴墨鏡的傢伙，旁邊坐著個珠光寶氣的金髮美女。「哇，是唐．亞曼契！是唐．亞曼契！」「不，是喬治．墨菲！是喬治．墨菲！」她們像蒼蠅一樣團團轉，互相望向對方。一些一心來好萊塢當牛仔明星的男同志在街上晃來晃去，不時就會用手指沾口水把兩條眉毛理一理。街上的年輕美女也是數不勝數，她們來好萊塢，爲的是一圓明星夢，不過，最後成爲免下車餐館的女侍居多。我和泰妮也設法在這樣的餐館找工作，但到處碰壁。好萊塢大道是喧鬧的汽車競技場，每隔一分鐘就會至少發生一次小擦撞。每個人都匆匆忙忙想趕到大道最遠端的一棵棕櫚樹去——過了這棵樹，就是沒有一物的沙漠地帶。好萊塢的山姆們㉓站在餐廳的門前辯論事情，樣子和站在紐約約伯海灘的百老匯山姆們沒什麼兩樣，唯一不同的是這裡的山姆們穿的西裝比較薄，談的話題更老套。皮黃骨瘦的高個傳道人顫顫巍巍從我們身邊經過。一些肥女人尖叫著走過大道，要趕上參加益智問答節目的隊伍。在「別克汽車」展售店的大玻璃櫥窗外，我看見傑瑞．克羅納（Jerry Colonna）㉔在裡面看車，手裡撚著他的八字鬍。我和泰妮進入一家裝飾得像洞穴的自助餐廳吃飯，裡面到處是噴水的金屬乳房，還擺設著一些大得嚇人的半球形石頭（在我看原來應該是諸神的屁股）。客人坐在哀號的人工瀑布邊用餐，臉色被水光照成慘綠。洛城的每個警察都長得像英俊的男妓，讓你覺得他們其實是在拍一部電影。每個到好萊塢的人其實都是一部大電影裡的演員，我也不例外。遍尋不著較像樣的工作後，我和泰妮最後決定降低標準，在南大街找份快餐店櫃檯服務生或洗碗女工之類的工作做做，在這些落魄寫在臉上的人中間混飯吃。不過，就連這一類工作也沒有缺。我們手邊尚餘十美元。

「唉，我要到我姊姊那裡拿我的衣服，接下來我們就一起搭順風車到紐約去。」泰妮說，「來吧，我們走吧。『如果你不懂怎樣跳布吉舞，讓我來教你跳。』」後面兩句，是她很愛唱的歌詞。她姊姊家在阿拉米達大道附近的一個破破爛爛的墨西哥人棚屋區。我站在後巷裡等候，因爲泰妮不想她姊姊看到我。我可以聽到泰妮和她姊姊爭執的聲音。我作好了最壞的打算。

出來以後，泰妮拉著我的手，前往中央大道，那是洛杉磯有色人種的主要聚居區。多來勁的一個地方啊——這裡有很多大小有如雞棚的棚屋，裡面放著一臺點唱機，播放的不是藍調就是咆勃或跳躍藍調。我們走上一棟廉價公寓的骯髒樓梯，到達她好朋友瑪格麗娜的家，她欠泰妮一件洋裝和一雙鞋子。瑪格麗娜是個可愛的黑白混血兒，而她丈夫則是個黑人，黑得像紙牌裡的黑桃。看到我們，他馬上外出買了一品脫裝的威士忌回來。我想分攤一部分費用，但他不接受。他們的兩個小孩在床上彈上跳下，那兒是他們的遊樂場。兩個小孩又手拉著手，把我圍在中間，用好奇的眼神看我。中央大道那狂野嗡鳴的夜晚在外面咆哮著、轟鳴著，和漢普的《中央大道崩潰》裡的夜一模一樣。人們在大廳裡放聲歌唱，在窗邊放聲歌唱，一副「去他的，走著瞧」的姿態。喝過威士忌，泰妮拿回她的洋裝和鞋子，我們就告辭了。我們走入其中一間雞棚，在點唱機裡點唱唱片。兩個黑人走過來，把嘴巴湊到我耳邊問我，有沒有興趣買大麻煙。一美元一根。我說好，拿來吧。一個大麻掮客走進來，把我帶到地窖的廁所去。他說：「把它撿起來啊，老兄。」我左顧右盼，不知道他說什麼。

「撿起什麼？」我問。

他已經拿了我的錢。他緊張兮兮地指了指地上。地上有一根褐色的東西，看起來像根小糞便。他眞是小心謹愼得有點滑稽。「你自己把它撿起來，這星期風聲有點緊。」我撿起了那小糞便，原來是一根褐色的香菸。我和泰妮回到旅館後，把大麻煙拿出來，準備好好神遊太虛一番。不過，抽了一口之後，我才知道那根本不是什麼大麻煙，而只不過是根普普通通的「達拉謨公牛牌」香菸。我眞希望自己花錢會花得比較聰明些。

泰妮和我當下就做了一個決定：用我們剩下的錢，立刻動身，靠坐便車的方式，一路坐到紐約。她先前向姊姊要了五美元，所以我們的全部財產，現在加起來是十三美元上下。第二天，我們趁當天房租還沒起算以前，趕緊收拾好行李，辦理退房手續。一輛紅色的車子把我們載到了加州的阿卡迪亞（Arcadia）。聖安尼塔賽馬場就坐落在這裡，馬場旁邊就是白雪覆頂的山脈。我們到達的時間是晚上。我們手牽著手，朝人煙稀少的方向走去。那是一個週末夜。走出幾公里以後，我們站在一盞路燈下面，向每一輛路過的車子伸出攔車的大拇指。突然間，一輛接一輛載滿年輕人的汽車，從我們面前飛馳而過。車上的年輕人對著窗外大喊：「萬歲！萬歲！我們贏啦！我們贏啦！」而當他們看到我們這一男一女站在路旁的時候，就對我們大笑大叫。數十輛這樣的車子打我們面前馳過，車上全是一張張年輕的臉孔。我痛恨他們每一個。他們以爲自己是誰，憑什麼向兩個路人鬼叫？就憑他們是唸高中的阿飛嗎？就憑他們每星期天下午，都有父母爲他們準備好的烤牛肉可吃嗎？他們憑什麼可以隨便取笑一個處境堪憐的姑娘和一個她愛的男人？我們攔不到便車，只得折返鎮上。我們非常想喝一杯咖啡。全鎮只有一家飲料店還沒有打烊，不巧的是，我們一進去，就看到剛才在公路上向我們鬼叫的那些男男女女，而他們也還記得我們。現在，他們可以把我們更加看個一清二楚了：泰妮是個墨西哥女人，是隻帕楚卡的野貓，而她的男友又比她更加不堪。

泰妮掉頭就走出了飲料店。我們在黑暗中順著高速公路的溝渠向前晃。大包小包行李都由我負責拿。我們呼吸著黑夜冰冷的霧氣。我最後決定，要跟泰妮再從這個世界遁隱一個晚上，一切事情等明天再說。我們進入一家汽車旅館，用四美元租了間舒適的小套房。房間內淋浴間、浴巾、牆上收音機，一應俱全。我們在床上擁抱著，聊了很長的天，談的都是嚴肅的話題，然後淋浴，然後繼續聊。我對她做出了某種保證，而她接受了。我們在黑暗中作成決定，然後像兩隻小羊羔一樣，快快樂樂相擁而眠。

第二天早上，我們立刻大膽展開昨晚擬訂的計畫。我們打算搭巴士前往貝克斯菲爾德，找個幫忙採收葡萄的工作，幾星期後賺夠錢，就用最簡單的方式前往紐約——坐巴士。那是一個美妙的下午，我們兩個無牽無掛地坐在巴士上，談談說說，瀏覽沿車窗兩旁展開的鄉野景色。抵達貝克斯菲爾德的時間是午後。我們計畫去鎮上每個水果批發商那裡，打聽工作機會。泰妮說，找到工作後，我們可以在工作地點搭個帳篷，住在裡面。一想到以帳篷爲家和可以在清涼的加州早晨採摘葡萄，我就雀躍不已。但我們卻沒有找到工作；很多人都教我們可以找誰找誰，卻沒有一次有結果。不過我們並不氣餒，在吃過一頓中國式晚餐後，再次出擊。我們跨過南太平洋鐵路公司的鐵軌，進入一個墨西哥人聚居區。泰妮用西班牙語嘰哩咕嚕地向她的墨西哥老鄉求教找工作的事情。當時已是晚上，但整條小小的街道照耀得如同白晝，放映電影的帳篷、水果攤、遊戲機店、廉價雜貨店，布滿一整條街，還有數以百計的貨車和中古破車停在四周。一個個墨西哥水果採摘工家庭一面在街上閒晃，一面吃爆米花。泰妮跟每一個人都攀談一兩句，但都不得要領而還。我開始感到氣餒了。現在，我想要的只是一杯酒（泰妮也是），於是，我用二十五美分買了一夸脫裝的加州波特酒，帶到鐵路的調車場去喝。我們找到了幾個可以當椅子坐的板條箱，一定是某些流浪漢留下來的。在我們左手邊是一個個貨運火車的車廂，它們在月亮的照耀下，顯得淒涼而暗紅。在正前方，是貝克斯菲爾德市區的燈光和機場的燈光。我們右手邊是匡西特公司的鋁皮大貨倉。那是一個美好的夜、溫暖的夜、明月皎皎之夜、宜於暢飲葡萄酒之夜。這種夜，最適合扭著女朋友喝酒暢談，然後一起羽化登仙。泰妮很能喝，我喝一口，她就喝一口，到後來，她喝得比我還要快。我們談啊談，談個不停，一直談到午夜，我們的屁股始終沒有離開過那些板條箱。除了偶然路過的幾個乞丐、帶著小孩的墨西哥媽媽和從巡邏車裡面窺探我們的警察以外，調車場大部分時間都只有我們兩人。這種獨處，讓我們的靈魂不斷融合再融合——這樣融合繼續下去的話，很有可能會在最後讓我們變得難捨難離。午夜的時候，我們站了起來，沿著往高速公路的方向瞎逛。

泰妮又想出了新主意。她建議，我們何不攔一輛順風車，坐到賽賓洛（她的家鄉），住在她兄弟的車庫裡。這時候，不管她出什麼主意我都會贊成。我讓她坐在我的帆布包包上，叫她裝出一副可憐相，好吸引路過的車子的同情；才一下子，就有一輛貨車停了下來，我們高興得無以復加。司機人很好，但他的車卻很破。貨車喘吁吁地在山路上爬行，司機一面開，一面吆喝車子。我們在黎明前幾小時到達賽賓洛。泰妮在車上睡著了，而我則繼續喝酒，直至把整瓶波特酒幹光為止，所以，到達賽賓洛時，我已經醉得一愣一愣。我們先去找泰妮哥哥的死黨，想從他那裡知道他哥哥的所在，但卻撲了個空。黎明時，我躺在鎮廣場的草坪上，一遍又一遍地說：「你可以告訴我他在威德幹了些什麼嗎，可以嗎？他在威德幹了些什麼，你可以告訴我嗎？可不可以請你告訴我，他在威德幹了些什麼？」這是電影《人鼠之間》（*Of Mice and Men*）裡伯吉斯．梅瑞狄斯對大農場領班所說的對白。泰妮聽得咯咯笑，她對我說的一切都覺得有趣。我本來大可以躺到仕女們從教堂裡出來才爬起來，但想到泰妮還得找她哥哥，便改變了主意。我把她帶到鐵軌旁的一家舊旅館，兩人舒舒服服睡了一覺。

泰妮起得很早，逕自找她哥哥去了。我則一直睡到中午。起床後，我朝窗外望去。突然間，我看到一列南太平洋鐵路公司的火車開進了奧賓賽，在它的平板車上，躺著數以百計的流浪漢，有些快樂地在滾來滾去，有些用背包當枕頭，鼻子前放著有趣的漫畫，有些在吃著會車時在路旁摘來的上好加州葡萄。「哇，」我喊道，「這裡眞的是應許之地！」他們全都是從舊金山來的，來這裡找摘葡萄的零工。一星期以後，就會以同樣浩浩蕩蕩的方式回去。

泰妮回來的時候，身邊帶著她哥哥、她小孩和她哥哥的一個死黨。她哥哥是個墨西哥瘋貓子，對酒的需求如飢似渴，也是個大好人。他死黨是個高大但肌肉鬆弛的墨西哥人，他的英語沒有什麼腔調，說話很大聲；但我覺得他說話的口氣有點急於討好別人的味道。我注意到他不時會朝泰妮瞟一眼。泰妮的小孩名叫強尼，今年七歲，有一雙漆黑的眼睛，是個很可愛的小男孩。嗯，人都到齊了，另一個狂歡天又要開始啦。

泰妮的哥哥名叫韋奇。他有一輛三八年的雪佛蘭，我們全都擠到他車上去。「我們要去哪兒？」我問。回答的人是彭索，也就是韋奇的死黨。彭索身上散發著一股惡臭味，我稍後才知道爲什麼：因爲他是以買賣堆肥爲業的。韋奇口袋通常總有三、四美元，生活過得悠哉悠哉，對什麼事情都很隨意。他常常掛在嘴邊的話是：「聽我說的準沒錯，老哥，聽我說的準沒錯！」現在，他要把車開到馬代拉（Madera）去（馬代拉就在夫勒斯諾過去一點點），找些農夫談買賣堆肥的事。破雪佛蘭以一百一十公里的時速在公路上飛馳。

韋奇車子裡有一瓶酒。「今天是喝酒天，明天才是幹活天。喝酒時喝酒，工作時工作，聽我說的準沒錯——來一杯吧！」泰妮和強尼坐在後座。我轉頭去看她們，看到泰妮臉上泛著回家的興奮。加州十月的美麗綠色田野在車窗外飛掠而過。我的酒蟲已經在叫了，隨時準備好喝他個天翻地覆。

「那我們現在去哪呢？」

「去看看有沒有農夫有多餘的堆肥可以出售。談妥後，我們明天再開貨車到他家，把堆肥載走。這樣，我們就可以有一筆不錯的收入。老哥，沒什麼事情是好擔心的。」

「哈，我們大夥一起幹這件事情呢！」彭索歡呼道。對我來說，這沒什麼好奇怪，向來不管我去到哪，都是成群結隊的。我們穿過夫勒斯諾那些古怪的街道以後，開到河谷上方，去找一些住在小路僻徑邊的農家。彭索下了車，跟一些墨西哥老農夫談了談。但卻沒有談出什麼結果來。

「我們需要的是喝兩杯！」韋奇喊道。於是，我們就到了一家位於公路十字路口的酒館。美國人都喜歡星期天下午到公路十字路口的酒館喝酒。他們會把小孩一起帶來。等到夜幕低垂，小孩開始哭泣的時候，大人都已經醉了。就我在美國每一家公路十字路口小酒館所見，人們來喝酒，都是全家出動的。小孩在酒館後頭吃爆米花、薯片和玩耍，大人則在前頭喝酒。

今天，我們也是一樣。韋奇、彭索、泰妮和我四個，一面喝酒，一面和著音樂咆哮，小強尼則和其他小孩在點唱機四周嬉鬧。太陽開始轉紅了。我們今天什麼都沒有做成。「老哥，再來一瓶啤酒吧，聽我說的準沒錯，聽我說的準沒錯！」

我們磕磕絆絆走出了酒館，回到車上，接下來又去泡了高速公路邊的一間酒吧。彭索是個粗壯、大嗓子的漢子，他認識聖華金河谷裡的每一個人。他帶著我單獨離開酒吧，說是要找個農夫談生意，事實上是開車到馬代拉的墨西哥人區兜風，看看可不可以幫自己和韋奇釣到馬子。當紫色的霧靄降臨在這片葡萄之鄉時，我正坐在車上等彭索。他跟一個墨西哥老頭站在一扇廚房門邊，就一個種在老頭後院裡的西瓜討價還價。彭索把西瓜拿回車上之後，我們當場就把它吃掉。昏暗的街道上有許多漂亮的小妞經過。我問：「這究竟是哪裡？」

「老哥，不用擔心。」彭大個子說，「明天我們就會賺到一大把鈔票，今天晚上什麼都不用憂心。」我們回酒吧接過韋奇、泰妮和強尼，就沿高速公路開回夫勒斯樂。我們全都餓慌了。在夫勒斯樂的鐵軌上顛了幾顛後，車子就開進了狂野的墨西哥人區。我看見一些長相古怪的中國佬，站在窗前觀看星期天的夜間街景。有不少穿著寬鬆褲子的少女神氣活現地在街上逛；曼波音樂從各處的點唱機爆炸開來；四周的燈彩讓人宛如走進了萬聖節。我們走入一家墨西哥餐館，點了塔可餅和以班豆泥做餡的墨式捲餅。我掏出身上最後一張亮閃閃的五美元大鈔，爲泰妮和小強尼付了帳。現在，我身上只剩四美元了。泰妮和我互望了一眼。

「我們今晚要睡哪裡，寶貝？」

「我不知道？」

韋奇喝得爛醉，反覆唸著「聽我說的準沒錯，聽我說的準沒錯」，聲音溫柔而疲倦。感覺上，這一天是很長的一天。接下來要做什麼，或上帝有什麼安排，我和泰妮都不知道。可憐的小強尼在我的臂彎中睡著了。我們開車回賽賓洛。途中，因爲韋奇還想喝最後一瓶啤酒，所以我們在九十九號公路上的一家路邊酒吧停了下來。在酒吧後頭的一片營地上，我看到一些活動車屋、一些帳篷和幾間破舊的汽車旅館式房間。我問了房間的價錢，一晚是兩美元。我問泰妮的意見，她說我們既然帶著小孩，總要讓他住得舒服，今晚就先睡在這裡吧。酒館裡有一隊牛仔樂隊在演奏，一些臉色發青的流動田工跟著音樂在亂轉亂跳。再喝了一些啤酒後，我就帶著泰妮和強尼到房間去睡去。韋奇會回葡萄園他父親的棚屋去睡。至於彭索，則無處可睡。

「彭索，你住那裡？」我問。

「我哪裡都沒得住。我原來是跟大露西睡一塊的，但昨晚她卻把我給攆了出來。看來我今晚就只有到我的貨車去，睡在那兒了。」清脆的吉他聲從酒吧那邊傳來。我和泰妮看著天上的星星，親吻起來。「就等明個兒㉕，」她說，「明天一切都會順利起來的，索爾甜心，你說對不對？」

「當然，寶貝，就等明個兒。」希望總是在明個兒。接下來一星期她開口閉口都是「明個兒」——這是個可愛的字眼，八成意指天堂。

小強尼跳到了床上，連衣服也沒脫，倒頭就睡。他鞋子裡沙子很多，都是從馬代拉帶回來的。睡到半夜，我和泰妮不得不起來，把床單上的沙子清乾淨。早上我起床清洗過後，就到附近四處看看。我們離賽賓洛八公里，四周都是棉花田和葡萄園。我問經營這片營地的那個肥女人，還有沒有帳篷是空著的。她說最便宜那一種帳篷還有空著的，一天租金一美元。我付過一美元之後，就跟泰妮住了進去。裡面有一張床、一個爐子和一面掛在杆子上有裂痕的鏡子；環境很不錯。進入帳篷的時候，我必須躬著腰。我們等著韋奇和彭索開貨車前來。他們來的時候，手上帶著幾瓶啤酒，一進帳篷就喝了起來。

「堆肥的事怎麼樣？」

「今天太晚了。等明天再說吧，老哥，明天我們會賺到一大把鈔票的。要不要來一杯啤酒？」他這是多此一問。「聽我說的準沒錯，聽我說的準沒錯。」我開始明白，想靠買賣堆肥賺錢的計畫，只是海市蜃樓。彭索的貨車就停在帳篷外面，味道聞起來和他身上的味道一模一樣。

在沁涼的夜色中，泰瑞和我在帳篷裡就寢了。我正要睡的時候，泰妮問我：「想和我做愛嗎？」

我說：「但強尼在這裡啊。」

「他睡他自己的，不會管我們。」但一路下來，強尼始終沒有睡著，不過他也沒有說什麼。

第二天，韋奇和彭索把貨車開過來，但又立刻出去買威士忌。他們回來後，在帳棚裡玩得很開心。晚上，彭索說外面太冷了，要求我們讓他睡在帳篷的地板上。睡的時候，他裹著一塊大防水布當被子，那防水布的味道，聞起來就像是一坨牛糞。泰妮討厭他。她說，彭索老跟她哥哥鬼混，只是爲了接近她。

看來，除了泰妮和我將會陷入饑饉以外，沒有什麼別的事情會發生。於是，第二天早上，我就到附近的棉花田去打聽，看能不能找到一份採棉花的工作。每個人都建議我到營地旁邊公路對面的農場問問看。我去了，農場主人和他太太正在廚房裡。他出來，聽完我的自述以後，就告訴我，用我可以，但他每四十五公斤棉花只會付三美元採摘費。我琢磨自己一天最少應該可以採一百五十公斤棉花，便答應了。他從穀倉裡拿出一些長長的帆布袋給我，說採棉花的事情，從明天破曉開始。我滿懷興奮，迫不及待要回去告訴泰妮這個好消息。回帳篷的路上，我看到一輛葡萄貨車在路上顛了一下，把一大紮葡萄掉到柏油路面上。我把它撿起來，帶回帳篷去。泰妮聽到我找到工作，大表高興。

「強尼和我會一起幫你的忙的。」

「什麼話，」我說，「我用不著你們幫忙。」

「採棉花比你想得要難得多，我會教你採的方法。」

我們吃了葡萄。韋奇在傍晚又出現了，這次帶來了一條麵包和一磅的漢堡肉，讓我們大快朵頤了一頓。在我們帳篷旁邊，架著另一頂較大的帳篷，裡面住著一整個家庭；他們都是流動田工，從事的也是採棉花的工作。家庭中的老祖父整日就只坐在一張椅子上；他的兒女和孫子們每天破曉時分會越過高速公路到我農夫的田裡工作。第二天破曉，我與他們一起出發去工作。他們告訴我，早上棉花由於被露水沾溼，所以比較重，算起錢來比較多。儘管如此，他們還是會由日出工作到日落。他們的老祖父是在一九三〇年代內布拉斯加大饑荒的時代遷居到加州，自此以後就一直留在這裡。他們一家人都喜愛工作。一年之內，他就增添了四個孫子，而現在，他們也已經大得足以勝任採棉花的工作了。這十年間，這家人就從赤貧邁入了小康，住得起比較像樣的帳篷。他們對他們的帳篷極爲自豪。

「你們有打算過回內布拉斯加去嗎？」

「算了吧，回去幹麼，我們在那裡什麼都沒有。我們現在最想的是買一部活動車屋。」

聊完這個，我們又再次彎下腰，繼續採摘棉花。四周的景色很美麗。田畝的另一邊是我們的帳篷區，再過去，又是一片片廣大無邊的枯褐色棉花田，一直延伸至褐色的山腳下，之後，就是白雪覆頂的山脈。在這樣的環境工作，要比在好萊塢的南大街洗盤子強太多了。但我對採棉花的事情一竅不通。我看到其他人只要是一彈指，就可以把棉桃從花托上分離開來，但我做起這件事情來卻相當費勁。而且，我的手指也開始流血了。我需要一雙手套，不然，就是需要更多的經驗。田裡和我們一起工作的，還有一對黑人老夫妻。他們採摘棉花的耐力，和他們南北戰爭以前在阿拉巴馬幹活的祖父母一樣驚人。我的背開始覺得疼。不過，跪在土上工作的感覺非常好。每當我想休息，都不會吝於躺下來，把頭靠在溼潤的褐色泥土上。鳥兒的歌聲彷彿是在爲我們的工作伴奏。我認爲我已找到了一份終身事業。在催人欲睡的炎熱中午時分，強尼和泰妮在棉花田的另一邊向我招手，加入了採摘的行列。該死——就連強尼都摘得比我快！而泰妮的速度更是我一倍以上。他們超前了我，把採來的棉花堆在地上讓我放到帆布袋裡：泰妮的棉花堆像是男工人堆的，強尼的棉花像是小孩堆的。看著他們的背影，我內心感到一陣悲苦：唉，我是什麼時候變成個七老八十的老人家的？要不然，我怎麼還會要靠家人來養活我！一整個下午，泰妮母子都陪著我一起工作。太陽變紅以後，我們拖著沉重的步伐往回走。我把帆布袋子放在天平上秤了秤，是二十二點五公斤，於是，我就獲得了一美元又五角。我跟一個流動田工借了一輛腳踏車，沿著九十九號公路，騎到了十字路口的一家雜貨店，買了一些義大利麵和牛肉丸罐頭、麵包、牛油和咖啡，之後把袋子掛在腳踏車扶手上，騎回帳篷營地去。往洛杉磯方向的車輛在我對向呼嘯而過，往舊金山方向的汽車則在我後面故意整我。我罵了又罵。我仰頭望向黑沉沉的天空，在心裡暗自禱告，求上蒼賜我更好的休息和更好的機會，容我爲所愛的人做些事，那裡沒有人注意我。我早該知道會這樣——是泰妮把我的靈魂帶回來。在帳篷的爐子上，泰妮爲我熱了晚飯，那是我生平最美味的一餐。我太餓、太疲倦了。我就像個黑人採棉工一樣，輕輕嘆著氣，蜷曲在床上抽香菸。狗在寒夜中吠叫。韋奇和彭索沒有再在黃昏時間出現，這一點，讓我覺得很高興。泰妮躺在我旁邊，強尼則坐在我的胸口；他們母子倆在我的筆記本裡畫了一些動物圖像。感覺上，偌大一個平原，就只有我們一頂帳篷。牛仔音樂從酒館裡流淌到我們的帳篷，然後再傳遍整個原野，全都是些憂傷的曲調。親過泰妮後，我把燈熄掉。

早上的露水會把帳篷壓得微微凹陷。起床後，我拿著臉巾和牙刷，跑到公共廁所去洗臉刷牙；之後，再回帳篷裡穿上長褲，戴上那頂原來被強尼當成玩具玩的草帽，提起採棉花的帆布袋，就往高速公路對面的棉花田走去。由於我要跪在田裡工作，所以我身上的長褲每天都會撕破，需要泰妮在黃昏幫我縫合。

每一天，我賺到的都大約是一美元半。這個數目，就僅僅夠我每天傍晚騎著腳踏車、到雜貨店購買食物之用。日子一天天過去。我忘了東部的一切，忘了狄恩和卡洛，也忘了我的旅途。我整天陪強尼玩耍，他喜歡我把他拋到空中再讓他掉到床上的遊戲。通常這些時候，泰妮都是坐在床邊幫我補衣服。我變成了一個親近土地的人，而這正是我在家裡時所一直期盼的。有傳聞說，泰妮的丈夫來了賽賓洛，正在找我；我做好了要和他面對面的準備。有一個晚上，營地有些流動田工喝多了酒，發了瘋，把一個人綁在樹上，用棍棒把他打得皮開肉綻。當時我在睡覺，只隱約聽到聲音。自此以後，我在帳篷裡準備了一根大棒子，以防那些流動田工哪一天忽然因爲看墨西哥人不順眼，而來找我的碴。毫無疑問，他們以爲我是個墨西哥人，而在某個意義上，我也確實是。

十月來了，晚上的氣溫日低於一日。我們隔壁那戶流動田工，帳篷裡備有大碳爐，他們準備在這裡過冬。而我們卻什麼禦寒的設施也沒有，再說，冬天沒有了採棉花的工作，我們也付不出帳篷的租金。雖然萬般不願意，但我們還是不得不離開。「回你父母家去吧。」我說，「你總不能讓強尼那麼小的小孩一直耗在一個帳篷裡。小孩子怕冷。」泰妮哭了，認爲我是在責備她沒盡好母親的職責；我根本沒這個意思。有一個灰濛濛的下午，彭索開著他的貨車過來，我決定請他把泰妮載回家看看狀況。但不能讓泰妮的父母看到我，屆時我必須躲在葡萄園裡。我們坐上彭索的車，向賽賓洛開去。不料，開到一半，貨車就突然拋錨，更不巧的是，天開始下起大雨來。我們呆坐在貨車裡，只能用咒罵來打發時間。彭索下車去修車。他畢竟是個很不錯的傢伙，他叫我們先去喝兩杯，等他把車修好。於是，我和泰妮和小強尼下了車，用走的走到一家位於賽賓洛墨西哥人區的酒吧，喝了一小時的啤酒。我在棉花田的工作已經告一段落，現在，已經可以感受得到喊我回到原有生活去的召喚。於是，我寫了一張一分錢的明信片給姑姑，請她匯五十美元給我，作爲回家的路費。

喝過酒後，彭索把我們載到泰妮家去。通往她家那條路，兩旁都是葡萄園。到達時，天色已漆黑。彭索把我放在離泰妮家四百公尺之外。我目視著貨車開到泰妮家的大門。光線從大門內瀉出，泰妮六個兄弟——不包括韋奇——正在屋內彈吉他唱歌。老頭子在喝葡萄酒。泰妮進屋後，我就聽到了怒吼聲和爭吵聲。他們罵她是個娼婦，罵她不應該離開丈夫，一個人跑到洛杉磯，把強尼留給家裡照顧。老頭子在大罵大嚷，但最後卻被泰妮的母親說服，答應讓泰妮回家裡來住。六兄弟又開始唱歌了，都是很快樂的歌曲，唱得很快。我蜷縮在寒冷、帶雨的風中，耳際不斷迴響著比莉．哈樂黛所唱的〈男情人〉。「有天我們會再相遇，屆時，你將拭乾我所有眼淚，並在我耳邊輕語，擁抱我，親吻我。啊，我們錯過的何其多，啊，男情人，你將要前往何方……」這首歌曲最令我感動的，倒不在歌詞而在它無與倫比的和聲和比莉的唱腔；她的唱腔讓你具體地感覺到，有一個女的，正站在一盞柔和的路燈下，輕撫他愛人的鬢髮。風在咆哮，我冷壞了。

泰妮和彭索回來了，我們坐上老爺貨車，一起去找韋奇。韋奇現在跟彭索原來的女人大露西同居。我們在巷子裡按喇叭喚他，結果害他被大露西逐出家門。那天晚上，我們就睡在貨車上。泰妮緊緊抱著我，求我不要離開她。她說如果她去當葡萄採摘工的話，將可以賺到夠我們兩人用的錢，而這段時間，我可以先住在農人赫弗爾芬格的穀倉裡。眞是這樣的話，那我除了整天坐在草地上吃葡萄以外，將終日無事可做。「你喜歡這樣嗎？」泰妮問。

第二天早上，泰妮幾個堂兄弟開著另一輛貨車過來，把我們載走。我這才突然意識到，我和泰妮的事，在這個鄉村地區數以千計的墨西哥人之間，已人盡皆知，也肯定是他們最熱門的話題——一個引爲佳話的話題。泰妮的堂兄弟都很有禮貌，甚至說得上很有魅力。我們在車裡輕鬆地進行著社交性的談話，談了些諸如打仗時各被派到什麼地方服役之類的話題。他們一共五個人，五個都是很好相處的人。他們和韋奇一點都不像，看來應該和泰妮的其他哥哥比較像。但我卻喜愛無拘無束的韋奇。他發誓他會來紐約找我。現在，他應該是又喝醉了，正躺在田裡的某處呼呼大睡。

我在十字路口下了車，幾個堂兄弟則把泰妮送回到家裡。他們從泰妮家的屋前給我比手勢，表示泰妮父母都不在家，出去摘葡萄去了。於是，我跑到泰妮家，待了一個下午。那是一間有四個房間的棚屋，眞難想像，這麼小的一間房子，怎麼能擠得下一家子的人。蒼蠅在水槽上飛來飛去。屋子的窗戶都沒有紗窗，一如一首歌曲所寫的：「窗子是破的，雨水飄進來了。」泰妮慢條斯理在廚房裡做著家務。她的兩個姊妹看著我咯咯笑，小孩子則站在路上尖叫。

當太陽變紅，泰妮就帶著我到赫弗爾芬格的穀倉去。農人赫弗爾芬格在路的上頭擁有一個很茂盛的農莊。到了穀倉，我們把一些板條箱拼在一起，再鋪上泰妮從家裡帶來的毯子，就算是我的床鋪了。我對這個睡覺的環境很滿意，美中不足的是在穀倉的屋頂，盤據著一隻多毛的大狼蛛。泰妮說，只要我不去惹牠，牠就不會對我怎樣。我躺在板條箱上，凝視了屋頂上的狼蛛一會兒。之後，我們走到墓地上去溜達。我爬上一棵樹，引吭高歌了一曲〈藍色的天空〉。泰妮和強尼坐在草上吃葡萄。加州人吃葡萄原來是不吃皮的，他們在嘴裡把葡萄吮汁啜肉以後，就會把皮吐掉。眞是奢侈！泰妮傍晚先回家去做晚餐，九點的時候再回來，手上帶著令人垂涎的墨式捲餅和豆子泥。我在水泥地板上生了個火堆，用作照明。我們在板條箱上做了愛。之後，泰妮就回家去了。從穀倉這裡，我可以遠遠聽得見泰妮父親對她大吼大叫的聲音。泰妮留了一件披肩給我保暖，我把它披上，走出穀倉，悄悄穿過葡萄園，想看看發生了什麼事。我躲在離泰妮家最近一排葡萄樹的後面，雙膝跪在煦暖的泥土上。她的五兄弟正用西班牙語唱著旋律優美的歌曲。星星垂落在泰妮家小小的屋頂上，煙囪裡冒著煙。我聞到豆子泥和辣肉醬的味道。泰妮的母親沒有發出任何聲音。強尼和其他小孩子在臥室裡嘻笑。好一個加州的家庭。我躲在葡萄園裡，把這幅景象盡收眼底。我覺得自己有像個百萬富翁。我正在美國的狂野之夜中探著險。

泰妮出來了，使勁地「砰」的一聲把門闔上。我在路上攔住她。「怎麼回事？」

「他希望我明天開始幹活。他說討厭看到我整天遊手好閒。索爾，帶我到紐約去好不好？」

「但怎麼個去法？」

「我不知道，甜心。你不要走，你走的話，我會想死你的。我愛你。」

「但我不得不走。」

「我知道，我知道。讓我們再相擁一次，之後你再離開。」

於是，我們回到穀倉，在狼蛛的下面再做了一次愛。（那時候，狼蛛都在做些什麼呢？）

柴火滅了以後，我們在板條箱上睡了一會兒。她在午夜的時候回家；她父親喝醉了，我可以聽得見他的怒吼聲。他睡了以後，一切又復歸於寂靜。沉睡的郊野上空展布著滿天星斗。

早上我醒過來時，農人赫弗爾芬格從馬柵欄中伸出頭來跟我打招呼：「你好嗎？小夥子。」

「很好。希望我睡在這裡不會爲你帶來不便。」

「怎麼會。你跟那個墨西哥小美人好上了？」

「她是個好女孩。」

「也是個非常漂亮的女孩。我想公牛看到她，搞不好也會從圍欄裡跳出來。她有一雙湛藍的眼睛。」之後，他談到了他農場裡的一些事。

泰妮幫我端來早餐。我已經收拾好行囊，只要匯款一到，就可以起程回紐約——不過我知道，匯款應該已經到了，只等著我去領。我告訴泰妮，我要離開了。她經過一夜長考，也決定接受這事實。在葡萄園裡，她目無表情地吻了我，然後朝相反方向走去。每走出十幾步，我們就會回眸一次。我們就像決鬥的兩造，非要看對方最後一眼不可。

「紐約再見，泰妮。」我們說好，她一個月內會坐韋奇的車子到紐約來找我。不過我們彼此都心知肚明，這是不會實現的。走出三十公尺以後，我回過頭看她最後一眼。只見她拎著我的早餐盤子，徑直走回那間棚屋。我垂首凝視她的背影。唉，這潦倒人間啊，我又再度在旅途上了。

我順著公路走到了賽賓洛，一面走一面吃從胡桃樹上摘下來的胡桃。我踩著南太平洋鐵路公司的鐵軌，平衡著身子往前走。行經一個水塔和一家工廠時，我有一種自己已經走到了某個盡頭的感覺。我到了鐵路邊的電報局，想要領從紐約匯來的錢。但電報局的門是關著的。我咒罵了幾句，就坐在大門的石階上等。後來，局務員回來了，邀我跟他一起進去。匯款已經到了。「你猜哪一隊會贏得世界大賽的冠軍？」那個骨瘦如柴的局務員問我。我這才意識到，秋天已經到了。

我沿著鐵軌往前走，希望碰上一列貨運火車，讓我可以加入那些摘葡萄的流浪漢的行列，分享他們的樂子。但貨運火車並沒有出現。我走到公路以後，立刻就攔到了一輛順風車。那是我生平坐過速度最快的一趟便車。駕駛是個加州牛仔樂隊的小提琴手。他的車子是一輛新款型轎車，時速可高達一百三十公里。他遞了一瓶一品脫裝的威士忌給我，說：「我開車的時候不喝酒。」我喝了一口，又遞回給他。他停了半晌後說：「管他的。」就仰頭喝了一口。僅僅四小時，他就從賽賓洛開到了洛杉磯，一共是四百公里的路。他讓我在好萊塢的哥倫比亞製片廠下車。還來得及讓我在製片廠關門前進去一遊，以彌補當初過門不入的損失。之後，我買了到匹茲堡的巴士票。我只買到匹茲堡，是因為我手上的錢，不夠我直接坐巴士坐到紐約。至於要怎樣走完從匹茲堡到紐約的路程，我決定等到達匹茲堡之後再傷腦筋。

巴士會在十點開出，這之前，我有四小時時間可以在好萊塢好好逛一逛。我先買了一條麵包和一些薩拉米香腸，準備把它們做成十份三明治，以供坐巴士沿途充飢。買了肉和麵包後，我手上就只剩一美元了。我坐在好萊塢一個停車場後面的矮牆上做我的三明治。就在我做著這件可笑的事情時，好萊塢某部電影首映典禮的巨大強弧光燈亮了起來，照亮天際。巨大的人聲在我四周沸騰，眞是個夠野的黃金海岸城市！只是，當初我萬萬沒有想到過，我的好萊塢所成就的唯一事業，就是在一個停車場廁所的後方爲麵包片塗上芥末。

14

巴士在破曉時分轟隆隆地越過亞利桑那沙漠，途經印地奧、伊洛（莎樂美跳舞的地方），浩瀚的黃沙一直延伸到南邊的墨西哥山脈。之後，我們拐了個彎，向北進入了亞利桑那的山區，途經弗拉格斯塔夫和一些高崖邊的城鎮。我身上有一本書（從好萊塢一個報攤偷來的），是亞蘭．傅尼葉的《大莫納》，不過，與其看書，我寧可看窗外的山景地貌。它的每一處隆起、高崗和開闊處都會讓我產生莫名的渴望。巴士在黑墨墨的深夜越過新墨西哥，在灰濛濛的黎明途經德州的達哈特（Dalhart）；然後，在星期天的下午，一個接一個奧克拉荷馬扁平的城鎮迎面而來。等巴士開入堪薩斯州，夜幕已經低垂。車子繼續轟鳴著前進，現在是十月，我在回家，每個人都在回家。十月是個回家的月份。

巴士抵達聖路易（St. Louis）的時間是中午，我利用中途的休息時間下車在密西西比河畔散了個步。河上漂流著一根根從北方的蒙大拿州順流而下的圓木——眞可稱之爲一場圓木的奧德賽之旅。一艘艘老舊的蒸汽船擱在老鼠出沒的淤泥上，風吹雨打的痕跡要比船身上原有的渦捲紋更爲顯眼。大片大片的巨雲懸浮在這個密西西比河谷的上空。巴士在晚間穿過印第安那州的玉米田，月亮照映在一叢叢的玉米包葉上，給人一種鬼影幢幢的感覺，很有萬聖節的氣氛。我在車上認識了一個女孩，從聖路易到印第安那波里斯（Indianapolis）的沿路，我們都在交頭接耳。她是個大近視，所以用餐時非得靠我牽著手，到不了小吃店的櫃檯。她幫我買了一份餐點（我的三明治已全吃光了），作爲回報，我則給她講述我的故事。據她說，她在華盛頓州打了一夏天的工（摘蘋果）。她家裡是開農場的，位於紐約州偏遠地區。她邀我有空到她家玩；我們還約好日子，在紐約一家飯店碰面。她在俄亥俄的哥倫布市下車後，我倒頭大睡，一路睡到匹茲堡。下車後，我感到前所未有的累。我離紐約還有六百公里遠，但口袋裡卻只剩下一角錢。我步行了八公里，出了城，靠兩趟順風車——一輛是運蘋果的貨車、一輛是大貨櫃車——坐到了沐浴在小陽春柔和雨夜中的哈里森堡。一到哈里森堡，我馬上往城外走，因爲我歸心似箭。

那個晚上是「薩斯奎哈納河幽靈」之夜。我說的「幽靈」是個枯瘦矮小的老頭兒。他手裡拎著個紙包，自稱要到「加拿地」（加拿大）去。他走路走得很快，還吩咐我跟著他走，因爲他知道哪裡有橋可以過河。他年約六十，一路上話說個不停。他喜歡向我誇示他多有辦法：買薄烤餅時，別人給他多塗了多少牛油，買麵包時，別人又多給了他幾片麵包。他告訴我，有一次，他路過馬利蘭一家慈善之家門外時，一個老頭從門廊上向他招手，請他進去待了一個週末。離開前，他還洗了一個很棒的熱水澡。他告訴我，他在維吉尼亞州撿到一頂很棒的帽子，而這頂帽子，現在就戴在他頭上。他告訴我，每到一個城鎮，他都會到當地的紅十字會去，展示他第一次世界大戰時在紅十字會服務過的證明。他向我批評哈里森堡的紅十字是掛羊頭賣狗肉，又向我解釋他如何在這個艱難的世界裡求生存。不過，就我觀察，他不過就是個徒步走遍整個東部荒野的流浪漢罷了。而他的維生辦法，也只是到各地的紅十字會打打秋風，要不就是在大街的街角處乞個一毛、兩毛。跟著他，我覺得自己也變成個乞丐了。我們沿著嗚咽的薩斯奎哈納河走了十一公里。那是條很駭人的河流，兩旁的崖壁上樹叢密布，活像是一群毛茸茸、向著河流張牙舞爪的鬼魅。黑漆漆的夜籠罩了一切。在跨過河流的火車橋上，時而會有一輛火車頭經過，照亮陰森森的崖壁。小老頭說，他袋子裡有一條很棒的皮帶，說罷就伸手到袋子裡去找，卻沒有找著。「那皮帶是我在馬利蘭州的弗雷德里克（Frederick）弄來的，怎麼會不見了呢？幹，八成是我把它漏在弗雷德里克斯堡（Fredericksburg）的小吃店裡了！」

「你要說的是弗雷德里克吧？」

「不，不，我說的是弗雷德里克斯堡，維吉尼亞的弗雷德里克斯堡。」他很喜歡提弗雷德里克和弗雷德里克斯堡這兩個地方，他左一句弗雷德里克，右一句弗雷德里克斯堡，聽得你糊裡糊塗。他肆無忌憚地在公路上行走，有好幾次都差點被快速經過的汽車撞倒。而我則只敢沿公路的溝渠邊吃力地慢慢走。我已作好隨時會目睹他被汽車撞飛的心理準備。他說的那條橋始終沒有出現。我在一個火車橋洞和他分道揚鑣。由於我走得滿身大汗，便把身上的襯衫換掉，再穿上兩件毛線衣。我是藉著一家路邊餐館的燈光做這事的。有一家人在黑暗中向我這邊走過來，他們都很納悶，我在幹什麼。不可思議的是，在那家荒村野店中，竟有人在用次中音薩克斯風吹奏藍調，而且音色非常優美。我側耳傾聽，發出低吟。天開始下起大雨。我終於攔到一輛車子，駕駛願意把我載回去哈里森堡。他告訴我，我走錯方向了。突然間，我看到老頭兒正站在一盞蒼白的路燈下面，伸出大拇指在攔便車。我告訴駕駛老頭兒的事，他就把車在老頭兒前面停了下來。

「欸，老兄，你走錯方向了，你正在往西走，不是往東走。」

「嗯？」老頭兒說，「我不用你告訴我那邊是哪邊。你知道我在這個國家打混了多少年了？我去的是加拿地的方向沒錯。」

「但這條路不是通往加拿大的，是通往匹茲堡和芝加哥的。」

但老頭兒聽不進去我們的話，臉臭臭地走開了。我最後看到他是在阿勒格尼山附近。我看著他和他那個搖來擺去的白色紙包愈來愈小，漸漸沒入阿勒格尼山愁苦的黑暗中。

在今天晚上以前，我一直以爲美國所有的荒原都集中在西部。跟「薩斯奎哈納河幽靈」走了這一趟冤枉路以後，我才知道我錯了，東部這裡其實也有荒原。東部這些荒原，荒涼得和班傑明．富蘭克林還在當郵政局長、喬治．華盛頓還在打紅蕃、丹尼爾．布恩（Daniel Boone）還在開闢坎伯蘭隘口的時代沒有兩樣。最讓小老頭兒如魚得水的地方，不是亞利桑那那種一望無際的廣漠，而是像賓夕法尼亞東部、馬利蘭和維吉尼亞那種灌木叢密布的荒野，是那些沿著嗚咽河流——像薩斯奎哈納河、莫農加希拉河（Monongahela River）、波多馬河（PotomacRiver）、門諾卡西河（Monocacy River）——延伸的小路僻徑。

待在哈里森堡的那個晚上，我無可棲身，只能在火車站的長凳上夜宿，一到黎明我就被站長轟出了車站。當你在生命剛開始、還是小孩、一切都有父親蔭庇的時候，大概萬萬不會想到，自己會有朝一日成爲一個老底嘉人[26]，會變得孤苦、無依、貧窮、赤裸、瞎眼，會像個容貌可憎的鬼魂一樣，抖抖瑟瑟地過著夢魘般的生活吧？我面容憔悴、步履蹣跚地走出車站；我再也無法自持了，我快要餓死了。我身上唯一帶著的，就只有幾個月前我從內布拉斯加買的一瓶咳嗽藥水。我把它拿出來，啜了幾口——再怎麼說，咳嗽藥水裡還是有些糖分。我沒有行乞過，所以鼓不起勇氣行乞。我擠出身上僅剩的一點氣力，踉踉蹌蹌地走到城市的邊緣。我非離開哈里森堡不可，因爲我知道，只要我在這裡再待上一晚，一定會被抓起來關到牢裡。該死的城市！我攔到了一輛便車，是個瘦得像皮包骨的男人。他是個禁食主義者，認爲經常斷食可以促進健康。當我告訴他，我餓得快死的時候，他說：「別緊張，沒什麼事情比餓肚子對你更有益的了。我斷食已經三天了。我想我可以活到一百五十歲。」老天爺啊，你爲什麼要讓我碰到一個以斷食爲樂的偏執狂，而不讓我坐到一個有錢胖子的便車呢？如果載我的是個有錢的胖子，他聽到我喊餓，必定會說：「你肚子餓？那好，讓我們停下來到餐廳來一客豆子拌豬排吧。」不過，在開了好幾百公里路以後，我的駕駛終於大發慈悲，從後座拿出一些牛油麵包給我吃。它們就隱藏在他所推銷的一堆貨物樣本中。他是個業務員，在賓夕法尼亞一帶推銷管道裝置。我忙不迭把牛油麵包往嘴裡塞。在艾倫鎮（Allentown），他下車去打一通生意電話，留我一個人在車裡等。不知道怎麼搞的，我突然大笑了起來，笑了又笑。老天，我對生活感到膩了、煩了。那個業務員回來以後，把我一直載到了紐約。

驀地，我就發現自己置身在時報廣場。在美國東西往來了一萬三千公里以後，我又回到了時報廣場。現在正好是下班的尖峰時間，我以一個局外人的身分，打量紐約瘋狂進行的一切。幾百萬又幾百萬人永不休止地來來去去，拚死拚活地賺那一毛幾角，說到底只有一個目的：讓他們死後可以被葬在長島後面的那些墓園區。這片土地的摩天大樓，這片土地的另一端㉗，是紙上美國誕生之處。我站在地下鐵的出入口，不停打量地面，想找到一個夠長、夠完整的菸屁股，但每當我發現到一個，就會有一股人潮從我前後左右洶湧而過，而等到人潮散去，菸屁股又已被踩得粉碎了。我沒有錢坐公車回家，而時報廣場離派特森又有好幾公里遠。我實在無法想像自己能夠穿過林肯隧道或華盛頓大橋，徒步走回到紐澤西。更何況，天已經開始要暗下來了。哈賽現在在哪兒呢？我遍尋時報廣場，都沒有他的蹤影。狄恩在哪裡呢？所有人又在哪裡呢？想搭公車，我必須要能乞到兩毛錢，最後我鼓起勇氣，向一個站在街角的東正教神父討這兩毛錢。給我錢的時候，他神經質地東張西望了一下。而我，一拿到錢就飛奔上了公車。

回家後，我把冰盒裡的一切拿出來吃光光。我姑姑被我弄出的聲音吵醒。一看到我，她就用義大利語說：「可憐的小索爾，你瘦啦，你瘦啦。這段時間你都上哪兒去啦？」我身上穿著兩件襯衫和兩件毛衣，帆布袋裡放著那條被棉花田撕破的褲子和那雙平底皮涼鞋的殘骸。我和姑姑商量以後，決定要用我從加州寄給她的錢（她都存起來了），買一臺電冰箱；那將是我們家的第一臺電冰箱。我到深夜還睡不著，一直坐在床上抽悶菸。那部完成了一半的小說手稿還擱在書桌上。一道冷風吹打在窗子上，看來，我回來得很及時。姑姑告訴我，我不在的時候，狄恩來找過我，在這裡睡了好幾晚等我回來。他還和我姑姑聊了幾個下午。我姑姑和他一面聊，一面編織一塊巨大的碎布地毯，那地毯是用我家好幾年來的舊衣服編織而成的，現在已經完成了，鋪在我臥室的地板上，像時間之流一樣複雜而豐富。狄恩離開的時間不過比我回來早兩天。他要到舊金山去。說不定，我們曾經在賓夕法尼亞州或俄亥俄的某地方錯身而過。狄恩要到舊金山去展開新生活，卡蜜兒有一棟公寓在那裡。眞奇怪，當我住在米爾鎮的時候，怎麼都沒想過要去找卡蜜兒呢？不過現在說什麼都已經遲了，而我也跟狄恩失之交臂。

譯註

① 指沒有熱水供應的公寓。

② 吉恩．奧特里（Gene Autry）：美國演員、歌手。

③ 本書中的卡洛．麥克斯一角，以詩人艾倫．金斯堡（Allen Ginsberg）爲原型，他與本書作者凱魯亞克同被視爲二次大戰後美國文藝界所謂的「垮掉的一代」（Beat Generation）的核心人物。

④ 作者筆下的索爾是個義大利裔美國人。

⑤ 常吸食安非他命會讓人想擤鼻子。

⑥ 俄亥俄東北部城市。

⑦ Bebop 或 Bop，爵士樂風格的一種

⑧ 指攀扶在車廂外，偷搭貨運火車。

⑨ 「密西西比吉恩」是索爾自己爲對方所取的諢名，並非眞名實姓。吉恩這個名字可能有「聰明人」或「明白事理人」的寄喻。

⑩ 約伯：《聖經》中的人物，上帝爲了考驗他，讓他受盡各種折磨。

⑪ 「狂野西部」又指「蠻荒西部」，原指拓荒時代的西部。

⑫ 冰盒是有隔熱功能的盒子，用於保存食物；在一九四〇年代的美國，冰箱仍未十分普遍。

⑬ 古希臘神話中一位弒父娶母的人物。精神分析學中以「伊底帕斯情結」一詞來形容有戀母傾向的人。

⑭ 湯瑪斯．伍爾夫（Thomas Wolfe; 1900-1938）：美國作家，《天使望鄉》（*Look Homeward, Angel*）是他的成名作。

⑮ 索薩力托是一個義大利文地名，問索薩力托是不是住了不少義大利人，猶如問唐人街是不是住了很多中國人，這是雷米之所以覺得索爾的問題好笑的原因。索爾之所以會對索薩力托這個地方感興趣，則因爲他本人是義大利裔。

⑯ 這句俏皮語脫胎自美俚的「你甭想教老狗新把戲」，用詞雖不同，意思則一樣，都有「你很難去改變一個積習難返的人」或「狗改不了吃屎」的意思。索爾過去曾泡走雷米的女朋友，故雷米會有此一說。

⑰ Je suis haut 是索爾根據英文 I am high（我很亢奮）自己湊成的一句法語，法國人並無這種說法。

⑱ LA：洛杉磯的簡稱。

⑲ 皮條兄（pimp）：靠自己的女人賣淫賺錢的人。

⑳ 爵士樂的一種。

㉑ 蘋果酒帽（bop hat）：一種頂有小球、色鮮、簷寬的帽子，多爲黑人青年及波多黎各人所戴。

㉒ 指喜歡以無拘無束衣著自我標榜的一群人。

㉓ 這裡的「山姆」，可能是指與羅蘭．梅耶小說中的山姆同一類的人。反正就是指某一類的文人或知識分子。

㉔ 美國音樂家暨喜劇演員。

㉕ 這裡她說的是西班牙語 manana。

㉖ 老底嘉人（Laodicean）指老底嘉教會的信衆。《聖經．啓示錄》曾譴責這個教會，說它自以爲富足，一樣都不缺，不知道自己其實孤苦、無依、貧窮、赤裸、瞎眼。

㉗ 指曼哈頓，作者這裡是將它對比於美國的其餘地方。

THE BEAT GENERATION

第二部

1

我和狄恩重逢是一年後的事。這一整年，我都在家裡專心把小說寫完；此外，拜《退伍軍人福利法》之賜，讓我有機會回到學校去唸書。一九四八年聖誕，我和姑姑帶著大包小包禮物，到維吉尼亞州去看我哥哥洛可。這之前，我與狄恩通過信，他說計畫最近再來東部一趟，而我則告訴他，如果他要在聖誕和新年之間這段時間來，可以直接到維吉尼亞的泰斯塔曼（Testament）找我。有一天，正當我們一票南部親戚坐在我哥哥家的起居室，低聲聊著諸如天氣、莊稼，誰有了小孩，誰又買了新房子之類的事情時，一輛沾滿泥漿的四九年款「赫德森」忽然出現，停在屋前的土路上。我想不到來訪的會是誰。門鈴響了，我去開門。出現在我眼前的是個一臉疲態、肌肉壯碩、滿面鬍碴、兩眼充血、身穿邋遢T恤的傢伙。原來是狄恩！他竟然從舊金山一路開車開到維吉尼亞來，他用的時間也短得不可思議，因爲我寫信告訴他我人在那裡，還是沒有多少天前的事。我看到還有兩個人坐在車子裡，都是睡著的。

「老天爺，狄恩，是你！車裡的是誰？」

「嗨，老哥。那是瑪莉露，還有艾德．鄧肯。我們都累得夠嗆，得馬上洗個澡。」

「但你怎麼能來得那麼快？」

「開我的『赫德森』啊，老哥。」

「你從那兒把它弄來的？」

「用我的積蓄買的。我一直都在鐵路公司工作，每個月可以賺到四百美元。」

狄恩三人的出現引起了一陣混亂。我的親戚根本不曉得發生了什麼事，也不知道狄恩、瑪莉露和艾德．鄧肯是何許人，所以只有默不作聲坐在一旁，瞪大眼睛看他們的一舉一動。我另一個哥哥洛基把姑姑拉到廚房去問長問短。現在，這間小小的南部房子裡一共擠了十一個人。房子裡的家具很少，因爲洛可正準備搬家，他要帶太太小孩搬到一棟離市區近一點的房子。他們買了一套新的客廳家具組，舊的一組打算給我姑姑。我們本來還爲要怎樣把家具組搬回派特森傷腦筋，但狄恩．聽說這件事，就自告奮勇要幫我們搬。我們計畫分兩趟把家具搬回派特森，並在第二趟的時候把姑姑一道接回家。狄恩幫的這個忙，省去了我們不少金錢支出和麻煩。我嫂嫂端出來一些食物，三個餓壞了的旅人立刻坐下來大嚼。自離開丹佛後，瑪莉露就沒熟睡過。我覺得，她看起來比以前老一些，但也更漂亮一些。

從一九四七年秋天開始，狄恩就和卡蜜兒定居在舊金山，生活美滿。他找到一份鐵路公司的工作，掙了不少錢，現在已經是一個名叫艾咪的可愛小女嬰的父親了。不過有一天，當狄恩行經一家汽車行，看見櫥窗內展示的一輛最新款型的「赫德森」時，他的頭殼又壞掉了。

他跑到銀行，把所有存款提出來，二話不說就付了頭款，把車子買下來。艾德・鄧肯分擔了部分車款，也就是說，他們兩個都破產了。東行以前，狄恩百般安撫卡蜜兒，指天誓日保證自己一個月後就會回家。狄恩對她說：「我要到紐約去把索爾載回來。」但卡蜜兒對狄恩的保證並不樂觀。

「你爲什麼要這樣對我呢？你做這樣的事有什麼意義呢？」

「不要緊張嘛，達令，不要緊張。是因爲……嗯……呃……索爾死求活求我去接他，我才會這樣做。聽好，其實我還有其他非去不可的理由，但無法向妳一一解釋。……好吧好吧，讓我來告訴妳理由。」而當然的，他告訴卡蜜兒的理由，全屬一派胡言。

大塊頭艾德・鄧肯也在鐵路公司上班。不過，在一次大裁員中，他和狄恩因爲年資較淺，所以都丟掉了飯碗。艾德認識一個女孩子，名叫蓋拉蒂亞，在舊金山靠積蓄過活。狄恩和艾德兩個下流胚子想出了讓她來支付沿路開支的主意。艾德又哄又求，要蓋拉蒂亞和他們一起東行，但她卻以艾德先和她結婚作爲條件。就這樣，在旋風似的幾天之內，艾德就和蓋拉蒂亞結了婚，而狄恩則負責爲他們奔走張羅文件。之後，在聖誕節的前幾天，他們一行三人，就以一百二十公里的時速，在南方無雪的公路上直奔洛杉磯。在洛杉磯，他們搭載了一個要往印第安那去的水手，他答應分擔十五美元油錢。稍後，他們又以四美元的代價，搭載一個媽媽和她的弱智女兒，送她們到亞利桑那。狄恩讓弱智女孩坐在前座，沿途觀察研究她。他告訴我：「老哥，我們一路上都談個沒完，她有一個漂亮可愛的靈魂！我們談到了火，談到了沙漠變成天堂，談到她那隻會用西班牙話罵人的鸚鵡。」這對母女下車以後，他們就朝土孫（Tucson）開去。一路上蓋拉蒂亞都喊累，非要夜宿汽車旅館不可。如果照她的意思辦，還不到維吉尼亞州，她的錢就會花光。連續兩晚，她都逼他們停車，花了幾十元住旅館。到達土孫時，蓋拉蒂亞已經花光光了。狄恩和艾德兩個狠心的傢伙，見蓋拉蒂亞一文不名，竟然帶著水手，腳底抹油，留她一個人在汽車旅館大廳痴痴地等。

艾德是個高大、安靜和沒腦的傢伙，不管狄恩說什麼，都會兩肋插刀。但這一回，狄恩忙得顧不上任何顧忌。行經新墨西哥州的拉斯克魯塞斯（Las Cruces）時，狄恩突然有一股再見見前妻瑪莉露的巨大衝動。於是，他不顧水手的抗議，驟然把車頭掉轉向北，並在傍晚到達丹佛。他在一家旅館找到了瑪莉露，兩人瘋狂纏綿了十小時。他們決定要復合。當狄恩看到瑪莉露的時候，立刻跪在地上，懇求她寬恕。瑪莉露是狄恩唯一眞正愛過的女孩。她了解狄恩，她輕撫他的頭髮，她知道他是個瘋子。爲了彌補那個水手，狄恩幫他在一個旅館房間裡安排了個妞兒，但水手對那女的沒有興趣，掉頭就走，自此沒再出現過，顯然是自個兒坐巴士到印第安那去了。

接下來，狄恩、瑪莉露和艾德一行三人，開著車，沿科爾法克斯（Colfax）向東行。不過，一出堪薩斯的平原地區，他們就遇上了暴風雪。狄恩必須不時把裹著布、戴著護目鏡的頭，伸出車外看路，因爲擋風玻璃上的積雪，厚達兩三公分。一天早上，他們的車子在一座雪丘上打滑，陷入了一條溝渠中，有賴一個農夫幫忙才得以脫困。接下來，他們遇上一個搭便車的傢伙，對方答應，如果他們把他載到田納西的曼菲斯（Memphis），就付一美元的車資。到了曼菲斯，那傢伙在屋裡磨蹭了老半天，才醉醺醺地出來說，他找不到錢。狄恩一行只得繼續上路，橫越田納西，但軸承已經因爲先前的意外而受損。一路下來，狄恩的車速都保持在一百五，但從現在開始，他不得不減速爲一百二，否則車子隨時都有翻落山谷之虞。他們在仲冬的時候越過大煙山。當他們抵達我哥哥家時，如果糖果和小餅乾不算的話，已經有三十小時沒進過食。

他們狼吞虎嚥。狄恩手裡拿著三明治，蹦蹦跳跳走到電唱機前面，聽正在播放的音樂。那是一張我才買沒多久的咆勃唱片，名字叫《狩獵》。戴斯特．戈登和沃德爾．格雷的激情演奏，加上聽眾在最後的一陣尖叫歡呼聲，讓這張唱片的情緒沸騰到最高點。我的親戚面面相覷，皺著眉搖頭。他們問我哥哥：「索爾交的這些朋友都是些什麼人？」我哥哥被問倒了。南方人對瘋狂的人事物沒有好感，當然也不喜歡狄恩這類人，不過，狄恩也不甩他們。

我當時還不知道，狄恩的瘋狂已經茁壯綻放爲一朵奇葩怪花了。接下來，狄恩、瑪莉露、艾德和我坐上「赫德森」去兜風。這是我第一次有機會和狄恩併肩而坐，天南地北暢談。他雙手緊握著方向盤，沉思了整整一分鐘，然後像是作出了什麼重大決定似的，突然猛踩油門，讓車子一躍而起。

「好啦，小朋友們，」他一面開車，一面揉鼻子，又把身體弓向方向盤，以營造一種緊急氣氛，與此同時，還伸手到置物箱去拿香菸包，並前後搖晃身體。「現在是我們該來決定接下來一星期該做些什麼的重大時刻了。嘩，好險，好險！」他剛閃避過一輛騾車，押車的是個垂頭喪氣的黑人。「啊，對啦，」狄恩高聲說，「我想到我們可以做些什麼來著啦！我們去挖他！①現在讓我們來感覺一下他是個怎麼樣的人——停下來一會兒感受一下。」他把車慢下來，讓我們可以回過頭端詳那個苦瓜臉的黑人。「對了，就是這樣，好好挖他。現在，他腦子裡一定在想些什麼事情，而那是我最最想知道的。索爾，你可能有所不知，我曾經在阿肯色州一個農莊待了一整年，當時我十一歲。工作煩重得要死，有一次，我甚至要剝一匹死馬的皮。自從一九四二年的聖誕節以後，也就是五年前，我就再沒有踏足過阿肯色了。當時我和班．蓋文想偷一輛車，卻被車主發現，拿著槍追我們。我告訴你這些，爲的是要讓你知道，對於美國南部，我一樣有發言權。我對美國南部的裡裡外外一清二楚。更何況我也仔細研究過你寫給我談美國南部那些信。」他慢慢倒車，最後完全停住，但過了一下又突然猛踩油門，讓車子以一百一十公里的時速向前彈出。他把身體弓向方向盤，兩眼死死盯著前方。瑪莉露看著狄恩，臉上露出眞摯的笑容。這是一個全新的狄恩，一個邁向成熟的狄恩。我在心裡想：老天，他改變了。當他講述他討厭的事情時，兩眼會冒出火焰；但他又可以在一瞬間把話題轉到他高興的事情上，這時，他又會一副樂不可支的模樣。他身上的每一根肌肉都隨著他的喜怒而扭曲轉動。「老哥，我有太多太多事要告訴你了，」他戳戳我說，「我們絕對要找個時間好好談談。卡洛現在怎樣了？瑪莉露，妳務必要跟我一起去見見卡洛，這是明天的第一要務，不過，親愛的，妳現在得先去買些麵包和肉，爲我們到紐約的午餐預作準備。索爾，你身上有多少錢？運家具到紐約去的時候，家具放在後座，我們四個人則親密地擠在前座，談天說地。到時，瑪莉露，妳坐我旁邊，索爾坐妳旁邊，艾德坐靠窗的位置，讓他來擋風，袍子這一次給他穿。等家具都搬好以後，我們就好好去樂一樂。是該好好樂一樂的時候了，我們知道什麼時候該做什麼事！」狄恩熱烈地摩挲著下巴，一扭方向盤，連超了三輛車。進入泰斯塔曼市中心的時候，他的頭一動不動，但兩顆眼珠子卻不斷作一百八十度移動，不放過四面八方的一事一物。他停車大概只花了一秒鐘的時間。車一停好，他就一躍而下，興沖沖地跑進了火車站，我們則懶洋洋地跟在後頭。他買了香菸。我注意到，狄恩的肢體動作現在變得極其神經質，全身上下幾乎沒有一寸地方不在動。他的頭不斷向上、向下、向兩邊擺動，手也是激烈地晃個不停；他快步走，坐下，交叉雙腿，分開雙腿，站起來，揉搓雙手，拉一拉褲子，抬起頭，說了句：「嗯」，然後又突然眯起眼睛，察看四面八方。與此同時，他始終抓住我的手，話說個沒完沒了。

泰斯塔曼剛下了一場不對時候的雪，變得非常冷。狄恩站在沿鐵軌延伸的大街上，身上僅僅穿著一件T恤和一條低腰的褲子（皮帶的扣子是鬆開來的，彷彿他正準備把褲子脫下來）。他把頭湊到瑪莉露臉前，和她說了幾句話，然後又往後縮，兩隻手上下揮動，說：「少來，少來，少來了，親愛的。」他的笑聲很神經質，開始的時候很低，然後愈來愈高，和廣播劇裡那些瘋子的笑聲沒兩樣，唯一不同只有更快和更像是竊笑聲罷了。笑過以後，他就會馬上恢復一本正經的聲音。我們來市中心，本來只是漫無目的隨便逛逛，但狄恩卻找到了目的。他對我們下達各種指令：妳，瑪莉露，去買午餐吃的食物罐頭；你，索爾，去買報紙，看看天氣預告；你，艾德，去買雪茄。狄恩喜歡抽雪茄。他嘴裡叼著艾德買來的雪茄，手裡拿著我買來的報紙，說：「哇啊，華府那些翹下巴先生又想出了不少擾民的措施，眞是了不起。」說罷，就突然跳了起來，匆匆跑到火車站前面，打量一個剛走出來的女孩。「去挖她，」他用手指指著女孩說，「挖那個小黑妞。」

回到我哥哥家，看到聖誕樹、聖誕禮物，聞到火雞的香氣，聽到親戚的閒話家常，我才意識到，我過了一個多麼平靜的聖誕假期。但如今，我已經被一隻蟲子叮著了，這蟲子的名字就叫狄恩．莫里亞提。

2

晚上，我們把家具搬上車後，就絕塵而去。我們保證會在三十小時以後回來，換言之，我們準備在三十小時之內，南北來回一千六百公里的路。那是狄恩的主意。但這趟旅程的艱苦，大出我們意料之外。暖氣壞了，以致擋風玻璃漸漸布滿霧和雪。每過一陣子，爲了看路，狄恩都得把手伸到車外，拿抹布在擋風玻璃的積雪上挖出個洞來。「赫德森」很寬敞，即使四個人同時坐前座，也不嫌擠。一張毯子蓋在我們四人的腿上。收音機也壞了。五天前，這還是一輛新簇簇的汽車，但如今已是破車一臺。迄今爲止，狄恩只付過一期的分期付款。我們沿著三〇一號高速公路北行，往華盛頓方向疾馳；那是一條兩線道，並沒有太多車輛。沿途都是狄恩一個人在講話，其他人只有聽的份兒。他說話時手勢激烈而誇張，有時，爲了向我說明一件事情，他會整個身體側到我這邊來（他和我之間隔著瑪莉露）。有時，他甚至兩隻手都不在方向盤上。儘管如此，汽車仍然筆直得像枝箭，從未越出過路中央的白色分隔線一次。

狄恩這一趟東來，可謂毫無目的，同樣的，我會跟著他到處跑，也完全說不出所以然。目前我在紐約的生活算是四平八穩：我既在學校裡上課，又跟一個名叫露西的女孩子談戀愛。露西是個漂亮的義大利女郎，有一頭蜜黃色的頭髮，是個我願意共結連理的對象。這些年來，我一直在尋找一個適合我的結婚對象。認識任何女孩子的時候，我都會禁不住問自己一個問題：她會成為個什麼樣的太太？我把我跟露西的事告訴狄恩和瑪莉露。瑪莉露很想知道有關露西的一切，還想見見她。「我想結婚，」我告訴他們，「我一直都想找個伴，一個我年老時可以寄託心靈的人。我們不能像這樣無止境地往前跑——我們必須有一個終點站，必須抓住一些具體的東西。」

「唉，老哥，」狄恩說，「這些年來，我一直在研究你，一直知道你對家、對婚姻這一類事物心存嚮往。」那是個憂鬱的夜，但也是個歡樂的夜。途經費城的時候，我們掏出身上的最後一美元，到一家小吃店去買漢堡吃。櫃檯服務生聽見我們為錢發愁，便問我們，如果漢堡免費，外加一些免費咖啡，我們願不願意到後頭幫他洗盤子。固定負責洗盤子那個人蹺班沒來，而當時又已經是午夜三點，找不到代替的人。我們忙不迭答應。艾德表示他以前就當過洗碟工，說罷就毫不猶豫把一雙猿臂抄到碗盤堆裡去。至於狄恩，則拿著條抹布站著，東摸西摸；瑪莉露也是一個樣。慢慢，他倆開始在一堆碗盤之間親吻起來，最後還躲到了廚房的一個暗角去。櫃檯服務生沒說什麼，他只要看到我和艾德確實在洗碗，就心滿意足。十五分鐘內，所有鍋碗瓢盆就統統被我們打發掉。車子開抵紐澤西的時間是破曉，紐約大都會的雲煙在我們前頭冉冉升起。爲了保持兩耳溫暖，狄恩在頭上裹了一件運動衫。他戲稱我們是一幫要來把紐約炸掉的阿拉伯恐怖分子。瑪莉露想看看時報廣場，狄恩便繞路去了時報廣場一趟。

「老天爺，我眞希望能找到哈賽。大家仔細找，看看能不能找到他。」我們張大眼睛打量行人道上的每一個人，「唉，好傢伙哈賽，你們眞應該看看他在德州時的樣子。」

到目前爲止，狄恩已經開了六千公里的車。他從舊金山出發，取道亞利桑那，四天之內就到達丹佛，過程充滿冒險犯難。不過，這還只是個開始呢。

3

一到達派特森我姑姑家，我們就倒頭大睡。第一個起床的是我，時間是午後。狄恩和瑪莉露睡我的床，艾德和我睡姑姑的床。狄恩的破行李箱就平放在地板上，沒有拉拉鍊，襪子從箱沿處露了出來。樓下雜貨店的老闆喊說有找我的電話，我連忙跑下去接。是公牛老李從紐奧良打來的（他已經搬家到紐奧良去了）。

他用高昂哀怨的聲音向我抱怨，說是有一個叫蓋拉蒂亞的女孩剛到他家，要找她老公艾德．鄧肯。公牛老李根本不知道艾德．鄧肯是何許人。我叫公牛老李請蓋拉蒂亞放心，說艾德和狄恩現在跟我在一起，我們回西部的時候，很可能會繞道紐奧良去接她。之後，話筒的另一頭傳來蓋拉蒂亞本人的聲音。她問我艾德現在的情形怎麼樣；她顯得很關心他。

「妳是怎樣從土孫回舊金山的？」我問。她說她打了電報給家人，家人匯錢給她坐巴士回舊金山。她決心要找到艾德，因爲她愛他。我上樓把這事告訴坐在搖搖椅裡的艾德。他聽了以後，一臉愁容。

這時候，狄恩突然醒了過來，從床上一躍而起。「好啦，各位，我們現在要做的事情就是大吃一頓，立刻。瑪莉露，妳火速搜索廚房，看看有些什麼可吃的。你，索爾，你和我一道下樓，打電話給卡洛。艾德，你去查看這房子裡有什麼需要你做的沒有。」我跟在狄恩後面匆匆下樓。

雜貨店的老闆見到我們，就說：「剛剛又來了一通電話，是從舊金山打來的，說是要找一個叫狄恩．莫里亞提的人。我說我不認識什麼狄恩．莫里亞提。」打來的人顯然是卡蜜兒。雜貨店的老闆名叫山姆，高䠷、寡言，是我的朋友。山姆看著我，抓抓頭說：「老哥，你在搞什麼名堂？莫非你開了家國際妓院不成？」

狄恩咯咯笑說：「老哥，你是個寶！」說罷，就一個箭步跑到電話亭，打了通對方付費的電話到舊金山。之後，我們又打了電話到卡洛長島的家，叫他立刻滾過來。他在兩小時後抵達，腋下夾著一本詩集。他坐到一張搖搖椅裡，用炯炯的目光打量我們。開始半小時，他一句話都沒說，看來，他是不想蹚我們的渾水。自從「丹佛的憂鬱」那段日子之後，卡洛變得沉靜了。那是「達喀爾的憂鬱」有以致之。在達喀爾（Dakar），他蓄了一把鬍子，終日在黑街暗巷裡遊蕩。一群小孩子把他帶到一個巫師那裡算命。他告訴我們，在回程紐約的途中，他幾乎想像哈特．克萊恩②一樣，跳船投海自殺。狄恩坐在地板上，全神貫注地看著一個音樂盒，爲它奏出的小曲〈優美的浪漫曲〉陶醉不已。「好可愛的旋轉小叮噹盒。啊！你們聽！快，大家快湊過來看看這音樂盒的中央，看看它的祕密所在。好可愛的叮噹球。嘩！」

艾德也坐在地板上，手裡拿著我的鼓棍，忽然，他開始和著音樂的節奏，用鼓棍打起拍了來。「踢……踏……踢踢……踏踏。」他敲得很輕很輕，只勉強聽得見。每個人都屏息靜聽。狄恩一隻手靠在耳邊，嘴巴張得大大。「哇，帥呆了！」他突如其來迸出了一句。

卡洛瞇著眼，冷眼旁觀著狄恩神經兮兮的一舉一動。最後，他一拍自己膝蓋，說：「我有話要說。」

「是的是的，什麼事情？」

「你們這次來紐約，目的何在？所爲何來？」

「所爲何來？」狄恩把卡洛的話重複了一遍。我們面面相覷，不曉得要怎樣回答。我們根本回答不出來。唯一的解圍辦法就是溜之大吉。狄恩一躍而起，說我們得準備回維吉尼亞去了，說罷就跑去淋浴。我去煮了一大盤飯（家裡唯一剩下的食物），而瑪莉露則爲狄恩補襪子。之後，我們向卡洛承諾，三十小時後——也就是元旦前夕——會再找他。當時是晚上，我們把卡洛在時報廣場放下車後，就再次穿過造價昂貴的林肯隧道，直奔紐澤西。我和狄恩輪流開車，十小時後就到達維吉尼亞。

「這是我們第一次有機會單獨相處，可以好好談一談。」狄恩說。但一整個晚上下來，說話的人都是他。我們有如置身夢中般再一次途經熟睡中的華盛頓，再一次途經維吉尼亞的荒野。車子開過阿波馬托克斯河（Appomattox River）的時間是破曉，抵達我哥哥家是在早上八點。一路上，狄恩對他看到的每件事物、談到的每件事情，都表現出巨大的熱忱和激動。他還就宗教信仰的問題對我發表了一番驚人之論。「現在，已經沒有人膽敢對我們說，上帝是不存在了。我們已經穿過各種形相了。索爾，你還記得我第一次來紐約，爲的是什麼嗎？我想向蔡德．金恩請教尼采的哲學③。那是多久以前的事啦！自從希臘人以來，西方人對上帝的每一個斷言都是錯的。你是無法透過幾何學或幾何學的思考方式，來推知上帝的存在的。其實，要證明上帝的存在非常簡單，就像這樣——」說著，他把兩隻手同時從方向盤上鬆開，舉起，握成拳狀；但車子還是筆直地前進。「我還有其他證據可以證明上帝存在，只不過現在沒有那麼多時間向你說明罷了。」談話中途，我談到自己的種種煩惱：我家有多窮，還有我多麼希望能幫助跟我一樣窮的露西（她還帶著個小女兒）。「你知道嗎，索爾，煩惱就是上帝的駐在之處，重點是不要讓煩惱把你給困住。」他下車買了一包菸。「索爾，從丹佛東來的一路上，我想了許多事，想了又想。我過去是少年感化院的常客。但我爲什麼會經常坐牢，現在已經再明白不過了。我是個少年阿飛，而我之所以愛偷車，不過是爲了表現自我，就那麼回事。我已經痛下決心，不讓自己再坐牢。而要是我眞的再被送到牢裡去的話，錯也不會在我。」這時，我們看到一個小孩站在路邊，向路過的汽車丟擲石頭。「想想看，」狄恩說，「說不定那一天，某個開車路經此地的人，擋風玻璃會被小孩扔的石頭打破，撞車而死——而這麼重大的事情，全因爲一個小小孩而起。多麼不可思議！你明白我的意思嗎？上帝的存在是無可懷疑的。當我沿著這條道路駕駛的時候，我毫不懷疑地相信，萬事萬物都會照顧好自己。就算是你，一個對方向盤那麼害怕的人（我是個不喜歡開車和開得很小心謹慎的人），我也會很放心把車子交給你開，絕不擔心會出什麼亂子，因爲這輛車子會照顧好它自己。再說，我們對美國再熟悉也不過；這裡是我們的家。在美國這裡，我到哪個角落去都用不著擔心，因爲我了解這裡的人，了解他們的行事方式。我和他們雖然不認識，但卻是以複雜無比的方式彼此串聯在一起的。」他的這番話，我並沒有完全聽懂，但大意卻相當清楚明白。我做夢也沒想到過，狄恩竟會成爲一名神祕主義者。那是他神祕主義的早期階段，稍後，這種神祕主義將會把他帶到一種粗獷的聖哲境界。

晚上，我們把姑姑連同剩下的家具，一起載回派特森去。一路上，狄恩依然滔滔不絕，就連坐在後座的姑姑，也禁不住好奇，豎起半隻耳朵，聽他說話。狄恩鉅細靡遺把一個火車司機——他在舊金山的工作——的工作內容告訴我們，沒有遺漏任何一個細節。每經過一個調車場，他就會停下來，指給我們看他提到過的設施。有一回，他甚至跳下車，示範給我們看，在側線上④等待會車時，一個火車司機應該怎樣放出「通行無阻」的信號。我姑姑慢慢在後座睡著了。凌晨四點，途經華盛頓的時候，狄恩又打了一通對方付費的長途電話到舊金山給卡蜜兒。接下來，我們遇到了一件倒楣事：才剛出華盛頓的交流道，一輛警車就鳴笛追了過來。雖然我們的車速才五十公里左右，但還是被開了罰單。都是我們那個加州車牌惹的禍。條子對我們說：「不要以爲你們是從加州來，就可以爲所欲爲。」⑤

我們被帶到派出所去。我和狄恩費盡口舌，想說服條子放我們一馬，因爲我們沒錢付罰款。但他們說，如果我們湊不到錢，狄恩就得在牢裡過一晚。要付這筆罰款，唯一辦法就是向我姑姑開口，她身上有二十美元。當我們在派出所內理論著的同時，一個條子悄悄走出派出所，從暗處窺探車子內的動靜。我姑姑發現後就對他說：

「放心，我不是個帶槍的妓女，你想搜車就請便。我和我侄子正在回家途中。車裡的家具也不是偷來的，是我另一個侄子送的。他正準備搬家，所以把舊家具送我。」這番話聽得那個福爾摩斯目瞪口呆，隨即轉身回派出所去了。我姑姑非得代狄恩繳罰款不可，否則我們就要在華盛頓滯留一夜，因爲我沒有駕照，不能開車送她回家。狄恩答應日後會歸還這筆錢。（一年半以後，他果眞把十五美元還給我姑姑，令她又驚又喜。）上路之後，我姑姑談起條子在車外窺探她這件事。「他躲在一棵樹後面，想看清楚我的樣子。我告訴他，想搜車就過來搜車。我沒有什麼見不得人的。」言下之意，是狄恩有什麼是見不得人的，我也是（因我和狄恩混在一塊而起的）。我們默然接受了這個評斷。

姑姑對我說過，除非男人都願意跪下來，向他們的女人誠心懺悔，否則這個世界不會得到和平。但狄恩就早明白這個道理，而且向我提到過好幾次。「我向瑪莉露求了又求，求她相信我們之間的愛有多麼純淨無瑕，求她把一切疑慮拋諸腦後。她說她明白。雖然她跟著我，但她的心思卻是向著一些別的什麼的。她不會明白我有多愛她，她是我命運的編織者。」

「事實上，我們並不了解我們的女人，我們喜歡歸告她們，但錯的其實是我們。」

「事情沒有你說得那麼簡單。」狄恩提醒我說，「不過，和平會突然降臨的，只不過我們不知道是什麼時候罷了。明白嗎，老哥？」過了紐澤西，狄恩就到後座去睡覺，換我駕駛。回到派特森的時間是早上八點。瑪莉露和艾德兩個呆呆地坐著，抽著從菸灰缸裡撿出來的菸屁股。自我和狄恩離開後，他們就沒有進食過。姑姑出去買了一些食物回來，爲我們煮了一頓盛大的早餐。

4

我和狄恩睡了一整天，起來的時候已是傍晚——一九四八年的元旦前夕。窗外風雪交加。艾德坐在我的搖搖椅上，向我講述他對上一個元旦的遭遇。「當時我人在芝加哥，不名一文。我坐在北克拉克街旅館的窗戶旁邊，香噴噴的氣味從樓下的麵包店一直傳至我的鼻腔。我身上沒有一個子兒。我下樓到麵包店去找看店的女孩談話，她送了我一個麵包和一個咖啡蛋糕。我把它們帶回房間去吃。那天晚上我徹夜沒睡。我在猶他州的弗雷明頓（Farmington）工作過，是在艾德．沃爾的牧場。你應該聽說過艾德．沃爾吧？他父親是丹佛的大牧場主。有一晚，我躺在床上，突然看到我死去的媽媽出現在牆角，全身籠罩在光暈中。我一喊『媽媽』，她就消失了。我常常會看到異象。」他一面說，一面自己點頭。

「你打算要怎樣安置蓋拉蒂亞？」

「等我們去到紐奧良再看看吧。你以爲呢？」他想我給他意見，因爲狄恩的意見對他來說已不足爲憑。他已經愛上蓋拉蒂亞了。

「你自己又有什麼打算呢，艾德？」我問。

「我不知道，」他說，「我是走一步算一步。我挖生活。⑥」他學狄恩的口吻說話。艾德是個沒有方向感的人。他坐在搖搖椅上，繼續沉湎在對咖啡蛋糕的回憶中。

風雪在屋外翻捲。我們準備要到紐約去參加狂歡派對。狄恩把行李收拾好，拿到車子上去。（他們三個要搬到卡洛位於約克大道的公寓去住。）我姑姑一面看報，一面等待收音機裡傳來時報廣場新年報喜的鐘聲。她心情顯得很好，因爲我哥哥下個星期要來訪。到紐約的沿途，地面都積滿雪，滑溜得很。但我並不擔心。只要開車的人是狄恩，我就從來不會擔心什麼，無論在任何情況下，他都可以把一輛車子駕馭得服服貼貼。車上的收音機已經修好了，所以沿路我們都有狂野的咆勃爵士樂爲伴。我不知我這樣跟著狄恩到處跑，最後會有什麼結果，但我並不在乎。

在前往紐約的一路上，我心裡一直有一個奇怪的困擾。我隱約覺得我忘了些什麼。我忘了的似乎是某個決定，某個我在狄恩來到以前就作下的決定。它幾乎就要到我嘴邊了，但我就是說不出來。我不斷扣指關節，希望把事情給想起來。我甚至不敢肯定，那眞是一個決定，還只是一件我忘了的事情。它盤據糾纏著我心思，讓我感到難受。我想，這個決定一定和我那個「屍衣人之夢」有關。我把這個夢告訴過卡洛。那一次，我們坐在兩張椅子上，膝對膝、面對面。我告訴他，我夢見自己在越過沙漠途中，有一個奇怪的、阿拉伯人裝束的傢伙在後面追逐著我，而在我來得及到達基督教的城市以前，他就把我撲倒了。卡洛陪我一起思索夢中的阿拉伯人象徵的是什麼。我提出一個看法：那阿拉伯人就是我自己，是穿著屍衣的我。卡洛認爲不是。他說，在我們橫越生命的沙漠時，都會有某些東西、某些人或某些精靈追逐著我們，並注定要在我們抵達天堂以前把我們撲倒。現在回想起來，那追逐我的屍衣人，應該就是死亡的化身，因爲只有死亡，才會在我們抵達天堂以前把我們撲倒。我們每個人都會隱約記得自己經歷過一種至福感，但就是記不起是在哪裡經歷過的（也許就是在媽媽的子宮裡），而不管我們多麼努力，想再一次找回這種至福感，都總徒勞無功。不過說不定，讓我們再體驗一次這種至福感的機會——雖然我們都不願承認——就是死亡。但誰又願意死呢？我把我的「屍衣人之夢」告訴狄恩，而他馬上就下結論說，那個夢，不過是我渴求一種單純的死亡的反映，但由於人死了就是死了，不會活過來知道自己是怎麼死的，所以一個人是怎麼死的，其實沒有多大差別。我當時對他的說法表示同意。

到達紐約後，我們去找了一票朋友，而瘋狂的花朵，已在他們家中盛放著。我們最先找的是湯姆·沙布魯克。湯姆是個憂鬱、英俊、慷慨、溫順的人。不過，每隔一陣子，他就會突然陷入低潮，不發一語，匆匆躲開人群。但今天晚上的湯姆，完全是一副樂不可支的模樣。「索爾，你這些妙不可言的朋友是打哪找來的？我從來沒看過像他們一樣的人。」他問我。

「在西部找到的。」

狄恩也找到他的樂子。他把一張爵士樂唱片放到電唱機，緊緊扭著瑪莉露，隨拍子起舞。時而是他彎向瑪莉露，時而是瑪莉露彎向他，眞是一支道道地地的愛之舞。沒多久，伊安．麥克亞瑟帶著一大票同夥走了進來。紐約的新年狂歡要開始了，而這個狂歡，將要持續三天三夜。我們一大夥人一起擠進狄恩的車子，冒著風雪，一個派對接一個派對。我帶了露西和他妹妹去參加最盛大的一個派對。當露西看到狄恩和瑪莉露時，臉色登時沉了下來——她嗅得到他們傳染給我的那股瘋味。

「我不喜歡你跟他們一起。」

「不要緊張嘛，只不過是跳跳舞罷了。人生苦短，行樂要及時啊。」

「不，我的感覺很不好，我不喜歡。」

瑪莉露開始跟我調情；她說狄恩準備回卡蜜兒身邊，所以，她想跟我湊作一對。「和我們一起回舊金山嘛，我們可以住在一起。我會是你的好女孩。」但我知道狄恩深愛著瑪莉露，而瑪莉露對我說這番話，也不過是爲了惹露西吃醋罷了，所以我不爲所動。儘管如此，當這個性感尤物把嘴巴主動湊過來的時候，我還是吻了上去。露西看瑪莉露把我推到牆角和強吻我之後，就接受了狄恩的邀請，和他一起坐到車子裡去。但他們什麼都沒做，只是聊天和喝我從汽車置物箱裡找到的一瓶南方私釀酒。我知道我和露西的羅曼史是不會太長久的。她總想我順著她那一套去做。她丈夫是個碼頭工人，待她很不好。如果她能跟丈夫離婚，我會很樂意與她結婚，並照顧她的小女娃。不過，她根本湊不出那麼多錢去辦離婚手續，所以一切都不過是空談而已。再說，露西也不了解我。我喜歡的東西太多了，多得讓我困惑，讓我暈頭轉向，讓我團團轉追逐一顆又一顆墜落的星辰，力竭倒下前不肯罷休。除困惑以外，我實在沒有什麼好呈獻給別人的。

每個派對都很盛大。在西九十街的一棟地下公寓裡，就聚集了至少上百人。每個牆角、每張床、每張沙發都有事情在發生著。人群中甚至還有一個中國女孩呢。狄恩在人群之間跑來跑去，瞧瞧這一個，看看那一個。三不五時，我們都會衝到車上，去載更多的人過來。戴米安來了。他是我紐約幫的老大，就如同狄恩是西部幫的老大一樣。不過，他和狄恩一見面就互看對方不順眼。派對進行到一半，不知道爲什麼，戴米安的妞兒突然一記右勾拳打在戴米安下顎，打得他搖搖晃晃。之後，她把他帶回家去。我們一些新聞界的瘋朋友也來了，手裡帶著酒。艾德認識了露西的妹妹後，兩人就消失不見了。前面我忘了說，艾德是個很有女人緣的傢伙。他一九五公分高，爲人溫和、親切而討喜，他甚至還會幫女伴披外衣呢。凌晨五點，我們全都跑到一棟公寓的後院，從一個窗戶爬入一戶人家家裡：裡面正舉行著盛大的派對。破曉時，我們再回到湯姆．沙布魯克的派對去。有些人在拍照，有些人在喝已經走味的啤酒。我睡在一張沙發上，手臂裡躺著個叫夢娜的女孩。大群大群的人陸續到來，每張臉都生氣勃勃。伊安．麥克亞瑟家的派對也還在進行。伊安．麥克亞瑟是個可人兒，他從眼鏡後面快樂地注視著派對裡進行著的一切。現在，他也學會狄恩的口吻，「正點！」「正點！」的說個沒完。在咆勃樂聲中，狄恩和我圍著沙發，跟瑪莉露大玩捉迷藏的遊戲，不過瑪莉露已經不是小女孩了，要抓到她可沒那麼容易。狄恩打著赤膊、光著腳跑來跑去，全身上下只有一條褲子。三不五時，我們就會到外面去一趟，載更多的人過來。最後，我們和羅樂．蓋伯一起回他位於長島的家，住了一個晚上。羅樂和姑姑同住，棟很棒的房子，只要姑姑一死，整棟房子就歸他一人所有。不過，他姑姑愛跟他唱反調，而且視他的朋友爲寇仇。羅樂把我們帶回家，想要舉行一個喧鬧的派對，但他姑姑卻站在二樓威脅說要報警把我們趕走。「閉嘴，老娼婦！」羅樂吼道。我眞難想像他倆平常是怎樣生活在一起的。羅樂的藏書比我一輩子見過的書加起來還要多。他有兩個房間，四面牆壁從天花板到地板，全排滿了書，其中包括了十巨冊的《僞經大全》。羅樂穿上一件背後撕破一大片的睡衣，在電唱機裡放上一張威爾第的歌劇唱片，然後比手畫腳作唱歌劇狀。羅樂什麼都不在乎。他是個膽敢腋下夾著十七世紀的音樂手稿，大叫著跳到水裡去的人。他也膽敢學大蜘蛛走路的樣子，當街爬來爬去。現在的他，正處於極度興奮之中，眼睛放射出兩道惡魔般的光芒。他像蛇一樣急速扭動脖子。他又叫又跳，激烈搖擺身體，興奮得說不出一句話來。狄恩站在他前面，看著他的一舉一動，不斷點頭說：「正點……正點……正點。」然後又把我拉到牆角對我說：「這個羅樂．蓋伯，是我見過最棒、最了不起的人。他就是我想要成爲的人。他從不會被什麼困住，他會向四面八方前進，他甩開一切包袱；除前後擺動身體以外，他什麼都懶得幹。老哥，他就是終點！你知道嗎，如果我們仿效他的樣子邁進，最後就一定能得到它。」

「得到什麼？」

「得到『它』啊！『它』『它』『它』啊！現在沒時間了，我以後會再向你解釋。」說罷，他就趕緊跑回去看羅樂在幹些什麼。

狄恩告訴我，最偉大的爵士樂鋼琴手喬治．謝林[7]是個和羅樂如出一轍的人。於是，我們就在三天的新年狂歡天中，抽出中間一晚，到鳥園夜總會去朝拜謝林。我們到達的時間是十點，是最早到達的兩個客人。謝林是個瞎子，出場的時候由別人領著走到琴鍵的旁邊。他是個儀表堂堂的英國人，脖子上戴著副白色硬領，一頭金髮。當他的手在琴鍵上撩撥出第一波的音符時，一陣精緻的英國仲夏夜氣息隨即傾洩。貝斯手反覆湊近他，配合著他的節拍彈奏琴弦。至於鼓手登齊爾．貝斯特，則除了一雙用刷子擊鼓的手以外，全身一動不動。謝林開始搖擺起來，臉上綻放著大笑容。他坐在鋼琴椅上，前後搖擺身體，始而緩慢，繼而隨著節奏的加快而加快。他的腳隨著拍子抖動，他的脖子一伸一縮，他的臉俯向琴鍵。他把頭髮向後攏去，原來梳得整齊服貼的頭髮現在已經散開，他開始流汗了。音樂接管了一切。貝斯手背部隆得高高的，全神投入，愈彈愈快，愈彈愈快。謝林開始彈起了和弦，它們像雨點一樣紛紛從琴鍵灑出，灑向四方八面，讓人覺得，彈它們的人根本管不住它們。它們像浪濤般，一波又一波排山倒海湧出。聽眾大喊：「繼續！繼續！」狄恩汀如雨下，汗水溼透他的領口。「就是這樣，就是這樣！他是上帝！謝林上帝！正點！正點！正點！」他喊道。謝林可以意識得到，他後面坐了個瘋子：雖然他目不能見，卻可以聽得見狄恩的每一下喘息聲和喊叫聲。「就是這樣！」狄恩一直在唸，「正點！」謝林笑了。當他從鋼琴椅上站起來的時候，全身大汗淋漓。這是一九四九年時候的謝林、登峰造極時代的謝林，是未變得冷漠和被商業化汙染以前的謝林。謝林退場後，狄恩指著那把空的鋼琴椅說：「上帝坐過的椅子。」鋼琴上面豎著一支小號，它的金光反射在牆壁的一幅油畫中（畫的是一片沙漠），形成詭異的光影。上帝走了，而這道沙漠中的光影，是上帝留下的寂靜。那是一個雨夜，我們經歷了一則雨夜的神話。狄恩兩眼睜人得像銅鈴，渾身的瘋勁兒無處發洩。我體內也有一股躁動，那是我正在抽的大麻煙正在作怪（狄恩在紐約買的）。我有一種感覺，最後的時刻即將要臨到，屆時，一切都會眞相大白，一切都會有結果。

5

新年的三天狂歡終於結束了。回家之後，我姑姑勸我跟著狄恩廝混沒有好處，只會浪費時間。但我知道她是錯的。生活就是生活，同類就是同類。我現在所期盼的是再去西部一趟，然後趕在春天學校開課以前回來。我想跟著狄恩一起回西部，看看他打算做些什麼，而如果他眞的決定要回卡蜜兒身邊的話，我希望可以和瑪莉露發生一段羅曼史。我從收到的退伍軍人教育津貼金中拿出十八美元，讓狄恩寄給窮哈哈的卡蜜兒。瑪莉露對這件事情有何感想，我就不得而知了。至於艾德，則一如往常，大夥幹什麼，他就幹什麼。

出發以前的日子，我們在卡洛的公寓裡度過了一段綿長而逗笑的時光。卡洛在家裡喜歡穿著一襲浴袍晃來晃去，並不時對我們發表一些帶有諷刺味道的演說：「我不打算掃你們的興，不過在我看來，現在似乎是你們該決定成爲什麼樣的人、要做些什麼事的時候了。」卡洛現在在一家商行當打字員。「我想知道，你們整天無所事事地坐在屋裡，爲的是什麼。我想知道你們有什麼計畫？狄恩，爲什麼你要離開卡蜜兒，而去找瑪莉露呢？」沒有回答，有的只是嘻嘻笑。「瑪莉露，爲什麼你願意像這樣東奔西跑呢？」瑪莉露的反應和狄恩一樣。「艾德，你爲什麼把太太遺棄在土孫？你現在大模大樣地坐在這裡，又是爲什麼？你的家在哪裡？你的工作是什麼？」艾德低著頭，一臉困惑煩惱的樣子。「索爾，你蹚這趟渾水，爲的又是什麼？你要把露西怎麼辦？」卡洛理一理浴袍，坐下來一一掃視我們。「發怒的日子就要到了。⑧你們坐的那個氣球再也維持不了多久，不，應該說，你們坐的，只是個虛幻的氣球。你們要飛到西部去，但我可以預見，你們將會磕磕絆絆回東部來找你們的石頭。」

最近，卡洛一直在練習一種怪腔怪調，他希望他的聲音聽起來會像「岩石之聲」。卡洛會想出這樣的詞，是因爲他認爲這種聲音可以讓人開竅，努力自我實現，成爲岩石。「你們在帽簷上別一條龍，」他警告我們說，「但到頭來卻只會發現自己是在閣樓裡與蝙蝠爲伍。」他的雙眼閃著光芒。自從達喀爾回來以後，卡洛經歷了一個可怕的階段，這個階段，他稱之爲「神聖的憂鬱」，也不妨稱之爲「哈林區的憂鬱」。他在哈林區⑨住了一個仲夏，每天晚上，他都會半夜被吵醒，聽到一部「巨大的機器」從天而降的聲音；而當他在第一二五街散步的時候，又會發現自己「置身水底」，四周游著大小魚兒。這個時期的他，腦子裡蹦跳著一大堆亂糟糟的靈思妙悟。卡洛要瑪莉露坐到他的大腿上，命令她沉澱下來。他又對狄恩說：「你就不能好好坐著？爲什麼你非要走來走去不可呢？」一聽到卡洛的訓斥，本來正在忙這忙那的狄恩連忙說：「對，對，你說得對。」晚上，艾德拿了幾個沙發墊子，在地上打地鋪，而狄恩和瑪莉露則把卡洛趕下了床，鵲巢鳩占。卡洛只好跑到廚房去煮他的燉腰子湯，一面煮，一面嘀咕那些有關岩石的預言。我在早上過來，看到了發生的一切。

艾德對我說：「昨晚我看見自己走到了時報廣場；就在到達那一刻，我突然意識到，走在人行道上的那個我，其實是我的遊魂。」他對我說這話的時候，不帶任何評論，只是不斷自顧自點頭。十小時後，在別人說話說到一半的當兒，艾德又突如其來迸出一句：「對，走在人行道上的那個我，其實是我的遊魂。」

這時，狄恩突然探過身來，很誠懇地對我說：「索爾，我有一件事情想要麻煩你，一件對我來說極爲重要的事，不知道你答不答應。……我們是哥倆好，對吧？」

「當然。」我說。狄恩猶豫了好一會才把要求說出，臉都幾乎要紅起來了。他要我和瑪莉露上床。我沒問爲什麼，因爲我知道原因：他不過是想看看瑪莉露和別的男人上床，會是什麼樣子。當時，我們正在瑞特斯酒吧裡喝酒；這之前，我們在時報廣場晃蕩了一小時，尋找哈賽的蹤影。瑞特斯酒吧位於時報廣場旁邊，是個年輕無賴雲集的地方；每一年，它都會改名字一次。走進瑞特斯酒吧，你不會看見半個女孩子，而只會看到一大票穿著無賴裝束——從紅襯衫到佐特套裝⑩都有——的年輕男子。這裡也是皮條兒愛來的地方。所謂皮條兒，就是指靠女朋友賣淫爲生的人。狄恩瞇起眼，打量酒吧裡的每一張臉。這裡有黑人男同志，有帶槍的陰沉傢伙，有帶刀的海員，有瘦巴巴的癮君子，還有那個偶然會來這裡一下的中年偵探，他穿著光鮮，假扮成地下賭場的組頭，晃來晃去一半是出於職責需要，一半是出於興趣。這裡是狄恩最喜歡探索的那類地方之一。在瑞特斯酒吧這裡，有各式各樣的犯罪勾當在密謀著（你用聞的就可以聞得到），也有各式各樣最稀奇古怪的性邀約在進行中。那些保險箱大盜，來這裡可不只是爲了找個合夥人去幹一票，也是爲了找個男人睡覺。

狄恩和我回到卡洛的套房，把瑪莉露從床上挖了起來。狄恩告訴她我們的決定。瑪莉露表示她很樂意，但我自己可沒那麼有把握。不過，我必須證明自己是個禁得起考驗的人，不能這時候打退堂鼓。卡洛的床像是被一個大個子睡過幾百年似的，中間位置是凹下去的。瑪莉露躺到這凹陷的部位，我和狄恩分躺在她兩側。我說：「該死，我做不來。」

「拜託，上啊，你答應過的！」

「瑪莉露，」我問，「妳怎麼說？」

「來啊。」她說。

她緊緊抱著我，而我則試圖忘掉狄恩的存在。但每當我想到他現在就躺在暗處，豎起耳朵聆聽我們發出的每一響聲音時，就忍不住想笑，那種感覺恐怖極了。

「你必須放輕鬆。」狄恩說。

最後我說：「狄恩，你在這裡的話，我恐怕我辦不來。你何不到廚房去待一會兒？」

狄恩照做了。瑪莉露很惹人憐愛，但我輕聲對她說：「等我們到了舊金山湊成爲一對，再幹這檔子事不晚嘛。我的心現在不在這個上面。」日後瑪莉露一定會認爲我的決定是對的。我們有如三個要在夜裡作出什麼決定的小孩子，幾千年積聚下來的重壓就浮動在我們頭上。房子裡一片異樣的沉靜。我起身去敲廚房的門，把狄恩叫出來，然後躺到沙發上去睡覺。我可以聽見狄恩喋喋不休的說話聲和身體激烈的擺動聲。只有一個在牢裡待了五年的傢伙，才會對性愛這麼激烈若渴。他渴求著回到溫柔之源，渴求著透過肉體的極樂來體驗那原初的至福，渴求著回到他所從來之處⑪。這是在鐵窗後面經年累月看黃色畫報的結果，是對比過鐵窗的堅硬和女性的柔軟之後的結果。監獄是那種會讓人更堅持自己生之權利的地方。狄恩從未見過他母親的面。每一個新的女朋友、新的太太、新的小孩，都在他原有的闕如上加添上新的闕如。他的父親——那個在後巷裡醉步蹣跚的老乞丐，那個躺在煤堆上奄奄一息的老錫匠，那個把一顆一顆黃牙齒掉光在西部陰溝裡的老狄恩——現在又在哪裡呢？狄恩完全有權利爲他對瑪莉露至善至美的愛而死。對他，我不想干涉，只想追隨。

卡洛在黎明時回到公寓，換上浴袍。最近他都睡得很少。當他看到一地板的果醬、髒碟子、褲子、衣服、菸屁股和攤開的書本時，不禁大叫了一聲：「我的媽啊！」這是我們晚上舉行的研討會所留下來的爛攤子。由於我們每天白天都像無頭蒼蠅一樣到處亂轉，所以只能利用晚上來開研討會。有一天，我看見瑪莉露身上一塊青一塊紫，而狄恩臉上則有抓痕——他們爲什麼事情吵了一架，是該走的時候了。

我們一行十人，先開車回我家拿我的行李，然後再到一家酒吧（就是狄恩第一次來找我時我帶他去的那家），打電話到紐奧良給公牛老李。話筒裡傳來了三千公里外公牛老李哭喪著的聲音：「說說看，你們這些傢伙要我拿蓋拉蒂亞怎麼辦？她來這裡已經有兩星期，一直躲在房間裡，不肯出來，也不肯跟我或珍說話。你們找到了那個叫艾德．鄧肯的傢伙了沒有？看在老天的份上，拜託你們把他載過來，把她帶走。她睡的是我們最好一間臥室，而且錢已經全花光了。我們可不是開旅館的啊！」但公牛老李從話筒另一頭所聽到的，只是陣陣的喧譁聲，因爲我們所有人，包括狄恩、卡洛、艾德、我、伊安．麥克亞瑟、他太太和湯姆．沙布魯克——天曉得還有沒有什麼別的人沒有——全圍在電話四周，一邊喝啤酒，一邊向著話筒嘩叫。而公牛老李生平最痛恨的，莫過於混亂。「算了，」他說，「我看你們來到我這裡以後——要是你們眞的要來的話——神智說不定會比較清醒一點。」我和姑姑說過再見，保證過會在兩星期內回來之後，就向加州出發了。

6

出發的時候，天下著毛毛雨，前路顯得神祕迷離。我預感，我將會投入一則如霧的大傳奇中。「坐穩了！」狄恩高喊了一聲，「出發！」他身體弓向方向盤，車子隨即像子彈一樣射了出去。狄恩又回到他最如魚得水的位置上去了。車內每個人都很高興，因爲我們知道，一切混亂和無意義即將被拋諸腦後，我們即將要履行一項最崇高的任務：前進。在紐澤西的某處，迎面而來兩個如夢似幻的路標，一個寫著「南」，一個寫著「西」，而我們選擇了往南的那個。紐奧良，我們就要來啦！艾德坐在後座，狄恩、瑪莉露和我坐在前座，談論著一個最溫暖的話題：生活的美好和愉快。狄恩說話的聲音突然變得溫柔：「只要看看我們的現況，我們不得不同意，每一件事情都很美好，這世界根本沒有什麼值得我們去憂慮的。我說得對嗎？」我們一致表示同意。「現在我們又要遠行了，四個人一起。……我們在紐約做過什麼？那根本不重要，就讓我們把它們統統給忘了吧。」我們在紐約全都碰過不愉快的事情。「煩惱已經被我們甩在後頭了。現在，樂子正在紐奧良等著我們呢。我們要去挖公牛老李，聽聽這個老次中音手怎樣吹牛。聽聽他說的故事，增長些見聞和好好輕鬆輕鬆。」狄恩把收音機開到最大，整個車廂爲之震動。

我們全都隨著音樂聲搖晃起來，多純粹的路啊！高速公路的白色中線源源不斷地展開，它和車子的左前輪始終保持在一個固定距離，彷彿車子是走在一條固定的軌道上。雖然現在是寒冬夜，但狄恩身上仍然只穿一件Ｔ恤，他聳肩弓頸，全心全意地鞭策著車子前進。在穿越巴爾的摩的路上，狄恩堅持換我來開車，當成駕駛練習。這本來沒什麼大不了，只不過，他和瑪莉露在接吻嬉鬧時，卻還一再伸手弄我的方向盤，讓我手忙腳亂，真是瘋透了。收音機震耳欲聾，狄恩像擊鼓一樣在儀表板上猛敲，慢慢敲出了一個大凹陷來，我有樣學樣。可憐的「赫德森」飽受鞭笞。

「太過癮了！」狄恩喊道，「瑪莉露，現在妳給我聽好。妳知道我這個人是塊地下儲熱岩[12]，可以在同一時間做幾十件事情，而且有著無窮無盡的精力。回到舊金山以後，我們必須繼續在一起，我知道有個很適合妳住的地方。我以後每隔一段很短的時間——不超過兩天——就會去找妳一次，每次待個十二小時。十二小時夠我們怎樣翻天覆地，妳是知道的，甜心。與此同時，我會若無其事繼續和卡蜜兒住在一塊，我保證她什麼都不會發現。相信我，這一定行得通的，我們以前就試過。」瑪莉露一副無所謂的樣子，我本來以爲，到舊金山以後，瑪莉露會改投我的懷抱，但現在才知道不是那麼回事。她將繼續和狄恩黏在一起，而我則會孤零零地被甩在一旁。但現在何必去爲這件事情苦惱呢？黃金般的大地正在面前展開，天曉得有多少未知的事物會迎面而來，讓你又驚又喜，讓你覺得活著眞好？

我們在破曉時分抵達華盛頓。那剛好是亨利．杜魯門的第二任總統就職典禮日。賓夕法尼亞大道上排列著各式殺氣騰騰的武器，有B-29轟炸機、魚雷快艇、大炮，排在最末端的，是一艘一般的小型救生艇，在一堆巨大的武器最後頭，顯得可憐又可笑。狄恩放慢車速，以便把救生艇看個仔細，他皺著眉不斷搖頭。「這些人在搞什麼鬼？亨利一定還躲城裡的某個地方睡覺。……好老頭亨利……他來自密蘇里，就像我一樣。……那救生艇肯定是他留給自己用的。」

狄恩開車累了以後，就交給艾德接手，自己跑到後座去睡覺。我們千叮萬囑艾德不要開太快，但一等我們鼾聲大作，他就把車子飆到一百三十，還連超了三臺車。好死不死，路旁剛好有個條子在盤查一個逆向行駛的摩托車騎士。警笛聲立刻在我們身後響起。我們把車子停下來後，條子示意我們跟在他的車後駛回派出所。派出所裡坐著個面目可憎的條子，他第一眼就不喜歡狄恩，他嗅得出狄恩身上那股監牢味，他派別的同事在他辦公室外面盤問瑪莉露和我，他們查問瑪莉露的年齡，以爲這樣可以抓到我們的把柄，但瑪莉露身上卻帶著結婚證書。他們拿瑪莉露沒輒，便把我帶到一邊，問我，跟瑪莉露睡在後座的人是誰。「她丈夫啊。」我的回答很簡單。他們覺得我們很可疑，但又問不出什麼，便要了一些業餘福爾摩斯的伎倆，同一個問題問我們兩次，希望我們會說溜嘴些什麼。「他們兩個要回去加州的鐵路公司上班。我是他們的朋友，是個大學生，有兩星期假期。」

「是嗎？」他們冷笑著說，「你身上的皮包眞的是你的嗎？」

最後，那面目可憎的條子決定要罰狄恩二十五美元。我們解釋說，我們身上只有四十美元，而那是我們要一路用到加州的錢。他們說這不干他們的事。狄恩表示抗議，但那個面目可憎的條子威脅說，如果他不繳罰款，就要把他帶到賓夕法尼亞去起訴他。

「什麼罪名？」狄恩問。

「這用不著你來操心，聰明的傢伙。」

看來，除了繳二十五美元，我們沒有其他脫身之計。艾德自告奮勇要代狄恩坐牢，但狄恩還未置可否，那面目可憎的條子就勃然大怒地對狄恩說：「你讓你朋友頂替坐牢的話，我就馬上帶你回賓夕法尼亞，聽明白沒有？」我們只好繳了罰款。臨走時，那條子又撂下話來：「只要你們在維吉尼亞再接到一張罰單，車子就會被查扣。」狄恩氣得漲紅了臉。上路之後，車廂內一片沉寂。我們有一種被小偷偷了二十五美元的感覺。那些條子曉得罰我們二十五美元是個修理我們的好方法，因爲他們知道，我們沿途既無親戚，也沒有人會匯錢給我們，拿走我們二十五美元，等於讓我們走投無路。美國的警察就是熱衷於對無權無勢的美國人開戰，他們就像維多利亞時代的警察一樣，總想從車窗外窺探你，盤問你的一切，找出你的罪名——如果找不到的話，就給你安一個。塞利納[13]說得好：「罪名有九十九條，其無聊透頂則一模一樣。」狄恩氣炸了，他發誓一弄到槍，就馬上回來維吉尼亞把方才那個面目可憎的條子給幹掉。

「送我上法庭？哼！」他嗤之以鼻地說，「我倒想知道，他們打算以什麼罪名起訴我。流氓嗎？也許搶走我身上所有錢，再給我安個流氓的罪名，而如果你膽敢抗議，他們就會拔槍把你斃掉。」碰到這種倒楣事，除了把它忘掉，去想些開心事以外，我們又能怎樣呢？我們的忘性很好，等車子經過里奇滿（Richmond）時，我們就已經把剛才的不快忘得一乾二淨。

我們全部財產只剩下十五美元。爲了幫補油錢，我們得找些想搭便車而又出得起車資的人載載。行經維吉尼亞的荒郊野嶺時，我們突然看到前面有人。狄恩把車子猛地停下，我往回看，那是一個流浪漢，依我判斷，他身上不可能有一毛錢。

「那也無妨，就算他沒錢，也說不定可以給我們帶來些樂子！」狄恩笑著說。那人衣衫襤褸，戴著一副眼鏡，一面走路，一面看書。上車以後，他繼續埋頭閱讀。他說他名叫海曼·所羅門，在全美國各地徒步旅行，他常常會敲人家的門討錢或討吃，而如果他碰到的是個猶太人家的話，他就會說：「請施捨些錢給我買東西吃吧，我是個猶太人。」

他說這方法很管用。他看書看得很專心，彷彿他撿到的，是本在曠野裡發現的《托拉》古卷⑭。但當我們問他書名是什麼時，他卻說不知道，因爲他從來懶得看封面上的書名。

狄恩聽了大樂，戳我的肋旁說：「聽到沒有？聽到沒有？我不是說過，他說不定可以給我們帶來些樂子？老哥，每個人都有逗趣的事情。」我們把所羅門一路載到了泰斯塔曼。現在，我哥哥已經遷入了這個城市另一頭的新居了。泰斯塔曼那條冷冷清清、與鐵軌平行的大街，又再一次出現在我們眼前，一些臉陰陰的南部人在五金店和廉價雜貨店前面快步走過。

所羅門說：「我看你們沿路上會需要一點錢。你們等一下，我去找個猶太家庭討幾美元回來，我們再一起到阿拉巴馬州去。」狄恩很開心，因爲他又一次覺得自己載對了人。他和我一起去買麵包和乳酪，拿回車內當午餐，但我們足足等了兩小時，所羅門都沒有再出現。紅日慢慢西沉。

我們決定不等了。「看到沒？索爾，上帝眞的是存在的，不然我們怎麼會跟這個城市結下不解之緣？你注意到這城市的《聖經》名字沒有？還有，剛剛把我們引到這裡來那傢伙，也是個《聖經》中的人物。⑮每一件事情都與另一件事情有關聯，就像雨水會把全世界的人連結在一起一樣……」開出泰斯塔曼的時候，狄恩喋喋不休地這樣說著，情緒顯得很亢奮。

我們能不亢奮嗎？現在，整個美國就像一個蚌殼一樣，慢慢在我們面前張開，而我們已幾乎看得見藏在裡面的珍珠了！往南奔馳的途中，我們又載了一個便車客。他是個表情憂鬱的年輕小夥子。他說他姑姑在北卡羅萊納的菲葉維（Fayetteville）附近的鄧恩（Dunn），開有一家雜貨店。狄恩問他：「到了鄧恩，你可以從姑姑那裡要到一美元嗎？可以？太正點啦，上車吧。」一小時後，我們到了鄧恩，時近黃昏。我們開到小夥子所說他姑姑雜貨店的所在地點，那是一條死巷，盡頭是一道工廠的圍牆，巷內是有一間雜貨店，卻沒有姑姑這號人物。我們問小夥子還有多遠才到他姑姑家，但他卻說不知道。看來，是老天爺給小夥子開了一個大玩笑。就因爲小時候他在鄧恩這裡看到過一家雜貨店，自此以後，在他混亂的腦袋瓜裡就慢慢形成一種印象：他姑姑在這裡開了一家雜貨店。我們買了一個熱狗請他吃，但狄恩對他說，我們無法再載他，因爲我們得騰出位置來睡覺和搭載可以付得起車資的乘客。這很殘忍，但卻是事實。就這樣，我們把小夥子留在了鄧恩的夜幕中。

從南卡羅萊納到喬治亞的梅肯（Macon）的沿途，都由我負責開車，而狄恩、瑪莉露和艾德都在睡覺。一路上，我思緒萬端。我在做什麼呢？我要到哪裡去？我相信，答案不多久就會見分曉。過了梅肯以後，我累得像狗，便喚醒狄恩接手。我把車暫停下來，和狄恩兩人一道下車去呼吸新鮮空氣。才一下車，我們就愣住了——被四周的芳香綠草所愣住，被新鮮的糞肥味和溫暖的流水氣息所愣住。「我們到達南方了！我們把冬天拋在後頭了！」稀微的天光影照在公路旁的綠草地上。我深深呼吸了一口氣，一列火車在黑暗中漸漸駛過，朝著木比爾（Mobile）[16]的方向——與我們同一個方向。我脫掉身上的襯衫，滿心歡快。又開出十六公里以後，我們到了一個加油站，狄恩注意到加油工正趴在桌子上呼呼大睡，便躡手躡腳，走到加油機前面，取下油槍，給車子的油箱加滿油。

之後，我便睡著了。再度醒來是被震天價響的音樂聲所吵醒，狄恩和瑪莉露正在聊天，而無邊無際的綠地從車旁滾滾而過。「我們現在在哪？」我問。

「剛過了佛羅里達的指尖——佛羅明頓，大家都是這樣叫的。」天啊，佛羅里達！我們向著沿岸的平原區和木比爾的方向奔馳，大片大片自墨西哥灣吹送過來的浮雲在我們頭頂飄動。眞難想像，我們站在北方髒兮兮的雪地上跟朋友們說再見，不過是三十二小時之前的事。我們把車停在一個加油站，狄恩和瑪莉露假裝捉迷藏，引開加油工的注意力，而艾德則偷溜入辦公室，偷了三包沒有拆過的香菸。在加油站盥洗過後，我們精神奕奕地重新出發，把身上所有冬天衣物脫下，盡情享受南方的溫暖，而狄恩也在這個時候開始談起他的生平往事。過木比爾後，我們在一個十字路口碰上了塞車，但狄恩並沒有減速，而是一打方向盤就以一百二十公里的時速，從路邊一個加油站的車道呼嘯而過，繞開了車陣，留在我們車子後面的，是一張張目瞪口呆的臉。狄恩繼續說他的故事：「我沒有唬你們，我初懂人事，是在九歲，對方名叫米莉．梅法雅，地點是格蘭特街的羅得車庫——卡洛住的同一條街。當時，我父親還會偶爾到錫匠店裡去工作。我記得我姑姑從窗口喊我：『你在車庫後頭搞什麼鬼？』噢，瑪莉露甜心，如果我當時就認識妳，那會是多麼美好！哎，九歲的妳，會是多麼甜美！」他神經兮兮地痴笑了起來，與此同時，把一根手指放進瑪莉露的嘴巴裡，抽進抽出，之後又抓住瑪莉露一隻手，揉個不停，瑪莉露臉上露出由衷的微笑。

大塊頭艾德則凝望著窗外，自言自語：「對的，先生，我想那天晚上我是個遊魂。」另外，他也在擔心，到紐奧良見到蓋拉蒂亞時，她會對他說些什麼。

狄恩繼續談他的生平：「有一次，我從新墨西哥攀火車一直攀到洛杉磯。當時我只有十一歲。我和父親本來待在一個流浪漢營地，但他跑到一個貨運車廂喝酒又喝醉了，然後火車開動，我和一個叫大瑞德的來不及追上去，結果我們就失散了；我有好幾個月沒再見著他。後來我坐一列長途貨運火車一路坐到加州，沿途都坐在火車車鉤[17]上，你可以想像那有多危險，何況我只是個小孩子，但我當時卻不懂什麼叫危險。我一隻手臂夾著一條麵包，另一隻則緊緊勾在煞車桿上，我就這樣一路坐到加州，感覺上像在飛行一樣。那是一列第一流的貨運火車，是一條貫穿沙漠的大拉鍊，這不是故事，而是真人實事。到達洛杉磯以後，我想喝牛奶想得要死，便到乳品店找了個工作，一上班，我第一件事就是一口氣喝了兩夸脫的濃奶油，結果吐了一地。」

「可憐的狄恩。」瑪莉露憐愛地說，又吻了吻他。狄恩昂首看著前方，一臉志得意滿的神情，他毫無疑問是愛她的。

突然間，墨西哥灣湛藍的海水就出現在我們車子的旁邊，同一時間，收音機裡傳出了狂野的樂聲，那是從紐奧良放送過來的「秋海葵燉雞肉爵士樂秀」，有各式各樣野到了極點的爵士樂唱片，只聽見那個DJ說：「不必爲沒有事憂慮！」⑱我們興奮地在腦海裡摹想著紐奧良的夜間景象。狄恩兩手在方向盤上上下摩挲著說：「各位，準備好迎接樂子來臨啦！」我們在薄暮時分駛入紐奧良那些人聲嗡嗡的街道。「哇，嗅嗅這裡人的味道！」狄恩頭伸出車外，猛吸鼻子。「噢！上帝！生活！」他繞著一輛電車轉了一圈。「正點！」他望向四方八面的姑娘。「看看那妞兒！」紐奧良的空氣甜美得讓人彷彿置身在一條輕柔的印花頭巾裡，你甚至可以聞得到河水的味道、人體的味道、泥巴的味道、苔蘚的味道。各式各樣熱帶的味道讓你的嗅覺從北方的冰冷乾澀中甦醒。我們興奮地在座椅上彈上彈下。「去挖她！」狄恩又指著另一個女的說，「啊，女人女人女人，我愛妳們。女人都是尤物！我愛死女人了！」由於極度興奮，大顆大顆的汗珠從他前額涔涔而下。

公牛老李住在密西西比河對岸的阿爾吉爾區，爲了過河，我們把車開進一艘渡輪上去。

「好了，現在所有人全給我下車，去挖挖密西西比河、挖挖人，聞聞這個世界。」狄恩劈里啪啦戴上太陽眼鏡、拿起香菸包，像個彈簧玩偶一樣彈出了車外。我們尾隨他下車，走到船邊，靠在船欄上觀看發源自美國中部的滾滾褐色河水——這河水夾帶著蒙大拿的圓木、達科塔的爛泥、愛荷華的臨別贈言，還有沉沒在三岔口（Three Forks）⑲的一切。煙霧迷茫的紐奧良從船的後方慢慢退卻，而古老、陡峭的阿爾吉爾則在船的前方慢慢逼近，當時是炎熱的下午，黑人船工站在燒得赤紅的鍋爐邊工作。鍋爐的熱度燙得車胎散發出微微的橡膠味。狄恩過去和黑人船工搭訕，然後又在甲板上跑來跑去，繼而穿著他那條低腰、寬鬆的褲子，往上層跑去。突然間，我看見他站在最上層的船橋上，熱烈地向我揮手。要是這時候他背上長出一副翅膀、從天而降的話，我是不會感到驚訝的。一整艘船都籠罩在他的大笑聲之下。「哈哈哈哈哈哈！」瑪莉露就站在他旁邊。下船笛聲響起的時候，狄恩人還不知道在哪裡，但就在所有車輛都已發動引擎、蓄勢待發之際，他卻像龍捲風似的回到駕駛座上，二話不說就猛踩油門，從狹窄的通道中連越過兩三輛車，直撲阿爾吉爾。

「往哪走？往哪走？」狄恩高喊。

我們決定先找個加油站，盥洗一番，再打聽公牛老李的住處。小孩在落日餘暉中玩耍；女孩子戴著印花頭巾、穿著短上衣、赤著腳。狄恩跑到街上，東張西望，不時點點頭，揉揉肚子。大塊頭艾德坐在車內，把帽簷拉到眼睛下面，看著狄恩微笑。我坐在汽車的車輪護蓋上。瑪莉露到了盥洗間去。在綠樹成蔭的河岸邊，坐著無以數計的釣客，從三角洲的位置，密西西比河像一條大蛇一樣，向著阿爾吉爾纏捲而來。我有一種感覺：這個令人昏昏欲睡的半島狀的阿爾吉爾，總有一天會整個被河水沖刷帶走，太陽西斜，蚊蟲翻飛，河水潺潺流淌著。

公牛老李的房子位於鎮外近河堤的地方，通向他住處的那條道路，途經一片沼澤。房子是棟搖搖欲墜的老屋，有一個繞屋子一周的門廊，院子裡垂著楊柳。野草足足有一公尺高，老籬笆歪歪斜斜，舊穀倉也已經傾圮，屋前看不到一個人。我們穿過院子，看到後門廊上有一個洗衣盤，我推開紗門，走入後院，珍就站在那裡，她一手遮額，望向太陽。「珍，」我說，「是我，我們來了。」

她知道我們要來。「唔，我知道。公牛現在不在家。你來的時候有沒有看到火或什麼的？」我和她一起望向太陽。

「你指我有沒有看到太陽？」

「當然不是，我剛才聽到遠處有消防警笛聲，你看到那裡像是有火光的樣子沒有？」在紐奧良那個方向，雲的顏色果然有點奇怪。

「我沒看到任何東西。」

珍一擤鼻子，然後說：「還是老樣子的帕拉代斯。」

沒想到四年不見，這就是我們打招呼的方式，過去在紐約的時候，她曾跟我和我前妻同住。「蓋拉蒂亞．鄧肯在妳這裡？」我問。但珍仍只顧眺望她的火災。她現在一天要吃上三罐安非他命。她的臉蛋原來豐滿而漂亮，如今卻變得嶙峋、充血而憔悴。她搬來紐奧良以後，得了小兒麻痺症，所以現在走起路來，會有點一瘸一拐。狄恩幾個這時也走了過來，一副侷促不安的樣子。一直窩在房間裡的蓋拉蒂亞聽到我們的聲音，也從屋子裡走了出來。她是個很執著的女孩。她臉色蒼白，看來這段日子以來，每天都是以淚洗面。艾德用手掠過她的頭髮，說了聲哈囉，她堅定地望著她。

「你都死到哪兒去了？你爲什麼要這樣對我？」說罷，就狠狠瞪了狄恩一眼，她知道罪魁是誰。狄恩根本不管她，他一心只想要吃的。他問珍有沒有什麼可以吃的，而一陣雞飛狗跳，就隨即開始了。

可憐的公牛開著他的德州「雪佛蘭」回來後，看到一群入侵的偏執狂，先是一愣，不過隨即恢復常態，用熱絡的態度向我們打招呼——這種熱絡，我已經很久沒有在他身上看見過。他買這棟房子，靠的是從前在德州和人合夥種植黑眼豆所賺來的一點錢。他的合夥人是他大學同學，父親是個瘋老頭，死後留下了一筆遺產。現在，公牛每星期只會從家裡收到十五美元的生活津貼。這個數目，對別人來說不算太少了，但對公牛來說，卻只夠支付他一星期的嗑藥開支。他老婆的花費也不比他低多少：每星期要嗑掉十美元的安非他命。他們的飲食開支，肯定是全美國最低的；他們甚至幾乎用不著進食，至於孩子有沒有東西吃，看來他們也懶得管。他們有兩個很棒的小孩，一個是多娣，今年八歲，一個是小賴伊，今年一歲。小賴伊喜歡光著身子在院子裡跑來跑去，活脫脫是個金髮的彩虹之子。公牛把車在院子裡停妥後，慢吞吞下了車，一臉疲態向我們走過來。他戴著眼鏡、氈帽，身穿一套破舊的西裝。「索爾，你終於來了。我們到屋子裡去喝兩杯吧。」

要談公牛老李這個人，三天三夜都不夠，所以，我這裡只能挑些重點講。他是個老師，或者說，他完完全全有資格被稱爲老師，因爲他一輩子都在做研究。而他研究的課題，是一種他稱之爲「生活的事實」的東西。他研究這個，不是出於什麼必需，而完全是興趣使然。他拖著瘦長的身軀，走遍了整個美國和大半個歐洲和非洲，爲的只是想看看，那裡上演著些什麼事情。三〇年代，他在南斯拉夫娶了一個白俄公主，爲的只是幫助她逃離納粹的魔掌（白俄公主逃出南斯拉夫以後，他倆就沒再見過面）。公牛有一些他和一些國際古柯鹼集團分子的合照，都是些披頭散髮的傢伙，彼此挨靠在一起。在另一些照片裡，你可以看到頭戴著巴拿馬帽的他，正在阿爾及爾的街頭探索。公牛在芝加哥當過滅鼠工人，在紐約當過酒保，在紐華克（Newark）當過傳票送達人。在巴黎，他坐在露天咖啡座，看著一個個臉色陰沉的法國人來來往往。在雅典，他手拿一杯茴香烈酒，打量他稱之爲全世界長得最醜的民族。在伊斯坦堡，他從一群群鴉片煙癮者和小地毯販子中間穿過，尋找「生活的事實」。在英國的旅館裡，他閱讀史賓格勒和薩德的書。在芝加哥，他計畫搶劫一家土耳其浴室，後來因爲想到這要占去他兩分鐘的喝酒時間和花他氣力逃跑而作罷，他做這一切，全都只是爲了體驗人生。現在，他研究的是嗑藥的習慣。

有一件大學時代的軼事很可以反映出公牛的爲人。有一天，他在家裡辦了一個雞尾酒會。突然間，他養的寵物雪貂衝了進來，咬了一個客人的腳踝一口，嚇得所有人尖叫逃命。公牛跳了起來，取出一把獵槍，說：「牠跑進來，一定是又嗅到了那隻老鼠的味道。」說罷，就一槍往牆上轟過去，轟出來一個可以容得下五十隻老鼠的大洞。他家的牆壁上掛著一張照片，照的是科德角一棟很醜的房子。朋友問他：「你爲什麼要把這麼醜的照片掛在家裡？」公牛回答說：「我就是愛它醜。」這句話可以作爲他爲人行事的註腳。有一次，我到他位於第六十街的貧民區的住處去找他。他頭戴一頂常禮帽，上身穿件汗衫，腿上穿著時髦的條紋褲子，手裡拿著個煮菜鍋，裡面放著鳥食。他想把鳥食搗碎，捲成菸來吸，看看是什麼感覺。

他還試過把可待因的咳嗽藥水糖漿煮成黑黑的一團，拿來捲菸吸，但效果不太理想。他常常把莎士比亞的作品攤開在大腿上閱讀。不過，在紐奧良這裡，被他整天攤開在大腿上的，卻是《馬雅藥典》。（即使在跟我們談話時，書照樣攤開在他的大腿上。）我有一次問他：「人死了以後會發生什麼事？」他回答說：「什麼都不會發生，人死了就是死了。」我在他房間看到過一組鐵鍊，問他是怎麼回事，他說那是他和他的精神分析師使用的器材，他們在從事麻醉精神分析的實驗。他的醫生發現，他身上一共有七種分裂人格，一種比一種糟，最糟的一種是個大吵大鬧的白痴，不用鎖鍊鍊起來的話，就會出亂子。他最好的一種人格是個英國貴族，介於中間位置的是個老黑人，他的口頭禪是：「有些人是混球，有些人不是，就這麼回事。」

公牛很緬懷美國的舊歲月，特別是一九一〇年，因爲在那個年頭，你不需要醫生的處方箋，就可以在藥房裡買得到嗎啡，而中國人也可以堂而皇之地坐在窗邊抽鴉片。那是個多麼野、多麼鬧哄哄、多麼自由的美國！公牛最痛恨華府的官僚，其次是自由黨員，再其次是條子。他很愛交談和當別人的老師。珍折服在他腳前，我也是，狄恩也是，卡洛也是。我們全都從他那裡得過教益。他是個灰濛濛的角色、一個不起眼的人，如果你在街上碰到他，是絕對不會多看他一眼的。不過，如果你靠近去看他，就會發現他有著一個狂熱、固執而年輕得怪異的頭顱。公牛在維也納學過醫，他也學過人類學，讀過所有與人類學相關的書籍。不過，如今他已把研究課題固定下來，那就是研究有關生活的事實與夜間街頭的事實。他正坐在椅子上，珍爲我們端上了酒，是馬丁尼。公牛所坐那把椅子，位於一個陽光照不到的角落，不管早晚，旁邊都會點著一盞昏黃的燈，那是屋子裡他專屬的角落。他大腿上攤著《馬雅藥典》，手上拿著把氣槍，三不五時會舉起氣槍，射擊擺在房間另一頭的安非他命罐子。當所有罐子統統被他射倒，我就會趕緊跑過去，把罐子重新豎好，我們一面射罐子，一面聊天。公牛很想知道我們此行的目的，他凝視著我們，用力擤了一下鼻子——「噗」。那聲音，就像是空桶子裡發出的回聲。

「現在，狄恩，我希望你能安靜坐下來一分鐘，告訴我你這樣穿州過省，爲的是什麼？」

狄恩紅著臉說：「啊，你不是應該知道的嗎？」

「索爾，你爲什麼要到西岸去？」

「只是去幾天嘛，我還要趕回學校去上課呢。」

「那艾德．鄧肯又是怎麼回事？他是什麼來路？」這時候，艾德正在房間裡，百般安撫蓋拉蒂亞，這花不了他多少時間。對艾德和蓋拉蒂亞的事，我們不知道要如何啓齒，公牛見我們支支吾吾，便不再問下去，拿出三根大麻煙請我們抽，又說晚餐立刻就會準備好。

「這個世界沒有什麼比大麻更好的開胃菜。有一次，我一面抽大麻煙，一面吃那種難吃至極的快餐店漢堡，結果，那個漢堡好吃得像人間美味。我上星期才回去了休士頓一趟，想看看戴爾現在種黑眼豆種得怎樣。我住在一家汽車旅館裡，有一天早上，一聲砰然巨響把我從夢中驚醒。你們知道發生了什麼事？原來一個住在我隔壁房間的傢伙一槍斃了他老婆。每個人都呆若木雞，那傢伙則從容上車逃逸，獵槍留在房間的地板上。警察在霍馬（Hou.na）找到他的時候，他爛醉如泥。現在，出遠門不帶一把槍的話，安全很難有保障。」說罷，他打開抽屜，向我們展示他收藏的軍火，以前住在紐約，他會在床下面放一把衝鋒槍。「我現在有一把更帥氣的——是一把德國製的毒氣槍。看看這把漂亮的傢伙，只要一顆毒氣彈，就算前面有一百個人，我也可以輕鬆把他們擺平，再施施然離開。唯一的遺憾是，我就只有那麼一顆毒氣彈。」

「但願你用它來轟人的時候，我不在附近。」珍從廚房裡插嘴說，「再說，你又怎麼知道你那一顆眞的是毒氣彈？」公牛沒有回話，只擤了一下鼻子。公牛從來不會反駁他老婆的諷刺，他們可說是世界上關係最奇怪的一對夫妻。每天晚上，他們都會聊天至天亮。公牛是愛說話的人，珍雖然很想插嘴，但從來不會得逞，不過，等天一亮，公牛累了，就會安靜下來，聽珍發表高見。珍很愛公牛，愛到有點歇斯底里的味道，他們夫妻倆從不會吵吵鬧鬧，有的只是交談。他們之間有著一種很深的情誼，深得我們沒有一個人能夠測度，碰到意見相左的時候，他們只會用一種譏諷的方式來表示異議。「愛」這個字可以道盡他們關係的一切。只要公牛在家裡，珍從不會離開他三公尺之外，也從不會錯過他說的每一個字，儘管公牛說話的聲音很低沉。

狄恩和我不斷慫恿公牛帶我們到紐奧良狂歡一番，但他卻潑我們冷水。「紐奧良是個枯燥乏味的城市。依法，我們又不能進入黑人區。所有的酒吧都讓人悶得發慌。」

「城裡總有一、兩家像樣的酒吧吧？」我說。

「全美國根本不存在一家像樣的酒吧。一家像樣的酒吧，理應是可以讓人增廣視野的地方，但你看看現在的酒吧都什麼模樣！一九一〇年的時候，酒吧是男人談生意或消遣的地方，在裡面，你可以看到長吧檯、黃銅欄杆、痰盂、彈鋼琴的人、一些鏡子、一些威士忌酒桶和啤酒酒桶，威士忌十美分一杯，啤酒五美分一杯。但現在，你會看見的，就只有穿著俗不可耐、喝得醉醺醺的女人、搞同性戀的傢伙、滿懷敵意的酒保，在門邊晃來晃去、擔心皮椅被劃破或警察來取締的店老闆。如果說還有別的什麼的話，就是不對時候的尖叫聲和有陌生人進入酒吧時的一陣死寂。」

但我們還是堅持要去逛酒吧。「好吧好吧，」他說，「你們不信邪，我就帶你們到紐奧良去一趟，讓你們體會一下我所說的道理。」（結果他蓄意帶我們去逛了一些最枯燥乏味的酒吧。）吃過晚餐後，我看見珍在看報紙上的招聘版，便問她是不是在找工作，她說不是，她看招聘版，是因爲她覺得那是整份報紙最有趣的部分。公牛坐我們的車進城。沿途，他都把扶手抓得緊緊的。「不必開那麼快嘛，狄恩，反正我們一定到得了的嘛——唉，但願如此！渡輪在那邊，你不需要把車子直接開入河裡去。」公牛悄悄對我說，狄恩的精神狀態愈來愈不穩定了。「他看來正朝著他的終極命運前進中，他的壓迫性人格和病態性的不負責任與暴力傾向終將會發生對撞，讓他撞得粉身碎骨。」他用眼角瞄了瞄狄恩，然後又說：「你跟這個瘋子到加州去，不會有什麼收穫的。何不留在我這裡？我這裡有很多好玩的，我可以帶你到格雷提那去賭馬，還可以玩玩扔飛刀。我弄到了好幾把很棒的小刀，在後院裡造了個靶子。再說，我還認識幾個甜姐兒——要是你有這個興致的話。」說罷，又擤了擤鼻子。上了渡輪以後，狄恩蹦蹦跳跑到船舷，靠在欄杆上看河水，我尾隨在他身後，公牛則寧願留在車裡擤鼻子。渡輪的鍋爐燒得赤紅，而在鏟煤的，是與白天同一批的黑人船工；他們一面工作，一面唱歌。「大高個」哈澤德在阿爾吉爾的渡輪上當過一陣子水手，想到「大高個」哈澤德，讓我不由得又憶起密西西比吉恩。俯視星光下的密西西比河這條發源自美國中部的大水時，我強烈的領悟到，我過去所知道的一切，乃至以後知道的一切，都是一體的。說巧不巧，住我們坐渡輪過河的那個晚上，有一個女孩子從渡輪上投河自殺，她搭的渡輪，不是比我們早一班，就是晚一班，這事情我是從第二天的報紙得知的。

我們逛過法語區所有最無聊的酒吧一圈後，在午夜時分打道回府。那天晚上，瑪莉露什麼都試了：大麻、傻瓜丸、安非他命、烈酒，甚至要求公牛讓她打一針嗎啡。公牛當然沒有答應，只給了她馬丁尼，她因爲嗑了太多藥，整個人都僵直了，和我一道呆呆地站在門廊裡，公牛家的門廊是個很棒的門廊，整整齊齊地繞整棟房子一周。

在月色和楊柳的襯托下，這棟房子就像是一棟南方極盛時代的豪宅。珍仍然在起居室裡看報紙的招聘版，而公牛則進了浴室，一面用牙齒勒緊綁在臂上充當止血帶用的那條黑領帶，一面把針頭打到已經千瘡百孔的手臂上。這時候，艾德和蓋拉蒂亞正躺在一張公牛夫妻從未睡過的主人大床上，狄恩在捲大麻煙，而我和瑪莉露則站在門廊上，模仿南方貴族階級的口氣對話。

「啊，露小姐，妳今天晚上可眞是楚楚動人，不可方物。」

「謝謝你的誇獎，克勞福，你的過譽讓我由衷感激。」

門廊上的每一道門不斷開開關關，每一個人不斷進進出出，想看看別人在哪裡。最後，我獨個兒往河堤方向散步。我很希望能坐在河堤上，把密西西比河好好看上一看，無奈一道鐵絲網擋住了我的去路，當你開始把人民和河流隔離開來，你還能指望辦得成些什麼呢？「官僚！」公牛的呵斥聲在我耳邊迴響。我彷彿看到他大腿上攤著一本卡夫卡小說，正在擤鼻子：「噗」。房子被他這一擤震得吱嘎響，蒙大拿的圓木仍舊在黑色的河水上滾動著。「這個國家除了官僚還是官僚，工會的官僚尤其可惡！」公牛還在罵，但幽暗的笑聲會再次出現的。

7

第二天我起得很早，我在陽光普照的後院裡找到公牛和狄恩，狄恩身穿一件加油站的工作服，在幫公牛的忙，他不知打哪找來一塊又大又厚的朽木，正和狄恩兩個拚老命拔木頭上的釘子，他那些釘子多如牛毛，活像一條條蠕蟲。

「等釘子統統拔出來以後，我要拿這木頭來造一個可以用上一千年的架子！」公牛身上每一根骨頭都顫動著孩子般的興奮。「索爾，你知道嗎，這年頭的架子都做得不牢靠，不出六個月，就會受不了擱在上面的東西的重量而出現裂痕，甚至垮下來。房子是這樣，衣服也是這樣，那些混球明明已經發明了一種可以用上千年萬年的塑膠建材，卻不肯拿出來蓋房子，輪胎也是這樣。美國每年有數以百萬計的人死於爆胎引起的車禍，但那些混球卻不肯生產不會爆胎的輪胎。牙膏也是一樣，他們明明已經發明了可以讓小孩永不蛀牙的牙膏，卻不肯大量生產。衣服也是這樣，明明已經發明了永不磨損的布料，卻不肯拿來做衣服。他們寧願生產廉價而易壞的產品，讓你爲了不斷買東西而拚死拚活工作，讓你不得不加入死水般的工會組織，到處請願抗議。與此同時，美國和蘇聯卻好整以暇地爭它們的霸。」他用雙手抱起那塊大木頭。「你認不認爲這木頭可以造成一個很棒的架子？」

現在是大清早，也正是公牛的精力最巔峰的時段，這可憐的傢伙把太多垃圾往自己身體裡塞了，以致於一天中有大部分的時間，都只能懶洋洋地癱坐在那張旁邊點著燈的椅子上，只有在大清早，他的精神是最旺盛的，我們走在靶子前面去擲飛刀。公牛說，從前在突尼斯，他看過有一個阿拉伯人，能在十二公尺開外，用飛刀打中別人的眼睛，談到阿拉伯人，他聯想起他姑姑三〇年代旅行卡兹巴時的遭遇。「她參加了一個由導遊帶隊的旅行團。她無名小指上戴著一枚鑽戒。當她挨在牆壁上休息時，一個阿拉伯人突然衝上前來，把她的無名小指砍去。那阿拉伯人跑開整整一秒鐘，我姑姑才意識到自己的小指不見了。你們說好不好笑？嘿嘿嘿嘿嘿！」他這樣笑了好一陣子。「珍，我剛才告訴狄恩和索爾我姑姑在卡兹巴的事。」

「我聽見了。」珍從廚房裡回話。那是個暖和可愛的早晨，大片大片漂亮的白雲在我們頭頂掠過，這些河谷浮雲用最具體的方式讓你感覺到美國南方的廣大，尒牛顯得活力十足。「我有跟你們說過戴爾爸爸的事嗎？他是你能見過最怪胎的人。他得了麻痺性痴呆，這種病侵蝕了他的大腦，讓他不需要爲自己想出來的古怪念頭負責。他在德州有一棟房子，有一次，他請了一些木匠，夜以繼日趕工，爲房子加蓋側廳。但一天半夜，他突然從床上跳起來，對那些木匠說：『我不要把這個該死的側廳蓋在這邊，你們把它蓋到另一邊去。』於是，木匠只得把已經蓋得差不多的側廳拆下來，換個地方重新再蓋。又有一天，這老頭突然感到生活無聊厭煩，就跳上車，以一百六十公里的時速，朝緬因州絕塵而去，沿路五六百公里都翻飛著從貨車後面飛出來的雞毛[20]。在德州一個城鎮，他就爲了要買一些威士忌，驟然把車停在大馬路的中央，四方八面的車都向他按喇叭。他匆匆忙忙從雜貨店跑出來，罵道：『你鑾（們）這些戈（該）死的黃（王）八蛋，你鑾（們）都是狗囊（娘）養的。』他有點口齒不清；誰得了麻痺性痴呆，都會冂旗不清，不，我是說口齒不清。有一天晚上，他把車開到康乃迪克州我家，按喇叭喊我出來：『我帶你到德州去看戴爾。』他是從緬因州過來的，他說他在緬因州買了一棟房子。我在大學時代以他爲主角寫過一篇小說。小說描寫一艘船發生了船難，落水的乘客紛紛攀住一艘救生艇的艇沿，但老頭子卻站在救生艇上，用船槳敲打每一個人的手指，喊說：『滾開，你鑾這些戈死的黃八蛋，這是我的轉（船）！』眞是個恐怖的瘋老頭。

有關他的故事，多得說不完。說說看，今天是不是很美好的一天。」

確實如此，陣陣輕柔無比的微風從河堤處向我們吹拂，單是這些微風，就不枉我們此行。我們陪公牛進屋去量度他準備要放置新架子的那面牆壁的寬度，他帶我們到飯廳去看一張他自己親手造的飯桌，桌面的木頭厚達十五公分。他把瘦長的臉湊近我們說：「這木桌可以用上一千年！」說罷，就「砰」一掌重擊在桌面上。

每天黃昏，公牛都坐在這張餐桌前吃飯，吃剩的骨頭則扔給貓吃，他一共有七隻貓。「我喜愛貓，特別是那些我把牠們放到浴缸去時會尖叫的貓。」他堅持要立刻示範給我們看，但浴室這時有人在用。「沒辦法了，」公牛說，「只好下次再示範。我最近和隔壁鄰居處於戰爭狀態。」他隔壁鄰居是個大家庭，他們那些野小孩常常會隔著籬笆，向多娣和小賴伊扔石頭，有時甚至會向公牛扔。有一次，公牛叫他們住手，但一個老頭隨即從屋子裡衝了出來，用葡萄牙語破口大罵。公牛跑回屋裡，拿出一桿獵槍來，有點猶豫地作勢瞄準，我想，當時那個葡萄牙老頭，一定是以爲自己碰上了從夢魘裡跑出來的惡煞。

我們在院子中間逛，想找些什麼做做，公牛正在沿他與那家惡鄰居的邊界興建一道圍籬。不過這是不可能完成的，因爲工程太浩大了。公牛用手去推蓋好部分的籬笆，向我們誇示它有多堅固。突然間，公牛臉上露出了疲容，安靜了下來，走回屋裡去，他是要到浴室去注射中午份的補給品，從浴室出來後，他平靜地坐在他那張專屬椅子上。「欸，你們何不試用一下我自製的生命力積聚器？它會讓你們每根骨頭都變得活力十足，每次用過生命力積聚器，我都會跳起來，以一百五十公里的時速，直奔距離最近的一家妓院。呵呵呵！」（公牛沒有在笑而又想表示他在笑的時候，就會發出這種「呵呵呵」的聲音）。所謂的生命力積聚器是一個大箱子，由兩層木頭夾著一層金屬製成，裡面再放入一張椅子。公牛相信，人坐在這個箱子裡，可以從大氣裡吸收到比平常多的「生命力」。根據奧地利精神病醫師威廉．瑞奇的理論，生命力是一種在大氣中振動的粒子，是生命的原動力，人們會罹患癌症，就是因爲生命力粒子流失掉的緣故。公牛相信，生命力積聚器的有機成分愈高，效果就愈好，所以他把一些樹枝和樹葉綁在箱了裡面。他喜歡在晚上脫光衣服，坐到箱子裡，讓他的肚臍晒晒月光。「索爾，吃過午餐後，讓我們到格雷提那的地下投注站玩兩把吧。」午飯後，他躺在椅子上打盹，氣槍放在大腿上，小賴伊抱著他脖子，睡在他懷裡。父與子：好一幅溫馨的畫面。不過，在公牛精力旺盛的時候，就恐怕不會看到這樣的畫面了。打盹打到一半，公牛突然醒了過來，瞪著我看，他花了一分鐘才認出我是誰。「你到西岸去是要幹麼？」說罷，又立刻睡著了。

下午，公牛開著他的破「雪佛蘭」，載我到格雷提那去賭馬，就我和他兩個。狄恩的「赫德森」低矮而流線型，公牛的「雪佛蘭」高而吱嘎作響，它看起來就像是一九一〇年的貨色。那地下投注站位於河岸區的一家酒吧附近，進入後門以後，就是一個極大的大堂，牆壁上貼著各場賽馬的排位和賠率。很多路易士安那長相的傢伙在大堂裡晃來晃去，人手一本《馬訊》，公牛和我買了啤酒，也閒晃了起來。他不經意走到一臺角子老虎前面，把一個五角硬幣塞進了投幣孔。角子老虎上的四格圖案開始轉動，第一格、第二格、第三格都停在大滿貫的圖案，第四格眼見就要也停在大滿貫的圖案，但上下晃動了一下以後就退回到「櫻桃」的圖案，毫釐之差，煮熟的一百美元——或更多——就從公牛眼前飛走了。[21]「幹！」公牛罵道，「現在你看到啦，這些玩意兒都給人動過手腳。我明明可以拿到大滿貫的，這機器偏偏給我縮回去！好吧，你決定好要押哪匹馬沒有？」我們翻開《馬訊》來看。我沒有賭馬已經有好些年，所以對現在的馬名感到很陌生。不過，有一匹叫「大寶寶」的馬卻讓我陷入一陣恍惚，這名字讓我想起我父親。[22]過去，我經常和父親一道賭馬。我還沒把這件事情說出口，公牛就說：「我看我們可以押『海盜船』。」「但『大寶寶』讓我想起我爸爸。」我最後還是說了。

我這話讓公牛沉思了一秒鐘，在這一秒鐘裡，他清澈的藍眼直通通地瞪著我，讓我不知道他在想什麼或身在何方。不過，他最後還是決定押「海盜船」。結果，「大寶寶」跑了第一，賠率是一賠五十。

「幹，我就知道！」公牛說，「我以前也碰到過這種事。唉，我們要什麼時候才會學乖！」

「你指什麼？」

「我指『大寶寶』這件事。剛才你獲得了一個靈啓，老弟，一個靈啓。只有該死的白痴才會不把靈啓當一回事。你知道嗎，『大寶寶』的名字會讓你聯想起你老爸，很可能就是你老爸——他以前也是個賭馬人——給你的一個訊息，因爲他知道『大寶寶』會贏。我有一個住在密蘇里的侄兒，有一次把注押在一匹名字讓他想起母親的馬，結果贏了大錢，沒想到同樣的事情會在這個下午重演。」他搖了搖頭。「唉，我們走吧。我不會再跟你搭檔賭馬了，靈啓這種東西會讓我分心。」在回家的路上，他又對我說：「人們有朝一日一定會明白，我們跟已逝的人和另一個世界——不管那是什麼樣的——其實可以聯絡上的。只要我們能發揮足夠強大的精神力，就有辦法預知接下來幾百年會發生的事，也因此可以採取因應之道，避免各色各樣的災難。一個人死的時候，他的大腦會經歷一種轉化，那到底是怎麼樣的轉化，我們目前還不清楚，但只要科學家願意研究，事情總有水落石出的一天，問題是這些王八蛋一天到晚只關心怎樣才能把地球炸成碎片。」

回家後，公牛又把這番論調對珍說了一遍。她擤了一下鼻子，說：「聽起來愚蠢可笑。」

公牛沒有答腔，逕自到浴室去注射他的下午茶。

狄恩和艾德在大路上打籃球，用的是多娣的球，籃框則以一個釘在燈柱上的桶子代替。我加入他們，打了一會兒籃球之後，我們又玩了一些體能遊戲。狄恩的體能好得讓我驚服。狄恩要我和艾德各拿著一根鐵竿子的一端，擺在齊腰高的位置，然後他站在竿子前，兩腳併排，一縮腿就跳了過去。「再拿高一點。」他吩咐。於是，我們把鐵竿提到齊胸高的位置，狄恩竟然又輕輕鬆鬆就跳了過去。接下來，他又玩跳遠，得到的成績是六公尺，他和我沿著大路賽跑，我跑步的本領不弱，十秒五可以跑完一百公尺，但他一下子就領先了我，像一陣風一樣往前衝去。突然間，我彷彿看到一個一輩子都在這樣往前衝的狄恩：他的臉死死地盯著前方，兩條手臂不停上下擺動，額上汗水涔涔而下。他一面跑一面喊：「老哥，加油，加油，你跟得上我的！」但事實上，沒有人可以跟得上他。這時，公牛從屋子走出來，手上拿著兩把小刀，他想示範給我們看，如果在暗巷裡遇上持刀歹徒時，要怎樣才能把對方的刀給搶過來。不過，我先示範我的辦法給他看：快速臥倒，用腳踝向前一掃，然後一拍對方的手，再把對方的手腕攥得緊緊的，公牛說我做得很好。接下來，他向我們示範了幾下柔道的把式。多娣把媽媽叫到門廊上，對她說：「看看那個傻蛋。」多娣是那麼活潑的一個小可愛，以致狄恩捨不得把視線從她身上挪開。

「哇啊，看看她那雙可愛的小眼，我眞迫不及待想看到她長大的模樣。」狄恩不停從齒縫間發出嘖嘖嘖的聲音。

有一天，我、狄恩、瑪莉露和艾德夫妻五個人在紐奧良去溜達。經過調車場的時候，狄恩的神經病又發作了，他想要把他的一切本領秀給我們看。「讓我來教教你們怎樣當個火車司機！」他和我和艾德跑過鐵軌，從三個不同的點跳上一列貨運火車。瑪莉露和蓋拉蒂亞留在汽車中等候。火車開了半公里後進入碼頭，我們向轉轍工和司旗員猛揮手，他們比給我們看跳下一列行進中火車的方法：先一隻腳著地，然後順著火車的去勢，轉過身，再讓另 隻腳著地。跳下火車後，那些轉轍工帶我們去參觀冷藏車廂，又告訴我們，冬天想搭免費火車，最好是挑這種車廂，因爲它們往往是空的。「記得我跟你說過，我小時候有一次從新墨西哥攀火車一直攀到洛杉磯嗎？」狄恩說，「就是剛才那樣攀法……」

我們一個小時後回去找瑪莉露和蓋拉蒂亞，她們等得快瘋掉了。艾德和蓋拉蒂亞決定要留在紐奧良這裡，租個房間，找份工作，這對公牛來說是個喜訊，因爲他對我們這票占領他家的暴民已經受夠了。（原初，他的邀約只是對我一個人而發。）在狄恩和瑪莉露所住的那個前房間裡，一地都是果醬、咖啡漬和安非他命的空罐子。更糟的是，那房間原來是公牛的工作室，有狄恩和瑪莉露在，使他造一個架子的計畫遲遲無法付諸實行，而可憐的珍，也被整天蹦蹦跳跳的狄恩搞得精神衰弱。現在，只等我的退伍軍人教育津貼金支票一寄到（我姑姑已經把它寄出），我們三個——狄恩、瑪莉露和我——就可以再度上路了。我對於這麼快就要離開公牛的漂亮房子，感到依依不捨，但精力無處發洩的狄恩卻已準備好隨時啓程。

離別的時刻終於到了，那是個傷感的薄暮天。珍、多娣、小賴伊、公牛、艾德和蓋拉蒂亞圍在車窗旁邊，和我們互道再見。留在紐奧良的這最後一段日子，公牛和狄恩因錢鬧得不愉快：狄恩想向公牛借點錢，被一口拒絕。其實，上一回狄恩到休士頓找公牛的時候，他們就已經有過小摩擦。狄恩這個人就是有本領把朋友慢慢得罪光。但此時坐在車內的他，卻一臉不在乎的樣子，只管咯咯傻笑。他揉了揉褲襠上的鈕扣蓋口，又把一根手指伸到瑪莉露的裙子下面，慢慢移動。「甜心，我知道而妳也知道的是，我們的關係終於變得那樣的甜蜜無間，已非任何形而上的抽象概念所可以界定，也不是妳硬拗或翻舊帳所能否定……」他這樣說個沒完。接著，車子轟的一聲，再次直奔加州。

8

當你看著一群朋友在你車後逐漸變遠變小，最後像黑點一樣散開的時候，你會是什麼樣的心情？我們腳下的大地實在太大了，讓我們不得不各散東西，不過我沒有太多時間去傷感，因爲另一趟瘋狂之旅正迎著我們而來。

我們穿過阿爾吉爾燈光黯淡和燠熱的街道，回到渡輪上，向停在河對岸裹滿爛泥和歪七扭八的舊船而去，然後再回到運河街，出奧爾良。在紫黑的夜色中，我們沿一條兩線的高速公路向巴吞魯日（Baton Rouge）疾駛，到巴吞魯日後折而向西，在一個叫外星人港（Alien Port）㉓的地方又一次渡過了密西西比河，迷濛中可以看到河裡的雨滴與岸邊玫瑰，我們在黃色霧燈的照明下，繞著環形車道轉了一圈，突然瞧見大橋底下的巨大黑色河流，再度於此穿越永恆。密西西比河究竟是什麼？是雨夜裡沖刷下的大泥團，是密蘇里河岸輕輕的撲通聲，是在永恆河床上消融，然後駕著潮流奔騰，激起許多棕色泡沫，經過無數溪谷、樹木、堤岸的旅程，一直往下，經過孟菲斯、格林維爾、尤朵拉、維克斯堡、納奇茲、阿利安港、奧爾良港、三角洲港、波塔什、威尼斯、黑夜裡的巨大墨西哥海灣，然後出海。

收音機裡播放著靈異節目，一個廣告招牌在車窗外掠過，上面寫著「請使用庫柏牌油漆」斗大幾個字，我說：「好，我會用的。」我們在伸手不見五指的夜色中疾馳過路易斯安那的平原地區，途經尤尼斯（Eunice）、金達（Kinder）、德昆西（DeQuincy）——我們愈接近賽賓河（the Sabine），這些搖搖欲墜的西部城鎮就愈像沼澤地，我們在古老的奧帕盧瑟斯（Opelousas）暫停下來採購，我去買麵包和乳酪，狄恩去加油和買油。我到了一家雜貨店，那不過是間木棚屋，沒有人在看店，但我聽得見一家人在店後頭吃飯聊天的聲音。我等了一分鐘，見裡面的人還在說話，便拿了麵包和乳酪，溜之大吉。我不得不幹這種事，因爲我們手頭上的錢，僅僅夠我們維持到舊金山。與此同時，狄恩則在加油站裡順手牽羊了一條香菸。所以，在我們重新上路時，補給品——汽油、油、香菸、食物——是滿滿的，不知情的加油工還爲我們指路。

行經斯塔克斯（Starks）附近時，我們看到前方天際泛起一片紅紅火光，沒多久我們就知道，原來是公路旁邊的森林後方起火，很多駕駛都把車子停在高速公路上，探頭觀看。火災極可能是有人炸魚引起的，但也可能是別的原因。等我們從杜威維爾（Deweyville）附近路過時，天色開始暗下來，四周的景色也變得怪異，突然間，我們開入了一個沼澤區。

「老哥，想想看，如果這個沼澤區裡有間爵士樂酒吧，裡面有人在彈奏藍調，又有烈酒供應的話，會是怎樣一種光景？」

「那就美呆了！」

四周瀰漫著一股神祕迷離的氣氛，我們行駛在一條高起的土路上，兩旁都是沼澤，路的邊坡上爬滿藤蔓，一個幽靈般的人物出現在前方，是個穿著白襯衫的黑人，他兩手伸向天空，邊走路，嘴巴裡唸唸有詞，不是在禱告就是在詛咒某個人，不一會我們就從他身邊越過，我從後擋風玻璃端詳他。「哇！」狄恩說，「小心！在這個地方，我們最好不要停下來。」但沒多久，我們就碰上一個分岔路口，由於不知道該選擇哪一條路，只好把車暫時停下來。狄恩把車頭燈關掉，我們被一個龐大的藤本植物森林重重包圍，甚至幾乎可以聽見上百萬條銅斑蛇的滑動聲，汽車內外一片漆黑，唯一看得見的，只是儀表板上紅色的安培按鈕，瑪莉露害怕得尖叫起來，我和狄恩故意發出一些怪笑聲去嚇她，但其實，我們自己也是毛毛的，我們巴不得可以盡快離開這個蛇穴、這片泥濘的漆黑，回到我們熟悉的美國大地和牛仔城鎮，空氣中混雜著汽油味與死水的味道，這是一頁我們讀不懂的夜之手稿。一隻貓頭鷹在呱呱怪叫。最後，我們決定碰碰運氣，選擇了其中一條土路。沒多久，我們就渡過了混濁邪惡的賓河，也就是剛才我們行經那片沼澤地的始作俑者。突然間，一片巨大的燈光結構在我們前頭出現。「德州！是德州！是德州的煉油城博蒙特（Beaumont）！」博蒙特由巨大的儲油槽和精煉廠構成，全鎮都瀰漫在一片汽油味裡。

「太棒了，我們終於走出那個鬼地方了」瑪莉露說，「讓我們再找些靈異節目來聽聽吧。」

開出博蒙特以後，我們在利伯蒂（Liberty）越過了特令尼提河（Trinity），就直往休士頓馳去，狄恩開始談起一九四七年他在休士頓的往事。「哈賽！那個瘋哈賽！我到處找他，卻始終沒找著，上一次在德州這裡的時候，他老是給我們惹麻煩。有一次，我們和公牛一起進城，要到雜貨商店去買些東西——其中一個任務就是要幫珍買冰塊，因爲她廚房裡有些食物快要壞了，沒想到，我們買完東西出來，卻不見了哈賽的人影。老哥，你是知道哈賽這個人的，他只要遇上另一個像他一樣的瘋貓子，就會把一切拋到九霄雲外。」這時我們車子正在進入休士頓。「哈賽失蹤後，我們只好留在城裡，一個挨一個毒窟去挖他。我們找他找了兩天，晚上就夜宿旅館，我一邊找他，一邊留意有沒有漂亮的馬子，結果讓我在超級市場裡發現了一個很漂亮的女啞巴，她有點瘋瘋癲癲的，我看到她的時候，她正想偷個橙，她對我咿咿啊啊，我便把她帶回到旅館去。她來自懷俄明，眞的也只有她那個白痴腦袋瓜，才足以跟她的漂亮胴體匹配。公牛當時喝醉了，一心想把這個墨西哥小妞兒也灌醉。卡洛吸了海洛因，正在寫詩。到了午夜，我們終於發現哈賽，原來他一直睡在車子的後座，他說他吃了五顆安眠藥。我們買的冰塊早就全融化了，如果我的記憶力夠好，我眞恨不得把我們碰到過的每件事情的細節告訴你們。唉，只可惜時間不夠了。萬事萬物都會照顧好自己的，即使我閉起眼睛，這輛車子照樣會照顧好自己。」

凌晨四點的休士頓街頭一片空空蕩蕩。突然間，一輛摩托車呼嘯而過。摩托車騎士穿著一件綴滿亮晶晶鈕扣的黑夾克，一個女郎抱在他身後，長髮飄逸，正在唱歌：「休士頓，奧斯汀，瓦司堡，達拉斯——時而是堪薩斯市——時而是古老的安東尼，啊哈哈！」摩托車瞬間就消失在我們視線之外。「哇噻，去挖那個唱歌的小妞！讓我們來個大合唱！」狄恩試著追趕上去，但沒有成功。「我們幾個死黨，可以聚在一起，沒有誤會、沒有摩擦、沒有爭執，一起消磨時間，一起挖路上每一個可愛有趣的人，眞是太爽太爽啦！嗯，沒時間了，沒時間了！」狄恩全心全意駕駛著車子前進。

雖然狄恩精力無窮，但過休士頓以後，他也累了，由我接手駕駛，雨這個時候開始下了起來，我們在廣大的德州平原上奔馳。狄恩對我說：「你開啊開，不管你怎樣開，一天 夜以後，你會發現自己仍然在德州境內。」雨愈下愈大，我駛入了一個小鎮，街上全是爛泥，開著開著，我竟然發現自己開到了一條死巷的盡頭。「欸，現在要怎麼辦？」我問。但狄恩沒有回答，他和瑪莉露都睡死了。我掉轉車頭，在鎮裡緩緩行駛，鎮上沒有半個人，也沒有一絲燈光。突然間，一個穿著雨衣、騎著馬的人出現在我的車頭燈前面，是個警長。他頭上那頂牛仔帽，被如注的大雨打得垮垮的。「奧斯汀往哪個方向走？」我問。他很有禮貌地告訴我答案。在鎮外的公路上，突然有兩道車頭燈光向我迎面射來，我想糟了，我一定是開錯邊了！我趕忙把方向盤往右打，但卻發現車子開到了泥濘上，於是立刻倒退回公路上，但剛才的兩道車頭燈仍直直的向我逼近過來。在最後一秒鐘，我意識到開錯邊的人不是我，而是對方。我趕緊一打方向盤，以五十公里的時速，再次把車子鏟向公路外面的泥地上去——謝天謝地，泥地是平的，沒有溝渠！那輛迎我開來的車在大雨中停下。車上坐著四個面無表情的田工，一望而知是剛剛才從田裡喝得爛醉回來，他們全穿著白襯衫，褐色的手臂全都是髒兮兮的，他們坐在車裡，不發一語地看著我，那個駕駛醉得像個死人。終於，他開口了：「往休士頓是哪個方向？」

我用拇指指了指我後方。突然間，我像晴天霹靂一樣恍然大悟：這幾個田工逆向行駛，爲的是逼我停下來，好向我問路！他們離開後，我重新發動引擎，卻發現車子已經被近三十公分厚的泥淖所陷住，我不禁在德州荒野無邊無際的雨夜中長嘆。

「狄恩，」我說，「醒一醒。」

「什麼事？」

「車子陷在泥裡了。」

「爲什麼會這樣？」

我說了緣由，他氣得直跳腳。我們換上舊鞋子和運動衣，冒著滂沱大雨，走出車外。我用背抵住車後的保險桿，用力把車子往上抬，狄恩則卯足了勁，要把鐵鍊箍到輪胎上，不到一分鐘，車輪就濺得我們滿身是泥，我們叫醒瑪莉露，要她負責踩油門。車子在泥淖中不斷咆哮掙扎。突然間，車子一躍而起，向側打滑，往路中央甩過去，幸好被瑪莉露及時煞住。把車子弄出泥淖這件事，足足花了我們三十分鐘，我們全身溼透，狼狽不堪。

我裹著爛泥漿大睡，醒來時，身上的泥漿都已凝結成塊。我們所在地點是高原區上的弗雷德里克斯堡（Fredericksburg）附近，車窗外在飄雪。後來才知道，我們碰上了德州和西部歷史上最寒冷的冬天（連舊金山和洛杉磯都下雪了）。我們苦不堪言，只恨自己爲什麼不和艾德在一起留在紐奧良。狄恩還在睡，開車的人是瑪莉露，她一隻手握著方向盤，另一隻手則伸到後座來撫摸我，柔情地向我許下些到達舊金山後的承諾，我可憐地對此垂涎三尺。十點的時候，我接過方向盤——狄恩要睡好幾個小時——在長滿灌木的雪地和崎嶇的鼠尾草山丘開了好幾百公里枯燥乏味的路，不時都可以看到些戴著棒球帽和耳罩的牛仔正在牧牛。每隔一段距離，就可以看到一些煙囪上冒著煙的舒適小房子，我多麼希望自己能被邀請進去，就著壁爐邊喝酪乳，吃豆子！

在索洛拉（Sonora），我又一次順手牽羊，趁一個店東在店的另一頭跟人說話的機會，拿走了一些免費的麵包和乳酪。知道這件事情以後，狄恩立刻三呼萬歲，他快餓扁了（我們的錢所餘無幾，所以原本已不打算花錢買食物）。狄恩看著一個個在斜斜的大街上閒晃的牧場主說：「他們每一個都是百萬富翁，有上千頭的牛，有雇工，有房產，銀行裡有存款，如果我住在這一帶的話，我一定要當一隻長耳大野兔，躲在鼠尾草叢裡嚙樹枝，搞不好會給我碰上個漂亮的女牛仔呢。嘻嘻嘻嘻嘻！對啦，我想到了——」他突然往自己頭上打了一拳，「就是這樣，好主意！」我們再也聽不懂他在說些什麼了，從索洛拉到艾爾巴索（El Paso）的八百公里，都由狄恩駕駛，他只停下來過一次，那是在奧桑納（Ozone）附近，他脫下身上所有衣服，一絲不掛地跑入一片鼠尾草之中，在裡面又叫又跳了好一會兒，來往車輛速度都很快，所以看不到他，瘋過以後，他快步跑回車子裡來。「索爾、瑪莉露，現在，我希望你們做像我一樣的事：把身上的累贅統統脫下來，現在還穿著衣服有什麼意義呢？快把衣服脫下來，讓你們漂亮的小肚肚晒晒太陽。快！」西部的太陽就在我們正前方，陽光從擋風玻璃直接射入車內。「讓你們的肚肚迎向陽光，快點。」瑪莉露照做了，而我，既然不是什麼保守派，也自然不會覺得有什麼大不了。瑪莉露拿出她的冷霜，鬧著玩地在我們皮膚上塗塗抹抹，三不五時，都會有一輛大卡車從我們旁邊經過。不過，通常它們在快超過我們的一剎那，都會突然減速，退到我們後面去，大平原在我們兩邊不斷展開，觸目所及都是鼠尾草，雪已經退盡了，沒多久，我們開到了岩石都是橘色的佩科斯峽谷。我們下了車，去察看一個古老的印第安廢墟。狄恩還是赤身裸體，而我和瑪莉露則穿上外衣，有些開車路過的觀光客看到了狄恩的樣子，但都不敢相信自己的眼睛。

在凡霍恩（Van Horn）附近，狄恩把車停了下來，和瑪莉露做愛，而我則在後座睡覺。醒來時，車子正沿著格蘭德河谷（Rio Grande Valley）往下走。瑪莉露爬到後座來，我則爬到前座去。在我左手邊，格蘭德河谷的另一頭，是一片泥紅色的山脈，那是墨西哥的邊界山脈，也是塔拉烏馬拉人（Tarahumare）的土地，柔和的暮色在山峰上嬉戲。在我們正前方的極目遠處，艾爾巴索和胡亞雷斯（Juárez）的燈火隱約可見，格蘭德河谷實在太寬太廣了，以致有些時候，你甚至可以同時看到開向四方八面的火車，似乎這就是世界之谷，我們向下駛入其中。

「德州的克林特到了！」狄恩說。他剛剛把收音機調到了克林特電臺，每隔十五分鐘，電臺就會播出一張唱片，其餘時間則一律是播一個高中的函授課程。「這個電臺全西部都接收得到，」狄恩興奮地說，「老哥，我在感化院的日夜都聽這個電臺，透過把你做的好作業郵寄或傳眞給電臺，就可以獲得高中文憑——當然是要通過了考試才會有。就我所知，沒有一個西部的年輕牧人沒有讀過這個課程的。不管你是在科羅拉多的斯特靈（Sterling），還是懷俄明的盧斯克（Lusk），只要打開收音機，都可以聽得到『嗨，這裡是德州的克林特電臺！』這句話。

不過，這電臺的音樂節目卻可以算是美國播音史上最爛的一個，播來播去都是些西部鄉村音樂和墨西哥音樂。不過，誰都拿它沒輒，克林特電臺能放送出很強大的電波，把整個西部捆綁在一起。」我們看到，在克林特的房屋群之上，豎立著一根很高的天線。「老哥，這個電臺實在勾起我太多太多的回憶了。」狄恩高喊，眼淚都幾乎要掉下來了，我們在入夜駛入艾爾巴索，我們全身上下不名一文，如果不想辦法弄點錢來加油，休想到得了舊金山。

我們各種方法都試了，打電話給旅行社，但那天晚上沒有人要去西部，旅行社是個可以找人分攤油錢的地方，這在西部是合法的，有些鬼祟的人會帶著破舊的行李箱在那裡等。我們又去了灰狗巴士總站，想說服那些要搭巴士到西岸的人，改乘我們的車子，不過，我們太靦腆了，根本不敢啓齒。外頭冷得要命，我們只能在巴士總站裡發愁。一個大學生模樣的小夥子色瞇瞇地瞄瑪莉露，又裝出一副若無其事的樣子，狄恩和我商量要不要讓瑪莉露幫我們賺點旅費，但最後還是決定作罷，我們不是皮條兄，幹不來這樣的事。不過，倒是有一個瘋小子主動跟我們搭訕，他才剛從感化院釋放出來。「來嘛，老哥，讓我們找個傢伙，敲碎他的頭，再把他身上的錢拿走。」他向狄恩建議。

「誰怕誰！」狄恩說罷，就跟他匆匆而去。開始的時候我有點擔心，怕狄恩眞的會幹出什麼傻事，不過事實他們並沒有去行搶，而只是在艾爾巴索的街頭溜達找樂子，我和瑪莉露在車裡等候狄恩時，她伸手把我抱住。

「露露，到舊金山的時候還不遲嘛。」

「我可不管，反正狄恩遲早要離開我的。」

「妳打算什麼時候回丹佛？」

「我不曉得。我到哪裡都不在意，我可以和你一道回東部去嗎？」

「那我們得先在舊金山弄些錢。」

「我可以幫你在一家快餐店找到工作，你當櫃檯服務生，我當女侍，我認識一家可以簽帳的旅館，我們可以住在那裡。唉，我覺得很沮喪！」

「妳爲什麼會覺得沮喪呢？」

「每件事情都讓我覺得沮喪。媽的，我只願狄恩不是像現在那樣。」

狄恩一下子就回來了，咯咯笑地跳進了車裡。

「那傢伙眞是個瘋貓子，我認識上千個像他一樣的傢伙，他們都像是一個模子裡做出來的，他們的大腦都像發條裝置一樣，千篇一律。哎喲，沒時間了，沒時間了……」他身體弓向方向盤，一踩油門，車子就往城外絕塵而去。「我們一定會載得到乘客的，我有預感。好吧，衝啊，衝啊！哇，當心！」他猛轉方向盤，才及時閃過一輛汽車。河對岸是胡亞雷斯城寶般的燈火，以及濟華花州（Chihuahua）那片冷清的土地和璀璨的星空。瑪莉露用眼角凝視著狄恩，看她那憂怨的臉色，彷彿是想要把狄恩的頭切下來，藏在儲物櫃裡。她對他那令人驚嘆的自我，他那種狂暴、傲慢、瘋狂，既佩服又怨恨，既有溫柔的溺愛，但也夾雜令我害怕的險惡嫉妒，她知道她的這種愛永遠不會開花結果，因爲當她看著他那下顎突出、骨瘦如柴的臉，看著他那種男性的自我封閉和心不在焉時，她知道他太瘋了。狄恩一直都認爲瑪莉露是個蕩婦，又對我說過，她是個病態的騙人精。不過，從瑪莉露凝視狄恩的眼神，我卻看得出來，她是深愛著他的，當狄恩注意到瑪莉露在注視他時，就會轉過臉面向她，露出誇張虛假的調情笑容，睫毛顫動，牙齒雪白如珍珠，其實在上一刻，他還沉浸在永恆的夢境中。然後我和瑪莉露都笑了，而狄恩卻沒有絲毫不安的表示，只是挺著一個傻乎乎的歡快的笑容，彷彿在對我們說：我們這一路下來不是快活得很嗎？的確也是。

出艾爾巴索以後，我們在漆黑中看到路邊站著個瑟縮的人影，向我們伸出攔車的大拇指，狄恩把車倒退，在他旁邊停下。「你身上有多少錢，小夥子？」他一文錢也沒有，他年約十七歲，臉色蒼白，沒有帶行李。「上車吧，小夥子，我們會載你一程。」他賺到了。他告訴我們，他姑姑在加州的圖萊里（Tulare）開雜貨店，如果我們把他載到圖萊里，他會向姑姑要一些錢給我們。這番話讓狄恩笑彎了肚子。「對，對，對，我們每個人都有個姑姑！」

他喊道，「好吧，走吧，讓我們來看看這一路上的所有叔叔、姑姑和雜貨店去吧！」小夥子告訴我們，他正在回家途中，他家在俄勒岡。他是從阿拉巴馬一路搭便車搭到艾爾巴索這附近來的，我們問他，他在阿拉巴馬幹些什麼。

「我是去找我叔叔。他先前說可以幫我在木材工廠裡找到工作。但這件事情吹了，所以我就回家去。」

「回家去，回家去，」狄恩說，「沒問題，我們就送你回家。我們最遠甚至可以把你送到舊金山去啊！」問題是我們現在一貧如洗，要怎樣到舊金山去呢？我突然想到，也許我可以從一個住在土孫的老朋友那裡借到點錢，他名叫霍爾．欣厄姆。聽了這個，狄恩二話不說就全速向土孫前進。

我們在深夜穿過新墨西哥州的拉斯克魯塞斯，在黎明時抵達亞利桑那州。我從沉睡中醒來，發現每個人都睡得像豬一樣熟。車子停在了某個地方，至於是什麼地方，則只有天曉得，因爲車窗完全被霧氣所遮住，我走出車外，發現原來我們置身在群山之中。初升的太陽，冷爽的空氣，紅色的山巒，山谷裡翡翠般的牧草地，晨露，再加上幻變不定的金色雲彩——哇，我們來到了人間仙境，該輪到我來駕駛了。我把狄恩和搭便車的小夥子推到一旁，自己坐上駕駛座。開下山的沿途，我都踩住離合器，好讓汽油的消耗量減到最低，用這種方式，我把車一路開到亞利桑那的本森（Benson）。途中我突然想起，我身上有一個價值四美元的懷錶，那是我哥哥洛可前些時送我的生日禮物，在本森的加油站，我問加油工哪裡有當鋪，原來隔壁就有一家，當鋪還沒開門，我硬是敲門把裡面一個人挖了起來，把懷錶當了一美元，但這個錢隨即轉到了加油工的手中。現在，我們有足夠的汽油可以開到土孫去了。就在我要把車子開出加油站的時候，一個高大、帶槍的騎警突然走過來，說要看我的駕照。「後座的人有駕照。」我說。狄恩和瑪莉露相擁睡在後座，身上蓋著一條毯子，警察叫狄恩下車。忽然間，不知道爲什麼，那騎警拔出手槍，指著狄恩，喝道：「把手舉起來！」

「警官大人，」狄恩用最柔和和最引人發噱的聲音說，「我不過是要扣好我旗竿的蓋子罷了。」[24]連那騎警也差點沒笑了出來。狄恩下車以後，揉了揉肚子，就彎下身到車廂裡找證件，找了許久才找到。所有證件都是有效的。條子又把我們車尾的行李箱檢查了一遍。

「不過是例行性的檢查罷了，」那條子露出個大笑容對我們說，「你們可以走了，本森是一個不賴的城鎮，你們不妨在這裡吃頓早餐，感受一下。」

「好好好。」狄恩懶得理他，敷衍了一句就把車開走了，我們全都鬆了一口氣。警察對那些開著新車卻又需要拿錶去典當的人，總是疑心重重。「他們總想爲難你，」狄恩說：「不過，比起維吉尼亞那個臭條子，這個要強多了。這些王八蛋整天幻想逮捕到什麼大罪犯，讓自己的名字可以登上報紙頭條，每輛經過的車子，都被他們想像成來自芝加哥的犯罪集團。他們是因爲閒得發慌，才會整天胡思亂想。」

土孫位於長滿漂亮牧豆樹的河床地帶，旁邊高踞著白雪皚皚的加泰尼那山脈（Catalinarange）。城裡正進行著一項重大建設工程，路上每一個人都行色匆匆、一副趕著去辦什麼大事的模樣，整體來說，土孫很像一個加州的城市。通向欣厄姆家那條洛威爾堡路蜿蜒通過一片河床沙漠地帶，到達欣厄姆家的時候，看見他正好在院子裡沉思。欣厄姆是個作家，他來土孫，爲的是找個安靜的環境寫作。他和太太、小寶寶住在一間小小的土磚屋裡，那是他的印第安人繼父爲他蓋的。他媽媽住在與土磚屋隔著院子對望的一棟房子。欣厄姆媽媽是個容易興奮的人，興趣是收集陶器、珠子項鍊和書本，欣厄姆早就從與紐約朋友的書信往返中，聽過狄恩這號人物。我們看到他的時候，他身穿一件舊運動衫，正在沙漠的清新空氣中抽菸斗，欣厄姆媽媽邀我們到廚房去用餐，爲我們煮了一大鍋麵條。

飯後，欣厄姆帶我們到一家位於十字路口的烈酒商店，用一張支票兌換了五美元，然後把錢交給我。

我們的話別非常簡短。「我猜你們的旅途一定會很有趣。」欣厄姆一面說，一面望向遠處。他的眼神越過樹木、越過黃沙，停在極遠處一家酒吧的紅色霓虹燈招牌上。每當欣厄姆寫作寫悶了，就會到這家酒吧透透氣，他覺得很寂寞，有回紐約去的念頭。從車後擋風玻璃看著他的身影變遠變小，我感到一種離愁，就像我在紐約和紐奧良所感受過的一樣，這些目送我們遠去的人在回家後都做些什麼呢？當然是睡覺，只有我們這群愚蠢的傢伙繼續在趕路。

9

出土孫以後，我們又多載了一個人，是個來自加州貝克斯菲爾德的奧基[25]。「我是個音樂家，來亞利桑那這裡，是爲了加入強尼．麥考的鼠尾草樂團，我在旅行社找到輛便車，從貝克斯菲爾德一直坐到這裡，而我的吉他則托給另一輛貨車運送。結果呢，我人來到了亞利桑那，吉他卻沒有來，開貨車那兩個牛仔把我的吉他給偷走了，眞是他妹的。如果你們肯載我回貝克斯菲爾德的話，我會從我兄弟那兒拿錢給你們，你們想要多少？」我們只想要夠從貝克斯菲爾德到舊金山的油錢，大約是三美元，目前我們手邊已經有五美元。「妳好，女士。」上車看到瑪莉露的時候，他以指尖觸帽爲禮。

午夜時分，我們在一條俯覽得到棕櫚泉（Palm Springs）的山路上疾馳。破曉時分，我們沿著積雪的山路，費力向木哈未（Mojave）攀爬，木哈未是偉大的特哈查比山口（Tehachapi Pass）的大門。那個奧基醒來後，給我們講了很多逗趣的事情，讓小阿佛列忍俊不禁。奧基說他認識一個男的，遭老婆槍擊，但他原諒了她，把她從監獄中保釋出來。結果呢？結果他挨了第二次槍擊。奧基講這個的時候，我們正途經一座女子監獄。舉頭仰望，可以看得見特哈查比山口的起點，這時，狄恩接過方向盤，一踩油門，就把我們帶到了世界的最頂峰。過了一家位於峽谷裡的巨大水泥工廠之後，路就轉為下坡。狄恩放掉油門，踩住離合器，順勢而下，繞過一個個U形的彎道和超過一輛輛在我們前面的汽車。我把扶手抓得緊緊。他超車的時候不聲不響，靠的純粹是衝力。他對這個最夠看的山口的韻律和節奏瞭如指掌，當車子要左彎的時候，狄恩就會整個身體側向左，而當車子要右彎的時候，他就會整個身體側向右，我和瑪莉露受到感染，也會跟著他一起把身體側左或側右。就這樣，我們像是騰雲駕霧一般，下到了聖華金河谷（San Joaquin Valley）。聖華金河谷長約兩公里，堪稱是加州的地板，從我們所坐的空中飛盒俯瞰，蒼翠而壯觀，從山口頂端一路下到河谷，連續五十公里，狄恩都沒用上一滴汽油。

忽然間，貝克斯菲爾德就像是從天而降似的，出現在我們眼前，令我們興奮莫名。一到城市邊緣，狄恩就迫不及待要把他在這裡經歷過的每件事、接觸過的每個人，統統告訴我們。

他指給我們看他住過的出租公寓和鐵路旅館，他泡過的撞球室，他跳下火車過的鐵路側線，他用餐過的中國餐館，他與女孩約會坐過的公園長凳。即使只是他無所事事閒晃過的街角，他都非指給我們看不可。狄恩的加州狂野、汗流浹背、重要，是孤獨的人、流亡的人和古怪的情人像像鳥一樣聚集的所在，每個人不知怎地看起來都像是破敗、英俊、頹廢的電影演員。「老哥，看到雜貨店前面那張椅子沒有？我在那上面一共坐過好幾小時呢！」他的記憶力好得出奇：每一局皮納克爾[26]，每一個女人，每一個憂鬱的夜，沒有一樣是他不記得的。突然間，我發現我們正經過那個我和泰妮待過一晚的調車場。還記得那天晚上，我和她坐在月色下，喝酒聊天到午夜。我想告訴狄恩這件事，但他太興奮了，根本沒有我插嘴的餘地。「你們看看那裡，我和艾德在那裡喝了一早上的啤酒，想把一個漂亮透頂的女侍小妞灌醉，她來自沃森鎮——不，來自特雷西才對，對，是特雷西沒錯——名字叫艾絲。」瑪莉露默不作聲，她正在盤算著到達舊金山之後的計畫。阿佛列說，到達圖萊里以後，他姑姑會給我們不少錢。

我們按著那個奧基的指示，把車開到他兄弟位於城外的住處。我們停在一間爬滿薔薇的棚屋前面，當時是中午。奧基老哥下了車，進屋去和幾個女人竊竊私語，過了十五分鐘都沒有出來。「我開始在想，這傢伙搞不好比我們還要窮，」狄恩說，「我們又多一個累贅了。我看，自他逃過這次家以後，他家裡不會再有人給他一個子兒。」那奧基出來的時候，一臉侷促不安的樣子。接下來，他又把我們帶到鎮上去。

「我兄弟這時候偏偏不在家裡，眞他妹的！」他向我們扔出試探的氣球，他大概覺得自己是我們的囚犯。最後，他把我們帶到了一家很大的麵包烤焙廠門外。過了一會兒，奧基跟他兄弟一起從烤焙廠裡走出來，兄弟身穿著一件連身工作服，顯然是烤焙廠的貨車修理工。他們談了幾分鐘，我們在車上等，他給每個親戚都講了他的冒險故事和丟了吉他的事。不過他好歹弄到了錢，交給我們，夠我們到舊金山了，我們謝過他，就再度上路。

下一站是圖萊里。我們轟隆著爬上山谷，一路上，我都躺在後座，累得快要癱瘓。下午時分，當我正在打盹的時候，竟然模模糊糊看到賽賓洛城外我和泰妮住過一段時間的那個帳篷營地，在車窗外掠過，狄恩僵硬地對方向盤弓著身子，狠狠地推操縱桿。到達圖萊里的時候，我還在夢中，把我搖醒的人是狄恩，他對我說了一件匪夷所思的事。「索爾，快起來，我們找到阿佛列姑姑開的雜貨店了！但你知道發生了什麼事嗎？他姑姑把丈夫給射殺了，正在坐牢，雜貨店也關門大吉了。我們一文錢也拿不到。竟會有這樣巧的事，和那個奧基告訴我們的故事一模一樣。這種糾紛眞是無處不在。」我看見阿佛列在咬手指甲。我們在馬特拉(Medera)把他放下車，因爲自此而下，我們的行進方向就要和俄勒岡背道而馳了。我們祝他好運，可以順順利利回到俄勒岡。他說，這是他坐過最棒的一趟順風車。

從馬特拉開到奧克蘭前面的丘陵區，感覺不過是幾分鐘的事情。驀地，我們就從一個高處，遠眺到白色傳奇之城舊金山。「哇噻，我們辦到啦！」狄恩喊道，「辦到了，剛剛好夠汽油！沒辦法再前進一步了，因爲現在前面只有水、沒有陸地了。現在，瑪莉露，甜心，妳給我聽好，下車後妳立刻帶索爾去找一家旅館，開個房間住下來。等明天早上我把卡蜜兒的事情搞定和到法國佬那裡拿回我的鐵路手錶以後，就會馬上來找你們。索爾，我要你做的第一件事情就是買份報紙，看看哪裡有工作。」我們從奧克蘭灣區大橋入城，市中心的辦公大樓燈火通明，讓人不期然想起山姆．史培德[27]。我們在奧法雷爾大街一下車，就立刻深呼吸和舒展四肢。感覺上，我們像是經歷了長途海上航行、剛回到陸地的旅人，微陡的街道讓我們有點站不穩，空氣中浮動著唐人街炒雜碎的味道，我們把行李統統拿下，疊在行人道上。

我們還沒來得及反應過來，狄恩一聲「拜拜」，就一溜煙把車開走了，他急著去看卡蜜兒。我和瑪莉露像兩個傻瓜一樣，愣愣地望著車子絕塵而去。「你看到他這個人有多混帳沒有？」瑪莉露說，「只要他高興，哪怕是在冰天雪地裡，都可以隨時丟下你不管。」

「我知道。」我說，我轉頭往東方望去，嘆了口氣，我們沒有一毛錢，錢都在狄恩身上。「我們要睡哪裡？」我問。我們拖著大包小包的行李，在狹窄的街道上漫無目的地往前走。路上每個人看起來都像個過氣的小明星，舉目望去，盡是些特技演員、小型賽車手、花花公子、皮條客、男妓、妓女、男按摩師、男門僮樣子的人物。老天，一個人要怎樣在像這樣的一群人中間討生活啊？

10

幸而瑪莉露曾在這些人中間混跡過，在離油水區[28]沒多遠的地點，有一家她相熟的旅館，答應讓我們用簽帳的方式住宿。住的問題總算解決了，但吃的問題還沒解決，我們當天吃到第一頓飯，是在午夜。瑪莉露帶我到一間旅館，找一個她相熟的夜總會女歌手。女歌手正在燙衣服，她放下燙斗，給我們熱了一罐豆子豬肉，我望向窗外閃爍的霓紅燈，心想：狄恩現在在哪裡呢？他爲什麼置我們於不顧？我對他的信心動搖了。我在舊金山逗留了一星期——我一輩子中最落魄的一星期。瑪莉露和我爲了借些飯錢，走了一公里又一公里的路，她甚至帶我到密遜街一間下等旅館，找一些她略有認識的水手借錢，他們都喝得醉醺醺，錢沒給我們，只給了我們一些威士忌。

我和瑪莉露在旅館同住了兩天。我明白到，她還跟著我，不是因爲對我有意思，只不過是想透過我，再有與狄恩接上線的機會。在旅館裡，我們通宵聊天，我告訴她我做過的一些夢。我告訴她，有一條巨大無比的蛇，就像躲在蘋果裡的蛆一樣，正潛藏在地球的深處，有朝一日，牠會破土而出，在大平原上趄趄前進。（牠在地面上所隆出來的那個大土堆，日後會被稱爲「巨蟒丘」。）這條蛇的身體全部伸展開來，有一千公里那麼長，凡牠行經的地點，一切都會被吞噬無餘，告訴瑪莉露，這條蛇就是撒旦，「接下來會怎樣？」她尖叫著問，抱我抱得緊緊的。

「一個名叫薩克斯醫生的聖者會用一種有魔力的藥草把蛇殺死。眼下他正在美國某處的一個地下室裡熬製這種藥草，一旦巨蛇死掉，大群大群精液顏色的灰鴿子就會自蛇體內飛出，把和平帶到世界每一個角落。」我已經被飢餓弄得神志不清了。

瑪莉露在第三個晚上失去了蹤影，她告訴我她要去找一個朋友，對方是一間夜總會的女東主，她跟我約好，要我到拉金街和吉利街的街角等她。但當她從對街那棟豪華的公寓大樓走出來時，身邊除去一個女性朋友以外，還有個油頭粉面的老頭。瑪莉露雖然看到我，卻不跟我打招呼，我終於認清她的眞面目了：她是個娼婦。她踩著碎步，登上一輛「凱迪拉克」，走了。現在我既沒有錢，也沒有伴，什麼都沒有。

我到處瞎逛，從街上撿菸屁股抽。行經市場街一家炸薯條店時，我注意到，裡面那個老闆娘用很駭人的眼光看著我；她顯然以爲我是個持槍歹徒，正準備搶劫她的店。走了幾公尺以後，我突然意識到，剛才那個女人，其實是我兩百年前住在英國的母親，而我則是她強梁的兒子，我這一次回來，是準備把她在廉價餐館裡辛辛苦苦工作賺來的錢吸乾。我停下了腳步，感覺身體因爲忘形出神而變得僵硬，我向街上望去，但已經不確定這裡到底是市場街還是紐奧良的運河街了。離這條街不遠就是大海，就像紐約的第二十四街一樣，在這種地方，你永遠搞不清楚自己置身何處，我想到了時報廣場上那個艾德的遊魂，我變得神智昏亂。我很想往回走，走到剛才那家店前面，再看看我那個古怪的、狄更斯式的母親，我從頭到腳都感覺刺痛。我的頭裡漲著滿坑滿谷的記憶，而其中時間最早的一組記憶，可以回溯至一七五〇年的英國。這讓我明白到，現在人在舊金山的我，不過是另一輩子、另一個軀體內的我罷了。「不要，」我聽見剛才那個老闆娘帶著駭人的眼神對我說，「不要回來，回來剝削你忠實、勤奮的母親。你不再像是我的兒子，也不再像是你父親的兒子，即我第一任丈夫的兒子。這裡有個仁慈的希臘人憐憫我。（炸薯條店的老闆是個滿手臂毛的希臘人）你不是個好東西，只知酗酒鬧事、胡作非爲，最後甚至連我工作賺來的血汗錢也想掠奪。我兒啊我兒，你有沒有心肝啊，你有沒有想過要跪下來，爲你的所有罪愆與無恥行徑懺悔呢？迷途的孩子啊，你走吧！不要再來糾纏我、困擾我，我早已把你從記憶中抹去，何必把舊的傷口掀開呢，就當是你從來沒有回來過，沒到店裡來窺探過我吧，我兒啊我兒！」這讓我想起我與公牛一起賭馬時，因大寶寶而引起的靈啓。才一瞬間，我就進入了一種我嚮往已久的出神境界，我感覺自己沿著時間軸往回走，回到時間還沒有起始以前，那是一個無邊無際的虛空，無數天使在這裡游進游出，強大而不可思議的光線從「心」放射而出，處處散落著一片片的蓮花地。我可以聽得見一種難以名狀的隆隆巨響，但卻不是透過我的耳朵，那甚至不是一種聲音。我意識到，我已經死過無數次，又投胎活過了無數次，但我卻不記得每一輩子的情形，因爲由生到死和由死到生的過程都快得無以復加，就像是變魔術一樣，睡了醒、醒了睡，睡睡醒醒一百萬次一樣。我知道，會讓這種生死相續不已的，只是「心」的作用，它會像風一樣，在一片清澈如鏡的水面上，掀起陣陣漣漪。我感到無比喜悅，就像剛剛打了一針特大號的海洛因，也像是在下午咕嚕嚕地喝下一大瓶的葡萄酒，我的腳很刺痛，我本以爲，只要再踏出一步，我就會倒下、死去，但我並沒有死，我走了六公里的路，回到旅館去。沿途我撿了十個長長的菸屁股，回旅館後，我拆出菸絲，放到菸斗裡吸。我太年輕了，年輕得難以明瞭剛才所發生的一切的含義。我站在窗戶前，聞著整個舊金山各種食物的氣息，從一些賣海鮮的地方傳來陣陣香氣，讓人覺得，就連它們的菜單，只要蘸著熱肉湯吃，都是人間美味。啊，把盛小麵包的籃子給我吧，我會一口把它吞到肚子裡去！我還聞到厚片烤牛肉的味道，紅酒烤雞的味道、在架上烤得滋滋響的漢堡的味道、只要五分錢一杯的咖啡的味道。各式各樣的氣味在我的鼻腔裡互別苗頭：唐人街的炒雜碎、北海岸的肉醬義大利麵、漁人碼頭的軟殼蟹、菲爾摩爾街的烤肋排。加上市場街的辣醬豆子、熱狗，加上埃巴卡德羅大道的炸薯條，加上索薩力托的蒸蛤，就是我整個的舊金山夢境。如果說還漏掉什麼的話，那就是催人飢餓的霧、搏動的霓虹燈、高跟鞋的咯咯聲、中國商店櫥窗裡的白鴿子……。

11

當狄恩最後認定我是個值得挽救的朋友而回過頭來找我的時候，我就是處於上述的意識狀態，他把我帶回卡蜜兒家裡。「瑪莉露在哪裡，老哥？」狄恩問我。

「那個婊子跑掉了。」接觸過瑪莉露之後再接觸到卡蜜兒，讓我有如釋重負之感。卡蜜兒是個有教養、有禮貌的年輕女性，她還記得狄恩寄她的十八美元，是我的錢，我休養了好幾天。卡蜜兒的公寓位於自由街，從起居室的窗戶裡，可以看得見一整個在夜裡紅紅綠綠的舊金山，在我逗留他家的那段時間，狄恩找了一份他平生最可笑的職業：推銷吸塵器。這工作需要他在客戶家的廚房進行產品示範，他的銷售員師傅給了他一大堆樣品和小冊子。工作的第一天，狄恩表現出無窮無盡的精力，我載著他到城裡各處去赴約，這工作的一個竅門是，盡量想辦法爭取到別人的邀宴，然後在席上出其不意地展示你的產品。「老哥，」狄恩興奮的對我說，「這份工作，比我跟著席奈幹過那份還要瘋，席奈從前在奧克蘭賣百科全書，沒有人能抗拒他的推銷。他善於演說，肢體語言一大堆，懂得什麼時候該笑，什麼時候該哭。有一次，我們走進一戶正要出殯的人家，席奈跪下來爲死者禱告，聲淚俱下，把在場所有人都逗哭了，結果他賣出了一整套的百科全書。他是我所見過最瘋的瘋子，我很納悶他現在跑哪裡去了。我們以前常常趁隔壁家的老爸老媽不在，跑去找他們那對漂亮的姊妹花女兒，在廚房裡成其好事。今天中午，我向一個漂亮透頂的家庭主婦推銷吸塵器，一雙手就圍在她腰間做產品示範。哇，太正點啦！」

「以這種幹勁繼續下去，狄恩，」我說，「說不定有一天你會成爲舊金山市長！」每天傍晚，他都會在我和卡蜜兒面前進行產品示範的練習。

有一天破曉，我看見他全身赤裸，站在窗前俯視整個舊金山——那神氣，活像個認定自己有朝一日會成爲舊金山市長的人。但狄恩的熱忱並沒能維持多久。有一個下雨的午後，他的銷售員師傅來找他，想看看他進展如何，狄恩懶洋洋地癱在沙發上。看到一堆原封不動的吸塵器樣品，推銷員先生問他：「你眞有試著過去推銷它們嗎？」

「沒有，」狄恩回答說，「我找到另一份工作了。」

「很好，但你要拿這些樣品怎麼辦呢？」

「我不知道。」在一陣死寂以後，推銷員先生抱著所有吸塵器走了，我對一切都感到煩了、膩了，狄恩也是。

但有一個晚上，我們的瘋勁又突然回來了，我們跑到一家小夜總會去聽「瘦子」蓋拉德的演奏。蓋拉德是個瘦高的黑人，有一雙大而憂鬱的眼睛，他最愛說的話就是「沒問題呼呼」和「來一杯波本威士忌如何呼呼」㉙。臺下聚著一大群年輕的準知識分子，熱烈地聆聽他演奏鋼琴、吉他和邦戈鼓。等他暖夠身，他就會脫掉襯衫和汗衫，準備大幹一場。只要腦子裡想到什麼，他就會說什麼、做什麼，他喜歡在唱著「水泥攪拌器呀攪啊攪，一坨，一坨」這樣輕快的歌曲時，突然把節奏慢下來，又用指尖輕敲在邦戈鼓上：他敲得極輕極輕，彷彿他不是在敲鼓，而只是以指尖摸過鼓皮。每個人都伸長脖子，凝神靜聽。你也許會以為，他這樣敲頂多是敲個一分鐘上下，錯了，他可以一敲就是一個小時，每一次的敲擊聲都比前一次輕，愈來愈輕、愈來愈輕，直到你完全聽不見鼓聲，而只聽見從大門處傳進來的汽車行駛聲為止。之後，他會站起來，拿起麥克風說：「太棒了呼呼……帥呆了呼呼……哈囉呼呼……波本威士忌呼呼……坐在第一排的小夥子和你們的女朋友相處得好嗎呼呼……呼呼……咄咕……呼呼嚕嚕……」像這樣無厘頭的話，他可以一說就是十五分鐘，聲音愈來愈柔、愈來愈細，直至你完全聽不見爲止，與此同時，他憂鬱的大眼睛會不斷掃視臺下的聽衆。

狄恩站在「瘦子」身後，不斷說：「上帝！對，他是上帝！」他雙手互握成禱告的手勢，汗流個不停。蓋拉德坐在鋼琴前面，敲了兩個音，是兩個C調，然後再兩個，然後一個，然後又是兩個。這時，那個高大魁梧的貝斯手才如夢初醒般意識到，「瘦子」要彈的是《C調即興藍調》，立刻把大拇指猛按在弦線上，於是，一波又一波的急鏗勁弦隨即開始，而大夥也隨著節奏快速擺動了起來，但「瘦子」看起來卻憂鬱如昔。這樣演奏了大約半小時，「瘦子」彈紅了眼，把一個邦戈鼓一把抓過來，用力敲擊快速的古巴節奏，並用西班牙語、阿拉伯語、祕魯方言和埃及語大吼大叫——反正他懂得全世界的每一種語言。一節的演奏過去後（一節的時間是兩小時），蓋拉德站了起來，走近一根柱子，頭斜靠在上面。有人把一杯波本威士忌送到他手上，他接過杯子，說道：「啊，眞棒，是波本威士忌呼呼！謝謝呼呼……」沒有人知道他現在的心思飛到了哪裡。狄恩做過一個夢，他夢見自己懷了一個小孩，大腹便便躺在加州一家醫院一棵大樹下，四周草地上圍坐著一群黑人，「瘦子」蓋拉德是其中之一。狄恩用憂怨的眼神瞅他時，他說：「哈，我們搞定了呼呼。」現在，狄恩正向「瘦子」走去，那戰戰兢兢的樣子就像走向上帝，在狄恩心中，「瘦子」就是上帝。狄恩向「瘦子」鞠了個躬，邀他與我們坐下來喝兩杯聊聊。「瘦子」說：「沒問題呼呼。」，「瘦子」從不會拒絕任何人的邀約，只是他不保證，和你聊天的時候不會心不在焉。狄恩要了一張桌子，點了酒，然後一動不動坐在「瘦子」對面，「瘦子」每說一次「呼呼」，他就會接一句「正點」。我坐在一旁，看著這兩個瘋子，心想說不定他們的相遇，會爆發出什麼驚天動地的火花來，但卻什麼也沒有發生，對蓋拉德來說，整個世界就是一個大「呼呼」。

同一個晚上，我們又到了菲爾莫爾街和吉利街交界的酒館去聽蘭普沙的演唱，吉爾里．蘭普沙是個高大的黑人，在舊金山的各間音樂酒館遊走演唱。他身穿大衣、頭戴帽子，頸披圍巾，一躍而上舞臺就開始演唱起來，唱歌的時候，他額上會暴出血管，拚命把身體往後仰，用盡靈魂的每一寸肌肉，把一曲霧號般的藍調傾瀉出來：「何必指望死後上天堂，何不以胡椒博士始，以威士忌終。」他在臺上扮鬼臉、扭動肢體，無所不用其極。下臺之後，他走到我們桌子前面，探身向我們說了句「正點！」，就磕磕絆絆走出大門，到別家酒吧演唱去了。繼他之後上場的康尼．佐敦也是大瘋子一個，他唱歌的時候不但手舞足蹈，到後來甚至會把自己身上的汗撥向聽眾，舉腳在麥克風上面掃過，並像女人一樣高聲尖叫。深夜的時候，如果你到「奮遜」夜總會，就會看到他面前放著一杯酒，一副氣力用盡的樣了，坐在那裡聽又狂又野的爵士樂演奏。他的眼睛睜得又圓又大，兩肩鬆垮垮的，茫然地看著前方，我從來沒有見過那麼野的音樂家，舊金山的每一個人都是激情高竿的樂手。這裡是美洲的盡頭，但卻沒有人在乎。我就這樣和狄恩在舊金山到處打混，等我下一張退伍軍人教育津貼金支票寄來。

我在舊金山可謂一事無成。卡蜜兒希望我離開，而狄恩則不置可否，我買了一些麵包和肉，做成十份三明治，打算在再一次橫跨美國大地時充飢之用。（結果這些三明治只夠我吃到達科塔州。）

我留在舊金山的最後一個晚上，狄恩又發瘋了。他在市中心區的某個地方找到了瑪莉露，然後我們三人一道，坐上車，到舊金山灣彼岸的里士滿，泡遍每一家黑人爵士樂酒吧。在一家酒吧裡，瑪莉露剛要坐下時，一個黑傢伙從她後面抽走了椅子。在廁所裡，有女同志跟她搭訕，我在男廁所也碰到同樣遭遇，狄恩興奮得滿身大汗，是該結束的時候了，我想抽身了。

破曉時分，我跟狄恩和瑪莉露道過再見，就坐上一輛開往紐約的長途巴士，他們想要我分一些三明治給他們吃，我說不行。那是陰沉的一刻，我們彼此都心想，此後大概不會有再見面的機會，而我們也不在乎。

譯註

① 「挖」（dig）這個字是狄恩的口頭禪，是透過觀察或交談去探索和揭露。例如，挖某個人即觀察他、與他交談，探知他的爲人和思想感受。挖某個地方就是觀察某地方的人情景物，以深入這個地方的狀態。

② 哈特・克萊恩（Hart Crane; 1899-1932）：美國詩人，一生只出過《白色的建築物》（*White Building*）和《橋》（*The Bridge*）兩本詩集。一九三二年，他在從墨西哥回國途中投海自殺。

③ 狄恩會在這個脈絡提到尼采，是因爲尼采曾大聲疾呼「上帝死了」。

④ 側線：連接在主鐵軌旁邊的一小段鐵軌，供會車時其中一列列車等待之用。

⑤ 華盛頓交流道的限速一般是二十英里（三十二公里），而加州的交流道則是三十英里（四十八公里）。狄恩只超速十來公里，本來可罰可不罰，但警察因爲討厭加州人的囂張氣焰，故意開他罰單。

⑥ 大致的意思是體驗和探索生活。

⑦ 喬治・謝林（George Shearing; 1919-2011）：英裔美籍爵士樂鋼琴家暨作曲家。

⑧ 指上帝發怒的日子就要到了，這是仿《聖經》的口吻，意謂狄恩一夥受懲罰的時候快到了。

⑨ 哈林區（Harlem）：紐約市一個黑人居住區。

⑩ 佐特套裝（zoot suit）：一種流行於四〇年代的服裝，上衣肩寬而長，褲子高腰，褲口狹窄。

⑪ 這個「他所從來之處」可能是指女體。

⑫ 地下儲熱岩：熱力不會衰竭的地下岩塊。狄恩用地下儲熱岩來比喻自己是個精力無窮和性慾無窮的人。

⑬ 法國小說家。

⑭ 《托拉》（*Torah*）：猶太教全部聖經的總稱。

⑮ 泰斯塔曼（Testament）的原意是聖約，即神與人立的約：《聖經．新舊約》的「約」字，就是指此；所羅門也是《聖經》中的人物。

⑯ 亞拉巴馬州城市，極接近佛羅里達。

⑰ 連接兩節火車廂的裝置。

⑱ 「不必爲沒有事憂慮！」（Don't worry about *nothing!*），這是「不必爲任何事憂慮！」（Don't worry about *anything!*）的俏皮說法。

⑲ 位於蒙大拿，爲密西西比河源頭。

⑳ 表示貨車後面載滿雞。

㉑ 拉到四張大滿貫圖案，角子老虎裡的全部硬幣就會吐出來。

㉒ Big Pop（大寶寶）的Pop在美語裡也有老爸的意思。

㉓ 這港的眞正名字是愛倫港（Allen Port）。作者戲稱之爲外星人港，可能是要表示其怪異。

㉔ 這裡狄恩是說他要扣好褲襠的扣子（當時的褲子不流行用拉鍊）。「旗桿竿」，指的可能是下體。狄恩動手扣褲襠時，由於身體在毛毯裡，手碰到的部位又鼓鼓的，騎警誤以爲他想拔槍，才會喝令他舉手。

㉕ 奧基（Okie）：美俚，指流動性的田工。

㉖ 皮納克爾（Pinochle）：一種牌戲。

㉗ 偵探小說中的偵探角色。

㉘ 油水區（Tenderloin）：美俚，指城市中奢靡繁華、警察可以大撈油水的區。

㉙ 蓋拉德喜歡在每句說話的末尾加上orooni這個音節。這是個無具體意義的音節，中文無法找到對應的語詞，權譯之爲「呼呼」。

THE BEAT GENERATION

第三部

第三部
PART THREE

1

一九四九年春天，我靠從退伍軍人教育津貼金省下來的錢，前往丹佛，打算定居下來，我預期自己會成為一個在美國中部開家落戶的族祖。但到達丹佛後，我感覺很寂寞，因為一個朋友也不在：貝貝．羅林斯不在，賴伊．羅林斯不在，提姆．格雷不在，貝蒂．格雷不在，羅蘭．梅耶不在，蔡德．金恩不在，狄恩．莫里亞提不在，卡洛．麥克斯不在、羅伊．約翰遜不在，湯米．史納克也不在。我在水果批發市場找到了一份工作，工餘時間，就在柯蒂斯街和拉里馬街晃蕩。雇我的人，就是一九四七年雇過我一次而被我放鴿子的老闆。這份工，是我有史以來幹過最粗重的活。一度，我和幾個日本小夥子得一道，用雙手把一整個火車廂的水果卸下來，然後用手推車搬運到三十公尺外，這手推車，你每猛拉它一下，它就會移動一公分。每次，我從冷凍車廂的結冰地板把裝西瓜的板條箱拖到烈日下面時，也會大打噴嚏，唉，老天爺，我是何苦來哉？

我喜歡在暮靄中散步，我覺得自己像是憂鬱的紅色地球的表面的一顆小斑點，行經溫莎旅館時，我一如往昔地東張西望，想尋找那個素未謀面的錫匠。溫莎旅館就是狄恩和他父親在三〇年代經濟大蕭條時代的住處，你要麼會在像蒙大拿那樣的地方看到樣子像你父親的人，要麼會在一個人去樓空的地方空盼著你朋友的父親出現。

天色漸漸轉爲淡紫，我全身上下每一根肌肉都覺得痠痛。我走到了第七街和威爾頓街的交界，這裡是丹佛的黑人區，我眞希望自己是個黑人，因爲白人世界沒有一件事物是可以讓我狂喜忘形地迷醉在其中，白人世界沒有足夠的生活，沒有足夠的歡樂，沒有足夠的音樂，也沒有足夠的夜。我在一家小棚屋前買了些熱辣辣的辣味肉醬，一面吃，一面繼續在黝黑神祕的街道上遊蕩，我但願自己是個丹佛的墨西哥人，甚至是個貧窮、過勞的日本人——什麼都可以，只要不是枯燥乏味的「白人」就行，我一輩子都揹負著白人的目標和志向，而這也是爲什麼連泰妮這樣的好女孩我也不惜遺棄的原因。我走過一棟棟墨西哥人和黑人的房子，從幽暗的門廊上，會傳來輕柔的談話聲，偶爾也會出現一雙女孩的腿，從薔薇棚架後面，隱約可以看到一些黑臉孔男人的五官，一些小孩子坐在老舊的搖搖椅上，神情儼如古代的聖人。一群深膚色的婦人打我旁邊經過，其中一個較年輕的脫隊跑過來和我打招呼：「嗨，喬！」等看清楚我不是喬，她漲紅著臉，趕緊跑回同夥之中，但願我就是喬，只可惜我不是什麼喬，而只不過是索爾．帕拉代斯——憂愁地在紫黑色的夜裡閒蕩的索爾．帕拉代斯。在這個甜美得讓人難以承受的夜，我只願和那些快樂、單純、狂喜的黑人互換彼此的世界。這些襤褸的街區讓我憶起狄恩和瑪莉露，他們從小就對這一帶再熟稔也不過。啊，我多渴望可以在這裡看到他們！

在第二十三街和威爾頓街交會處，有一場壘球賽正在泛光燈的照明下進行著。觀衆人人情緒高昂，每一次打擊，都會引起一陣熱烈騷動。球場裡的小選手各色人種都有：白人，黃種人、墨西哥人、黑人、印第安人，每個都極其認眞在比賽。雖然說是選手，他們不過是穿了制服的小孩子罷了，在我當運動員的全部生涯中，從未像他們這樣，能在晚上，在燈下，在家人、女朋友、左鄰右舍面前比賽過。我所參加的，都是些板著臉、你死我活的重大賽事，沒有童眞的、人味的歡樂可言。現在要挽回已經遲了，坐我旁邊的是個黑人老頭，他顯然每天晚上都會來觀看比賽，在他旁邊，坐著一個白人老乞丐。再過去是一個墨西哥家庭，然後是一些男孩和一些女孩，這個晚上的燈光何其憂鬱！其中一個投手長得就像狄恩，一個在觀看比賽的漂亮金髮女郎長得很像瑪莉露，這是個典型的丹佛之夜，而我則要死了。

我來丹佛，我來丹佛

唯死我尋

在球場的對街，一個個黑人家庭坐在前臺階上聊天和觀看滿天星斗，有時則看看球場這邊的情況。馬路上車來車往，遇到紅燈就會在路口處停下來，空氣中充滿興奮的氣息，躍動著眞正的歡樂，你完全聞不到一絲失望喪志或所謂「白人的憂愁」之類的氣息。坐我旁邊的黑老頭從外衣口袋掏出一罐啤酒，仰頭喝了起來，白老頭嫉妒地看著黑老頭手上的啤酒，一隻手摸摸自己口袋，看來是想看看自己夠不夠錢也買一罐。我眞的受不了了，我要掛了！我趕緊站起來離開。

我去找一個我認識的有錢女孩，第二天早上，她從絲襪裡抽出一張一百美元大鈔對我說：「你一直說想到舊金山，如果眞是這樣，這錢給你，好好玩吧。」這一百美元解決了我所有問題，在旅行社，我找到了一輛到舊金山去的便車，車資是十一美元。

兩個駕駛不諱言他們是皮條客，後座除我以外，還有另外兩個乘客，所以坐起來有點擠。我們穿過白瑟德山口（Berthoud Pass），下到塔伯納許（Tabernash）、臺布爾森（Troublesome）、克雷姆靈（Kremmling），又從兔耳山口（Rabbit Ears Pass），下到斯廷博特斯普林斯（Steamboat Springs），接下來是八十多公里七彎八拐的滾滾黃沙路，然後是克雷格和美國大沙漠。車子行經科羅拉多州和猶他州的邊界時，上帝化身爲一朵金燦燦的巨雲，在天空中向我顯現，祂彷彿用手指指著我說：「繼續前進吧，你正走在通往天堂的路上。」不過，讓我更感興趣的是一個可樂攤子附近覆蓋著帆布的舊馬車和撞球桌，那裡還有一些茅廬，屋外插著隨狂風招展的旗子，上面寫著「響尾蛇比爾住在此」或「掉光牙的安妮棲身在此多年」之類的話。在鹽湖城，兩個皮條客跟他們的姑娘溫存了一下以後，就繼續上路。我還沒來得及反應，傳奇之城舊金山就再一次在眼前展開，迤邐在午夜的海灣對岸。一下了車，我就直往狄恩的住處奔去，他現在和卡蜜兒住在一棟小平房。我迫不及待想知道他的近況和思想感受，現在，我已是過河卒子，沒有後路了。天塌下來我也不在乎，沒有什麼事情攔阻得了我，我敲他大門的時間是凌晨兩點。

2

狄恩一絲不掛地開門，看來，除非是總統大駕光臨，他不會願意穿上衣服應門，他喜歡以赤裸裸的方式迎接世界。「索爾！」他的聲音中流露出由衷的佩服。「沒想到你眞的做到了。你果然來了！」

「對，」我說，「我快要解體了。你這邊情況怎樣？」

「不太好，不太好。我有一百萬件事情要跟你談。索爾，你來得正是時候。進來吧。」

我的到來，似乎有如一個邪惡天使降臨在一個白壁無瑕的家，因爲我才在廚房坐下，和狄恩沒談上幾句，樓上就傳來陣陣哭聲，卡蜜兒已經預感到接下來會發生什麼事，狄恩已經沉寂了好幾個月，現在邪惡天使既然找上門，他的瘋勁自然又要發作了。「卡蜜兒是怎樣了？」我輕聲問。

「她情形愈來愈糟啦，老哥，整天哭鬧，不准我去聽『瘦子』．蓋拉德的演奏。只要我晚歸，她就大吵大鬧，一連幾天不跟我說話，只管罵我是畜生。」稍後，狄恩上樓去安撫卡蜜兒，但只聽到她大哭大叫：「你是騙子！你是騙子！你是騙子！」我趁這個空檔仔細打量狄恩的房子。這是一棟歪斜、搖搖晃晃的兩層木造建築，就位在俄羅斯丘頂上，可以遠眺舊金山灣，二樓有三個房間，樓下是起居室和一個大廚房。廚房後頭有個儲藏室，狄恩那雙裹了三公分厚爛泥巴的破鞋子——就是他在休士頓城外把「赫德森」弄出泥淖時穿的那雙——至今還收藏在儲藏室內。至於那輛「赫德森」，則早已被汽車公司拖走了，因爲狄恩根本付不出貸款，他現在是個無車之人。卡蜜兒已懷了第二個小寶寶，她從樓上傳來的哭聲很淒厲，讓人毛骨悚然。我和狄恩因爲受不了她的哭聲而跑到外頭，買了些啤酒回來，躲在廚房裡喝。最後，卡蜜兒終於安靜了下來，也許是睡著了，又也許只是在黑暗中張大眼睛，茫然地瞪著天花板，我不知道她爲什麼會變成這個樣子，但說不定就是給狄恩搞瘋的。

自我上次離開舊金山以後，狄恩又跟瑪莉露糾纏了在一塊。他像中了邪一樣，窺探瑪莉露的生活好幾個月，他從瑪莉露住處的郵箱縫隙①偷看到，每天早上她床上都睡著不同的水手，他還在城裡到處跟蹤她，他想找到她是個娼婦的鐵證，因爲他深愛著她。狄恩又告訴我，有一天，他因爲誤吸過量的劣質大麻而陷於昏迷。

「抽了這大麻的第一天，」他說，「我直挺挺躺在床上，身體硬得像木板，動都不能動一下，也無法說話，我只能睜大雙眼，直直望著天花板，我聽到我的頭傳出嗡嗡嗡的聲音，還看到各種五顏六色、很奇妙的幻象。第二天，一切一切盡皆湧現在我腦海，所有我做過的、知道的、讀過的、聽過的、猜測過的事，統統呈現在我眼前，不過，這一次它們是以一種完全不同於以往的邏輯排列，這些幻象持續了兩天。到了第三天，我忽然對一切都恍然大悟，而我對我的人生，也有了一個完全不同的決定：我明白了我是愛瑪莉露的，明白了我必須把父親找到，救他，明白了你是我眞正的死黨，卡洛也是，我明白了一千個地方一千個人的一千件事，我開始產生一連串夢魘，它們恐怖到了極點，我只能雙手抱膝，口裡發出『啊，啊，啊，啊，啊』的聲音。卡蜜兒當時不在家，她和孩子到親戚家去了，鄰居聽到我的呻吟聲，非常擔心，爲我叫來一位醫生。他們進屋後，發現我躺在床上，兩隻手向左右伸得長長的。索爾，你知道嗎，我還拿這大麻去給瑪莉露試過呢。你知道結果怎樣？她看到了和我一樣的東西，經歷了和我完全一樣的體驗，在痛苦與夢魘中明白了所有眞理。接著我突然發現，我太愛她了，愛到恨不得把她殺死的地步。我跑回家用頭撞牆，然後我又跑去找艾德——他和蓋拉蒂亞已經搬回來了——問他要了一個傢伙的地址，我知道那傢伙有把槍。我拿到了槍，便立刻跑到瑪莉露的住處，我從郵箱縫隙看到她正在和一個傢伙睡覺，我有點猶豫，便先離開，一小時候再回頭，我破門而入，當時只有她一個人在。我把槍遞給她，要她把我射殺。她握住手槍好一會兒都沒有動靜，我求她給我甜美的一槍，但她卻不願意。我告訴她，我們兩個之中，今天有一個非死不可，但她卻不同意，我再把頭撞到牆上。老哥，我想我眞是瘋了。不信，你可以問問瑪莉露。」

「之後又發生了什麼事？」

「你離開後的幾個月，她嫁給了一個中古車車商。那狗娘養的說，如果他再看到我，就會把我宰掉。必要時，出於自衛，我會不惜把他殺死，這樣，我就會被送進聖昆丁監獄。索爾，你知道的，只要再犯一次事，不管是什麼樣的事，我都會萬劫不復，被送到監獄裡，終結餘生。看到我這隻可憐的手沒有？」他舉起一隻手給我看。來到狄恩家以後，我因爲一直處於亢奮狀態，竟沒注意到他有一隻手綁著繃帶。「二月二十六口傍晚六點——嚴格來說是六點十分——我朝瑪莉露的額頭打了一拳，那是我們最後一次見面和最後一次談判。不過，我沒有眞正打下去，我的拳頭只有輕輕從她前額掠過，她不但毫髮無傷，甚至哈哈大笑起來，受傷的人反倒是我自己：我的大拇指拗到了，自手腕以上整根骨頭都裂了。更倒楣的是我碰上一個蒙古大夫，他幫我做了三次骨頭縫合手術。爲了做這三次手術，我在硬板凳上一共坐了二十三個小時。最後一次手術的時候，他用一根牽引釘釘在我的指尖上用來固定，沒想到這玩意兒讓我的骨頭受到感染，四月拆石膏的時候，發現我的骨頭得了骨髓炎，而且已經有好一段日子，他們幫我做了一次手術，卻沒有成功，結果就是，指尖上一部分的肉必須切除。」

他把繃帶解開給我看，只見指甲下面的肉有一兩公分不見了。

「我的處境愈來愈艱難，我本來在費爾斯通公司當輪胎修補工，但由於經常得把七八十公斤重的輪胎從地板上舉起，裝到車軸上，讓我舊傷復發，大拇指受到感染，再次腫起來。所以，現在只好換成卡蜜兒去工作，由我帶小孩。你看到沒？嗚呼哀哉，我堂堂一個三A級的爵士樂獵手狄恩．莫里亞提，沒想到到頭來會得了隻『痛腳』，需要仰賴老婆每天爲他的大拇指注射盤尼西林，而又因爲這隻大拇指對盤尼西林過敏，導致蕁麻疹，讓他不得不在一個月內服了六萬單位的弗萊明汁②。另外，爲對抗弗萊明汁所引起的過敏，他又得每四小時服一片藥片，他還必須服用可代因阿斯匹林，來紓解大拇指的痛楚，他必須接受手術，治療他腿上因灼傷引起的囊腫，他每兩星期就要到大夫那裡接受腳部治療一次。他每個晚上都得喝咳嗽糖漿，他必須經常不斷擤鼻子，這樣，他的鼻腔才不會塞住，因爲幾年前的一次意外讓他的鼻子受了傷，功能減弱。儘管如此，索爾，現在的我卻過得前所未有的愉快和愜意，每當我看到我的女兒在陽光中玩耍，就會感到歡快無比。親愛的索爾，我眞高興看到你，我知道所有事情都將會好起來，你明天就可以看到我那個可愛漂亮的女娃娃，她現在已經可以不靠人扶，一次站立三十秒鐘，她有十公斤重，七十四公分高。我算過，她有百分之三十一點二五的英國人血統，百分之二十七點五的愛爾蘭人血統，百分之二十五的德國人血統，百分之八點七五的荷蘭人血統，百分之七點五的蘇格蘭人血統。至於她的棒，卻肯定是百分之一百的。」聽說我的書已經寫好，而且已經找到出版商，狄恩用深情的語調恭喜我。「我們都明白生活是怎麼樣的一回事。索爾，我們的年紀一天比一天長，明白的事情也一天比一天多，你告訴過我很多有關你生活的事情，而我都很能體會。事實上，我無時不在研究你的思想感受。我覺得，你遲早都會碰上一個很棒的女孩子，不過，你找到她以後務必要好好教育她，讓她的心靈能夠與你的靈魂相契合，就像我對我那些女人做過的那樣。不過，我花了很多心力，卻沒能把她們教育得很成功。幹！幹！幹！」

第二天上午，卡蜜兒把我們兩人連行李攆了出去。事情的經過是這樣的：先是，我們打電話給羅伊．約翰遜，找他來喝啤酒，這個時候狄恩正在照顧小孩、洗碗盤和清洗後院，不過由於心不在焉，他做起這些事情來都有點馬虎。羅伊答應載我們到米爾鎮去找雷米．

寵戈。卡蜜兒從她工作的診所下班回來後，用一個生活受騷擾的婦人的眼神打量我們，爲了表明我沒有破壞她的家庭生活的意思，所以我很熱情向她打招呼，不過，她認定我只是在僞裝，甚至懷疑我這一套是從狄恩學來的，所以只對我報以勉強一笑。稍後發生了一件可怕的事情：卡蜜兒躺在房間裡哭泣，而我突然想上廁所，但要上廁所，又非經過卡蜜兒的臥室不可。

「狄恩，」我哭喪著問正在廚房水槽洗手的狄恩，「最附近一家酒吧在哪裡？」

「酒吧？」他覺得很驚訝，以爲我一大早就想去喝酒，我把苦衷告訴他，他說：「沒關係，想上廁所就去上，她一天到晚都這個樣子。」不行，我辦不到。我一溜煙衝出屋外，連跑了四條街，卻一家酒吧也沒找著，我只好硬著頭皮，回到狄恩的房子。他們正在互相咆哮，我帶著尷尬的笑容經過他們身邊。在廁所裡，我聽到卡蜜兒把狄恩的衣物扔到起居室的地板，叫他收拾行李滾蛋。令我訝異的是，在卡蜜兒房間裡，我竟看到一幅蓋拉蒂亞的全身油畫像，掛在沙發上方。顯然，這段期間，卡蜜兒與蓋拉蒂亞這兩個寂寞的婦人已經結爲密友，沒日沒夜地談論她們兩個丈夫的瘋行徑。這時，我又聽到狄恩神經質的笑聲在房子裡迴響，夾雜著小女孩的嚎哭聲。接下來，我就看到狄恩拖著腳步，在起居室裡快步團團轉走動，他裹著繃帶的大拇指向上翹著，彷如一座在陣陣海浪沖刷下仍然靜止不動的燈塔。狄恩那個大且破的行李箱再一次出現在我的眼前，襪子和髒內褲都伸出了箱子的邊緣，他彎下腰，把找得到的每樣東西都扔了進去。之後，他又找出了一個手提箱，那肯定是全美國最破的一個手提箱，它是紙造的，卻弄得像皮革造的，還有一些黏上去的鉸鏈。箱子頂部有一道大裂縫，狄恩用繩子把它綁起來，然後他抓來一個海員袋，把東西扔進去。我拿了我的包，把它塞滿。卡蜜兒躺在床上，仍然不斷咒罵：「騙子！騙子！騙子！」我們快步走出屋外，往最接近的一個纜車站走去，而狄恩那根綁著繃帶的大拇指，則仍然舉在胸前。

這根大拇指，變成了狄恩最後一階段人生態度的象徵。現在的他，固然還是對一切都滿不在乎，但跟從前不同的是，如今他也變得從原則上對一切在乎。換言之，一切對他都變得可有可無，他屬於的世界，是一個他改變不了的世界，走到馬路中央的時候，他停下了腳步。

「老哥，我想你可能會生我的氣，你好不容易才來到我家，卻第二天就陪我一起被掃地出門。你一定懷疑，我會洛得這樣下場，完全是自找的。但請你看著我，索爾，看著我。」

我看著他，他穿著一件T恤，一條磨舊了的低腰牛仔褲，一雙破破舊舊的鞋子，他沒有刮鬍子，頭髮凌亂，兩眼充血，裹著繃帶的大拇指靠在胸前，臉上露著一個我見所未見的傻笑，他慢慢繞行了一圈，向四方八面張望。

「什麼出現在我的眼球裡呢？啊哈，是藍天。」他揉了揉眼睛說，「還有一些窗子——你有仔細研究過不同人家的窗子嗎？讓我們來談談窗子。我看過一些會對我做鬼臉的瘋窗子，也看過一些拉著窗簾、會向我眨眼的窗子。」他從海員袋裡抽出一本歐仁．蘇③的《巴黎的神祕》（*The Mysteries of Paris*），用一種賣弄的姿態閱讀起來。不過，才一下下，他就把書本放下，再次茫然地東張西望。「索爾，眞的，我們眞的應該到處去挖挖……」我覺得這一次是來對了舊金山，因爲狄恩正需要我的幫助。

「卡蜜兒爲什麼要把你趕出來呢？你有什麼打算？」

「呃？」他說，「呃？呃？」我們絞盡腦汁去想要到哪裡去和幹些什麼，我知道這個得要我來出主意，可憐的狄恩，他從來沒有摔得這麼重過。「讓我們徒步走到紐約去吧，」他突然出主意說，「我們一面走，一面把沿路的所有事物看個夠——對，就是這樣！」我掏出身上所有的錢數了數，然後拿給他看。

「我這裡一共有八十三美元，外加一些零錢，如果你眞想的話，我們就一起到紐約去。那之後，我們再到義大利。」

「義大利？」他眼睛裡射出了光芒。「義大利，正點！——但要怎麼個去法呢，親愛的索爾？」

我想了想。「我會再去弄些錢，我可以從出版商那裡拿到一千美元。有了錢，我們就可以到羅馬和巴黎去快活，逛遍每一個露天咖啡座，泡遍每一家妓院。所以說，爲什麼不去義大利呢？」

「爲什麼不去呢？就是說嘛！」狄恩隨口應了句，但他隨即意識到，我是認眞的。他斜眼望著我，很認眞地望著我，這一望，就像是一個人在下注前最後一次在心裡惦估自己有多少勝算，他從未認眞看我看這麼長的時間，我紅著臉回望他。

我說：「你是怎麼回事？」他沒有回答，只繼續用同樣無禮而有戒心的眼神斜視我。

我搜索記憶，努力回想他半生的一切，回想他是不是有過什麼不好的經歷，會讓他對現在的我起疑，我用堅定的語氣把剛才的話重複一遍：「和我一塊到紐約去吧，我身上夠錢。」我看著他，眼眶中浮動著尷尬與淚光。他仍然瞪著我，但眼神卻變得空茫，就像他在看的不是我，而是我身體後面的東西。這一刻，有可能是我們友誼的一個重要分水嶺，我們兩個人的內心都同時起了變化。對我來說，這是我第一次眞正去關心一個人，一個比我小的人（小五歲），過去幾年來，這個人的命運一直和我交織在一起。狄恩這時變得非常歡快，說一切就這麼搞定。「那你剛才那樣望我又是什麼意思呢？」我這一問讓他感到了痛苦，他蹙起眉（蹙眉在他是很罕見的）。我們都感到有什麼不確定的東西困惑著我們。那是個晴天麗日，我們站在舊金山一個山丘頂上，影子斜曳在行人道上。從卡蜜兒房子旁邊的公寓，走出十一個希臘人模樣的男男女女，他們在人行道上排成一列，其中一個走到對街，拿著照相機爲他們照相。我們瞪著這些來自遠古的人們看，他們剛剛嫁了一個女兒，也許是他們族譜裡第一千代出嫁的女兒。他們全都衣履光鮮，五官長相都很奇怪。如果我和狄恩到塞浦路斯去旅行的話，說不定放眼都是這樣長相的人，海鷗從我們頭頂亮燦燦的藍天飛過。

「嗯，」狄恩用靦腆而甜美的聲音問我，「可以出發了嗎？」

「行，」我說，「讓我們到義大利去。」於是，我們拿起了所有行李（他用沒問題的手拿他的大行李箱，其餘的都由我負責），蹣跚地往纜車站走去。

3

我們進城後第一件事就是到市場街的一間酒吧喝兩杯，商量大計。在酒吧裡，我們相約要做一輩子的死黨，至死不渝。狄恩顯得很沉默，一副若有所思的樣子。他注視酒吧裡那些老流浪漢，他們讓他想起父親。「我想他人在丹佛，這一次我們非找到他不可，不管他是被關在縣立監獄還是又回到了拉里馬街混，反正我們就是要找到他，同意嗎？」

我表示同意，我們要去做所有我們從未做過，而且過去因爲太傻而沒去做的事，然後我們約定在出發前先在舊金山痛快玩兩天。理所當然地，我們決定透過旅行社找共乘車，這樣可以省下最多的錢。狄恩宣稱，雖然他仍然愛著瑪莉露，但已不再少不了她。我給他打氣，說他到了紐約以後，一定可以闖出自己的一片天。

我們把行李存放在巴士總站的儲物櫃之後，就打電話給羅伊，他答應當我們兩天司機。才一下子，他就把車開到市場街與第三街的交會處，把我們接走。羅伊目前定居舊金山，在一家店裡當售貨員，娶了個名叫桃樂西的金髮美女，狄恩偷偷告訴我他覺得她的鼻子太長了。但依我看，她的鼻子一點都不長。（不知道爲什麼，狄恩很喜歡挑剔她這一點。）羅伊瘦黑而英俊，有一張大頭釘形狀的臉和一頭向後梳的頭髮，三不五時就得把頭髮向兩邊攏一攏。他是個極好相處的人，臉上常掛著個大笑容，雖然桃樂西激烈反對他充當我們的司機，但羅伊爲了保持男人的尊嚴，決定信守承諾，當然，這難免會引起他跟桃樂西之間的不快。可憐的羅伊夾在新婚太太和撞球室的舊老大之間，左右爲難，他整天整夜載著我們在舊金山到處跑，沒出半句怨言，不過從他駕駛時的躁勁兒——一再闖紅燈和高速急轉彎——卻可看出他內心承受的煎熬，我和狄恩都沒有去管他，只顧坐在後座聊天和大笑。

我們去了米爾鎮一趟，看能不能找到雷米。經過海灣的時候，我帶點驚訝地注意到，那艘名叫「費比上將號」的鬼船已經不在了。而當然的，雷米也已經不住在那間破得不能再破的棚屋裡了，來應門的是個漂亮的黑妞，我和狄恩跟她攀談了許久。羅伊在車上等，一面等，一面看歐仁．蘇的《巴黎的神祕》。離開時，我不捨地看了米爾鎮最後一眼，但我深知，沉湎在過去是無濟於事的。之後，我們去找蓋拉蒂亞，想跟她打個商量，晚上借宿她家。艾德又一次跑掉了，蓋拉蒂亞住在上密遜街。我們到達她那棟四房公寓時，她正盤著腿，坐在鋪了東方式地毯的地板上，用紙牌在占卜。

「他一定會回來的，」蓋拉蒂亞說，「沒有我，他照顧不了自己。」她狠狠地看了狄恩和羅伊一眼。「這一次把艾德拐走的人是湯米．史納克。在他來以前，艾德工作得很認眞，我們出去旅行過幾次，享受過一些美好時光。不過湯米．史納克來了以後，他就變了個人，他倆躲在浴室裡——艾德坐在浴缸，史納克坐在椅子上——聊個沒完沒了。狄恩，這一套，你應該不會陌生才對。」

狄恩笑了起來，多年以來，他一直是一幫狐群狗黨的導師，現在，一衆門徒都已得到他的眞傳了。蓋拉蒂亞告訴我們，湯米在一次意外事故中失去了一根小指，獲得一筆不少的保險理賠金。他蓄著一把鬍子來舊金山找艾德，之後，艾德就——毫無道理可言的——甩下蓋拉蒂亞，跟湯米一起到緬因州的波特蘭去（湯米在波特蘭有一個姑姑）。他們要取道丹佛前往波特蘭去，所以，他們現在要不是已經到了波特蘭，就是人在丹佛。

「等湯米的錢用完，艾德就會回來。」蓋拉蒂亞看著撲克牌說，「他這個大蠢蛋從來搞不清楚狀況，過去如此，現在也是如此。其實他什麼都不用懂，只要懂我愛他就行。」

坐在地毯上的蓋拉蒂亞，長髮垂在地上，樣子就像那些在陽光下拍照的希臘人所嫁出的女兒，讓我不由得不喜歡上她，我們約她晚上一起去聽爵士樂，狄恩又計畫找住在附近的瑪莉亞一道去。

到了晚上，蓋拉蒂亞、狄恩和我三個一道去找瑪莉亞。瑪莉亞是個身高一百八十公分的金髮女郎，住在一間地下室公寓裡，她有一個小女兒，還有一輛僅僅跑得動的老爺車。當她發動引擎時，我和狄恩得幫她把車推到馬路上。之後，我們回到蓋拉蒂亞的家，家具過多的屋子裡現在擠了一大票人：蓋拉蒂亞、狄恩、瑪莉亞、她女兒、羅伊、他妻子桃樂西。我原以為我們立刻就要出發去聽爵士樂，沒想到接下來的卻是一場公審。每個人都臉沉沉地坐著，只有我和狄恩站著。我站在一角，對舊金山的紛擾保持中立，而狄恩則站在大家的中央，裏得像氣球一樣的大拇指舉在胸前，笑嘻嘻地說：「天殺的，我們全失去了手指，哈哈哈。」

「狄恩，為什麼你老是要幹這種蠢事？」蓋拉蒂亞問道，「卡蜜兒打電話告訴我，你離開了她。你明不明白你是個父親？」

「狄恩沒有離開她，是她把他轟走的。」我插嘴說。幾個女人紛紛對我投以不屑的目光；狄恩則咧嘴而笑。「妳看他那根大拇指，你以為他幹得了什麼呢？」我又說了一句。大家又再一次看我，桃樂西更是臉有鄙夷之色，那根本就是個批鬥大會，而挨批的就是狄恩——所有不對勁的事都該歸咎於他。看來，每個人都認爲一切都是狄恩的錯，我望著窗外密遜街五光十色的燈影，不再言語，一心只盼著能盡快去聽爵士樂。別忘了，這只是我到舊金山的第二晚。

「狄恩，我覺得瑪莉露決定離開你，是個非常、非常明智的決定。」蓋拉蒂亞繼續開炮，「這些年來，你從來沒有對誰表現過責任感，你做過的荒唐事是如此之多，我眞不知道該怎麼去說你。」

大家都用忿忿的眼光看著站在地毯中央的狄恩，但他唯一的反應只是傻笑，他輕輕跳了幾下舞步。他大拇指上的繃帶愈來愈髒，而且開始鬆脫散開，我突然意識到，狄恩憑著他一系列的重大罪愆，正成爲這個群體中的白痴、弱智者和聖人。

「除了你自己和你那些該死的樂子以外，你從來沒有在意過誰、關心過誰。你一心惦記的，只是兩條腿之間的事情，還有你可以從別人身上弄到多少錢、多少樂子，之後，你就會一腳把他們踢開。你從來沒有想過生活是嚴肅的，沒想過有些人很努力在生活，而不是像你那樣，整天只知道鬼混。」

沒錯，這就是狄恩的爲人，他就是**聖鬼混**。

「卡蜜兒今天晚上哭得死去活來，儘管如此，她完全沒有要你回去的意思。她說她永遠不想再見到你，她對你的忍受到此爲止。但你看看你是什麼德性，你站在這裡，一副嬉皮笑臉的樣子，我看不出你內心對這件事情有一絲一毫歉疚。」

這不是事實。我知道的比她們更深入，有充分的理由可以提出反駁。不過，我不認爲這樣做有什麼意義。現在，我最想做的事，是把一條手臂攀在狄恩肩上，然後面向著大夥說：「在座的每一位，我請你們不要忘了，站在你們面前這個人，何嘗沒有他自己的不幸與煩惱？再說，他靜靜站在這裡，沒有提出一句抱怨，任由你們盡情唾罵他，你們還能要求什麼呢？如果你們還不滿意，我建議你們把他送到槍決場去，我相信，這正是你們內心深處所渴望的……」

在座的人當中，只有蓋拉蒂亞一個是不怕狄恩的，她鎮靜地坐在椅子上，抬頭挺胸，在衆人面前數落狄恩的不是。

「現在，你打算跟索爾到東部去，」蓋拉蒂亞說，「我請問你，這樣做的意義何在呢？你走了以後，卡蜜兒就要負起照顧女兒的責任，那樣，你叫她怎樣兼顧工作？她說永遠不想再見到你，我不怪她有這種想法。要是你在路上碰到艾德，請你告訴他，要麼馬上給我滾回來，要麼等我去把他宰掉。」

眞是再直接得不能再直接。這是一個惆悵的夜，我感覺自己像是身處一個可憐的夢中，被一群奇怪的兄弟姊妹圍繞著，接下來是一陣完全的沉靜。狄恩本來可以提出辯解的，但他卻沒有，只是沉默不語地站在衆人面前，一副落魄痴呆的樣子，嶙峋的臉龐上布滿了汗和搏動的青筋，不斷喃喃自語：「對，對，對。」就像有什麼驚人的天啓，已經讓他大徹大悟。我確信天啓已經進入了他，而其他人顯然也有同感，顯得驚疑不定。他是個垮包（Beat）——是「臻於至福者」（Beatfic）的根莖與靈魂。他明白了些什麼呢？他一直在努力告訴我他所明白了的事情，而這也是我會招在座各人之忌的原因。他們忌妒我可以站在狄恩一邊，可以爲狄恩辯護，可以分享狄恩的想法，就像她們也會有過的一樣。這時，幾個女人把目光轉向我。我算老幾呢？在西岸這裡，我不過是個外人罷了，有什麼發言權呢？一想到這個，我就有點膽怯不前。

「我們準備到義大利去。」我豁出去了。這時，幾個姑娘看著狄恩的眼神，就像是媽媽在看一個最憐愛也最不受教的小孩。狄恩不發一語地走出了大門，下樓去等我們。我從窗戶往下望，看到狄恩站在門道上，興致勃勃地打量街上的事物。看得出來，苦澀、反控、忠告、道德、憂愁，這一切全都不在他心上，他唯一惦著的，就只是存在的單純的狂喜。

「來嘛，蓋拉蒂亞、瑪莉亞，我們聽爵士樂去嘛。狄恩總有一天會死的，他死了以後，你們就沒有機會數落他了。」

「他這種禍害愈早死愈好。」蓋拉蒂亞以發言人的身分說出房間裡每一個人的心聲。

「話是沒錯，」我說，「但他現在可還活著啊。我敢打賭，你們每個人都想知道他接下來會做些什麼，因爲你們都巴不得看到他再犯錯，好讓你們可以把他劈成兩半，而如果他瘋了，你們也不用擔心，因爲那不是你們的錯而是上帝的錯。」

幾個女的一致反對我的意見，她們說我並不了解狄恩的爲人，說他是有史以來最齷齪的傢伙，等我有朝一日吃過他的虧，就會明白這一點，她們的反彈激烈地讓我有點莞爾。這時，羅伊挺身而出爲狄恩辯護，說沒有人比他更了解狄恩。就他所知，狄恩不過是個非常有趣甚至好玩的騙徒罷了，我下樓去找狄恩，和他簡短地討論了這件事。

「噢，老哥，不用擔心，我好得不得了。」他搓著肚皮舔著嘴脣對我說。

4

女孩子都下樓來了，一個盛大的夜立刻宣告開始。當然，我們得先再幫瑪莉亞推車去。

「吔呼！出發了！」狄恩高呼，我們跳入了後座，被吱吱嘎嘎地載到了佛爾薩姆街的小哈林區去。

一下車，一股溫暖、狂野的氣息就迎面而來，遠遠傳來一個中音薩克斯風手的吹奏聲：「咿啊——咿啊——咿啊」，還有人群隨著節奏打拍子的擊掌聲和呼喊聲：「繼續！繼續！繼續！」狄恩迫不及待跑了起來，大拇指懸在半空一面跑一面喊：「吹啊，老哥，別停！」一群穿週末晚間禮服的黑人擠在前頭叫嚷。酒館的地板鋪著鋸屑，有一個小小的舞臺，樂手們戴著帽子擠在一起，朝人們的頭頂上吹奏，瘋到家了。不時可以看見不修邊幅的瘋貓子穿著睡袍閒逛，後巷傳來酒瓶的碰撞聲，在濺滿汙漬的廁所後面，成群的男女靠牆站著，喝著「葡萄酒斯波迪歐第」（即威士忌夾著葡萄酒喝），對著星星吐口水。戴著帽子的次中音薩克斯風手正吹奏非常美妙的自由即興，正值高潮段落，旋律先是攀升然後急降，從「咿啊」轉爲更瘋狂的「咿地利呀」。與此同時，隨著一個脖子粗壯的黑人猛男猛敲滿是傷痕的鼓，鼓聲轟隆隆地響起，他根本不在乎任何事情，只顧狠狠敲打他那破爛的鼓：砰，嘩啦啦，砰。音樂的喧囂聲和次中音薩克斯風手的演奏達到了高潮，大家都知道他做到了。狄恩在人群中抱頭，全部人都是瘋子，他們用叫喊聲和狂野的眼神，催促次中音薩克斯風手繼續吹下去，而他則時而從蹲伏中站起來，又時而蹲下去，用他的樂器在喧囂聲中發出清晰的呼喊。一個一百八十公分高的皮包骨女黑人在他的薩克斯風口前扭動身體，他直接用薩克斯風去戳她：

「咿！咿！咿！」每個人都在搖擺和吆喊。蓋拉蒂亞和瑪莉亞站在椅子上，手裡拿著啤酒，也在跟著樂聲擺動。一群醉漢這時從街上磕磕絆絆走了進來，推開每一個人，想走到最前面去。「別再推了！」只聽見一聲粗嘎的男聲喝道，繼而是一聲遠在沙加緬度也可以聽得見的挨揍呼痛聲。「嘩噻！」狄恩喊道。他不斷揉搓自己的胸部和肚子，滿頭大汗。砰！踏！鼓手用兩根鼓棍幾乎把鼓打到了地窖去，與此同時，又把鼓聲打上了天花板，格噠格噠，砰砰！一個大胖子跳到了臺上，讓舞臺沉了一沉，吱嘎作響。每當薩克斯風手停下來喘氣，爲下一輪的獨奏作準備時，鋼琴手就會把十指張成鷹翅，猛敲在琴鍵上，讓整部鋼琴的每一根木頭、每一根金屬，都爲之顫抖起來。接著，薩克斯風手跳到臺下，站在人群中間，向四方八面吹奏起來。他的帽子歪了下來，遮住了眼睛，有人從後面幫他把帽子扶好。狄恩就站在他的正前方，低下頭面對著薩克斯風的喇叭口，一面拍掌，一面汗如雨下。薩克斯風手注意到狄恩的舉動，用他的薩克斯風吹出了一陣長而顫抖、有如笑聲的樂音，每個人都跟著笑了起來，不斷搖擺。最後，薩克斯風手決定吹出最後的高音，他微微蹲下，然後吹出了一個高音的C調，並持續了一段長時間，人們的吶喊聲愈來愈大，我在想，再下去，搞不好警察會蜂擁而至。狄恩陷入了恍惚的狀態，薩克斯風手的眼睛緊緊盯著狄恩，他知道站在他面前的這個人是個瘋子，但他卻了解狄恩，而且想了解他更多更多。於是，一場對決就告展開了，薩克斯風手使出渾身解數，各種各樣的旋律節奏從他的薩克斯風裡源源流出。他有時站著吹，有時蹲著吹，有時彎著腰吹，有時仰成三十度角吹，有時仰成四十度角吹，總之，他一切一切的方式都試了。最後，他終於筋疲力竭，倒在後面某個人的懷抱中，大家都在熱情地推擠呼喊：「太絕了，太絕了！」狄恩拿出手帕來拭汗。

之後，薩克斯風手回到舞臺上，宣布他要唱一首慢調子的歌曲，他兩眼憂鬱地越過人群，望向洞開的大門，緩緩唱起了〈閉起你的眼睛〉，一時間鴉雀無聲。這個薩克斯風手身穿一件破舊的絨面革夾克、一件紫色的襯衫、一雙有破口子的皮鞋和一條沒燙過的高腰窄腳褲子，但他毫不在乎，他樣子就像個黑人哈賽。他的一雙棕色大眼裡充滿憂鬱，歌唱得很慢很慢，中間還會有一些長長的、若有所思的停頓。不過，唱到第二段時，他激動了起來，一手攫住麥克風，跳到臺下，躬身而歌。每唱一個音符，他都要伸手觸兩個鞋頭一下，又把它們抬起來吹一吹，由於吹的次數太頻繁，讓他身體搖搖晃晃，要等下一個又長又慢的音符出現，才能恢復平衡。「音—音—音—樂響—響—起，」唱這句歌詞時，他把臉仰向天花板，麥克風懸在嘴巴上，身體又搖又擺，繼而，他從後仰一變而為前傾，嘴巴幾乎壓到了麥克風上面——「讓這裡變成如夢似幻之地，」——他望向街外，嘴脣噘成不屑的形狀——「讓我們在舞中繾綣纏綿。」——他搖搖擺擺地走到舞臺的一邊去——「愛的假期，」——他搖了搖頭，一副對整個世界既倦膩又厭惡的表情——「將會使一切變得」——變得怎樣呢？大家都在等——「完美。」鋼琴手彈了一個和弦。「所以寶貝，過來吧，閉—閉—閉—閉上妳漂亮的小眼—眼—眼—眼睛。」——他的雙唇翕動著，與此同時，望向狄恩和我，表情好像在說：嗨，我們幹麼在這個憂傷的灰色世界裡蹚渾水呢？——接下來就是結尾了，他停頓了好一下子，才引吭唱出：「閉起——妳的——」他的歌聲迸向天花板，迸向星星，甚至更遙遠的天際——「眼—眼—眼—眼—睛。」一曲過後，他走下舞臺，坐在一個角落沉思冥想，他旁邊坐著一群小夥子，但他並沒有跟他們說話，我看到他低了下頭，哭了。他是最棒的。

我和狄恩上前去和他攀談，並邀他一起出遊。在車上，他突然喊道：「對極啦，沒有比找樂子更愜我意的了！我們要到哪兒去？」狄恩在座位上彈上彈下，咯咯傻笑。「等等，等等，我想起來了，」薩克斯風手又說，「我還得到詹遜夜總會去唱歌，待會兒會有司機過來載我。我是爲唱歌而活的。我唱〈閉上你的眼睛〉已經唱了兩星期，但我壓根兒不想唱別的歌。你們兩個打算到哪兒去？」我們告訴他，我們後天就要動身到紐約去。「老天，我可從來沒到過那兒。有人告訴我，那是個真正會跳動的城市④。可惜我不能到那裡去。不過，我沒什麼好抱怨的，畢竟，我已經結婚了。」

「哦，是嗎？」狄恩問，「那你的甜心今天晚上在哪裡？」

「你說這話是什麼意思？」薩克斯風手瞟著狄恩說，「我不是跟你說過，我已經結婚了嗎？」

「對對對，」狄恩說，「我不過是隨便問問，她有朋友或姊妹嗎？你曉得，我們在找哪裡有舞會。」

「舞會有什麼好玩的？生命這麼憂愁，再多的舞會也沒有用。」薩克斯風手說，眼睛望向車窗外。「媽的，」他說，「我根本賺不到什麼錢，但今晚我他媽的不在乎。」

我們走回到酒館內，蓋拉蒂亞和瑪莉亞已經走了。她們痛恨我們老是跑來跑去、不見人影，所以乾脆自己用走路的走到詹遜夜總會去了——事實上，她們也只能用走的了，因爲瑪莉亞的車子已經跑不動了。

我們在酒吧裡看到了可怕的一幕：一個穿著夏威夷襯衫的時髦白人嬉皮士走了進來，問打鼓的大個子，他是否可客串一下，樂手們懷疑地看著他，問道：「你會打嗎？」他忸怩地說他演奏過。樂手們你瞧瞧我，我瞧瞧你，最後說：「是啊，是這樣啊？你說演奏過就演奏過唄！」於是嬉皮士坐到套鼓邊，其他樂手開始彈奏一首節奏跳躍的曲子，而他則用柔軟愚蠢的波普鼓刷輕撫小軍鼓，帶著自鳴得意的狂喜搖晃著脖子，但這種接受過威廉・賴希⑤分析的狂喜除了因爲吃喝了太多的茶和軟食以外，別無其他原因。但他不在乎，他對著空氣快樂微笑，跟著節拍輕輕刷打，襯托著其他黑人樂手演奏的響亮紮實藍調，他的鼓聲像背景音樂，如淙淙流水或者咯咯輕笑，沒人理他。脖子粗壯的黑人鼓手等著輪他上場。他說：「搞什麼鬼？好好演奏呀！媽的！狗屎！」他厭惡地轉頭看向別處。

過了一會兒，載薩克斯風手到詹遜夜總會的司機就來了，他是個穿著整齊的黑人，個子很小，但開的卻是一輛很大很大的「凱迪拉克」。我們一起上了車，小夥子以一百一十公里的時速前進，沿途沒有停下來過，雖然他不斷超車，但被他超過的人卻幾乎渾然不覺，他的駕駛技術好得沒話說。「瞧瞧那傢伙，老兄，瞧瞧他開車的帥勁兒，他不用移動身上一根骨頭，就可以把車子駕馭得服服貼貼。他大可以一面開車，一面講話，講個沒完沒了，不過，他現在卻懶得講話。開吧，繼續開，不要停下來！就是這樣！」又繞過一個街角以後，詹遜夜總會就到了。這時，一輛計程車也開到了夜總會的大門前，從車上下來了一個穿著牧師服裝、枯瘦的黑人，他把一美元扔給計程車司機，說了一聲：「用力吹！」之後就衝入夜總會，匆匆忙忙穿過一樓的酒吧間，再快步跑上樓梯，往二樓的爵士樂演奏室走去。推開爵士樂演奏室的門以後，他就把雙手擋在身前，以防會撞到誰，而被他撞上的第一個人就是蘭普沙，這一季，蘭普沙來了「詹遜」這裡當侍者。爵士樂演奏室裡的樂聲震耳欲聾，而蘭普沙就站在門邊，大聲喊：「用力吹，老兄，給我用力吹。」臺上站著個中音薩克斯風手，矮矮瘦瘦的，狄恩說，他一定就像湯米．史納克一樣，跟老祖母住在一起，整個白天睡覺、整個晚上吹薩克斯風，直到他可以貨眞價實演奏爲止——就像他現在那樣。

「簡直就是卡洛．麥克斯的翻版嘛！」狄恩興奮地大叫。

臺上那個中音薩克斯風手長得的確很像卡洛：亮晶晶的眼珠子，小而彎的腳，細長細長的腿，他嘴裡含著薩克斯風，不停頓腳，兩隻眼睛一直盯著臺下的觀衆（大約有十二張桌子左右），他一直吹一直吹，吹個沒停。他的點子很簡單，那就是透過對同一個主題的不斷變奏來製造驚奇，他可以反覆不停地吹：「塔—吐—塔達—拉拉……塔—吐—塔達—拉拉」，然後又一變而爲「塔—吐—伊伊—搭—迪—迪拉—盧普！塔—吐—伊伊—搭—迪—迪拉—盧普！」他自己明白，而每一個在聽的人也明白，這是一個偉大的笑與溝通的時刻，他的音色清澈、高亢而純粹。他離我們只有七十公分，對著我們的臉直直地吹。狄恩站在他前面，渾忘了世間的一切，手不停地拍，身體不停地抖，汗不停地流，先是從脖子流到已經皺巴巴的領子上，又從領子流到腳邊已經匯成一灘的汗水中。蓋拉蒂亞和瑪莉亞也在這裡，這一點，我們足足五分鐘以後才注意到。哇噻，好一個舊金山的狂歡夜，這裡是大陸的盡頭，也是一切疑慮的盡頭，所有疑慮和無聊，再見啦！蘭普沙捧著托盤在人群裡穿梭來穿梭去，每一個動作都是合乎節拍的，他喊女侍們讓路的話也有腔有調：「寶貝寶貝，借過借過，蘭普沙要從妳旁邊，擦身而過。」他啤酒托在半空中，飛快掠過女侍身旁，穿過活動門進入廚房，和廚師們手舞足蹈一下子後，才又滿身大汗地走出來。和我們一道來的那個薩克斯風手，此時正一動不動坐在夜總會的一角，面前擺著一杯沒碰過的酒，一雙大眼望向虛空，他的兩條胳膊無力地垂在兩旁，幾乎就要觸到地板，兩條腿分叉得大大，就像分垂著的兩根舌頭，而他的身體，則在近乎絕對的虛脫與恍惚的憂鬱中，微微地顫抖。他是個每天傍晚都要把自己擊昏一次，再讓別人在深夜把解脫帶給他的人。至於那個與祖母同住、長得像卡洛的中音薩克斯風手，則拿著他那把神奇的薩克斯風，像猴子一樣不停在舞臺上舞動，吹奏出兩百段的藍調，一段比一段熱烈有勁，完全沒有精力不繼或打算結束的跡象，整個演奏間都爲之顫抖。

一小時後，我站在第四街和佛爾薩姆街的交界處，一邊和一個名叫艾德．富爾葉的薩克斯風手聊天，一邊等狄恩從酒吧出來，他正在打電話給羅伊，要他過來充當司機。「我到哪裡都會卯足勁去吹奏最好的音樂，但如果聽眾不喜歡的話，我也沒有辦法。欸，老兄，你的死黨可是個十足的瘋癲，你看看那邊——」我順著他說的方向看去，就看到狄恩站在酒吧前面的馬路中央，頭拚命往上仰，身體向兩邊移過來又移過去，綁著繃帶那隻手豎在半空中，而另一隻手則心煩意亂地插在褲袋裡，模樣滑稽可笑到了極點。原來他是在找酒吧的門牌，他要羅伊過來接我們，卻說不出門牌號碼，便叫羅伊等一等，自己衝到馬路上來看酒吧的門牌。當時街上很黑，要看清楚門牌號碼很不容易，才會有他那可笑的舉動。四下靜寂無聲，他一看清楚門牌以後，就馬上往回衝，這時，剛好有一群人從酒吧出來，狄恩幾乎是從其中一個人的兩腿之間穿過去的，他跑得極快，以致酒吧裡每個人都好奇地轉過頭來看他一眼。才一下子，羅伊就到了，狄恩以同樣快的腳步穿過馬路，不發一語地上了車，我們又出發了。

「羅伊，我知道你還在爲你老婆的事苦惱，我很遺憾，不過，我和索爾必須在三分鐘之內趕到第四十六街和吉利街交界不可，否則一切就太遲了。（咳嗽了幾聲）我和索爾明天就要動身前往紐約，所以，今晚肯定是我們在舊金山狂歡的最後一晚，我想你不會介意吧？」

羅伊沒有介意，他只不過是每遇紅燈都必定闖過去罷了。他像傻瓜一樣載著我們東趕西趕，直到黎明才回家去睡覺。在一家酒吧裡，我們認識了一個名叫華特的酒友。每一次，他一點就是兩小杯波特酒和一小杯威士忌，然後排成一列，將一小杯威士忌夾在兩小杯波特酒之間。「是謂之『葡萄酒斯波迪歐第』⑥。喝威士忌前後各喝一杯波特酒，威士忌就不會那麼難喝。」他解釋。

他邀我們到他家去喝啤酒，他住在霍華德街的一間廉價出租公寓裡。我們進屋時，他太太正在睡覺，我們要在廚房裡喝酒，但屋內唯一一個電燈泡位於臥室的天花板，就在床的上方，我們得先把燈泡拿下來。狄恩站到一張椅子上，顫巍巍伸長一隻手，把電燈泡轉了下來。

我們的舉動吵醒了華特太太，但她什麼都沒說，只是微笑。看起來，她比華特大約小十五歲，是全世界最溫柔的一個女人，既沒有問華特剛才到哪裡去，也沒有問現在幾點，什麼都沒有問，我們坐在廚房裡喝酒聊天到破曉。離開的時候，我們把燈泡裝回臥室的天花板去，華特太太再一次被吵醒，但她還是什麼都沒說，只是微笑。

在黎明的街頭，狄恩說：「看到沒，老哥？這才是你應該找的眞女人。從來不會嘮叨、抱怨或囉哩囉唆，她丈夫愛什麼時候回家就什麼時候回家，愛帶誰回家就帶誰回家，她從不過問，這才是男人該過的生活。」他指指華特的廉價出租公寓說：「那兒是他的城堡。」我們步履蹣跚地走著，狂歡之夜結束了，一輛巡邏車疑心地尾隨了我們幾條街。在第三街一家麵包店，我們買了些新出爐的甜甜圈，站在灰濛濛、髒兮兮的街道上吃。有兩個人肩併肩從我們身邊走過，一個是戴眼鏡、衣履光鮮的白人，一個是戴著貨車司機帽的黑人小夥子，這是個奇怪的組合。這時，一輛大貨車在馬路上開過，那個黑人興奮地指指點點，但那個白人只轉頭瞄了他一眼，就繼續數拿在手上的鈔票。「和公牛老李一個德性！」狄恩咯咯笑著說，「別人想跟他談有趣的事情時，他都只顧著數鈔票和擔心這個擔心那個，但黑人小夥子卻想談貨車的事情。」我們跟在他們後面走了一段路。

空氣中像是漂浮著神聖的花朵，而所有疲憊的面容都沐浴在爵士樂美國的黎明之中。

我們得找個地方睡覺，蓋拉蒂亞那邊根本不用想，那我們又要睡哪呢？狄恩想起他的一個舊識恩斯特．柏克。恩斯特．柏克是個鐵路員，和父親就住在第三街的一家旅館裡，狄恩過去和柏克父子很有交情，但後來卻疏遠了。他要我出面說服柏克父子，讓我們睡在他們的房間地板，這是苦差一件，但我別無選擇。我打了電話，接電話的人是恩斯特．柏克的父親，起初老頭子的態度很狐疑，不過我報出名字以後，他就改變了態度，他記得他兒子提起過我。老頭子甚至親自下樓，把我們帶到他房間去，那是一棟老舊昏暗的旅館。進到房間以後，老頭子竟然要讓我們睡他的床。「反正我都已經起床了。」他走到小廚房去煮咖啡，一面煮咖啡，一面談他當鐵路員時代的往事。他讓我想起我父親。我躺在床上聽他說故事，而狄恩則忙東忙西，雖然他沒有留心在聽，但柏克老先生每說一句話，他都會答一句：「對，沒有錯！」最後，我們終於睡著了。恩斯特下班回來的時候，我們已經起床，床就換他來睡。柏克老先生正準備去會他的中年情人，他穿上綠色花呢西裝，戴上綠色花呢帽，還在西裝翻領上插上朵花。

「這個羅曼蒂克的老鐵路員，生活得雖然貧窮，卻很充實。」我在廁所裡對狄恩說，「他願意把床讓給我們睡，真是個大好人。」

「對對對。」狄恩回答說，根本沒在聽，他匆匆忙忙走出旅館，到旅行社去找便車。而我則得先到蓋拉蒂亞家，拿回我們的行李，她還是坐在地上用撲克牌占卜。

「再見了，蓋拉蒂亞，祝妳事事順利。」

「艾德回來後，我會每晚帶他到『奮遜』去，讓他的瘋勁兒有地方可以宣洩。你覺得這個辦法管用嗎，索爾？除此以外，我也想不出更好的法子。」

「撲克牌怎麼說？」

「黑桃A離他很遠。紅心牌總是圍繞著他——紅心皇后從不會離他很遠，看到那張黑桃J沒有？那是狄恩，他總在艾德附近。」

「嗯。我們一小時內就要出發到紐約去。」

「總有一次，從事這樣的旅行時，狄恩會一去不返。」

她批准我在她家淋浴和刮鬍子。之後，我跟她說過再見，就提著大包小包行李下樓，招了一輛共乘計程車，這種計程車的樣子和一般計程車沒有兩樣，不過它行走的是固定的路線，只要十五美分，你就可以在路線上的任何地點上車，任何地點下車。就像坐公車一樣，共乘計程車上也會有其他乘客，不過，在共乘計程車裡，你卻可以享受到聊天說笑的樂趣，這是公車所無法提供的。麥迪遜街上一片熙熙攘攘，有重大工程在進行著，有小孩在玩耍，有正在下班回家、一臉雀躍的黑人。舊金山眞是全美國最最刺激的一個城市，很棒的還有頭頂蔚藍的天空和每天晚上總是會從海上滾過來的霧，這霧催人想吃更多東西和尋找更多刺激。一想到馬上要離開這裡讓我心裡很不平衡，我這一趟來舊金山，前前後後才待了六十多個小時，可惡的狄恩害我匆匆忙忙跑過全世界，卻沒機會看上一眼。到了下午，我們又再次奔向沙加緬度和東部。

5

搭載我們的人是個男同志，人長得高高瘦瘦，戴一副墨鏡，要回堪薩斯的家。狄恩私底下謔稱他開的是一輛「普利茅斯男同志」⑦：因爲他開車開得極其小心謹慎，讓人感覺車子像是一點馬力都沒有。「這輛車眞娘娘腔！」狄恩湊到我耳邊說。車內還有一對男女乘客，是那種去到哪都想停下來過夜的半吊子觀光客。我們的第一個停靠站理應是沙加緬度——其實，對一趟前往丹佛的旅途來說，沙加緬度連個起點都談不上。後座上只有我和狄恩，我們把行程規畫的事交給他們，只管聊天。「老哥，昨晚那個吹中音薩克斯風的傢伙抓到了**它**——他一旦找到了就不放手。我從沒見過有人能抓那麼久。」我想知道他說的**它**是什麼意思。「啊哈——」狄恩笑著說——「你問的這個是難以捉摸的東西！我這樣解釋好了。那場子裡有他，還有聽眾，對吧？他有責任把大家心裡想的事情表達出來。他開始吹第一個樂段，組織自己的思想，感受底下人們，沒錯沒錯，他必須找到它，然後他挺身面對他的命運，使出最大的本事。突然之間，在樂段中間的某處，他找到了它——聽眾也感受到了，紛紛抬起頭，仔細聆聽。他把它撿起來，持續下去。時間停止了。他用我們生活的本質填滿了空虛的空間，那是他肚皮深處的告白，是他對思想觀念的回憶，是舊技法的翻新。他必須跨越橋梁吹奏，然後回來，並以無限的、探索靈魂的感受來演奏當下的曲調，以至於在那一刻，人人都知道重要的不是曲調本身，而是**它**——」狄恩說不下去了，說剛剛一番話就讓他滿頭大汗。

然後我開始說話，說個沒完（我一輩子從來沒說過那麼多的話）。我告訴狄恩，我小時候坐車的時候，常常幻想自己手上有把大鐮刀，把每一根從車窗外掠過的樹木或電線桿砍斷，甚至把每一個山丘切成一片一片。「對！對！」狄恩喊道，「我也有過同樣的幻想，不過用的是不同的鐮刀，我的鐮刀長得無法衡量，它可以伸得很遠很遠，可以彎過山頭，把它們一個個削下來，同時，還會把路上每一根竿子削斷。說到這個，讓我想起一件事情，非跟你說說不可，在經濟大蕭條那年頭的中期，我和老頭子去內布拉斯加幹過賣蒼蠅拍的勾當，同行的還有一個拉里馬街的落魄老流浪漢，我來告訴你，我們是怎樣做蒼蠅拍的。我們買來一些普通的濾網和一些鐵絲，將鐵絲對折，縫上藍色和紅色的布邊，材料都是從廉價店買來的，成本不到幾分錢，我們做了幾千把蒼蠅拍，坐上老流浪漢的破車，一路開到內布拉斯加，敲每一個農家的門，一把蒼蠅拍賣五分錢。多數人看到兩個流浪漢帶一個小孩，出於同情心，就買一把，但想要靠這個發達是做夢。那段時間，老頭子常常喜歡唱：『哈利路亞，我是個流浪漢，再次成為流浪漢。』老哥，你知道我們在內布拉斯加辛辛苦苦賣了兩星期蒼蠅拍以後，發生了什麼事情嗎？我老爸和他死黨因為對怎樣分配賺來的錢，意見不合，在路邊大打了一架，然後他們言歸於好，用賺來的錢買葡萄酒喝，一喝就是五天五夜，而我則只有蜷縮在一邊哭泣的份。而當他們把最後一毛都花光之後，我們就只好回到原點去：拉里馬街。後來我老爸犯了事，被送上了法庭。我不得不在法官面前為他求情，因為他畢竟是我爸，更何況我已經沒有媽媽了。索爾，不蓋你，我八歲的時候，就已經可以在法庭發表辭情並茂的演講，聽得律師津津有味……」我們情緒高昂，興奮無比，我們要去東部了。

「讓我再告訴你多一點，」我說，「小時候，我坐父親車子的時候，喜歡躺在後座，幻想自己騎著一匹白馬，跳過沿路出現的一切障礙物：電線桿、房屋、山丘等等。如果前面突然出現個廣場的話，我只要輕輕一跳，就可以一躍而過……」

「對對對，」狄恩呼吸急速地說，「我也是，我小時候也常常幻想自己跨過沿路的每一個障礙物，但不是騎在馬上，而是用我自己雙腳，你是個東部小孩，所以才會對馬存有幻想，我們西部人並不認爲馬有多了不起。我幻想自己以一百五十公里的速度跑在公路上，趕超一輛又一輛疾駛中的汽車，我跳過一道道矮樹叢，一列列籬笆和一棟棟農舍。有時，我一縱身，就可以跳到遙遠的山坡上去，然後又立刻跳回來，前後花不了一秒鐘……」

我們談得汗流浹背，渾然忘記前頭還坐著別人，他們開始懷疑我們的神智狀況。「拜託你們別搖了，再搖，船就要沉了。」駕駛對我們說。他說的是事實，因爲我們一面說話，一面比手畫腳、搖擺身體，幅度之大，讓車身都爲之搖晃。

「唉，老哥！老哥！老哥！」狄恩嘆道，「現在我們終於一起到東部去了，這還是我們的第一次呢，想想看會有多少樂子等在前面！到丹佛以後，我們哥倆要好好挖它一挖，看看每個人都在做些什麼——雖然他們在做什麼，跟我們沒什麼大關係，你我只要記住一點就可以：每件事情都會順順當當，沒什麼好擔心的。」他大汗淋漓地握著我的手臂。「你看看坐在前面那幾個人，他們全都擔心這個擔心那個，他們在算著里程數，盤算著今晚要睡哪裡，在計算著汽油要花多少錢，擔心天氣，擔心個沒完沒了。他們需要找些事情來擔心，找不到擔心的事情就渾身不自在，他們都是些自尋煩惱的人。」狄恩熱烈地戳我的肋骨，好像這樣可以讓我更明白他的意思，我盡最大的努力去思索。突然間，我像是被醍醐灌頂，連聲說；「明白！明白！明白！」坐前座的三個人大皺眉頭，只願從沒有載過我們。不過，他們的苦難才剛開始呢。

到達沙加緬度之後，男同志住進了飯店，而一對男女乘客則到親戚家去投宿，男同志靦腆地邀我們到他房間喝一杯。在飯店房間內，狄恩使出渾身解數，想從男同志身上騙一點錢，這一幕，只有「荒謬絕倫」四個字可以形容。一開始，男同志表示，他很高興我們接受他的邀請，因為他很喜歡像我們這樣的年輕人，接著又不諱言地表示，他不是很喜歡女孩子，而且最近才跟一個男的結束一段羅曼史。在這段羅曼史裡，他扮演的是1號，對方扮演的是0號。狄恩提出了很多一本正經的問題，又對男同志說的話頻頻點頭，男同志說，他最想知道的，是狄恩對他說的一切，有何感想。狄恩首先警告對方，他很年輕時當過男妓，又問男同志身上有多少錢。聽了狄恩的話以後，男同志變得極端沉默（當時我在廁所裡），似乎是懷疑狄恩的動機，他並沒有拿出錢來，只曖昧地答應到丹佛再講。之後，男同志三不五時就會檢查身上的皮包一次。最後，狄恩攤開手，放棄了。他後來對我說：「看到沒，老哥，這種人，你理他根本是浪費時間，你答應提供他們心裡暗暗想要的東西時，他們反而會驚惶失措。」狄恩雖然沒能從男同志身上弄到一文錢，但最少說服了男同志讓他來負責駕駛。這下，我們才叫真正在旅途上了。

我們在破曉離開沙加緬度，中午時分行駛在內華達沙漠，不過，到達沙漠區之前的一段山間飛車，卻嚇得男同志和一對男女花容失色，互相緊抓住對方。現在，坐在前座的換成是我們了，重獲方向盤的支配權，讓狄恩變得快樂無比，只要有一個在手上的輪子和四個在地上的輪子⑧，他就會心滿意足。他談起公牛老李的駕駛技術有多差勁，而且要示範給我看。「公牛在開車時，如果前頭出現一輛大卡車——就像現在我們前面那一輛——他總會很遲很遲才注意到。爲什麼？因爲他根本看不見啊，老哥，他根本看不見。」狄恩一面說一面作揉眼睛狀。「如果我跟他說：『哇，公牛，小心，有輛大卡車！』他就會說：『嗯？你說的大卡車在哪裡？』『就在前面！就在前面！』在最後一秒鐘，他的車子就會像這樣——」狄恩把車開得與迎面而來的大卡車無比接近——近得連大卡車司機那張逐漸變綠的臉也可以看得一清二楚——眼看立刻就要撞上，他才在最後一秒鐘急轉方向盤，從大卡車旁邊閃過。「就像這樣，完全一模一樣，你看公牛的駕駛技術有多差勁！」我一點都不怕，因爲我知道狄恩的駕駛術有多高明，坐在後座的三個人沒有說話，他們根本就不敢吭聲，因爲他們不知道，對狄恩這樣的瘋子抱怨的話，會招來什麼後果。接下來的一路上，狄恩都是這樣個開法。他給我示範各種錯誤的駕駛方式，示範他父親怎樣開車，示範好駕駛是怎樣轉彎，而壞駕駛又是怎樣轉彎。那是個陽光燦爛的炎熱下午，一個接一個的內華達小鎮——雷諾（Reno）、戰爭山（Battle Mountain）、艾科（Elko）——在我們眼前掠過。薄暮時候，我們開抵鹽湖的鹽沼地帶，鹽湖城細碎的燈火從兩百公里之外向我們閃耀，我們看到兩個鹽湖城，一個是實景，一個是海市蜃樓，一個在地平線下面，一個在地平線上面，一個清晰，一個模糊，我對狄恩說，那些把世界所有人聯繫在一起的東西都是看不見的。爲了證明我所言不假，我指了指車窗外那些連綿到天邊的電線桿。他那鬆軟的繃帶，現在已經髒兮兮的，在空氣中顫抖著，他的臉上煥發著光。「太對了，老哥，太對了！」他說。突然間，不知道爲什麼，他停下車，癱倒了。我轉過頭去看他，發現他已經蜷在駕駛座的一角，睡著了。他的臉枕在沒有受傷的一隻手上，而紮著繃帶的一隻手，則自然而然地向上豎著。

後座的三個人這時才鬆了一口氣，我聽到他們竊竊私語，想要兵變。「我們不能再讓他開車了，他是個徹頭徹尾的瘋子，應該找人把他送到瘋人院去。」

我探身到後座去爲狄恩辯護。「他不是瘋子，不用擔心他的駕駛技術，他是全世界最好的駕駛。」

「但我就是受不了了。」那女的以壓抑著的、歇斯底里的聲音輕聲說。我回過身，一邊靜靜欣賞沙漠的夜色，一邊等狄恩醒過來。我們停在一個山丘上，從這裡，可以俯覽鹽湖城井然有序的夜間燈火，那裡就是狄恩多年前第一次向這個幽靈般世界睜開眼睛的地方，當時他沒有名字又溼轆轆。

「索爾，索爾，看看，那就是我的出生地！那裡的人變了，他們年復一年吃飯，每吃一頓飯就變一點。欸，看看！」狄恩醒來後對我說。他興奮得讓我想哭，他的這種興奮之情最終會把我們帶到哪裡去呢？同車的一對男女堅持，接下來的路，要由他們駕駛。好吧，我們不在乎，我和狄恩又坐到後座去談天說地。只不過，到了早上，他們就累得受不了，於是，在科羅拉多東部沙漠的克里格，狄恩又重掌了方向盤。昨天晚上，我們在猶他州的草莓山口爬了幾乎一整個晚上，浪費了不少時間，狄恩決定把時間給趕回來，坐在後座的三個人都睡著了。狄恩一踩油門，直奔一百多公里外聳立在世界屋脊的巨大白瑟德山口——一個雲霧繚繞、像直布羅陀那樣的出入口。他像金龜子那樣穿過了山口，然後就放開油門，像在特哈查比山口的時候那樣，讓車子藉著地心吸力往下滑，順勢超過每一輛車子，拐過每一個彎道，完全沒停下來過。最後，丹佛所坐落的那個大平原，終於出現在我們腳下——狄恩回到家了。

當我們在第二十街和聯邦街交界下車時，車上各人都如釋重負。我們的破行李箱再一次一個疊一個堆在行人道上，要到紐約，還有很遠一段路要走，但沒有關係，道路就是我們的生活。

6

現在我們在丹佛的處境，與一九四七年截然不同。我們既可以選擇立刻找一輛旅行社的車子，繼續趕路，也可以選擇停留幾天，找點樂子和尋找狄恩的父親。

我們兩個都疲憊而髒亂，在一間餐廳的洗手間裡，我正在小便時，狄恩想到水槽去洗手。洗手間的空間很小，我站在便池前面，他便過不去。於是，我中途把尿憋住，讓路給狄恩過。

「要不要也來試試這把戲。」我對他說。

「好啊，」正在洗手的狄恩回答說，「把戲是很有趣，但對你的腎卻不怎麼好。要知道，你的年紀每一刻鐘都在增加中，如果你繼續玩這把戲，那到頭來，恐怕你會變成個可憐的糟老頭，帶著顆可憐的腎，坐在公園的長凳上怔怔發愁。」

我被這話惹毛了。「誰是糟老頭？你以爲我比你大多少歲！」

「我不是這個意思，老哥。」

「哼，」我說：「你老是拿我的年紀開玩笑，我沒有那個老男同志老，至於我的腎狀況怎樣，也不勞駕你來提醒。」回到座位上時，女服務生剛好把烤牛肉三明治送過來。「我不想再聽到剛才那種話了。」我的氣還沒有消。突然，狄恩兩眼閃著淚光，站起來走出了餐廳，把熱騰騰的食物留在了桌上，換成是別的時候，他三兩口就會把三明治幹掉。我懷疑他是不是會一去不回，我也不在乎，因爲我氣炸了。然而，看到狄恩所留下來的食物，我的心情又開始凝重起來。他非常非常喜歡吃……從不會留著食物不吃……也許我方才的話眞的是太重了。我管他那麼多幹麼？他不過是擺擺樣子罷了。

狄恩在餐廳外頭足足站了五分鐘。之後，他走了回來，坐下。「說說看，」我問，「你站在外頭做些什麼？緊握雙拳詛咒我？還是在想一些關於我的臀的新笑話？」

他默然搖了搖頭。「不是，不是，你全猜錯了。如果你想知道，好吧——」

「來啊，說啊。」說這些話的時候，我一直低著頭吃東西，沒有抬起過，我的態度像頭野獸。

「剛才我在哭。」

「少來了，你從不哭的。」

「拜託，你憑什麼知道我從來不哭？」

「你這個人還沒有良心發現到會哭。」我說的每一句話，都像一把刀子一樣刺痛我自己。因爲它們讓我一直暗藏著的、對我兄弟的不滿怨尤，統統原形畢露，它們讓我看清楚，我骨子裡是多麼醜陋和齷齪的一個人。

「不，老哥，我剛才眞的是在哭。」他搖著頭說。

「你再扯啊，我敢打賭，你剛才在生氣，考慮要離開。」

「相信我，索爾，求求你，如果你從來有相信過我一件事的話，現在也請你相信我這一次。」我知道他說的是實話，但我現在根本懶得管什麼事實不事實。然而，當我抬起頭看到他的樣子，我就知道我做錯了事。

「狄恩，我對剛才說的話感到抱歉。我以前從沒有這樣對待過你。不過，你總算認清我這個人了！我跟誰都沒有很密切的關係，因爲我不懂得處理這種關係，我就像手上捧著一坨屎，不知道要把它往哪裡擱。所以，讓我們把剛才的事忘了！」他開始拿起三明治來吃。「那不是我的錯！不是我的錯！」我繼續說，「這個狗屎世界沒有一件事情是我的錯，你明白嗎？那不是我想要的，我也不會讓它再發生。」

「好的，老哥，好的，老哥，不過請你相信我。」

「我相信你，眞的相信。」這個，就是當天下午所發生的悲哀故事。那天晚上，我們去一個奧基⑨家庭去借宿，而一大堆麻煩也隨之降臨我們身上。他們是我上一次待在丹佛兩星期的鄰居，這戶人家的女主人是個很能幹的女人，靠著冬天在山區開運煤車，獨力扶養四個孩子。她丈夫好幾年前離開了她，當時，他們正開著活動車屋，在各地旅行，從印第安那一路開到洛杉磯。但有一個星期天，他們倆在十字路口的酒館大喝了一頓以後，她丈夫一個人走過田野，就再沒有回來過，她的四個小孩都很棒。最大的是個男孩子，但那個夏天沒有住在家裡，而是住在山裡的營地。老二是個可愛的十三歲女孩，她喜歡寫詩，在田野裡摘花朵，志願是當好萊塢的女明星，名字叫珍妮特。再下來兩個比較小，一個是小吉米，一個是小露西。小吉米晚上會坐在營火旁邊，吵著要吃還沒烤熟的「馬鈴薯」，小露西喜歡抓蠕蟲、蟾蜍、甲蟲或其他會爬的東西當寵物，給牠們取名字和給牠們地方住。他們一共有四條狗，這家人過得貧窮，但卻快樂。不過，由於法蘭姬（女主人的名字，至少大家都是這樣叫她的）是個被丈夫遺棄的女人，而且他們的院子常常亂七八糟，所以成爲鄰居取笑的對象。他們居住的街區是個新區，位於山腳上，晚上可以眺望到下方平原上的丹佛像大車輪的夜間燈火，因爲這房子是位於從山巒過渡到平原的丘陵區（在遠古時期，大如海般的密西西比一定曾用柔和的波浪沖刷山巒，形成伊凡斯峰、派克峰和朗斯峰等圓形的島嶼狀山峰）。狄恩非常喜歡法蘭姬的三個小孩，又特別是珍妮特，不過我警告他（也許只是多此一舉），不可以碰她。法蘭姬是個屬於不凡男人的女人，一看到狄恩就很有好感，但兩人都很靦腆，她說他讓她想起丈夫。「啊，他和我丈夫完全一個樣，都是個野傢伙。」

然後，各種麻煩事像一群蝴蝶似的冒了出來。話說，好幾年來，法蘭姬一直想買一輛中古車，好不容易最近終於湊夠了錢。狄恩知道這件事以後，立刻毛遂自薦，要爲法蘭姬挑車和講價錢，他會這樣積極不難了解，因爲他想把車據爲己用，好去釣高中女生。可憐而天眞的法蘭姬是個很好擺布的人。不過，當狄恩把車子挑好（而且已經準備好跳上車絕塵而去），法蘭姬卻不肯把錢交給業務員，因爲她捨不得她的錢。「拜託，一百美元妳還希望買到什麼更好的貨色？」狄恩坐在阿拉米達大道的行人道上，用拳頭搥自己的頭，把法蘭姬罵了又罵，氣得臉色紫漲，發誓不會再跟法蘭姬說一句話。「唉，這些豬頭奧基，永遠都蠢得那麼讓人難以置信，狗就是改不了吃屎。每當應該有所行動的時候，他們就會變得恐懼、害怕、歇斯底里和癱瘓。他們怕什麼？怕自己想要得到的東西——完完全全和我老爸一個德性。」

但到了晚上，狄恩的心情又雀躍了起來，因爲他約了表哥山姆．布雷迪在酒吧碰面。狄恩換上一件乾淨T恤，一副生氣勃勃的模樣。「聽好，索爾，我要介紹一個人給你認識，他名叫山姆，是我的表哥。」

「順道問你一下，你找到你父親沒有？」

「下午去了，老哥，先去吉格斯餐廳，但沒找著，我老爸以前常醉醺醺到那去上班，幫忙倒生啤酒，老闆氣瘋了，他只好跌跌撞撞離開，我又到溫莎旅館旁邊的老理髮店去找過，也不得要領。一個舊識告訴我，據他所知，我老爸現在很可能是在新英格蘭一家鐵路公司的工人餐廳還是什麼別的地方幹活。你能想像嗎？我不相信他的話，這些人會爲了一毛錢亂編故事。好吧，現在讓我們來談談山姆。我小的時候，山姆是我最親的一個表兄弟，也是我心目中的英雄，他常常會從山區偸運一些私酒下來販賣。有一次，他在院子裡和他哥哥狠狠打了一場兩小時的架，把家裡的女人嚇得大呼小叫。我們常常睡在一塊。他是親戚裡唯一眞正關心我的人，今天是七年來我第一次和他碰面，他剛從密西西比回來丹佛。」

「你找他目的何在？」

「沒有目的，老哥，我只是想知道我家族的近況——不要忘了，老兄，我也有一個家族的。最重要的是，我想從他那裡知道一些我已經遺忘了的童年往事，我想追憶起來一些往事，我眞的想！」我從未見過狄恩如此興奮和高興。在酒吧等山姆來的時候，狄恩到處和人攀談，並打聽有哪些新的幫派和動態，他還打聽瑪莉露的消息，因爲她最近來了丹佛。「索爾，我年輕時候常常會從報攤偸些零錢，然後來這裡吃頓燉牛肉，你看到站在牆角那個傢伙沒有？你知道他過去是個什麼人嗎？是個狠角色。他幹過的架無以數計，他臉上有過的每一條疤痕，我還可以記得清清楚楚。不過，年復一年站在那個牆角以後，他變了，變得平易近人，變得一點火氣都沒有，他已經變成那個牆角的一部分了。這種轉變，你想像得出來嗎？」

山姆來了，他是個精瘦結實的人，約莫三十五歲，有一頭鬈髮和一雙起繭子的手。狄恩立刻恭敬地站立起來。當我們要爲山姆點酒的時候，他說：「不用，我現在已經不喝酒了。」

「聽到了沒有？」狄恩跟我耳語，「他現在不喝酒，以前可是個大酒桶，他現在有了宗教信仰，那是他在電話裡告訴我的。挖他，看看是怎麼回事——我的偶像現在變得怪裡怪氣的。」看到狄恩對我耳語，山姆顯得疑心重重，他帶我們坐他那輛格格響的老爺車去兜風，上車沒多久，山姆就對狄恩表明立場。

「狄恩，聽好，我現在已經不再相信你了，也不打算相信你準備告訴我的任何事，我今天晚上會來見你，只因家族有一份文件，需要你簽名。親戚之間已經不會再提你爸爸的名字，也不希望再跟他有任何瓜葛，抱歉的是，我們也打算用同樣態度對你。」我望向狄恩，只見他垂著頭，臉色沉沉的。

「很好，很好。」他說。山姆繼續載著我們到處兜風，甚至還買了冰淇淋蘇打請我們喝。雖然有山姆剛才一席話，但狄恩仍然問了他一大堆有關往事的問題，而山姆也一一作答，才一下子，狄恩興奮的心情又幾乎全回來了。唉，他那個失魂落魄的父親今晚身在何方呢？山姆讓我們在阿拉米達大道上的一個遊樂場門口下車，他約好狄恩明天下午處理簽名的事。我告訴狄恩，我很遺憾世界上沒有一個人願意相信他。

「但不要忘了，我是願意相信你的人。對於昨天下午對你說的那些蠢話，我感到無限抱歉。」

「沒關係，老哥，事情已經過去了。」我們進入遊樂場去閒逛。旋轉木馬、摩天輪、爆米花、輪盤、塡充木屑的玩偶，還有數以百計穿著牛仔褲的年輕男女在蕩來蕩去，塵埃和著一首首哀傷的音樂一起升向星空。狄恩身穿一條褪色的緊身牛仔褲和一件T恤，讓他看起來像極個道地的丹佛人，遊樂場裡還有不少墨西哥姑娘。其中一個引起我們注意，她是個侏儒，身高只有九十公分，但卻有著一張全世間最漂亮和最柔情的臉蛋，我們聽到她轉過身對一個女伴說：「欸，我們打電話把戈麥斯找出來吧。」狄恩一看到她，立時呆若木雞。有一把大刀子從夜色中捅入他的心臟。「老兄，我喜歡她，噢，我愛她……」我們跟在她後面走了好一陣子。最後，她越過高速公路，在一家汽車旅館的電話亭打了個電話，狄恩假裝在翻電話簿，實則全心全意地盯著她，我試著和她的女伴搭訕，但她們卻不理睬我。過了一會兒，戈麥斯就來了，他開著一輛格格作響的貨車，把幾個姑娘載走。狄恩站在馬路中央，抓住白己的胸部說：「噢，老哥，我要死了……」

「你幹麼不上前跟她說話呢？」

「我做不到……」我們決定買一些啤酒，回法蘭姬的房子喝，並打打撲克牌。法蘭姬的二女兒珍妮特今年十三歲，是這個世界上最漂亮的少女，也肯定即將出落成爲一個美女。她最出色的是那十根削蔥根般的手指，她一面說話一面比手勢時，活像個正在跳舞的埃及豔后。珍妮特和我很要好，幾個月前的夏天，我和她相處了一段時間，我們談書，談她感興趣的小話題。狄恩坐在房間最遠一角，瞇著眼，盯著珍妮特看，嘴巴裡唸唸有詞：「不賴，不賴。」珍妮特注意到狄恩盯著她，便向我提出抗議。

7

那個晚上什麼事情都沒有發生，我們喝完啤酒就睡覺去。發生事情的是第二天。第二天下午，我和狄恩到市中心去處理一些雜事，又到旅行社去問了問，有沒有要到紐約去的便車。回家途中，經過百老匯街的時候，狄恩突然走進一家體育用品商店，買了一個壘球。出來時，他把壘球拿在手上拋上拋下。沒有人知道他買壘球來幹什麼，那是個令人昏昏欲睡的炎熱下午。我們一面走一面玩傳球的遊戲。「明天我們準能搭到一輛旅行社的車子。」

回到家裡，我拿出一瓶一夸脫裝的波本威士忌（是一位女性朋友送我的），在亂七八糟的起居室裡跟狄恩和法蘭姬喝將起來。在房子的後方，有一大片的玉米田，而在玉米田的對面，住著一個很漂亮的女孩子。自從狄恩住到這裡來之後，就一直打她主意，我們喝酒時，每過一陣子，狄恩就會走出後門，穿過玉米田，到那女孩子的住處，朝她房間的窗戶扔小石頭和吹口哨，但後來事情變得不妙，他扔太多石頭，把女孩子嚇到了，珍妮特不時都會跟在狄恩身後，看他搞什麼鬼。忽然間，狄恩匆匆忙忙跑回來，臉色蒼白的對我說：「大事不好了，老哥。那女孩的母親拿了一把獵槍追殺我，她還找來一大票高中生，要痛扁我一頓。」

「怎麼會有這種事？他們現在在哪裡？」

「正從玉米田走過來，老哥。」狄恩已經醉了，對這件事顯得滿不在乎，我和他一道走出廚房，在月色中穿越玉米田。迎面而來一群人。

「等一等。」我問，「請問究竟是怎麼回事？」

那媽媽站在人群中間，兩手拿著一把大獵槍。「你那該死的朋友，直騷擾我們，我不是那種會訴諸法律的人。如果他敢再過來一次，我保證會一槍把他轟上天。」她身旁的高中生個個咬牙切齒，摩拳擦掌。我也醉得可以，所以我也滿不在乎。不過，我決定還是好漢不吃眼前虧。

「他不會再幹這種事了。我會看著他的，他是我弟弟，會聽我的，請妳把槍帶走，不必再為這事煩惱。」

「我只給他再一次機會！」她語氣堅定而嚴厲。「等我丈夫回來，我會叫他來找你。」

「不必這樣做，我保證他不會再來煩你們，他會安靜下來的，你們可以放一百二十個心。」狄恩站在我旁邊低聲詛咒。珍妮特從她臥室的窗戶目視著這一切。我從前就認識這群人，所以聽了我的一番話以後，他們的氣就消了一點，我抓住狄恩的手臂往回走，再一次穿過一排排照映在月色中的玉米。

「嗚呼！」他大叫道，「我今晚要喝個爛醉！」回到法蘭姬的屋子後，我們繼續喝酒。突然間，狄恩發瘋似地拿起一張珍妮特正在放的唱片，用膝蓋把它頂破，那是一張鄉村民歌唱片，是我以前送珍妮特的，她當場哭了起來。我叫她把唱片砸到狄恩頭上，砸成兩半，她照辦了。狄恩默然不語，如夢初醒地意識到自己幹了什麼，大家全都笑了起來，沒事了。這時候，法蘭姬建議大家到路邊酒吧去喝啤酒。「走吧！」狄恩喊道，「唉，如果妳星期二那天買了我幫妳挑的那輛車，現在我們就不需要用走的了。」

「我不喜歡那輛爛車。」法蘭姬回敬他一句。這時，孩子哭了起來，小吉米因爲我們要出門，把他留在家，感到害怕。我把他抱到沙發上睡覺，再把一隻狗狗放在他身上。醉醺醺的法蘭姬打電話叫了一輛計程車。就在等計程車來的時候，我接到一通電話，是我那個女性朋友打來的，她在話筒中哭哭啼啼，說是永遠不想再看到我，這件事全是她那個對我恨之入骨的堂弟搞的鬼。話說昨天下午，我寫了一封給公牛老李（他已經搬到墨西哥市去了），告訴他我和狄恩在丹佛的情況，信中我說：「我有一個中年女性朋友，她不但請我喝威士忌和吃大餐，還給我錢花。」

昨晚，我在她家享用過一頓炸雞晚餐以後，想起有信要寄，竟然蠢到託她堂弟代寄，那傢伙擅自把信打開來看，看完後又交給他堂姊看，以證明我確實是個騙子。所以，她才曾打電話給我，說永遠不想再見到我，之後，她堂弟接過電話，罵我是畜生。這時，計程車在門外按喇叭，小孩在哭，狗在吠，而法蘭姬和狄恩則在跳舞。我已經醉昏了頭，對著話筒罵出所有我想得到的三字經和一些我新發明的三字經，然後砰一聲掛上電話，出門喝酒去。

我們三個你推我撞下了計程車，走入一家山腳邊的酒館，點了啤酒。酒館裡有個瘋傢伙對狄恩一見如故，死命抱著他，呻吟喘息，狄恩汗流如注，沒多久就又發起了瘋來。他跑到酒館外，偷了一輛就停在車道上的車子，呼嘯開到丹佛的市中心區去，然後又偷了另一輛更新、更好的車子開回來。突然間，我看到一輛巡邏車停在了酒吧外頭，幾個警察和一些人圍在狄恩偷來的車子四周。「這是輛贓車。」一個警察說。狄恩就站在他後面，假裝驚訝地說：「是嗎?是嗎?」警察走開後，狄恩走進酒館，和那個叫東尼的瘋傢伙又再扭抱在一起，跳起舞來，東尼今天剛結婚，新娘正在某個地方等他，他卻跑來這裡喝得爛醉。「老哥，這傢伙是全世界最棒的！」狄恩高喊道，「索爾、法蘭姬，你們等我一下，我去弄一輛眞正的好車，然後我們三個，還有東尼，一起到山上去狂飆一番。」說完，就一陣風似的跑出了酒吧。幾乎同一時間，一個警察走了進來，說一輛從市中心偷來的汽車，現在就停在酒館車道上，人們三五成群討論這件事情。透過窗戶，我看到狄恩走到一輛停得離酒吧最近的汽車，沒兩三下工夫就打開了門，坐了進去，一溜煙開走了，竟然沒有半個人注意到這件事。幾分鐘以後，他又回來了，開的是一輛完全不同的車。「這一輛才眞的是漂亮寶貝，」他對我耳語說，「剛才那一輛太喘了。快點，老哥，我們一起去兜風吧。」他一生所積聚的苦澀和瘋狂，全都在這個晚上爆發了出來。他滿臉通紅，汗如雨下。

「不，我不想坐著一輛贓車到處去。」

「不要這樣嘛，老哥！東尼，你也會跟我們一道來，對不對？」瘦削黑髮的東尼本來正靠在狄恩身上呻吟喘氣，但一聽到這問話，就彷彿得到天啓似的，抽回搭在狄恩身上的手，退後幾步，面露驚惶之色，掉頭走開。狄恩點了點頭，大滴大滴的汗從他額上流下。見我們不理他，他就一個人走出酒吧，把車開走了。法蘭姬和我決定要回家，便坐上一輛停在車道上等客人的計程車。計程車沿著阿拉米達大道前行——幾個月前的夏天，我曾經在這條大道上失魂落魄地走過無數個夜。忽然間，狄恩的車子出現在我們後頭，他猛按喇叭，又大聲尖叫，不斷向著我們的車子進逼過來，計程車司機嚇得臉色發白。

「不用擔心，他是我的朋友。」我對計程車司機說。狄恩很氣我們，突然間，他猛踩油門，把車子加速到一百四十，一枝箭似地超到我們前面，揚起大片大片塵埃。之後，他轉入通往法蘭姬房子那條路，開到房子前面停住，不過，一等我們到達，他就急速回轉，又往城裡開去，我們在黑暗的院子裡焦躁地等候著。沒多久，他回來了，這次開的又是一部不同的車子，一部破破的雙門小汽車。他下車後就搖搖晃晃直接朝臥室走，一到臥室，就倒到床上去。而他偷來的那輛車，則大刺刺地停在門前。

我非把狄恩弄醒不可，因爲只有他有辦法發動他偷來的這部車子，再把它開到什麼地方丟棄。狄恩迷迷糊糊從床上站了起來，身上只穿著一條三角褲，跟著我一道到車上去，幾個小孩站在窗戶前咯咯笑。他把車開到路的盡頭，然後鏟上一片紫花苜蓿，直到車子完全沒辦法動才停住。車子就停在一棵三角葉楊樹的下面，附近有一個老磨坊。「不能再往前了。」狄恩只說了句，說罷就下了車，在月光下穿著短褲走回約半英里外的玉米田，我們回到家後他就睡著了。丹佛的一切都變得一團糟：我的女性朋友、汽車、小孩、可憐的法蘭姬、滿地啤酒罐的起居室，一隻蟋蟀吵得我好一陣子無法入睡。西部這一帶的星星，就像我在懷俄明所看到的一樣，大得像羅馬焰火，又寂寞得像達摩王子——他失去了祖傳的果園，所以在北斗的星柄上一站一站尋訪，想把果園找回來。這也是爲什麼星星會在夜空中緩緩輪轉的原因，在星星都轉完一圈，而太陽又未眞正升起以前，會有一道巨大的紅光，照向西堪薩斯以西那一片微褐色、蕭瑟的土地，屆時，鳥啼聲就會升起於丹佛之上。

8

隔天早上，我們都噁心想吐得要命。狄恩起床後第一件事情就是穿過玉米田，去看看車子還在不在?在的話，他打算拿它當我們到東部去的交通工具，我叫他不要去，但他沒有聽，他回來時臉色蒼白。「老哥，我看到附近有一輛偵探車。這些年來，我在丹佛偷過五百輛車子，沒有一個管區沒有我的指紋檔案。你知道的，我偷車不過是爲了兜兜風!我得趕快溜才行!聽好，假如我們不能在第一時間離開這裡的話，我們的牢就坐定了。」

「你說得眞他媽的太對了!」我說。我們立刻開始用兩雙手所可能有的最快速度收拾行李。珍妮特哭了，捨不得我們離開（也許只是捨不得我離開），法蘭姬有禮地和我們道別，我吻了吻她，並對我們帶給她的麻煩賠不是。

「他眞是個野傢伙，」她說，「很難不讓我想起我跑掉的老公，他們完全一模一樣，我眞希望米奇長大後不會是這個樣子，但機會很渺茫。」

我也向小露西說再見，她手上拿著一隻寵物甲蟲，小吉米正在睡覺，這所有的話別，全都在幾秒鐘內完成。那是個美麗的星期天黎明，我們拿著大件小件的破行李，在街上匆匆而行。我們提心弔膽，因爲隨時都有可能從哪個路口轉出一輛巡邏車，向我們直撲而來。

「如果那個拿獵槍的媽媽發現了這件事，我們就死定了。」狄恩說，「我們必須叫一輛計程車，坐上計程車，我們就安全了。」我們本想敲一戶還在睡覺的農家的門，借電話叫計程車，但卻被他們的狗趕跑了。每滯留多一分鐘，我們的危險就增加一分，因爲狄恩偷來的車子隨時都有可能被一個早起的農民發現。我們從一位可愛的老婦人那裡借到了電話，叫了計程車，但車子卻遲遲沒有出現。清晨的交通開始了，每一輛往來經過的車子看起來都像一輛巡邏車。驀地，我看到一輛巡邏車，向我們迎面而來，我知道，我的人生要完蛋了，接下來就要過恐怖的鐵窗生涯，但那車子原來是我們叫的計程車。從那一刻起，我們就往東部奔馳了。

在旅行社，老天送了我們一份大禮：有車主需要人幫他把他的「凱迪拉克」開到芝加哥去。車主和一家人剛從墨西哥回來，原來打算一直把車開到芝加哥，但到達丹佛以後便累得受不了，決定跟家人改坐火車回家，車子則委託給別人開。他對駕駛的要求不多，只要求要有身分證明文件和能把車開到芝加哥就行。我出示的證件讓他很放心，狄恩興奮地在車裡鑽進鑽出，我警告他：「不要偷人家車上的東西。」車子要一小時後才能交給我們開。我們躺在教堂附近的一片草地上，一九四七年我把麗塔．貝登各特送回家後，曾與一些乞討的流浪漢在這草地待過一陣子。我因極度的恐懼和疲憊而睡著，臉朝向午後的鳥兒，但狄恩卻靜不下來。他跑到一家小吃店去跟一個女侍搭訕，並跟她約好，下午開「凱迪拉克」載她兜風，他跑回來告訴我這件事。我的心情現在好多了，不知道新的麻煩才要來。

「凱迪拉克」抵達時，狄恩馬上坐了進去，把車開走，說是要去「加油」。旅行社的老闆狐疑地看著我，問：「他什麼時候會回來？其他乘客都到齊了。」他指了指兩個坐在長凳的愛爾蘭小夥子。他們是東部一家耶穌會學校的學生。

「他只是去加油吧了，立刻就會回來。」我走到街角去，看到狄恩把車停在一家旅館前面，等她約好那個女侍出來，她就住在這間旅館裡。事實上，從我站立的位置，可以看得見那女侍的房間，我看見她正站在鏡子前面裝扮和調整絲襪，唉，我眞希望能和他們一道去兜風。那女侍連走帶跑地出了旅館，跳上了「凱迪拉克」，我漫步回旅行社，安撫略顯不耐的旅行社老闆和乘客。站在旅行社的門口，我可以看見「凱迪拉克」反射著弱光，正開過克利夫蘭廣場，車上的狄恩，正在比手畫腳、侃侃而談，而他身邊的女伴，則一副志得意滿的模樣，狄恩把車開到了一個以前他工作過的停車場，停在後頭一堵牆邊，然後——據狄恩自己說——就在沒有一寸平面的車廂內成其好事。他還說服那女的——她名叫比茉莉——星期五一領到薪水，就立刻到紐約來找我們。三十分鐘後，狄恩把比茉莉呼嘯送回旅館，擁吻過、山盟海誓過和道別過後，就火速趕回旅行社。

「哦，總算回來啦！」旅行社老闆說，「我還以爲你開著『凱迪拉克』跑了呢。」

「我會負全責的，」我說，馬上又補充了一句：「你不必擔心。」我會補充這句話，是因爲以狄恩那種痴狂的神情，很難讓人不猜他是個瘋子。但狄恩馬上換上一副一本正經的表情，並幫那兩個耶穌會的小夥子拿行李。在他們還沒有來得及坐穩，而我也沒來得及向丹佛揮手作別之前，車子已經像鳥一樣飛了起來，出了丹佛還沒有三公里，時速表就不管用了，因爲狄恩已經把車速飆到了一百八十公里。

「嗯，沒有了時速表，我就無法知道自己開多快啦。不過沒關係，等我開到芝加哥，再來把全部里程數除以小時數，就知道答案了。」在通向格利里（Greeley）那條筆直的高速公路上，每一輛車子都像死蒼蠅一樣被我們抛在了後頭。狄恩雖然開得快，但「凱迪拉克」很平穩，讓人感覺車速不過在一百二十公里左右。「索爾，我現在之所以不向東北方向開，理由是，我必須到斯特靈（Stering）一趟，去看看我的死黨艾德．威爾，他在那兒有個牧場。你也應該會他一會，和看看他的牧場，你不必擔心，我們這艘船速度這麼快，繞一點點路，耽誤不了我們多少到達芝加哥的時間。」好吧，我沒有異議。天開始下雨，但狄恩並沒有減速的意思。我們坐的，是一輛漂亮的大轎車——黑色的車身，加長型的車體，白色的輪胎，搞不好就連車窗玻璃都是防彈的。兩個耶穌會的學生坐在後座，顯得很愉快，他們對車子開得有多快，根本沒有概念。他們試著和狄恩攀談，但狄恩沒有答腔，他脫掉T恤，打著赤膊開車。「那個比茉莉真是個漂亮的可人兒，她打算到紐約和我們會合，一旦我和卡蜜兒辦妥離婚手續，就會跟她結婚。現在，每樣事情都活了起來，索爾，吔呼！」離開丹佛愈遠，我愈感到自在。當我們在一條匝道轉出高速公路，開上一條土路時，天色開始暗下來，這條土路可帶我們穿過科羅拉多東部的平原區，到達艾德．威爾的牧場。雨還在下，地面的泥濘很滑溜。狄恩把車速減到了一百一十，但我仍然嫌他減得不夠多，我們隨時都有打滑的危險。我叫他再開慢一點，他卻說：「不必擔心，老哥，你知道我有多少能耐的。」

「但不包括這一次，」我說，「你真的開太快了。」就在這時，前方出現一個大轉彎，狄恩滿不在乎地猛轉方向盤，但結果是，「凱迪拉克」的車屁股甩出了路邊，陷在了一條溝渠之中。霎時間萬籟俱靜，只聽得見颼颼的風聲，我們身處在一個荒涼的大草原中央。大約半公里之外，可以看見一棟農宅。我忍不住不停咒罵，我氣瘋了，對狄恩厭惡透頂，他不發一語，穿上了外套頂著雨，下車前往農宅去求助。

「他是你兄弟嗎？」後座的中學生問我，「是不是他一坐上駕駛座，就會變成惡魔？……聽你們談話，似乎他碰上女人的時候，情形也是如此？」

「對，他是瘋子。」我說，頓了一下，又說：「沒錯，他是我兄弟。」稍後，狄恩坐著一輛牽引車回來，駕駛是個農人。他們用鐵鍊鍊住車子，再把它拉出溝渠。「凱迪拉克」這時滿身泥濘，有一邊的車輪護蓋撞破了。農夫向我們要了五美元的拖吊費，他的女兒此時就站在遠處的田裡，看著這一切。那是我和狄恩有生以來看到過最漂亮的女孩子。她年約十六歲，膚色嫣紅得像朵野薔薇，有一雙最藍汪汪的眼睛，一頭漂亮的秀髮，羞怯和敏感得像頭野羚羊。狂風把她的頭髮吹得紛飛散亂，更添幾分嬌媚，我和狄恩死命地盯著她看，她的臉紅了又紅。

我們看了大草原天使最後一眼，就繼續上路。雨開始變小為毛毛雨。天全黑後，狄恩告訴我，艾德．威爾的牧場就在前頭。「剛才那個女孩子讓我驚豔，」我說，「我願意拋棄一切，跪倒在她腳前。而如果她不接受我的愛的話，我就會把自己放逐到天涯海角。」兩個耶穌會學生聽得咯咯笑，他們豆子大小的腦袋裡裝的，大概就只有半通不通的阿奎那⑩，我和狄恩根本懶得理睬他們。在行經泥濘的草原區時，狄恩向我憶述他從前在這一帶的牛仔生涯。他指給我看他以前常常騎馬奔馳一整個早上的那些路段，當我們到達牧場邊緣時，他又指給我看他幫忙修補過的圍籬，那是一道很龐大的圍籬。他又談到艾德．威爾的爸爸，說老威爾常常奮不顧身，開車到牧草地去追逐逃跑的小乳牛，一面追一面喊：「別走，媽的，別走，媽的！」「所以，他每六個月就不得不換一輛新車，」狄恩說，「但他根本不在乎。每當有牲口走失，他就會開車去追，車子陷入水坑後，他就爬出車外，繼續徒步去追。他把賺來的每一分錢數了又數，然後存在一個廣口瓶裡，眞是個瘋到家的老牧場主。待會兒經過工棚的時候，你就可以看到他的一些汽車殘骸。我上一次緩刑出獄以後，就待在這個牧場裡，這裡也是我寫信給蔡德．金恩的地方。⑪」我們轉入了一條小徑，兩旁盡是冬天的牧草。這時，突然有一大群白臉的乳牛，哞哞哞地在車頭燈光的前方團團轉。「就是牠們！就是牠們！威爾的乳牛！想打牠們中間穿過，連門兒都沒有。我們必須下車，哄牠們走開。呵呵呵！」但我們並沒有眞的下車去哄牛，而是一寸一寸地前進，遇到有不肯讓路的乳牛時，就用車頭輕輕地把牠頂一頂，牛群像海水一樣在車窗外漾過，過了牛群以後，我們就看到了從艾德．威爾宅子傳出的燈光，在這孤獨燈光的四周，不知是多少百公里的平原。

對東部人來說，大草原上這種遮天蔽地的黑是很難想像的。沒有星星，沒有月亮，除了從威爾太太廚房裡傳出的一燈熒然外，沒有任何其他光線。我們敲了威爾家的門，又在黑暗中呼喊他的名字，原來他正在牛廄裡擠牛奶。我在黑暗中謹愼小心地走出了七八公尺，便不敢再往前走，我感覺自己聽到了狼嗥聲，但威爾說那大概只是他父親的一匹野馬在遠處嘶鳴。威爾的年紀和我們大約相當，他高個，四肢修長，尖牙，說話簡潔。過去，他和狄恩常常一起在柯蒂斯街混，喜歡站在街角，向路過的女孩子吹口哨。他親切地把我們帶到久未使用的陰暗客廳，東找西找才找出幾盞昏黃的燈，他問狄恩：「你的大拇指怎麼搞的？」

「我要揍瑪莉露，沒想到反而傷了自己大拇指，得到感染，最後只好切除。」

「你這是搞什麼鬼！」看得出來，威爾過去是狄恩的老大哥，他搖了搖頭，牛奶桶仍然在他腳邊。「你這個人怎麼老是瘋瘋癲癲的。」

這時，威爾的年輕太太爲我們端出取材自大牧場廚房的一席盛宴，她爲她的桃子冰淇淋向我們道歉：「眞不好意思，這其實談不上什麼桃子冰淇淋，只不過是把桃子和冰淇淋凍在一塊兒罷了。」不過，那是我平生吃過最美味的冰淇淋。我們一面吃，一面有新菜上桌，威爾太太是個身材姣好的金髮美女，但不管是哪個女人，住在這麼荒涼乏味的地方，都難免會有一點點抱怨，她打開收音機，調到她每晚這個時候收聽的節目。威爾坐在一旁，不發一語，只管看著自己雙手。狄恩狼吞虎嚥地吃著，他向威爾撒了個謊，說我是「凱迪拉克」的車主，是個有錢人，而他則是我的朋友兼司機，但威爾不爲所動。每一次有牲口在穀倉裡發出聲音，他都會抬頭豎耳傾聽。

「唔，我只盼你們能到得了紐約。」威爾非但不相信狄恩編的一套大話，反而認定「凱迪拉克」是狄恩偷來的，我們在牧場裡大約待了一個小時，就像山姆．布雷迪一樣，艾德．威爾也不再相信狄恩了，每當他抬眼看狄恩的時候，都流露出戒愼警惕的眼神。是有過一段日子，當乾草收割過後，威爾和狄恩會勾肩搭背，在懷俄明的拉阿密（Laramie）的街上醉步溜達，但那段日子已經過去了。

狄恩在椅子裡動來動去，一副坐立不安的樣子。「謝了，謝了。我想我們也該走了，因爲明天晚上以前，我們得趕到芝加哥去，我們已經浪費了好幾個鐘頭。」兩個耶穌會學生謝過威爾以後，我們就上路了。在車上，我轉頭望著那盞兀自在夜海裡亮著的廚房孤燈變遠、變小。

9

狄恩三兩下工夫就把車子開回到高速公路上。那個晚上，一整個內布拉斯加州如捲軸般在我眼前展開。我們以一百八十公里的時速飛馳，沿途沒看見一輛汽車，只有一個蒸汽火車頭，被我們遠遠甩在後頭。雖然車速那麼快，但我一點都不害怕。在內布拉斯加的高速公路上，開一百八是完全合法的，何況，我們的「凱迪拉克」是一輛頂呱呱的寶貝，它的貼地性可媲美船的「貼水性」，要繞過漸進式的彎道，易如反掌。「欸，老哥，這是艘夢幻快艇，」狄恩嘆了口氣說，「想想看，如果我們擁有一輛這樣的車，能幹些什麼？你知道有一條路是可以經過墨西哥，直通巴拿馬的嗎？它有可能甚至可以一直通到南美洲的底部。聽說那裡的印第安人有兩百一十公分高，他們住在山裡，吃的是古柯鹼。索爾，我們兩個應該開一輛這樣的車，遊遍世界一周。有它到不了的地方嗎？當然沒有！索爾，你可有想過，開著這車子在芝加哥兜風，會是怎樣的光景？你知道嗎，我長那麼大，還沒到過芝加哥呢！我們絕不能中途停下來！」

「在芝加哥開著這輛玩意兒，人們一定會以為我們是幫派分子。」

「就是說！還有馬子！我們還可以用它來釣些馬子。我已經下定決心，要以超高速開到芝加哥去，這樣，在還車以前，我們就還有一整個晚上可以開著它到處狂歡。現在你什麼都不用管，只要放輕鬆就行，一切自有我來搞定。」

「嗯，你現在開多快？」

「大概是一百八上下吧，我猜。你不會感覺得出來的，有這樣的車子，我們只要一個白天，就可以穿過一整個愛荷華，而要穿過伊利諾，更是只需一眨眼的工夫。」兩個學生都睡著了，而我倆則整夜聊天。

「現在我每次到丹佛，都會發生類似這次的事情，看來我不應該再到丹佛去了。」這就是狄恩令人驚異之處——前一剎那還在發瘋，但後一剎那卻可以平靜和明智得像什麼都沒發生過。我想，只要給他一輛快車、一個待奔赴的海岸和一個在道路盡頭等著的女人，他就可以做得到這一點。我告訴他，一九四七年的時候，我曾行經在這條內布拉斯加的公路，他說他也是。「一九四四年的時候，我在洛杉磯的新世紀洗衣店工作——我靠虛報年齡獲得這份工作，有一次，我取道內布拉斯加，想要到印第安那波利斯去看賽車。我白天攔便車，晚上則開偷來的車爭取時間，此行我還有另一個目的，我在洛杉磯買了一輛二十美元的『別克』——那是我生平第一輛車子——但它卻通不過煞車和燈光檢查，所以，我想，如果我可以弄到一張外州的駕照的話，就可以在洛杉磯開它了。我把車牌帶在身邊，裹在大衣裡，不過，行經內布拉斯加這裡的一個小鎮時，一個好管閒事的警長覺得我可疑，這麼年輕竟然搭便車，過來盤查我，他在我身上搜出了車牌，便把我關到一間有兩個囚室的牢房裡去。另一個囚室住著個年紀很大的罪犯，以他的年紀，本來已經應該可以獲釋，但他根本照顧不了自己，所以只好把他關在牢裡，由警長太太照顧他飲食，警長把我審訊一番後，又出言恐嚇，叫我最好吐實。最後，我憑著平生最動人的一篇演說，才打動了他，把我釋放。我向他承認，我是有一個有偷車紀錄的人，不過卻騙他，我來內布拉斯加的目的，只是爲了找我那個當農場工人的老爸，這番周折讓我錯過了賽車。第二年秋天，我又幹了類似的事情一次，到印第安那州的南本德（South Bend）看聖母隊對加州隊的比賽，而這一次一點麻煩都沒碰到。當時，我身上全部的錢只夠買一張門票，所以，在來回的沿途，除了偶爾碰上有凱子請客，我什麼都沒吃，只有美國人會願意費那麼大的勁去看場棒球比賽。」

我問他一九四四年在洛杉磯的情形。「去洛杉磯之前，我在亞利桑那坐牢，那是我待過最差勁的一所監牢，所以我非逃獄不可。那眞是我一生中最大一次逃亡——即使各種意義的『逃亡』都算進來的話，監獄裡的粗活和偶然的死亡威脅讓我不得不逃，爲了躲過追捕，我必須遠離道路，在樹林和沼澤區潛行。另外，我也必須想辦法把身上的囚服換掉。我潛入了旗竿城（Flagsta）郊外的一個加油站，偷走了一件襯衫和一條褲子。兩天後，我穿著加油工的服裝抵達洛杉磯，並在路上碰到的第一家加油站找到了工作。這工作提供我一個自己的房間。我改名換姓（改成李．布里埃），在洛杉磯過了多姿多采的一年，認識了一票新朋友和幾個很正點的女孩，不過，我的洛杉磯生涯卻以一件不怎麼愉快的事情告終。有一晚，我們一票人開車到好萊塢大道去尋歡作樂，我一面駕駛，一面和女孩子親吻。我叫一個死黨接我手駕駛，但他卻沒聽到，結果車子撞上了一根電線桿，幸好當時車速只有三十公里。我的鼻子被撞破了。如果你仔細看，就可以看到我鼻子上有一彎淺淺的傷痕。這件事之後，我離開了洛杉磯，前往丹佛，在一家冰果店裡認識了瑪莉露。她當時才十五歲，穿著一條牛仔褲，正等某個人來接她，我們在愛斯旅館裡纏綿了三天三夜，就是三樓東南角的房間，一個我永誌不忘的房間。啊，老天，當時的她，是何等的甜美，何等的年輕啊！欸，看，看那邊，有一群老乞丐坐在鐵路邊烤火呢！看到沒有？」他幾乎要把車速放慢下來。「說不定我老爸就在裡面。」鐵路邊果然有幾個人圍坐在一堆柴火四周。「我甚至不知道要到哪去打聽我老爸的下落，他有可能在任何地方。」我們繼續飛馳。狄恩的父親，現在肯定是醉臥在某處樹叢裡——頰上沾著唾沫，褲子上沾著水漬，耳朵上沾著糖蜜，鼻子裡結著痂，說不定髮縫間還溢著血。

我一手搭在狄恩的手臂上說：「老哥，我們正在回家路上。」紐約將成爲他永久性的家——他第一個永久性的家。狄恩全身上下動個不停，一副急不可待的樣子。

「一到賓州，我們就可以收聽到最正點的東部勃哮了。快划啊，老船，快划啊！」「凱迪拉克」迎風怒吼，一個個平原像紙一樣在我們面前攤開，狄恩鐵石的臉死死盯著儀表板，似乎專心致志在想著某件事情。

「你在想些什麼？」

「還不是那回事——馬子馬子馬子。」

我不知不覺睡著了，醒過來時，發現自己被愛荷華七月星期天早晨炎熱乾燥的空氣所籠罩，狄恩還在駕駛，而且沒有放慢速度。在蜿蜒的山道上，他會把車速減爲一百三，但一回到直路，就會馬上加速到一百八，除非是道路兩線的車流量都很大，他才會乖乖把車速保持在可憐兮兮的一百公里。不過，只要一給他逮到機會，哪怕是前面有六輛車，他都會毫不猶豫地超車，掀起漫天塵埃。狄恩開車的拚勁兒引起了一個開新款「別克」的傢伙的注意，他打定主意跟我們賽一賽。當狄恩正準備又要超越一長串車子的時候，「別克」毫不示警地從我們旁邊快速掠過，又按喇叭又閃尾燈的，向我們下戰書。狄恩馬上像隻追逐獵物的大鳥一樣急起直追。「等著瞧，」狄恩笑道，「我要好好逗逗那個混球，看著啦！」他故意讓「別克」保持領先，但三不五時都會向它逼近一下。「別克」的駕駛被狄恩逗瘋了，把車速飆到一百六，他看起來像個剛旅行回來的芝加哥時髦族。車內還坐著一個年紀大得像他母親的老女人（說不定也眞的是他母親），至於這老女人有沒有提出抗議，我們就不得而知了。「別克」的駕駛有一頭黑而亂的頭髮，身穿開領襯衫，他會找上我們，也許是以爲我們是來芝加哥搶地盤的外地幫派（因爲『凱迪拉克』掛的是加州的車牌，所以他又搞不好會認爲我們是米奇．科恩[12]的手下）。不過，他的最終目的，應該只是找找賽車的樂子。爲了保持領先，「別克」

的駕駛不惜冒險在彎道上超車，有一次差點沒跟對向的一輛大卡車撞上。我們兩輛車，就這樣在愛荷華境內追逐了一百三十公里。這場賽車太過癮了，讓我根本忘記了害怕。最後，「別克」的駕駛終於放棄了（也許是拗不過車上老女士的抗議），把車子停在了一個加油站，當我們從他面前呼嘯而過時，他朝我們愉快地招了招手。我們繼續快速前進。狄恩打著赤膊，我兩腿搭在儀表板上，兩個小夥子在後座。後來，我們在一間快餐店前面停下來用餐，白頭髮的老闆娘很慷慨，給了我們額外大份的馬鈴薯，這時，傳來了附近小鎮教室的鐘響，用過餐，我們就繼續趕路。

「狄恩，白天不要開那麼快。」

「不用擔心，老哥，我知道自己在幹什麼。」我開始感到不安，狄恩超起車來就像個恐怖天使，有好多次，他超車時都是在千鈞一髮躲過對向的來車，我一顆心七上八下，再也受不了了，愛荷華很少有像內布拉斯加那種長而筆直的道路，不過，只要給狄恩碰上一條，他就會馬上加速到一百八。窗外閃過的景物讓我回想起一九四七年，當時，我和愛迪在這樣景色的一段路上被困了兩個小時，我走過的舊路像倒帶一樣向我展開，我的生命之杯像是翻了過來，裡面的東西全都往外濺，我的眼睛在夢魘般的白日裡看得痠痛。

「我要到後座去了，狄恩，你去死吧，我看不下去了。」

我說這話時，狄恩剛好在一條窄橋上超了一輛車，他怪笑了幾聲。我翻到後座去，蜷起身體睡覺，而其中一個學生則爬到前座，取代我的位置，我滿腦子都是即將撞車的恐懼，我躺在座椅上，闔起雙眼，試著睡覺。當海員的時代，我睡覺時都會感應得到船身下面的波浪和再下面的千噚海底深淵，而現在的我，也感應得到在我身體下方五十公分左右的路面，感應得到它正以不可思議的高速向前延展。我雖然閉起雙眼，但飛馳的道路仍然出現在我的眼簾；而如果我張開眼睛，就會看到在車廂地板上高速閃過的樹影，我根本無處可逃。狄恩仍在開車，他壓根兒不打算在到達芝加哥前睡覺。下午時，我們再一次開過第蒙，這一帶的車流量很大，狄恩不得不乖乖減速，於是我又坐回前座去。我萬萬沒想到，我一直擔心的「車禍」，竟然是發生在這裡。開在我們前面的是一輛箱型小客車，駕駛是個肥胖的黑人，車尾的保險桿上綁著個帆布的沙漠水袋。不曉得為什麼，箱型小客車的駕駛突然煞車，但狄恩因為正跟後座兩個中學生聊天，所以沒注意到。我們以大約八公里的時速往前撞了上去，水袋被撞破了，水花四濺。不過，箱型小客車除了車尾保險桿略被撞彎以外，別無損傷。我和狄恩下車去跟箱型小客車的駕駛交涉，我們答應了支付保險桿的修理費，又跟對方交換了地址。在跟箱型小客車的駕駛談話的過程中，狄恩雙眼始終沒離開過他老婆漂亮的褐色胸部（她穿的是一件寬鬆低領的襯衫），我們給他的地址，是「凱迪拉克」車主芝加哥的地址。

剛過第蒙，一輛警車就鳴笛向我們接近，示意我們停車。「搞什麼鬼！」狄恩罵道。

一個條子走過來問我們：「剛才你們是不是撞到別的車子？」

「撞車?我們不過是在一處路口撞破一個傢伙的水袋罷了。」

「那駕駛說他的車被一群偷車賊撞到了。」我們先是一愣，繼而捧腹大笑起來，雖然我們提出了解釋，但巡警還是堅持要我們跟他回派出所去。在派出所裡，他打了電話給芝加哥的「凱迪拉克」車主。車主先生對他說：「對，車是我的，但我可不會爲那幾個小夥子作保的。」

「他們在第蒙這裡與別的車子發生了一點小擦撞。」

「我知道，你剛才說過了。但不管他們做過些什麼，我都不會爲他們負責的。」

事情釐清後，我們繼續上路。派出所的所在地是紐頓，一九四七年的一個黎明，我曾在這裡走過一段路，我們在下午越過了達分波特和它旁邊的密西西比河，接下來是岩島。沒幾分鐘工夫，太陽就開始變紅，而突然間，伊利諾的涓涓小河和蒼翠林蔭，就無預警地躍人眼簾，沿途的景色開始變得有柔和的東部味道，而乾旱龐大的西部，則已經落到了後頭去。我們在伊利諾州州境內疾馳了幾個小時，狄恩始終沒有減速，他愈來愈疲倦，但也愈來愈大膽。有一次，在一條狹窄的小橋上，他又冒了一個幾乎不可能成功的險。當時的情形是，我們前頭有兩輛車，而橋的另一頭，則有一輛大卡車正在接近，從大卡車的速度看來，它的司機已經算好，一等我們前面兩輛慢車過了橋，他就剛好開到橋上，橋的寬度絕對容不下大卡車和另一輛反方向的車輛同時行駛。大卡車後面還跟著其他車子。但狄恩並沒有減速，反而踩油門，把車速飆到一百八，連超前面兩輛車，竄上了橋（幾乎撞上橋左面的欄杆），然後從橋的出口右側閃了出去，僅僅與大卡車的左前輪擦身而過，還差點撞上大卡車後面一輛伺機超車的小客車，全部過程不過爲時兩秒鐘。狄恩的險是冒成功了，但剛才只要他稍有差池，就會是一場連環大車禍。在伊利諾州這裡，最近才有一個著名的咆勃單簧管手因車禍喪生，我想，當時的情況，搞不好跟剛剛的很相似，我又爬回後座去。

現在，連兩個高中生都不敢坐在前座了。狄恩已經鐵了心，要在入夜前趕到芝加哥。在一處鐵路平交道，我們搭載了兩個流浪漢，他們願意付半美元的油錢。一分鐘以前還坐在鐵路枕木上幹光手上最後一滴酒的他們，大概做夢也沒想過，一分鐘以後，自己會坐上一輛「凱迪拉克」，而且是以前所未有的速度向芝加哥狂飆。坐在狄恩旁邊那個流浪漢，一路上兩眼都死死盯著路面，我敢打賭，他一定有在心裡暗暗禱告，求上天保佑他平安到達。「嗯，我們從未坐過這麼快的車子到芝加哥過。」他們說。經過一個個令人昏昏欲睡的伊利諾小鎮時，人們都用奇怪的目光打量我們，這裡的人見慣衣履光鮮、開高級轎車的芝加哥幫派分子，而像我們這樣不修邊幅而開高級轎車的人（我們未刮鬍子，狄恩還裸著上身），倒是他們見所未見。他們要不以爲我們是來芝加哥打天下的加州幫派分子，就是以爲我們是猶他州監獄的一群逃犯。當我們停在一個小鎮加油和喝可樂的時候，附近所有人都走出來，不發一語地瞪著我們看。我知道，他們是在心裡默記我們的模樣長相，以便日後警察問起，回答得出來。爲了和加油小姐搭訕，狄恩把他的T恤像領巾一樣圍在脖子上，不過，才一下子，他就衝回到駕駛座上，發動引擎。很快，天色就由紅變紫，而最後一條迷人的小河，也在我們輪下呼嘯而過。芝加哥的煙霧廢氣在望了。從丹佛到芝加哥，全程是一千九百公里，如果扣掉陷在溝渠裡的兩小時、繞路到威爾農場去的三小時和滯留在派出所的三小時，那我們從丹佛來到芝加哥，才花了十七小時，換言之平均每小時走一百一十多公里，而且還是由一個人從頭開到尾的呢！這不能不算是夠酷夠炫的紀錄了。

10

芝加哥的燈火愈來愈接近，愈來愈亮。驀地，我們就置身於麥迪遜大街上了，數以百計的流浪漢在酒館的門道上和小巷裡流連，有些還躺在路邊，腳掛搭在路沿上。「哇塞！老哥，眼睛放亮點，搞不好我老頭子今年湊巧就在芝加哥。」我們繼續向城中區開去，把這些流浪漢拋在背後。電車、報童和女孩子打我們旁邊經過，炸薯條與啤酒的味道在空氣中飄香，霓虹燈一閃一閃。「好一座大城市，索爾，眞不賴！」第一件要做的事是要找個夠好夠暗的地點，把「凱迪拉克」停好，然後沐浴更衣，以迎接狂歡夜的來臨。我們在青年會的對面找到一條紅磚巷道，很適合作爲藏車之地。我們把「凱迪拉克」頭朝外停好後，就尾隨兩個耶穌會中學生，走進對街的青年會去。他們要了一個房間，並允許我們使用房間的盥洗設備，他們對自己能夠毫髮無傷抵達芝加哥很是高興。我和狄恩刮過鬍子，淋過浴，就和兩個高中生揮手作別。在青年會的大堂裡，狄恩發現地上有個錢包，便悄悄撿了起來，不過，他隨即就意識到那是我掉的，失望到了極點。我們走入一家自助餐廳用餐，狄恩站在大玻璃窗前，手摩搓著肚子，打量外面的街景，一個個半東部味、半西部味的人在街上往來經過。這時，一個中年婦女走進餐廳來，她說她有幾個小孩要吃飯，但卻沒有錢，想討些吃的，但她被拒絕了，她走路的時候，臀部搖動得很厲害。「哇噻，我們快跟上去，把她帶到『凱迪拉克』去，我們就有得樂的了！」狄恩說。不過，他隨即就忘了這回事，並向北克拉克街進發。「唉，老哥，」他站在一家酒吧前面對我說，「你看看這條街上的人，看看那些路過的中國佬，這眞是一個古怪的城市。哇，你看看那個正從窗子往下望的女的！你看到她睡袍下面那雙大奶沒有？看到她那雙又大又野的眼睛沒有？嗯，索爾，在沒有去到我們要去的地方以前，我們絕不能停下來。」

「我們要去哪裡？」

「不知道，反正往前走就是。」沒多久，我們就看到一群年輕的咆勃樂手，正從汽車上卸下樂器，他們走進了一間酒館，我們也跟著進去。他們整頓了一下以後，就開始吹奏起來。老天，我們來對地方了！樂隊領班是個次中音薩克斯風手，他修長、駝背、鬈髮、厚脣和窄肩，自我陶醉寫在他的眼中。他拿起他的薩克斯風，皺了一下眉頭，就開始吹奏起一段酷而複雜的旋律；一面吹，一面優雅地頓腳，捕捉靈感。他低著頭，專心吹奏，誰也不看。當別的小夥子在獨奏時，他就會輕輕地說：「用力吹。」另一個薩克斯風手是個強壯的英俊金髮小夥子，樣子很像拳擊手普茲。他穿著一件鯊魚皮的格子西裝，襯衫領子翻了起來，領結鬆鬆的，好讓自己看起來顯得不羈和瀟灑。他吹出來的音色，乍聽之下和李斯特．楊一模一樣。「看到沒，老哥？這個普茲有著職業樂手那種對技術的憂慮，他也是樂隊裡唯一一個講究衣著的。他剛才明顯吹錯了個音，就一直悶悶不樂。但那個樂隊領班，那個酷傢伙，卻安慰普茲不用擔心，只管放膽地繼續吹，他在意的只是他的樂聲夠不夠炫、夠不夠野，他是個眞正的藝術家，他在教年輕的普茲怎樣打拳擊！」第三個薩克斯風手是個中音手，年約十八歲，是個黑人，有著一張又寬又大的嘴，比其他團員都要高，臉色嚴肅，很像查理．派克那種沉思型的樂手，他舉起了薩克斯風，輕輕而深思地吹了起來，吹出的，是一些像鳥鳴一樣優美、像邁爾斯．戴維斯的結構一樣嚴謹的旋律，這幾個薩克斯風手，都是偉大的咆勃開創者的嫡裔。

有一度，路易斯．阿姆斯壯曾經在紐奧良的泥沼裡，吹奏出美麗的高音，比他更早的，是那些在官方紀念日遊行時，把蘇薩式的進行曲打破爲雷格泰姆旋律的瘋癲音樂家。接著上場的是搖擺樂，元氣淋漓的洛伊．艾德瑞吉把他的小喇叭吹得震天價響，吹出一波接一波的力量、邏輯與精微。他帶著閃亮的眼睛和可愛的笑容，湊在麥克風前面，透過廣播，把樂聲傳送出去，讓整個爵士世界都爲之搖晃擺動起來。再下來就是查理．派克，一個住在堪薩斯市媽媽木屋裡的小夥子，就連下雨天，都會拿著一把薩克斯風，站在一堆堆的圓木之間練習，他在貝西伯爵（Count Basie）和班尼．摩騰（Benny Moten）的樂隊裡聽過「熱脣」佩奇（Hot Lips Page）和他人的演奏。稍後，他離家前往紐約，在哈林區裡認識了瘋子孟克（Thelonius Monk）和更瘋的居勒斯比（Dizzy Gillespie）。他比也是來自堪薩斯市的李斯特．楊要小，是個沉鬱、不羈的傢伙，他的音樂事業，可說是整部爵士樂歷史的縮影：在他把薩克斯風舉得高高，舉得和嘴巴成水平角度的年代，他吹奏出來的音樂，是最棒最棒的。稍後，他的頭髮變長了，人變懶了，薩克斯風就開始下垂。再後來，當他穿著的是厚底鞋，再也感受不到生命的律動時，他的薩克斯風是無力地靠在他的胸膛上的，而他吹出來的旋律，也是冷冷和虛應故事的。

更奇怪的花朵猶在酒吧裡綻放著。當別人都在演奏的時候，那個鶴立雞群的黑人中音手，會帶著嚴肅的表情，兀自沉思，他會把薩克斯風掛在嘴上，靜靜等著。而等到其他人都停下來，這個高瘦、修長、黃髮、穿著牛仔褲、來自丹佛拉里馬街的小夥子，就會開始獨奏。他的樂聲，會引得你東張西望，尋找這輕柔、甜美、童話般的獨奏的來源。最後，你會發現，它來自一個帶著天使般的笑容的嘴巴，那是夜裡一曲穿喉而出的樂聲，寂寞得就像美國。

樂隊裡的其他成員又是什麼樣的德性？那貝斯手有一頭鐵絲似的紅髮、一雙狂野的眼睛，他的臀部和小提琴會隨著每一個激烈的節奏而猛力擺動，在最高亢的時刻，他的嘴巴會像中邪一樣張得大大。至於那個憂鬱的鼓手，就像舊金山佛爾薩姆街的時髦族一樣，一副什麼都不在乎的表情，嘴裡嚼著口香糖，眼神茫然，脖子隨著鼓棍的敲擊而激烈扭動，完全沉浸於無限滿足的出神狂喜之中。鋼琴手是個結實的義大利小夥子，樣子像個卡車司機，有一雙多肉的手，他的喜悅是坦率而若有所思的。他們演奏了一個小時，沒有人在聽。北克拉克街的老流浪漢在酒吧裡懶洋洋地坐著，妓女在角落處尖聲聊天。不時會有一個兩個神祕兮兮的中國佬進進出出，但樂隊還是繼續演奏。一個遊魂般的人物從大門處走了進來，是個蓄著山羊鬍的十六歲小夥子，他手上提著個裝伸縮喇叭的盒子，他想加入樂隊的演奏行列。樂隊的人認識他，但懶得理他，小夥子悄悄走進酒吧，無聲無息地打開盒子，取出伸縮喇叭，湊到嘴脣上，但他沒有吹出聲，也沒有人看他一眼。樂隊結束演奏後，就收拾樂器，準備到別家酒吧演奏去，山羊鬍小夥子這時劈里啪啦戴上一副墨鏡，然後舉起伸縮喇叭，突兀的吹了一聲：「叭！」之後，他就匆匆尾隨樂隊而去。不過，他再怎麼跟，樂隊都不會讓他加入的，就像那些在氣油槽後面空地踢球的足球隊不願意讓他加入一樣。「所有這些傢伙，一定都像湯米．史納克和那個黑人中音手卡爾．麥克斯[13]一樣，是跟祖母住在一起的。」狄恩說。我們匆匆跟在他們後面，在安妮塔夜總會，他們重新取出樂器，一直演奏到第二天早上九點。

每過一陣子，我和狄恩就會離開夜總會一趟，開著車四處兜，想釣些馬子，但女孩子都被我們那輛盛氣凌人的「凱迪拉克」嚇得裹足不前。狄恩處於極度興奮狀態，把車子亂開一氣。有一次，他因爲倒車倒得太猛，撞壞了一個消防栓，但他不但不以爲意，反而神經質地咯咯笑了起來。到了九點，整輛車子已經體無完膚：煞車變得不靈光，車輪護蓋凹了下去，車軸格格作響，引擎也變得咳咳喘喘。有好幾次，狄恩遇到紅燈時根本煞不住車。我們終於爲一夜狂歡付出了代價，一輛原本金碧輝煌的帥氣大轎車，現已變爲一隻沾滿爛泥的破靴了。

最後，我們回到夜總會去。突然，狄恩瞪著舞臺後面的一個暗角，對我說：「索爾，上帝來了。」

我順著他的視線望去。是喬治・謝林。謝林一如往常，用一手支著他那蒼白的瞎腦袋，兩隻耳朵張大得像象耳，專心致志捕捉每一個流過的美國音符，存檔起來，供以後豐富他的英國仲夏夜之音之用。稍後，樂隊央請他出來彈奏一曲，他答應了。他彈了無數首帶著驚人和弦的合唱曲，他的琴音愈來愈高昂、愈來愈高昂，直至整部鋼琴都沾滿他的汗水而後已，聽得在座每個人又敬又畏。足足一小時後，大家才讓他下場，他坐回到原來那個暗角的座位上去，那些年輕樂手議論紛紛：「他表演過後，我們還有什麼好表演的嗎？」

那體態修長的樂隊領班皺起眉頭，不過他隨即高聲說：「不管那麼多了，我們先吹再說。」

雖然驚奇看似已被謝林所窮盡，但他們仍極其努力地找尋新的驚奇。他們扭曲蠕動身子，拚命吹、拚命吹、拚命找、拚命找，三不五時，他們就會有新的發現，新的驚奇是永不窮盡的。狄恩坐在桌子前，汗流滿面，不斷喊加油、加油、加油。直到第二天早上九點，每個人才拖著蹣跚的腳步，離開夜總會。他們要回家大睡一覺，養精蓄銳，以迎接另一個狂野勃哮之夜的來臨。

我和狄恩衣衫襤褸站在街上，冷得瑟瑟發抖。是該把「凱迪拉克」拿去還人家的時候了。車主住在湖濱街一棟富麗堂皇的大廈裡，大廈旁邊有一個大車庫，由一些黑人負責看管。我們把「凱迪拉克」一陣風似的開入了車庫，連帶帶入了大堆爛泥，車庫管理員看著我們開來的「凱迪拉克」，一頭霧水，因爲他壓根兒不認得眼前這輛車子。我們把證明文件遞給他看，他一面看一面抓頭。我們沒等他反應過來就溜之大吉，坐巴士回芝加哥的市中心區去，事情至此告一段落。雖然「凱迪拉克」被我們搞得不像話，而車主又有我們紐約的地址電話，但我們始終沒接到過他打來的臭罵電話。

11

該是繼續向前的時候了，我們坐上一輛前往底特律的巴士，身上的錢已所餘無幾。包在狄恩大拇指上的繃帶，現在黑得像炭，而且差不多全散了開來。我們兩個都一副落魄相——任何幹過我們幹過的事的人，不是這副樣子才怪。狄恩累癱了，通過密西根州的沿路都在酣睡。我則和一個漂亮的鄉村姑娘聊天，這姑娘穿著一件低領的棉寬鬆上衣，讓她那漂亮的棕褐色胸口一覽無遺，她是個生活很枯燥的人。她告訴我，她常常傍晚坐在門廊上做爆米花，這本來應該是件愉快的事，但她卻沒有愉快的樣子，我知道，她提這個，表示她不知道平常該做些什麼。「那妳平常還有些什麼其他娛樂？」我想把話題帶到有關她的男朋友和性方面的事情去。她用一雙黑色的大眼睛茫然地瞪著我，眼神裡還帶著一點懊惱——爲自己該做而沒有做的事情懊惱。「妳對生活有些什麼期許？」我想幫助她把人生的目標思索出來，她對自己想要些什麼一點想法都沒有。她談到了工作，談到了電影，談到夏天到祖母家，談到希望可以到紐約和羅克西電影院觀光，談到她屆時希望穿怎樣的衣服。（她說想穿上類似復活節穿的裝束：插著玫瑰的白色有帶軟帽，玫瑰色幫浦鞋，淡紫色的華達呢外套。）「星期天下午妳都做些什麼？」我問。她會坐在門廊上看漫畫，或無所事事地躺在帆布椅上，有時候，會有些騎腳踏車的小夥子經過，停下來和她聊天。「在溫暖的夏天晚上，妳都會做些什麼？」她會坐在門廊上，看著路上的車子往來經過，有時會和媽媽做些爆米花。「那妳爸爸夏天晚上又會做些什麼？」他在工作，他是個夜班工人，在一家生產燒水壺的工廠工作，他爲供養太太和兩個子女做牛做馬一輩子，卻沒有人給他任何獎賞或恭維。「妳兄弟夏天晚上會做些什麼？」他會騎著腳踏車四處瞎逛和在冰果店前面探頭探腦。「有什麼是他嚮往的嗎？有什麼是我們所有人都嚮往的嗎？我們要些什麼？」她不知道。她打了個哈欠。我太過分了。我提的問題，又有誰能夠回答呢？沒有人能夠回答，也沒有人願意回答。她是個十八歲的女孩，正值花樣年華，卻感到迷惘。

我和狄恩在底特律下巴士的時候，步履蹣跚、衣衫邋遢，活像兩個剛剛逃過蝗蟲攻擊的人，我們決定在貧民區的一間通宵電影院裡過夜，因爲以現在的天氣，睡在停車場的話太冷了。哈賽以前在底特律的貧民區混過，泡過每一個毒窟、每一家通宵電影院和每一間喧鬧的酒吧，他的遊魂彷彿與我們亦步亦趨，我們從沒有在時報廣場上再找到過他。我們還想，搞不好會在這裡碰上狄恩的老頭子（但沒有成爲事實）。只要三十五美分，你就可以在這家舊而破的電影院的樓座待一個晚上，直到第二天早上才會被趕下樓。會來看通宵電影的人，無不是走到了盡頭的人，包括從阿拉巴馬來底特律找工作卻沒找著的黑人、白人老流浪漢、妓女、情侶，以及無事可做、無處可去、無人可以傾訴的家庭主婦。如果我們把全底特律的人用一個濾網來過濾，那濾出來最落魄的糟粕，當非這批人莫屬。有兩部電影輪流放映，一部由牛仔明星愛迪．狄恩和他的白馬布洛普主演，另一部由喬治．瑞夫、悉尼．格林史區和彼得．洛里主演，故事的背景發生在伊斯坦堡。那個晚上，我們連看了這兩部電影各六次，我們看見他們醒來，聽見他們睡去，感覺到他們在做夢。我聽見格林史區冷笑了一千遍，聽見彼得．洛里邪惡的腳步聲步步逼近，也感受到了喬治．瑞夫所感受到的巨大恐懼。我和愛迪．狄恩一起騎馬唱歌，一起拔槍射擊偷牛賊射擊了無以數計次。電影院裡的人在黑暗中東張西望，想找些什麼事情做做或找個人說說話，他們都是無人可與訴說的人，但沒有人說話。當灰濛濛的晨曦從窗戶透進戲院裡的時候，我正在呼呼大睡，頭就枕在椅子的木扶手上。六個戲院的工作人員開始進行打掃的工作，把一晚下來的垃圾掃成一個大堆，揚起的灰塵讓我打了個大噴嚏，如果不是有這個噴嚏，工作人員恐怕就不會注意到我是個人，而把我一併掃到那個混雜著菸蒂、空瓶子和火柴紙板的大垃圾堆之中——這是狄恩告訴我的，他坐在我後面十排，要是我眞的被掃到垃圾堆裡去的話，那狄恩就不會再看到我了。爲了找我，他將要跑遍全美國，從東岸找到西岸，翻遍每一個垃圾桶。屆時，身在垃圾堆子宮裡的我，又將會向他說些什麼呢？我會說：「不要來煩我，老哥，我在這裡快樂得很，既然你一九四九年八月在底特律把我搞丟，現在又有什麼資格來打擾垃圾桶中的我呢？」還記得一九四二年的時候，我在一齣最最噁心的戲劇裡充當過主角，當時我是個水手，我跑到波士頓史卡利廣場的帝國酒館喝酒，一口氣喝了六十杯啤酒，之後，我跑到廁所去，抱著一個馬桶呼呼大睡，弄得全身髒穢不堪。當天晚上，有上百個上廁所的人尿在我的身上，讓我變得又臭又髒，難以辨認。但這又有什麼要緊的呢？要知道，凡塵裡的一個無名氏，要勝過天堂上的一個名人。再說，什麼又是天堂，什麼又是凡塵呢？不過都是由心所生罷了。

我的這番話聽得狄恩一頭霧水，磕磕絆絆走出電影院之後，我們就到旅行社去找便車搭。

旅行社的職員說，有人願意以每人四美元的代價，載我們到紐約去。泡過大半個早上酒吧後，我們坐了八公里碰碰磕磕的巴士，去到順風車車主的家。車主是個金髮、戴眼鏡的中年人，有一個太太、一個小孩和一個美滿的家庭。我們在他家的院子裡等，他美麗的太太爲我們端來咖啡，但我們聊得正起勁，沒空去理她。狄恩很疲累，有點神智不清，看到什麼都讓他興奮好一陣子，他的汗流了又流。車主開的是一輛簇新的「克萊斯勒」，才上路沒多久，這可憐的傢伙就明白到，他載的是兩個神經病，不過他盡量表現得若無其事，而且也慢慢習慣了我們，行經布理格斯棒球場的時候，他甚至跟我們聊起明年度底特律老虎隊的陣容來。

我們在霧夜穿過了托萊多（Toledo），直奔俄亥俄。我感覺自己像個蹩腳的推銷員，揹著一袋發霉豆子穿州過省去兜售，卻無人問津，現在正在打道回府。接近賓夕法尼亞州的時候，車主累了，讓狄恩接手駕駛，狄恩把車一路開回到紐約。我們抵達紐約的時間是大清早，但時報廣場卻熙來攘往，這沒有什麼好奇怪的，紐約本來就是個不休息的城市。下了車，我們反射動作般左顧右盼，想尋找哈賽的身影。

一個小時後，我們就到了我姑姑位於長島的新居。我們踏上梯級的時候，她正在跟油漆工人討價還價（他們是我們親戚的朋友）。「索爾，」姑姑交代我說，「狄恩可以在這裡住幾天，但只限幾天。幾天過後他就得離開。我說得夠明白了嗎？」旅程結束了。當天晚上，我和狄恩散了個長步，走過一個個汽油槽、一條條鐵路陸橋和一盞盞霧迷的路燈。

他站在一盞路燈下對我說：「有關這件事，在我們走到下一盞路燈之後，我會告訴你更多細節，但現在我的腦子裡正被另一個問題纏繞，所以，讓我們走到下一盞路燈，再回到原來的話題，同意嗎？」我說同意。我們太習慣旅行了，所以忍不住要把整個長島從頭到尾走一遍。不過，我們已經走到了盡頭，再前面就是大西洋，無法再前進一步，我們以五指互握，許諾要當一生一世的朋友。

四天後，我們到紐約參加了一個派對，與會的包括詩人安格爾．加西亞、瓦爾特．伊文斯、委內瑞拉詩人維多．維蘭紐瓦、珍妮．鍾斯（我的一個舊愛）、卡洛．麥克斯和吉恩．戴克斯特，還有無數其他人。派對上有個女孩名叫伊麗莎，我跟她說，我有個朋友值得她認識認識，當時我有點醉，所以佯稱狄恩是個牛仔。「太好了，我一直想認識牛仔。」「狄恩，」我越過人群高喊，「過來一下，老兄。」狄恩帶著忸怩的神情向我們走來。一小時後，在派對的醉意與氣氛的推波助瀾下，狄恩跪在地板上，臉貼在伊麗莎腹部，汗流浹背，指天誓日地作出種種承諾。伊麗莎高大、性感、皮膚淺黑，誠如加西亞所說：「是直接從竇加的油畫裡走出來的。」整體而言，她有風情萬種的巴黎女子的味道。不到幾天工夫，狄恩就打了長途電話給遠在舊金山的卡蜜兒，要求一紙離婚證明好讓他可以再婚，事情還不只這樣：幾個月後，卡蜜兒爲狄恩生下了第二個小孩（那是年初她和狄恩幾晚纏綿的結果），又幾個月後，伊麗莎也生下一個小孩。如果把狄恩在西部某處生下的一個私生子算在內，那他現在已經是四個小孩父親。不過他一文不名，有的只是一身的麻煩，就因爲這樣，我們沒去成義大利。

譯註

①開在門上的一條縫隙，便於郵差直接把郵件從縫隙投入屋內。

②指青黴素。

③歐仁．蘇（Eug ène Sue;1804-1857）：法國小說家，以小說《永世流浪的猶太人》著稱。

④「有人告訴我那是個眞正會跳動的城市」一語又有「有人告訴我那是個強烈搖滾樂的聖地」的意思。

⑤威廉．賴希（Wilhelm Reich）：美國心理分析家。

⑥「葡萄酒斯波迪歐第」是種將波特酒（一種葡萄酒）和威士忌夾著喝的喝法。

⑦「普利茅斯」是車款。

⑧「手上的輪子」中的「輪子」，指的是方向盤；英語中方向盤與輪子爲同一字。

⑨上面提過，「奧基」是美俚，指流動性的田工。

⑩阿奎那（Thomas Aquinas）：中世紀基督教大神學家。

⑪作者在本書一開始說過：「我第一次聽到狄恩的名字，是從蔡德．金恩的口中，他在我面前秀了幾封狄恩從新墨西哥少年感化院寫給他的信。」

⑫洛杉磯著名黑幫人物。

⑬湯米．史納克是他們的朋友，「那個黑人中音手卡爾．麥克斯」是他們在另一家酒館遇見過，長得像卡爾．麥克斯的中音薩克斯風手。

THE
BEAT
GENERATION

第四部

1

我憑著出版的小說賺了一點錢，便把一整年的房租預先交給了姑姑。春天來了，每年春到紐約，我都抗拒不了從紐澤西以西的土地傳來的魅惑與召喚，我決定要出去走走，這是我生平第一次把狄恩一個人留在紐約。現在，他在麥迪遜街和第四十街交界的一個停車場工作，他一如往常，穿著一雙破鞋子、一件T恤和一條低腰褲子，在停車場裡忙進忙出。

我找他，通常都是在薄暮時分，因爲這個時間他一般都無事可做，一個人坐在票亭裡數票和揉肚子，收音機總是開著的。「老哥，你有聽過瘋子馬丁．格里奇曼怎樣播報籃球賽的嗎？『越過中場—傳球—乖乖，原來是假動作—站穩—射—嗖—兩分入袋。』他絕對是最棒的籃球賽評述員！」他和伊麗莎住在東八十一街一間冷水套房。晚上回到家裡，他會換上一件及臀的中國式絲睡衣，坐在搖搖椅上，吮吸裝在水煙筒裡的大麻，把玩一副春宮撲克，這就是他的家居之樂。「最近我都在研究這張紅心二，你看得出來它上面這個女人，另一隻手放在什麼地方嗎？我打賭你說不出來，你仔細研究一下。」撲克牌中的圖片有一男一女，男的是個陰沉的高個兒，女的是個肉慾、表情憂鬱的妓女，她躺在床上，正試著擺出某種姿勢。「用心想啊，老哥。這種體位我試用過很多次了。」正在廚房裡煮東西的伊麗莎把頭伸出來，臉上帶著個苦笑，她對什麼事情都不會發火。「看看伊麗莎，老哥，看看她！她就愛這個樣子：頭靠在廚房門上苦笑。我們經過商量，得出了一個最美妙的結論：今年夏天，我們要搬到賓夕法尼亞一個農莊去。我們要住到一棟漂亮的大房子裡，接下來生一打小孩。當然，我們還要買一輛客貨兩用轎車，供我偶爾到紐約來找找樂子之用。你說棒不棒？帥斃了，棒呆了！吔呼！」他從椅子上躍起，走到電唱機前面，放上一張威利．賈克遜的唱片《美洲鱷的尾巴」》。他站在電唱機前面，隨著節奏拍手、擺動身體和碰撞膝蓋。「這個混球，我第一次聽他演奏，看他那賣力的樣子，還以爲他第二天準會死翹翹，沒想到卻活到現在。」

狄恩對伊麗莎即將要做的事，和他對住在美洲大陸另一頭的卡蜜兒如出一轍，同一個破行李箱已經從床底悄悄往外爬，隨時準備好遠走高飛。狄恩告訴我，伊麗莎常常打電話給卡蜜兒談他，她們甚至會談論到他的「小弟弟」（至少狄恩是這樣說的），她們也會通信，交換對他的心得。當然，現在狄恩每個月都會寄撫養費給卡蜜兒（否則就得蹲六個月的牢）。爲了彌補這筆支出，狄恩會在停車場裡玩些把戲，賺些外快，他是個第一流的障眼法高手，我親眼見過他靠著移動五個碗，從一個有錢人那裡贏來二十美元（他一次都沒讓對方猜中過）。我們拿這二十美元跑到鳥園夜總會去聽咆勃演奏，當時李斯特．楊就站在臺上，大眼睛裡放射出永恆。

有一晚凌晨三點，我和狄恩在麥迪遜大道與第四十七街的街角聊了很久。「嗯，索爾，我眞希望你沒有遠行的計畫，眞的希望你不會離開紐約。你離開的話，將是我第一次一個人在紐約過，沒有死黨在我身邊。」他又說：「我在紐約這裡停下了腳步，但說到家，舊金山才是我眞正的家。在紐約這段時間，除伊麗莎以外，我完全沒有別的女人——這還是破題兒第一遭！只不過，橫越美國的念頭——該死！——又在我的腦子裡冒了出來了！索爾，我們已經很久沒有機會單獨痛痛快快聊一場了。」在紐約，我們到哪裡瘋都是呼朋引伴、成群結隊的，而這種方式，似乎並不完全適合狄恩。看來，他更樂於和一兩位好友，踽踽踱步於麥迪遜大道的冷雨夜霧中。「伊麗莎愛我，她答應過，我想做什麼，她都不會干涉。老哥，你和我年紀日長於一日，煩心事也是日多於一日。說不定，有朝一日，我們會在日落時分，走到巷子的垃圾堆裡，看看還有什麼殘羹剩菜。」

「什麼，你是說我們最後會淪爲老流浪漢？」

「有何不可？只要我們樂於當老流浪漢，就可以當老流浪漢。這樣的下場又有什麼不好？你花了一輩子去擺脫別人——包括有錢人和政客——對你的期望和羈絆，那麼，有朝一日，沒有人來煩你，你可以我行我素，又有什麼不好的？」我表示同意，想不到狄恩會用這麼直接簡單的方法，臻於「道」的境界。他又說：「老哥，我們要走的是什麼路？聖童的路、瘋子的路、彩虹的路、小魚的路，任何的路，一條給任何人走的任何路。」我們在雨中點頭。「媽的，你還得照顧兄弟，這個兄弟啊，如果哪天不活蹦亂跳，也就離死不遠了。索爾，坦白說，不管我住在哪裡，我的行李箱都是在床底下隨時待命的，我隨時準備好被人掃地出門或自行離開，我早就下了決定，有朝一日，要放開抓在手中的一切。我不是沒努力過，你也見過我拚命努力，但你知道這一切其實都不重要，因爲我們知道時間的奧義——我們知道如何讓時間放慢步伐，到處走走，到處挖挖，享受基本的人生樂趣。除此之外，世間還有其他眞正的樂趣嗎？」我們在雨中嘆氣。那個晚上，哈得遜河谷的雨下得七葷八素，整條寬得像海洋的哈得遜河，所有靠泊在波啓普夕（Poughkeepsie）的老舊蒸汽船，整座萬達華克山（Vanderwhacker Mount），全都沒入了彌天蓋地的大雨中。

「所以，」狄恩繼續說，「我已經決定好，生活把我帶到哪，我就晃到哪。你知道嗎？我最近寫了一封信，給我那住西雅圖蹲牢的老頭子。結果，我第二天就收到回信，那是我多年來收到他的第一封信。」

「眞的？」

「對。他在信中說，他出獄希望能到舊金山，他希望屆時可以看看我的小孩，我在東十四街找到了一間冷水套房，如果我能寄錢給他，他就可以到紐約這裡來。雖然我很少提到我妹妹，但你是知道我有個可愛的小妹妹的，對不對？我也要把她接來紐約，和我們同住。」

「她現在在哪裡？」

「唔，這個嘛，你問到重點了——我也不知道。我老頭子說要去找她，但你很清楚他最後找出了什麼名堂來。」

「他去西雅圖就是為了找你妹妹？」

「對，不過他人沒找到，自己卻被送到了監牢去。」

「這之前他在那裡？」

「德州，德州。所以，老哥，你現在已經了解到我的心靈狀態和處境了，你應該注意到我比以前變得安靜？」

「有，你說得沒錯。」狄恩在紐約真的變乖了，他還想談，但我們在雨中已冷得半死，我和他約好，在我離開紐約前，找一天再到我姑姑家聚一聚。

狄恩在接下來的星期天下午來找我，我有一部電視，我們一面收看電視轉播的棒球比賽，一面收聽收音機裡轉播的另一場，又不斷把臺轉來轉去，想知道其他棒球比賽的情況。總之，我們務求在同一時間內知道所有的事。「索爾，霍奇隊現在攻占了二壘，一等費城人隊派出救援投手，我們就把臺轉到巨人對紅襪之戰去。還記得巨人對紅襪的戰況嗎？迪馬喬得了三壞球，而投手則在投手丘上磨蹭。之後，我們就得馬上轉回到三十秒前被我們丟下不管的鮑比．湯遜那裡去，看看他有沒有把三壘上的跑者解決掉。」

稍後，我們走到長島調車場旁邊那塊蒙了一層煤灰的空地，加入一群正在打棒球的小夥子。打完棒球，我們又和另一群小夥子打籃球，我們打得太拚了，以致小夥子都勸我們：「放輕鬆點嘛，再這樣打下去，你們會把自己累死的。」他們打起來輕鬆自如，我們卻汗流浹背。有一次，狄恩還在水泥地面摔了個狗吃屎，我們拚了老命想搶小夥子們手上的球，但他們卻輕輕鬆鬆就閃了過去，球在我們頭頂上飛來飛去，我們像瘋子一樣不斷起跳上籃，但小夥子們往往縱身一躍，就能從我們汗涔涔的手上把球撥走。跟他們拚籃球，就像黑街暗巷出身的黑肚皮次中音薩克斯風手想挑戰斯斯坦．蓋茨與酷查理。回家途中，我和狄恩分別走在馬路兩邊的人行道，玩傳球接球的遊戲，我們試了些特難的傳球，有時會衝到灌木叢裡或差點撞上電線桿。當一輛汽車經過時，我跟在汽車旁邊向前衝，一等汽車剛剛超過我，就把球扔向狄恩。狄恩一個箭步上前把球接住，在草地上打了個滾，立刻在一輛停在路邊的麵包車後面把球回傳給我去，我靠著沒戴棒球手套那隻手，才及時把球接住。一秒鐘後，我把球回擲給他，爲了接我的球，狄恩急轉了個身，整個身體都挨到了樹籬上去。回到家裡後，狄恩掏出皮包，數了十五美元，交給我姑姑，還她以前在華盛頓爲他墊的超速罰款。我姑姑又驚又喜，晚餐非常豐盛。「嗯，狄恩，」我姑姑說，「我希望這一次，你能夠安安分分做人，在這裡落地生根，照顧好你即將出生的小孩。」

「我會的，我會的。」

「你不能老在美國跑來跑去，到處生小孩。這些小傢伙多麼孤苦無依啊，你得給他們活命的機會啊。」狄恩望著自己雙腳，我姑姑說一句，他就點一下頭。

我和狄恩話別，是在一條超級高速公路上方的陸橋上，紅日正在西沉。

「我希望我回紐約的時候，你會仍然待在這裡。」我說，「我最希望的事情，是有朝一日，我們兩家人會住在同一條街上，常常有機會聚在一起，回憶往事。」

「沒問題，老哥，你知道嗎？你姑姑提醒我的那些事情，我也心裡有數。我本來想叫伊麗莎把小孩拿掉的，她卻不肯，我們因此吵了一架。你知道瑪莉露嫁給了一個中古車商，現在也懷孕了嗎？」

「我知道，我們現在全都走到這個階段了。」其實我最想說的是，這一切，不過是一個虛空的湖上所掀起的漣漪，世界的底部是黃金的，而這個世界現在顛倒了過來。狄恩掏出一張卡蜜兒和他小女兒的合照給我看，照片裡，我看到小女嬰身上斜曳著一個男人的影子，影子的兩條長褲管透著憂愁。「那是誰？」我問。

「是艾德．鄧肯，他回蓋拉蒂亞身邊去了，夫妻倆現在已搬回丹佛去。走之前，他們去找卡蜜兒，拍了一天的照。」

艾德這個人有著一副不易察覺的菩薩心腸，狄恩又拿出其他照片給我看。我意識到，將來要是我們的孩子看到這些照片，一定會以爲，他們的父親一直都是過著井然有序、和別人沒兩樣的生活，每天都是昂首挺胸地走在生活的道路上。他們做夢也不會想到，我們所走過的，其實是一條瘋狂、崎嶇而又不知所謂的夢魘道路，一切都是被包裹在無始與無終的「空」之間，是「無明」的各種可憐兮兮的展現。「再見了，再見了。」說罷，狄恩就轉過身，迎著嫣紅的落日走去。這時，一個火車頭冒著煙，從他上方轟隆隆地開過。一個長長的身影拖在他身後，和他的步伐、思想乃至整個存在亦步亦趨。狄恩每走出幾步，就會回過頭來，靦腆地向我揮手，他像臨時鐵路工那樣向我打了一個「准予通行」的手勢，他跳上跳下，喊了些我聽不見的話，他又沿原地跑了一圈。走到鐵路高架橋的混凝土角落時，他對我比了最後一個手勢（我揮手回應），然後就消失了在角落後面，回到自己的生活去。我瞪視自己黯淡的日子，我也還有可怕而漫長的路要走。

2

當天午夜，我哼著這首小歌：

密蘇拉的家，
特拉基的家，
奧帕盧瑟斯的家，
不是我的家；
梅多納的家，
傷膝澗的家，
奧加拉拉的家，
也永不會是我的家。

我上了前往華盛頓的巴士，在華盛頓晃了一下，又繞道走訪了藍嶺山脈（Blue Ridge）①，聽了謝南多厄國家公園的鳥叫聲，參觀了的「石壁」傑克遜②的墓園。黎明時，我站在卡諾瓦河（Kanawha River）前面出神，傍晚，我在西維吉尼亞的查爾斯頓（Charleston）走了一段很有鄉村民歌情調的路。午夜，巴士途經肯塔基州的亞士蘭（Ashland）時，我看見一個孤獨的女孩站在一個已打烊的園遊會出口的大帳篷下。穿過漆黑神祕的俄亥俄後，巴士在破曉到達辛辛那提（Cincinnati）③，接下來，印第安那州的田野又一次在我面前展開，而下午時分的聖路易還是一如往昔，大片大片的河谷浮雲在天空中悠遊，泥濘的卵石街道，密西西比河上順流而下的圓木，老舊的蒸汽船，古老的路標，河邊的青草及繩索——聖路易眞是一首寫之不盡的詩。巴士在密蘇里和堪薩斯的大草原開了一個晚上，第二天黎明抵達阿比林（Abilene）④，爬過山坡以後，東堪薩斯的草地就一變而爲西堪薩斯的放牧地。

坐我旁邊的人名叫亨利．格拉斯。他是在印第安那州的荷特地（Terre Haute）上車的。他對我說：「你知道我爲什麼厭惡我身上這套西裝嗎？因爲它很土——但理由還不止此。」他出示了一些文件給我看。原來他是個囚犯，剛剛才從荷特地的聯邦監獄被釋放出來，罪名是在康乃迪克州偷車和販賣贓車，他是個年約二十的鬈髮小夥子。「一到丹佛，我就要把這套西裝拿去當掉，買條牛仔褲來穿。⑤你知道他們在監獄裡怎樣對待我嗎？把我單獨禁閉，牢房中除了一本《聖經》以外，什麼都沒有，我把《聖經》墊在石頭地板上當椅坐，他們發現這件事情後，就把大《聖經》取走，換成一本口袋裝的《聖經》。不能拿它來坐，我又無事可做，只好把整本《聖經》翻了一遍。沒想到——」他用手上的糖果戳了戳我（他的胃在監獄裡弄壞了，現在只能吃糖果）。「《聖經》裡眞的有些很正點的東西吔！」他又告訴我監獄裡的囚犯是怎樣用「踋」這個字的：「如果有個囚犯快要出獄，而又整天提這件事的話，我們就會一隻手掐住他的脖子說：『不要踋我，懂不懂！』踋別人是件要不得的事，明白嗎？」

「我不會踋你的，亨利。」

「有誰踋我，我就會鼻孔冒煙，我甚至會不惜把他宰掉。你知道爲什麼我會坐牢坐這麼久嗎？因爲十三歲那一年，有一個傢伙惹毛了我，我差一點就把他給幹掉，他是我朋友，當時我們在看電影，他罵了我一句四字經，我立刻拿出折疊刀，在他脖子上劃出一道口子，要不是有人把我拉住，他早就一命嗚呼了。法官問我：『當你攻擊你的朋友時，你知道你在做些什麼嗎？』我說：『法官大人，我知道。我當時是想把那個狗娘養的幹掉，到現在我仍然想。』就因爲這番話，我沒有獲准假釋，而是被送進了少年感化院。因爲我被單獨禁閉，整天坐著，所以得了痔瘡。告訴你，要蹲牢的話千萬別蹲聯邦監獄，它們是美國監獄中最爛的一種，要談它們有多爛，一個晚上都談不完。你不知道出獄的時候我的感覺有多美好。我上車的時候看見你一個人坐著，你當時在想些什麼？」

「我就是坐著，沒想什麼。」

「我上車的時候心裡在唱歌，我挑你旁邊坐，是因爲怕坐我旁邊的如果是個女的，我會忍不住，把手抄到她裙底下，我必須再忍一忍。」

「如果你再被送回監獄，就不要指望再有機會出來了。所以，從現在開始，你最好收斂一下自己的脾氣。」

「我也這樣打算，只不過我的鼻孔一冒煙，就說不準自己會幹出些什麼來。」

他計畫到科羅拉多與哥哥嫂嫂同住，他的車票是聯邦政府買的，他和少年時代的狄恩是同樣的人，血管裡有著超過他所能承受的不安定因子，動輒就會鼻孔冒煙。不過，他少了狄恩身上那種哲性，這讓他無法逃脫鐵籠般的命運。

「索爾，到了丹佛以後，你當我的伴好嗎，看牢我，不要讓鼻孔冒煙，行嗎？也許只有這樣，我才能無風無浪到達我哥哥家。」

到了丹佛以後，我帶他到拉里馬街一家當鋪去當西裝，他西裝才脫到一半，掌櫃的老猶太人就嗅出那是什麼貨色。「我們不收這種鬼東西，每天都有人來典當這種玩意兒。」

整條拉里馬街都擠滿想把他們的監獄西裝賣掉的傢伙，亨利最後雖然沒有當成西裝，但還是買了一條新款牛仔褲和一件運動衫，換上，把西裝放在一個紙袋裡，夾在腋下，在我帶他到狄恩常去的格倫納姆酒吧途中，他把西裝扔到了一個垃圾箱，我在酒吧裡打電話給提姆．格雷，當時已經是黃昏了。

「是你？」提姆．格雷喜出望外地說，「我馬上過來。」

十分鐘之後，他就快步走進酒吧，後面跟著史丹．謝皮哈德。他們兩個先前到法國旅行了一趟，回來後對丹佛的生活大感乏味，他們都很喜歡亨利，點了啤酒請他喝，亨利則開始胡亂花他在監獄裡存下來的錢，接下來，我們泡了城中的每一家酒吧。

史丹．謝皮哈德對我慕名已久，幾年來一直想見見我，我沒想到我們才第一次認識，就會結伴遠行。「索爾，我自從法國回來以後，就一直不曉得自己該幹些什麼，我聽說你打算到墨西哥去，是眞的嗎？我可以跟你一道去嗎？我只要在墨西哥市學院簽下入學同意書，就可以獲得一百美元的退伍軍人教育津貼金。」

我同意了讓史丹隨行，他四肢修長、有一頭濃密亂髮，臉上老掛著個騙子般的大笑容，舉手投足都是慢條斯理，很像賈利．古柏⑥的閒散調調。他常常兩根拇指鉤在腰帶上，一搖一擺地慢慢走到街上，他祖父先前反對他到法國，而現在又反對他到墨西哥的計畫，史丹因此和他祖父吵了一架，於是像流浪漢一樣在丹佛到處遊蕩。那個晚上，我們喝了無數的酒，並成功地制止了亨利鼻孔冒煙一次，史丹要求我們讓他睡在亨利的旅館房間。「我不能這麼晚回家，我祖父會揍我，然後揍我媽媽。我告訴你，我必須盡快離開丹佛，否則我鐵定會發瘋。」

就這樣，那天晚上，史丹睡在了亨利的房間，而我則睡在提姆的家。第二天，貝貝在她家的地下室清理出一個小房間，讓我住宿。接下來一星期，我們每天晚上都在這地下室房間裡舉行派對。亨利逕自上路去找他哥哥去，我們自此沒再見過，至於後來有沒有人再踫過他，我們就不得而知了。

提姆、史丹、貝貝和我足足泡了一星期的午後酒吧。那些酒吧裡的女侍，不是那種板起臉孔的女侍，而是那種帶著忸怩、柔情蜜意眼神的女侍，她們隨時都準備好和客人墜入愛河，發展一段轟轟烈烈的羅曼史。泡過酒吧，我們晚上還會到「五點」夜總會去聽爵士樂，到狂野的黑人酒館去暢飲烈酒，直鬧到凌晨五點才捨得回我的地下室房間。每天中午，你都可以在貝貝家的後院找到蜷縮著的我們，小孩子在我們身邊跑來跑去，玩著牛仔打紅番的遊戲，偶爾，他們會從盛開的櫻桃樹上掉到我們身上，我享受了一段無比美妙的時光，一整個世界在我面前敞開著。史丹和我絞盡腦汁想說服提姆參加我們的墨西哥之旅，但他都不爲所動——丹佛這裡有什麼他放不下的東西。

就在我準備好要出發去墨西哥的前夕，突然接到丹佛．多爾打來的電話。「喂，索爾，猜猜誰正在來丹佛途中？」我猜不出來。「是狄恩。他已經出發了，我是從一個匿名管道獲得這消息的。狄恩買了一輛車，正趕來跟你會合。」霎時間，我眼前出現了一個令人瑟瑟發抖的復仇天使，一個全身火焰的狄恩，像一陣飛雲一樣向我高速逼近。他就像我夢中那個屍衣人一樣，在大草原上死命追逐著我，一心要將我撲倒，我看見他的大臉占滿整個大草原的天空，一副偏執狂的表情，兩眼放射著青光，我看見他的翅膀，看見他那輛屁股後面噴發著一千條火焰的老爺車，凡這車子駛過的道路，都被燒成一片焦炭，到後來，它甚至不受公路的約束，自己闢路前進，把一片片玉米田壓壞，一座座城鎮搗毀、一條條橋梁輾垮、一條條河流蒸發乾。它就像是一股直撲西部而來的天怒，我知道狄恩的頭殼又壞掉了。如果他買了一輛中古車的話，那就表示，他把銀行裡的積蓄全部提了出來，也表示，他不會有能力繼續供養美國東西岸任一邊的妻小。我看見，在狄恩身後，被燒焦的廢墟仍然冒著煙，他正在馬不停蹄又一次橫越美洲大陸，用不了多久就會來到丹佛，我們匆匆忙忙爲狄恩的駕臨作準備。有消息指出，他此行是要開車載我去墨西哥。

「你想他會讓我一道去嗎？」史丹憂心忡忡地問。

「我會跟他談的。」我不置可否地說。事實上，沒有人知道狄恩會怎樣決定。「要安排他睡哪裡？要爲他準備什麼吃的？有可以安排給他的女孩嗎？」大家都很惶恐，深怕漏掉了什麼。狄恩的來臨，在大家的心目中猶如是高康大[7]駕臨。看來，我們還得把丹佛的水溝加闊，把若干法律條文放寬，否則只怕容納不下狄恩那受苦的身體與狂喜的靈魂。

3

狄恩抵達時的情景，和老式電影裡的情節很相似。那是個金光燦爛的下午，我人在貝貝的家。讓我先來談談貝貝家裡的情形，她媽媽到歐洲去了，現在，在家裡充當監護人角色的，是貝貝的姑姑，名叫夏瑞蒂。她雖然已經七十五歲，但卻活躍得像隻小雞。羅林斯家族是個大家族，成員遍布整個西部，夏瑞蒂姑姑喜歡巡迴似的，一時住住這個成員的家，一時住住那個成員的家。據說她共有十幾個兒子，但都先後離她而去，沒有一個願意與她同住。夏瑞蒂姑姑雖然是個老人家，但對我們所說的每句話、所做的每件事，都興致勃勃。當她看見我們人手一杯威士忌走進起居室時，會憂愁地搖搖頭說：「你們幾個年輕人最好把酒拿到院子去喝。」這個夏天，貝貝家的房子簡直成了間包吃包住的宿舍，因為除了我和夏瑞蒂姑姑以外，二樓還住著個名叫湯姆的外人。湯姆愛貝貝愛得發瘋，他來自佛蒙特一個富有家庭，聽說，有一個高薪的職位和幾百樣美事正恭候著他，但他卻寧願跑到貝貝家裡來窩著。每天黃昏，他都會坐在起居室，表面上是看報，實則上是心潮起伏地聽著我們說的每一句話，貝貝說的話尤其讓他心潮起伏，每當我們逼他放下報紙、加入聊天，他就會一臉不耐煩和受傷害的模樣。「呃？哦，好啊，有什麼大不了的。」他經常只回這麼一句話。

夏瑞蒂姑姑坐在起居室一角，一面打毛線，一面用一雙骨碌碌的眼睛盯著我們一舉一動。她既然自詡爲監護人，自然覺得有責任防止我們說些不文雅的話。貝貝坐在沙發上，我、提姆和史丹則懶洋洋圍坐在她四周的椅子上，陪她聊笑。貝貝被我們逗得咯咯笑，可憐的湯姆受盡折磨，他站起來，打了個哈欠之後說：「唔，新的一天就是新的一疊美鈔，晚安。」說罷，就上樓去了。他根本就是自作多情，貝貝愛的人是提姆（但提姆卻滑溜得像條鰻魚）。當狄恩開著他的破車來到貝貝家的那個陽光普照的下午，我們正如往常一樣圍坐在起居室裡，等待晚餐時間的來臨。

「下車！下車！」一聽到狄恩從街上傳來的吆喊聲，我馬上走到門廊上去。狄恩穿著一套花呢西裝，口袋上垂著條錶鍊。和他一起來的，是羅伊．約翰遜。羅伊和太太桃樂西已經從舊金山搬回來丹佛，同樣搬回來丹佛的人還有艾德夫婦和湯米．史納克。換言之，所有人都回到丹佛來了。「嗨，兄弟，」狄恩對我伸出一隻大手，「看來，在竿子的這一頭，一切都順順當當的。哈囉，哈囉，哈囉！」他對每一個人都說了哈囉。「哦，提姆．格雷、史丹．謝皮哈德，是你們？你們好啊！」我把狄恩介紹給夏瑞蒂姑姑認識。「噢，榮幸，您好。容我向您老人家介紹，這位是我的朋友羅伊．約翰遜。我十二萬分感激他能在百忙中抽空陪我同來。」一見到湯姆，他就說：「嗯？胡普少校⑧，幸會，幸會。」然後把一隻手伸向眼睛睜得大大的湯姆。「好啦，言歸正傳罷，索爾，我們什麼時候出發去墨西哥？是明天下午嗎？很好很好。呃哼！索爾，現在你給我仔細聽好。我必須在十六分鐘之內趕到艾德．鄧肯的家，取回我寄放在那裡的一隻鐵路手錶，然後再到拉里馬街，趕在當鋪打烊前把手錶當掉。與此同時，我也會盡可能利用時間，快速搜索附近每一間酒吧，看看會不會湊巧找到我老頭子。之後，我跟理髮師多爾有個約會——這麼多年來，他一直把我當成他的保護人。索爾，六點整的時候——我說的是六點整，明白嗎？——我要你在這裡等我，我會過來把你載到羅伊．約翰遜的家，輕鬆一個小時，聽些居勒斯比⑨的唱片。之後，我們再來傷腦筋，研究晚上要和提姆、史丹、貝貝到哪兒去樂一樂。當然當然，說不定在我開著我那輛三七年款的福特到達這裡以前——那是四十五分鐘以前的事——你們對今天晚上的節目就早有安排。說到我的福特，當我開著它前來丹佛途中，曾在堪薩斯市稍作停留，和我表哥會了一面——不是山姆．布萊迪，而是比他小的一個表哥……」狄恩這樣連珠炮式說個沒完的同時，還忙著躲到起居室的一個隱蔽角落，把身上的西裝換成T恤、牛仔褲。

「伊麗莎怎樣了？」我問他，「紐約那邊發生了什麼事情？」

「嚴格來說，索爾，我會想要去墨西哥，爲的就是辦跟卡蜜兒的離婚手續，在墨西哥辦離婚，肯定要比全世界任何地方都便宜和快捷。我已經和卡蜜兒達成協議，一切都搞定了，每件事情都順順當當，我們沒有什麼好擔心的，明白嗎，索爾？」

好吧好吧，他怎麼說我就怎麼聽，反正我是跟定他的了。這個晚上，剛好艾德一個哥哥在家裡搞了個派對，餐桌上擺滿可愛的點心和飲料，艾德看起來快樂而有朝氣。「你和蓋拉蒂亞搞定啦？」我問他。

「對，」他說：「我肯定是這樣，你知道嗎？我打算進丹佛大學唸書，羅伊也是。」

「你打算唸什麼？」

「嗯，社會學之類的吧。欸，聽說狄恩一年比一年瘋，是眞的嗎？」

「絶對錯不了。」

蓋拉蒂亞也在派對上，她想找個熟人聊天，但所有她認識的人全都在狄恩的把持之下。我、史丹、提姆和貝貝，全都坐在一排靠牆的椅子上，聽狄恩發表議論，艾德則神經兮兮地在他背後晃來晃去。「注意！注意！」狄恩拉了拉身上的T恤，揉了揉肚子，就開始蹦蹦跳跳地說起話來。「現在，經過多年的分別以後，我們又全都重聚在一起了，雖然經過這麼久的時間，但在座每個人卻一點都沒變，這種持—續—性眞的是驚人。你們有什麼想知道的沒有？我這裡有一副紙牌，可以爲你們精確算出你們想知道的每件事情。」他手上拿著的是那副春宮紙牌，桃樂西和羅伊一動不動地坐在角落，那是個氣氛凝重的派對，狄恩看大家沒有反應，慢慢安靜下來，坐到史丹和我之間的一張椅子上，兩眼直直望著前面，沒有和任何人說話。不過，他安靜下來，只是爲了積蓄更多的活力，如果這時你碰他一下，他準會像顆豎立在危崖邊的卵石一樣擺來擺去。他這一擺，有可能會直直掉到山崖下面，也有可能不會，而只是像個不倒翁一樣，在原地晃個不停。過了一會兒，一個笑容從他臉上綻了開來，他像個剛睡醒的人一樣，左顧右盼了一下之後說：「啊哈，看看坐在我四周這些可愛的人們。太美好了！」他站了起來，走到大廳的另一頭，向一個參加派對的巴士司機伸出一隻手：「嗨，你好，我名叫狄恩．莫里亞提。我記得你。你一切都好嗎？哦，那就太好了。看看這些可愛的小蛋糕，我可以來一個嗎？」艾德的姊姊說可以。「啊，太好了，這裡的人多麼友善。唔，太棒了，太好吃了，萬歲！」之後，他走到客廳中央，一面吃蛋糕，一面搖擺身體，一面打量每一個人，他又轉過身看後面的一切，似乎每件他看到的東西都引起他莫大的驚訝和興致。突然，一副掛在牆上的畫抓住了他的注意，他先是走上前去，近距離把畫仔細打量了一遍，繼而退後幾步，站定，再把畫端詳一遍，最後是跳上跳下，務求能從各個高度和角度看這幅畫一次。他扯著自己身上的T恤說：「他媽的太美了！」他根本不知道自己的舉動帶給別人什麼觀感——當然，他也不在乎別人是什麼觀感，派對裡的人開始以異樣的目光打量狄恩。他終於成爲一個天使了，我早就料到他會有這樣的一天，但就像所有天使一樣，狄恩的身體裡仍然充滿著喧囂與騷動，派對結束後，我們一夥人浩浩蕩蕩開拔到溫莎酒吧去。

還記得溫莎旅館嗎？這裡曾經是狄恩的家。在淘金熱的時代，溫莎旅館曾經有過一段輝煌的歲月。至今，在一樓的大酒吧間的牆壁上，仍然可以看到當年留下的彈痕。在溫莎酒吧裡，狄恩的酒勁令人想起他父親。他像喝白開水一樣，一杯杯葡萄酒、啤酒和威士忌往肚子裡灌。他臉色泛紅，滿頭大汗，磕磕絆絆穿過舞池，推開正在跳舞的一些男男女女，想去彈鋼琴。我們一票人圍坐在兩張拼在一起的大桌子四周：有丹佛．D．多爾、桃樂西和提姆、貝貝、我、艾德、湯米．史納克，還有其他好幾個人，加起來一共是十三人。多爾很興奮，他提議我們每個人在一張明信片上寫幾句話，寄給人在紐約的卡洛。我們寫的盡是些瘋言瘋語。小提琴的樂聲迴響在拉里馬街的夜。「太爽啦！」多爾喊道。在廁所裡，我和狄恩用拳頭猛擊廁所門，想把它打穿，沒想到那門竟有三公分厚。我中指的一根骨頭裂開了，不過，這件事情，我要到第二天才知道。我們都已經醉得一塌糊塗了，五十杯啤酒會同時端上桌，你說，這個時候，除了站起來去找每個人敬酒以外，還能怎樣？在旅館的門廳裡，有些拄著拐杖的老探礦者，正坐在古老的大鐘下打盹，在他們的黃金歲月，應該不會對我們的喧嘩叫鬧感到陌生。這個晚上，丹佛似乎到處都有派對在舉行，我們甚至參加了一個在城堡裡舉行的派對（狄恩沒有去，他自己開車到什麼別的地方去了），城堡外有一座游泳池和一些人工岩洞，我終於找到那條有朝一日會起而蹂躪地球的巨蟒的藏身之所了。

最後，只剩下我、狄恩、史丹、提姆、艾德和湯米．史納克六個，同乘一車，繼續去瘋。我們去了墨西哥人區，又去了「五點」夜總會，總之哪兒都去了。史丹樂不可支，不斷拍打自己膝蓋和拉高嗓子喊道：「狗奶養的！去你妹的！」⑩狄恩被他惹得人樂。史丹說過的每一句話，他都會學著他的腔調，重複一遍。「索爾，我們帶這個瘋貓子一道到墨西哥去吧！」這是我們留在神聖丹佛的最後一晚，所以務必要狂歡到最高點才甘心。最後，我們回到貝家的地下室，就著燭光繼續暢飲葡萄酒。這時的夏瑞蒂姑姑，肯定是穿著睡袍，拿著手電筒，在二樓疑心重重地東瞧西瞧。此時我們身邊多了一個黑人，他說他名叫康明斯，我們是在「五點」夜總會外面碰著他的，當時他在閒蕩。湯米．史納克一看到他，就從背後喊他：「喂，你的名字是強尼嗎？」

他轉過身，走到車窗邊問湯米：「可不可以把你的話重複一遍？」

「我是問，你是不是那個叫強尼的傢伙？」

聽了這話，他又往前走了幾步，再轉身回來。

「我現在看起來有沒有更像強尼?我已經盡力讓自己看起來像他，只可惜我不知道他什麼長相。」

「哇，我們碰到個活寶啦!老兄，跟我們一塊去瘋吧!」狄恩大喊。就這樣，康明斯成爲我們中的一員。在地下室裡，我們繼續亢奮地交談，不過，爲了不致吵到別人睡覺，我們把聲音壓得很低。第二天早上九點，其他人都離去了，唯獨狄恩和史丹留著，仍然像兩個神經病一樣喋喋不休。屋裡的人先後起床，聽見地下室不斷傳來「正點，正點，正點!」的聲音，莫不面面相覷。貝貝做了一頓盛大的早餐，我們出發到墨西哥的時間也到了。

狄恩先把車開到附近的加油站，做好行前所有的保養工作。他開的是一輛三七年款的福特，右邊車門已經脫落，靠用繩子綁緊在車體上。副駕駛座的椅背也是鬆垮垮的，挨在上面，你身體會微微後仰，看見裹著碎布的車頂。「我們將會像阿瓜與阿呆一樣，」狄恩說，「開著一輛喘吁吁和碰磕磕的車子，一直開到墨西哥去，那將要花上我們無數天又無數天的時間。」我打開地圖來看:從丹佛開到拉雷多(Laredo)[11]的路程超過一千六百公里(沿途大部分都在德州境內)。之後，還要再開上一千兩百多公里，才到得了位於瓦哈卡(Oaxacan)高地的墨西哥市，這樣的旅程眞是不可思議。這一次，我們不再是向西或向東走，而是向南走——如夢似幻的南!我看到一直到火地島的整個巉巖的西半球在我面前展開，看到我們沿著地球的弧面，飛進另一個氣候帶和另一個世界。「老哥，這次我們一定可以找得著『它』！」狄恩自信滿滿地表示，然後又輕拍我的手臂說：「你等著看好了。吔呼！」

我陪史丹先回家料理些事情，離去時，史丹年邁的祖父站在門邊，哀哀喊著他的名字：「史丹——史丹——史丹。」

「什麼事，爺爺？」

「別走。」

「不行，事情已經決定了，我非走不可，你爲什麼老要阻撓我？」他祖父一頭白髮，一雙杏眼睜得大大，脖子上暴著青筋。

「史丹，」老人說，「別走，別讓你的老祖父哭泣，別再次留下我一個人。」此情此景讓我心爲之碎。

「狄恩，」老人誤以爲我就是狄恩，「別帶走我的史丹。小時候我帶他到公園看湖，告訴他何謂天鵝。後來，他妹妹就溺死在這個湖裡，別把我的小孫子也帶走。」

「不行，」史丹說：「我們現在就要走了。再見。」

老人死命拉著他的手臂不放。「史丹，史丹，別走，別走，別走。」

史丹掙脫老人的手，和我低著頭快步離開，我們愈走愈遠，但老人依舊站在門邊，他的臉白得像紙，嘴裡反覆唸著「史丹」和「別走」兩句話。老人用焦慮的、不安的眼神目視著我們轉過街角。

「老天爺，史丹，我眞不知道該說什麼。」

「不用理他，」史丹忿忿地說，「他老是那個樣子。」

之後，史丹帶我去找他在銀行工作的媽媽要些錢。史丹媽媽一頭白髮，但樣子還相當年輕。他們母子倆站在鋪著大理石地板的銀行大堂輕聲交談。史丹從頭到腳都是李維氏（LEVI'S）的行頭，十足像個準備好到墨西哥去的人，狄恩在約定的時間來到銀行門口，和我們會合，史丹媽媽堅持要請我們三個人去喝杯咖啡。

「照顧好我的史丹，」他媽媽交代我們，「墨西哥那種地方，什麼都有可能會發生。」

「我們會彼此照應的。」我說。

史丹兩母子走在前頭，我和狄恩跟在後頭，一面走，狄恩一面給我分析東西部廁所塗鴉文化的不同。

「它們截然不同，東部人喜歡在廁所牆壁寫些粗俗和挖苦的笑話，或畫些不雅和露骨的圖畫，但西部人卻只會寫上自己的名字，例如瑞德．奧哈拉某月某日到此一遊之類，這個分別，是西部人的巨大寂寞感造成的，一過了密西西比州，這種分別就壁壘分明。」唉，說到寂寞，我們前面就有一個寂寞的女人——史丹媽媽，她是個可愛的女人，萬般不願意兒子前往墨西哥，但又知道勸阻不了他，只好順著他的意。我看得出來，史丹喜歡遠行，是在刻意躲開他祖父。狄恩四處找他父親，我的父親已經過世，而史丹則刻意要躲開他的老祖父——三個背景這樣不同的人，卻相約結伴一起潛入黑夜中，眞是神奇。史丹媽媽在第十七街和兒子吻別後，就登上一輛計程車，向我們揮手作別。再見了，再見了。

我們回到貝貝家，和她話過別後，就登車出發，提姆要坐我們的車回他城外的住所，所以也上了車。貝貝這一天特別美，一頭披肩的金髮，在陽光中顯露無遺的雀斑，讓她看起來和小女孩時代一模一樣，她眼眶中隱隱閃著淚光。當時我們想，說不定貝貝稍後會和提姆一起到墨西哥找我們（結果沒有）。再見了，再見了。

提姆在他家的院子裡下了車。從後擋風玻璃，我看著他的身體，在太平原上逐漸變遠變小，他站著目送我們足足有兩分鐘之久，天曉得他懷著了多大的離愁。他愈變愈小，卻仍然一動不動地站著，唯有一隻手始終不停地揮著。我拚命扭轉身體，希望盡可能多看他一眼，不過，提姆最後還是消失在我的視線之外，只剩下一片空寂，在空寂的另一頭，是往東通向堪薩斯的路，並最終可以通到我位於亞特蘭提斯（Atlantis）[12]的家去。

我們現在車頭向南，朝著洛奇堡（Castle Rock）的方向前進。西斜的紅日把那些面西的山壁照得像十一月薄暮時分布魯克林的啤酒廠，在山壁上更高的紫色陰影處，我們看到有個人在走路，但卻看不清楚他的長相，也許，他就是多年前我在山峰上遇到過的白髮老者，沙卡塔卡人傑克[13]。雖然他永遠都走在我後面，但卻一次比一次接近。

4

現在是五月天。車窗外掠過一片一片田畝和一條條有大樹遮陰的灌溉溝，小孩子就在溝裡游泳，這樣一個風和景明的科羅拉多五月天下午，怎麼會冒出一隻毒蟲子來把史丹螫一口，誰也說不上來。一路上，史丹都把臂彎擱在車窗上，起勁地說著話，被叮到那一刻，他猛叫了一聲，隨即一掌把蟲子打扁，掃出車外。幾分鐘以後，他的手臂就開始紅腫起來，並感覺疼痛，我和狄恩都想不透那是什麼蟲。我們無計可施，只能指望史丹的紅腫會慢慢消退，沒想到我們興致勃勃朝南行駛，但才開出五公里，就碰上一件心寒的事。

「那是什麼蟲？」

「不知道，我從不知道這一帶有可以把人叮成這樣子的蟲。」

「可惡！」

這蟲子的出現，爲我們的南行之旅蒙上一層不祥的陰影，史丹的傷口愈來愈腫，我們讓史丹在路上碰到的第一家醫院打了一針盤尼西林。開過洛基堡後，我們在入黑抵達科羅拉多泉，派克峰的巨大陰影從我們右側投影而下。「我在這條路上坐順風車往返坐過幾千幾萬次，」狄恩說，「看到那鐵絲網沒有，以前有一晚，我就躲在那鐵絲網後面，當時我無緣無故感到恐懼。」

爲了打發時間，我們決定輪流講述自己的往事。史丹輪第一個。「我們還有遠得很的路要走，所以，」狄恩提醒他說，「你務必要絞盡腦汁，把往事的每一個細節回憶起來，告訴我們。其實，即使那樣做還是不夠的，所以記得要盡量放輕鬆。」開始的時候，史丹爲我們講他在法國旅行的見聞，等講無可講以後，就把回憶轉到他在丹佛的童年時代。他和狄恩互相核對小時候碰過幾次面。「你忘了其中一次了，但我卻還記得——是在阿拉帕霍車庫，想起來了嗎？當時我站在屋角，把一個球彈向你，而你則用拳頭把它擊回來，結果球掉到汙水道裡，現在記起來了嗎？」「沒錯，沒錯，請繼續。」史丹急著告訴狄恩每一件往事：他把狄恩當作他回憶的仲裁者，熱切希望從狄恩那裡獲得認同。我們駛過沃爾森堡（Walsenburg），驀地又過了特立尼達（Trinidad）。想必，蔡德．金恩此時就坐在離公路不遠的一堆篝火前，和幾個人類學家互述著生平往事，完全沒有意識到，我們正在同一時間打他們身旁疾馳而過，而且也在互述著生平往事，多惹人惆悵的美國之夜啊！之後，我們進入了新墨西哥州。途經拉頓（Raton）的時候，我們停在一輛餐車前面，買了一些漢堡，狼吞虎嚥起來，我們用餐巾紙包起其中一些，留待跨越德州邊界的路上吃。「整個垂直的德州就在我們前面，索爾，」狄恩說，「不過，我們會把它變成水平的，幾分鐘後我們就要進入德州，而不到明天這個時候，不會出得來。」

出現在大平原上的第一個德州城鎮是達哈特，一九四七年的時候，我曾途經此地一次。達哈特蹲伏在黑色的地球板塊上，閃爍著微光，離我們有八十公里遠，四周的土地長滿牧豆樹，在月色的照映下，顯得一片荒涼，月亮在地平線上方照耀著，愈變愈大，愈變愈圓。之後，晨星開始與月亮爭輝，而夜露也開始凝結。穿過達哈特的時候，我們感覺就像穿過一個空的餅乾盒子。繼達哈特之後的下一個城鎮是阿馬里洛（Amarillo），我們在清晨駛過阿馬里洛。沒多少年以前，這裡四周還是大片大片荒涼的牧草地，只有零落的水牛帳篷，但如今，已經可以看到一些加油站，加油站裡放著些最新款的點唱機，你只要投入個十美分的硬幣，就會播出最勁爆的音樂。從阿馬里洛到柴爾德斯（Childress）沿途，我和狄恩應史丹的要求，把我們看過的每一本小說的情節，一一講述給他聽。我們在大太陽底下到達柴爾德斯，之後，行進路線就折而爲正南，向著帕度卡（Paducah）、格里斯（Guthrie）和阿比林（Abilene）開去，沿路荒涼得有如地獄。狄恩撐不下去了，到後座去睡覺，改由史丹駕駛，風一陣接一陣，不停從陽光閃爍的廣漠向我們吹來。史丹一面開車，一面講他在蒙地卡羅和芒通⑭旅行的往事。

車子在大太陽的烤炙下慢慢開入阿比林，最道地的德州就在眼前，我們把狄恩推醒，好讓他開開眼界。「好一個阿比林，離大城市有兩千公里遠呢，真是相當不得了！這裡的人把牛用火車送到碼頭，再船運出去，他們把牛射殺，製造成皮鞋。他們的眼睛都是紅通通的，一定是喝酒喝出來的，看看他們那個樣子！」狄恩對著車窗外大喊，嘴巴咧得就像電視諧星菲爾茲，他可不管這裡是德州還是哪裡。不過，紅臉的德州人沒有理他，只管在滾燙的人行道上匆匆來去，我們在城南的高速公路邊停下車來吃東西。當我們重新啓程，向科曼（Coleman）和布雷迪（Brady）出發時，夜看來就像距離我們百萬公里遠，布萊迪是德州的心臟，但你在這裡能找到的，只是偶然一戶靠在乾枯小溪旁的房子、八十里長的土路和無邊無際的熱。「墨西哥離我們還很遠很遠呢，」狄恩半睡半醒地說，「所以，你們務必要繼續開，繼續開，這樣，等明天黎明，我們就可以親得到墨西哥的姑娘了。這輛老福特是能跑的，重點是你懂不懂得怎樣哄她，她的行李廂無疑是有垮下來的可能，不過你們不必擔心，我相信我們一定到得了目的地。」說完，就沉沉睡去。

接下來換我駕駛，開到弗雷德里克斯堡時候，我再次攤開地圖來看：一九四九年一個下雪的早上，瑪莉露曾在這附近柔情蜜意地輕撫過我——她現在人在哪裡呢？「用力吹啊！」狄恩從夢中喊道。我猜，他要不是夢到了舊金山的爵士樂，就是夢到墨西哥人的曼波音樂。史丹還在不停說話（沒有狄恩打斷他的話，他更加不願意停下來了）。他現在談到的是他在英國旅行的往事，講述他怎樣一頭長髮，褲子破爛，從倫敦坐便車一直坐到利物浦，一些古怪的英國卡車司機在虛空歐洲的陰霾中載了他一程又一程。德州連綿不絕的密史脫拉風⑮吹得我們兩眼發紅，我們的肚子裡都燃燒著一股火焰，而我們知道，我們一定到得了目的地——儘管會慢一點。車子以七十公里的速度抖瑟瑟地賣力前進，過弗雷德里克斯堡之後，路就轉爲下坡，開始有飛蛾撲向車子的擋風玻璃，醒過來的狄恩語帶驚奇地說：「欸，我們快要進入沙漠扒手和龍舌蘭之鄉了，這還是我生平頭一次來到這麼南的德州呢。」幹，沒想到我老頭子冬天來的地方原來是這個樣子的。」

驀地，我們就開到了一條八公里長的上坡路前面，路的最盡頭，閃耀著聖安東尼奧（San Antonio）古老的燈火。四周的景物在在給你一種感覺：這裡以前是墨西哥的領土，路邊房屋的樣式和我們前面看到過的都有所不同，加油站要更破，路燈也更少。狄恩重新掌舵，高高興興地把我們送上了聖安東尼奧，街道旁的房屋都是沒有地窖的墨西哥式房屋，門廊上擺著老舊的搖搖椅。我們停在一個加油站，加油站四周都有墨西哥人在閒逛（有些還是一整個家庭），他們站在撲滿蟲子的燈泡下面，伸手到飲料箱裡，拿出瓶裝的冰啤酒，然後把錢扔給加油工。放眼都是棚屋和低垂的樹木，空氣裡瀰漫著野肉桂樹的味道，妙齡的墨西哥女孩挽著他們男朋友的手，在我們面前往來經過。「哇！」狄恩喊道，「太爽啦！」音樂聲從四方八面流出，各式各樣的音樂都有。史丹和我飲了好幾瓶啤酒，情緒高亢，我們半隻腳已經跨出了美國的國境。

「聽好，兩位老哥，我們不妨在這裡溜達幾小時再走。我們先找家醫院給史丹看傷，然後，我和你，索爾，再到處逛逛。看看對街的房子。看到屋裡那些躺著的可愛女孩子沒有？她們正在看《眞愛》雜誌呢！來，走吧！」

我們胡亂找了一會兒，沒有找到醫院，才停下來向路人打聽，附近哪裡有醫院，醫院位於市中心附近，這一帶比較時髦和美國化，矗立著十幾棟半摩天大樓，霓虹燈和連鎖雜貨店都不少。不過，馬路上的車子呼嘯來去，完全無視於紅綠燈的存在，讓人懷疑，這裡是不受交通規則管轄的，我們把車停在醫院的車道上，我陪史丹進醫院，狄恩則留在車裡換衣服。醫院的大堂擠滿貧窮的墨西哥婦女，有懷孕的，有生病的，有小孩不適的，舉目一片愁雲慘霧。我想起了可憐的泰妮，不知道她現在怎樣了？史丹等了整整一小時，才有一個實習醫生走過來，幫他診察腫臂。醫生說史丹受到了感染，又說出了一個長得我們都懶得去記的學名，之後，他給史丹打了一針盤尼西林。

史丹在醫院裡等看病的同時，我和狄恩在城裡各處晃蕩，聖安東尼奧芬芳、輕柔（有我呼吸過最輕柔的空氣）、幽暗、神祕而人聲嗡嗡。突然間，我們面前出現了幾個戴印花頭巾的女孩，狄恩不發一語地跟在她們後面走了一段路。「這裡太美妙了，美妙得不宜做任何事情！」他輕輕地說，「讓我們慢慢走，把一切都看上一看。你瞧，你瞧，前面有間撞球室！」我們走進撞球室，看見有十幾個小夥子分別圍在三張桌子前打球，全都是墨西哥人。狄恩和我買了可樂，又投幣到點唱機，點了懷諾伊．哈里森、萊諾．漢普頓和「幸運兒」．梅林達的唱片，隨音樂扭擺起來。

「欸，老哥，就在我們聽著懷諾伊的演奏和呼吸著你所說的最輕柔的空氣的同時，我建議你用眼角瞄瞄在第一張撞球桌打球那個瘸腿小夥子，他一輩子都是別人戲弄的對象，他的同夥雖然喜歡整他，但他們卻是愛他的。」

那瘸腿的小夥子矮得像個侏儒，有一張略嫌大但卻很漂亮的臉蛋。「看到沒，索爾，看到沒！他真的是聖安東尼奧版、墨西哥人版的湯米．史納克⑯。同樣的事情全世界都在上演。看，他們整他整得有多狠，看到沒？哈哈哈。聽聽他們的笑聲，看，他想打贏這場球呢。注意看！注意看！」狄恩說這話時，瘸腿小夥子正要打一記反彈球，他落空了，他的同伴群起歡呼。「欸，老哥，」狄恩說，「現在注意看。」大夥開玩笑地追著小夥子打，小夥子尖叫著，一拐一拐往撞球室外跑，臨出門前回頭露出了一個靦腆的笑容。「哎，我真想知道有關這個可愛傢伙的一切——他都在想些什麼，他女朋友是個怎麼樣的人。老天，這裡的空氣讓我興奮到最高點！」我們走出撞球室，在黑暗、神祕的夜色中踱了幾條街，數不勝數的房子掩映在一個個翠綠、像叢林般的廣場後面。到處都可以看到女孩子，有出現在窗戶前面的，有坐在門廊前面的，也有跟男朋友坐在樹叢中談情說愛的。「我從沒想過聖安東尼奧這裡會這麼棒！天曉得墨西哥會棒到什麼程度！走吧，我們趕快出發！」我們趕回醫院去接史丹，他說他覺得好多了，我和狄恩在兩邊攙扶著他上車，並告訴他剛才看到的每一件事情。

離夢幻般的邊界只剩二百四十公里的路了，我們跳上了車，呼嘯而去。我累壞了，從迪里（Dilley）到恩西諾（Encinal）再到拉雷多的一路上，我都在酣睡。凌晨兩點，狄恩把車停在一間快餐店的前面。「唉，」他嘆了口氣說，「德州的盡頭到了，美國的盡頭到了。」天氣熱得嚇死人，我們全都像個汗桶。沒有一滴夜露，沒有一絲風，有的只是億兆計在各處撲火的燈蛾，陣陣惡臭從附近熱騰騰的格蘭德河（Rio Grande）傳來。格蘭德河發源於冰凉的落磯山脈，但流過千山萬谷以後，它卻夾帶著熱，連同密西西比河的千萬噸淤泥，匯入墨西哥灣。

凌晨的拉雷多是個罪惡之城。從計程車司機到扒手，各式各樣的人都在團團轉，尋找發財機會，不過夜已深，他們能找到的機會並不多。拉雷多是美國的底部，沉澱著所有想伺機偷渡到墨西哥的重罪犯，各種違禁品被掩護在糖漿一樣濃稠的空氣中。這裡的警察個個都紅臉、沉默而大汗淋漓，沒有一個人是神氣活現的，餐廳女侍骯髒得讓人噁心。站在拉雷多，你可以具體感覺得到一整個墨西哥就攤開在你前面，甚至可以聞得著上兆個正在煎的墨式捲餅的味道。對於墨西哥會是個什麼樣的地方，我們一點概念都沒有，從雷拉多到墨西哥邊境的路都位於海平面的高度，我們拿出一些點心來吃，卻食不下嚥。我把它包在餐巾紙中，以備稍後肚子餓了再吃，我們覺得戰戰兢兢和心情沉重。不過，一等車子開過美墨邊境那條夢幻之橋，一等車輪接觸到官方認定的墨西哥泥土上時，我們的心情就完全改觀了。我們到達邊界檢查站，再一條街開外，就是活生生的墨西哥。出乎我們意料之外的是，活生生的墨西哥竟然和我們想像中的墨西哥完全一個樣。當時是凌晨三點，但在很多店面前面，仍然群聚著一堆堆的人，他們清一色都是頭戴草帽，身穿白褲。

「看看那些瘋貓子！」狄恩嘆息著說，「噢，你們千萬要等等我，我馬上就過來！」幾個掛著笑容的墨西哥邊界警察走上前來，請我們把行李拿出來檢查，我們照做了，但我們的眼睛都無法從對街挪開，我們巴不得立刻可以往前衝，讓自己迷失在那些西班牙情調的街道中。眼前的小鎮雖然只是新拉雷多（Nuevo Laredo），但給我們的感覺，卻像是聖城拉薩。「老哥，這裡的人都不睡覺的。」狄恩輕輕對我說。我們急急忙忙把證明文件掏出來，邊界警察叮嚀我們，過了邊界，就千萬不要生飲水龍頭的水，他們檢查行李的態度很散漫，一點都不像是警察。狄恩忍不住一直瞪著他們看，他轉過頭對我說：「看看這國家的條子是什麼模樣的，我簡直難以置信。」他揉了揉眼睛後又說：「我一定是在做夢。」是該把身上的錢兌換成披索的時候了。我們看見一張桌子上堆著大疊大疊的披索，並從兌換員的口中得知，一美元兌八披索，我們把身上大部分的錢換成披索，高高興興把大捲大捲鈔票塞入口袋中。

5

之後，我們就把臉轉到小鎮的方向，與此同時，數以十計的墨西哥瘋貓子，也從他們的帽簷下面悄悄打量我們，在他們身後，是不打烊的餐廳，從門洞處，傾瀉出音樂和煙霧。「哇噢。」狄恩非常輕柔地嘆了一聲。

「行了！」一個警官笑著說，「你們可以通過了，歡迎進入墨西哥，小心你們的錢，小心駕駛，這是我私人的叮嚀。我叫瑞德（Red），人人都這樣叫我的，你們可以問問別人，不必擔心什麼，盡情享受就是，在墨西哥這裡，要找樂子一點都不難。」

「出發啦！」狄恩震動了一下身體以後，就把車開到那些西班牙情調的街道去。街上燈光昏黃，一些老人坐在門廊的椅子上，樣子就像是東方的占卜師。沒有人正眼望我們，但我們知道，我們的一舉一動，完全都被他們看在眼裡。下車後，我們直接左轉，進了一家煙霧瀰漫的小吃店，店裡坐著一個個穿短袖襯衫的計程車司機和戴草帽的夜貓子，正在大啖墨式捲餅、豆子、塔可餅等等。我們在一部三〇年代的點唱機上點了南美洲草原的吉他音樂，又買了三瓶冰啤酒和好幾包墨西哥香菸，啤酒的價錢一共是三十墨分（相當於十美分），菸則每包六美分。對於身上的墨幣去得那麼快，我們都有點驚訝，我們把墨幣拿在手上把玩，又東張西望，對每一個人微笑。在我們身後，躺臥著一整個美國，所有我們以前對生活的認知，現在統統都不管用了。我們終於在旅途的盡頭找到了魔術之地，而它的神奇程度，是我們想都沒有想過的。「想想看這些不睡覺的人，」狄恩輕聲說，「又想想看橫在我們面前的一整個大陸，電影裡看到那座龐然的馬德雷山脈，就坐落在那上面呢！還有無數個大叢林和一個像美國的沙漠臺地一樣大的沙漠臺地，可以直通到瓜地馬拉和不知道哪裡去！老天，你叫我該怎麼辦呢？你叫我該怎麼辦呢？我等不及了，我們馬上出發吧！」我們連走帶跑地回到車上，看過格蘭德橋最後一眼，就義無反顧，再次向前邁進。

一下子，我們就進入了沙漠地帶，沿途要每隔大約八十公里，才會出現一盞燈或一輛車子。沒多久，晨曦就在墨西哥灣上空展開，迷濛的曙光讓我們逐漸看清四方八面鬼魅般的絲蘭仙人掌和燭臺掌。「好荒涼的國家！」我不禁衝口而出，我和狄恩這時候已經完全清醒了（在拉雷多的時候，我們只能算是半醒），史丹則仍然躺在後座酣睡，他到過的國家太多了，進入一個新國家已引不起他太大的激動。一整個墨西哥擺在我和狄恩的前面，等著我們去一探究竟。

「索爾，現在我們已經把一切拋在了後頭，進入了一個全新的未知國度。多少年來的煩惱和快樂，全都被我們拋諸腦後了！我們現在什麼都不要想，只一心一意往前開就好。這趟旅程將會讓我們明白，什麼叫世界，在我們之前，從沒有其他美國人做過這樣的事。當然，墨西哥戰爭的時候除外。當時美國佬靠大炮把這裡打通。」

「這條路，」我告訴他，「也是過去美國罪犯越境逃亡，前往蒙特雷（Monterrey）的路線。如果時光倒流，你往車外灰色的沙漠看去，就會看見一個來自湯姆斯通（Tombstone）的惡徒，在孤零零策馬疾馳，如果你再往前看，則可以看見……」

「就可以看見世界。」他說，接著猛擊了一下方向盤，喊道：「老天，世界就在我們前面！想想看，我們甚至可以沿著這條路——如果路通的話——一直開到南美洲去。眞他媽的帥呆了！」天一下子就全亮了，讓我們看得到偶然出現在遠方的一間兩間茅屋，狄恩把車速放慢，以便把它們看個仔細。「好破的茅屋，老哥，在美國，這麼破的茅屋，只有死亡谷才找得到。不過，這裡的茅屋比死亡谷的還要不像樣。這裡的人根本懶得管外表！」根據地圖標示，接下來第一個出現的城鎮是薩比納斯伊達爾戈（Sabinas Hidalgo），我們迫不及待想趕到那裡。「這裡的路看起來和美國沒什麼兩樣，」狄恩說，「唯一不同是——不知道你有沒有注意到——路標都是使用公制，而且標示的里程數都是依它與墨西哥市的距離計算，就好像整個國家就只有這麼一座城市，而所有的路都指向它。」用英制來算，我們距墨西哥市只剩下七百六十七英里，但換成公制，則超過一千公里。[17]我因爲太累，闔上了眼睛好一會兒，但不時都會聽到狄恩用拳頭搥打方向盤和發出「正點！」「過癮！」「帥呆了！」之類的聲音。駛出沙漠、到達薩比納斯伊達爾戈的時間是大約早上七點，我們把後座的史丹挖起來，一起東張西望，大街上坑坑巴巴、處處泥濘。街道兩邊是一棟棟骯髒破舊的土磚房子。揹著大包小包的騾子在街上踱步，赤腳的婦女站在陰暗的門道上觀察我們，街上人來人往，正展開墨西哥鄉村地區新的一天，一些蓄八字鬍的老人瞪著我們看，他們見慣衣履光鮮的美國人，而現在來的卻是三個鬍鬚不整、邋裡邋遢的美國人，自然會讓他們覺得新鮮。我們把車速降到十六公里，想把一切盡收眼底，一群女孩走在我們的前方，當車子打她們身邊一顛一顛經過時，其中一個問我們：「你們要到哪裡去，老兄？」

我吃驚地轉過頭去問狄恩：「你有聽到她說什麼嗎？」

狄恩的震驚不亞於我。「有，聽到了，我當然他媽的聽得一清二楚。天啊，我受不了了，我要怎麼辦才好呢？我要掛了，我們終於到達天堂了。沒有更酷的了，沒有更炫的了，沒有更沒有的了。」

「那好，我們掉頭去把她們吧！」

「好。」狄恩雖然答好，但卻仍然以八公里的時速繼續往前開，他已經頭昏了，以致於忘了他在美國時會自動自發的行爲。「前面的路上會有數百萬個這樣的女孩呢！」他辯解說。不過，他最後還是迴了車，開回到那群女孩身邊，女孩都是要到田裡去工作的，她們對著我們微笑。狄恩眼睛一眨不眨地望著她們。「幹，」他喘著氣說，「這不可能是眞的，天底下不可能有這種美事。女孩啊，女孩啊。索爾，剛才開過每一棟房子的時候，我都往裡面瞧了瞧。你知道我瞧見什麼嗎？一些在睡覺的小孩，用鐵鍋子做早餐的媽媽，還有一些毫不避諱，正眼朝著我看的老頭子，這裡根本沒有疑心病這回事。這裡每個人都很酷，每個都用一雙棕色的眼睛直通通地看著你，他們不發一語，就只是看。在這一看裡，人性的所有素質全沉澱了在其中，他們跟故事裡描寫的那些遮遮掩掩的墨西哥人完全不一樣，他們都慈祥而直接，讓我感到震撼。」狄恩把身體弓向方向盤，眼睛不停向兩邊打量。我們穿過小鎮，停在鎮的另一頭加油，一大群戴草帽、蓄八字鬍的牧場主站在老式的油幫浦前大聲談笑。田野的彼端，一個老人正驅著一頭驢，緩緩而行，純淨的太陽照耀著，就照耀在純淨而遠古的人類活動上。

加完油我們就朝蒙特雷（Monterrey）馳去，一列峰頂積雪的山脈聳立在我們前面。沒兩三下工夫，我們就開出了沙漠，攀爬在一條清涼的山路上。山路懸空的一邊築有石牆，另一邊的山壁上，則是一個接一個用白漆漆成的斗大名字：阿萊曼！（現任墨西哥總統的大名。）在這條山路上，我們沒有碰著半個人，它在雲間蜿蜒盤纏，最後把我們帶到一個臺地的頂端。過臺地之後，就是工業城市蒙特雷。舉目都是一縷縷往上飄的工廠廢氣，而藍天上則捲著一卷卷羊毛狀的巨大白雲。蒙特雷給人的感覺和底特律很相似，到處都是圍牆高築的工廠。不過，這裡也有底特律所沒有的東西，例如在工廠前面草地晒太陽的驢子、厚厚的土磚房子和數以千計在門道上閒晃的人們。街上有一些外觀古怪的店鋪，看來裡面再千奇百怪的東西都可以買得到，而狹窄的人行道上，則布滿擺地攤的人們。「嘩，」狄恩喊道，「看看這照耀在太陽中的一切！你們有研究過墨西哥的太陽嗎？它讓我的情緒亢奮到最高點。」我和史丹主張在蒙特雷這裡停留一會兒，找些樂子，但狄恩卻希望快馬加鞭趕到墨西哥市，他認爲，前頭的東西會更加有趣——事實上，「前頭」本身對他來說就是一個快樂的泉源。他像個染了開車毒癮的癮君子，開起車來從來不願意休息，我和史丹因爲疲倦不堪，所以並沒有堅持，我望向蒙特雷的遠方，看到有一對巨大而形狀奇怪的雙子峰。

下一個城鎮是蒙特莫雷洛斯（Montemorelos），我們再一次開在下坡路上，溫度漸漸變高，四周的景色也愈來愈怪異，狄恩把我叫醒，「索爾，醒醒，快來看看，你絕對不能錯過。」我看了，我們正行經一片沼澤區，每隔若干距離，就會出現幾個衣衫襤褸的墨西哥人，每個人的繩索腰帶上，都掛著把彎刀，他們其中一些正用彎刀砍伐灌木叢，我們經過時，他們全都停下來，面無表情地看著我們。經過盤纏糾結的灌木叢林時，不時會出現一些用竹子搭成的茅屋。一些樣貌怪異、黝黑得像月亮的年輕女孩站在神祕翠綠的門邊凝視我們。「唉，我眞巴不得把車停下來，用手撫摸撫摸這些小可愛，」狄恩喊道，「不過，如果你仔細瞧瞧，就會發現，她們的老頭子或老媽子就在附近，一般都是在她們背後，不然就是在幾百公尺開外，收集柴枝或照顧牲口，她們總不會是單獨一個人，這一帶沒有一個人是落單的。你睡覺的時候，我一路都在觀察這一帶，但願我能把我看到想到的所有所有全告訴你，老哥！」他激動得汗流如注。「索爾，我相信，在一段很長很長時間之內，這一帶都不會有所改變，我要去睡了，換你來開車吧。」

我接過方向盤，把車開過利納雷斯（Linares），開過一片沼澤地，開過伊達爾戈

（Hidalgo）附近的蘇塔拉馬蓮娜河（Rio Soto la Marina），之後一個巨大翠綠的河谷就在我面前敞開。行經一條老式的窄橋時，橋上一群一群的人都駐足望我，河水熱騰騰地在橋下流淌，格列高里亞（Gregoria）在望了。狄恩和史丹還在酣睡，路筆直得像枝箭，我一面開車，一面神遊太虛。在這裡開車，感覺和在加州、德州、亞利桑那或伊利諾開車都有所不同，在這裡開車，你會覺得自己正在開過世界，正在開往費勒印第安人[18]的聚居處，從他們那裡，你將認識到自己是誰。從馬來亞（那是中國的手指甲）到印度次大陸到阿拉伯到摩洛哥到墨西哥到波利尼西亞到暹邏，整整繞地球近赤道帶一圈，住著的都是像這樣的人，他們毫無疑問都是印第安人，但他們跟美國民間傳說中那種愚蠢的印第安人完全不一樣。他們高顴、斜眼，既非傻瓜也非小丑，而是偉大、莊嚴的印第安人，是人類的源頭和父祖。海浪是中國人的東西，而土地則是印第安人的東西，他們對「歷史」的重要性，有如岩石對沙漠的重要性。當我們這些自以爲是的美國人開車經過他們身邊的時候，他們深深了解到這一點，他們知道誰是父誰是子，不過他們並沒有說什麼。總有一天，世界的「歷史」會被摧毀，而費勒人的創世紀又會再一次捲土重來（就像以前的許多次一樣），屆時，人們將會從墨西哥的山洞甚至峇里島的山洞裡，探眼外望，就像開天闢地的時候一樣。以上這些，就是我在開進格列高里亞的時候，心裡所孕育的思緒。

早先，還在聖安東尼奧的時候，我半開玩笑地答應過狄恩，會爲他弄到一個馬子，沒想到格列高里亞這裡竟讓我獲得實踐諾言的機會。我才把車在加油站停好，一個小夥子就馬上走上前來，向我兜售一塊很大的擋風玻璃遮陽板。「Habla Español? Sesentapeso.（你喜歡它嗎？六十披索。）我的名字是維克托。」

「我不要遮陽板，」我開玩笑對他說，「我要買señorita（小姐）。」

「沒問題，沒問題，」他激動地說，「我可以幫你找到女孩子，什麼時間都可以。」不過立刻又補充一句：「只不過現在太熱，太熱的時候不會有棒女孩，要等到今晚。你需要遮陽板嗎？」

我不想要遮陽板，但我想要女孩子。我喚醒狄恩。「欸，老兄，記得我在德州的時候說過，要幫你弄到一個馬子的嗎？好啦，現在伸伸手腳起來吧，有馬子在等著我們。」

「什麼？你說什麼？」狄恩大喊著跳起來，一臉沒睡醒的樣子。「在哪裡？在哪裡？」

「這個小夥子維克托會帶我們去找到馬子。」

「那還等什麼，立刻出發！快點！」他躍出車外，一手攥住維克托的手。加油站內還有其他小夥子在閒蕩，每個都戴著草帽，其中一半人光著腳，他們全都興孜孜地看著我們。「老哥，」狄恩對我說，「這眞是個消磨下午時光的好方法，比泡丹佛的撞球室還要棒。維克托，你可以幫我們找到馬子？在哪裡？A donde（在哪裡）？」他用西班牙語問。「看到沒，索爾，我也會說西班牙語。」

「我們再問問他有沒有辦法弄到大麻。欸，小兄弟，你弄得到 ma-ree-wa-na 嗎？」

維克托嚴肅地點了點頭。「當然，隨時隨地，老兄，跟我來。」

「萬歲！萬萬歲！」狄恩一聲歡呼，「快走，快走！」他現在已經完全清醒了，在昏昏欲睡的街道上蹦蹦跳跳，我遞給在場的小夥子每人一根美國菸。他們轉過身，互相用一隻手掌掩在嘴邊，竊竊私語，對我們幾個美國瘋子評頭論足。他們對我們（又特別是狄恩）感到莫大的興趣。「索爾，看看他們，他們在挖我們！他們好可愛！」維克托坐進車子，爲我們帶路，原來呼呼大睡的史丹這時也被吵醒了。

我們把車開入了沙漠，繞到達城鎮的另一頭，再轉入一條滿布車轍的土路，車子顚得七葷八素。土路的盡頭就是維克托的家，房子宛如一個用土磚造的餅乾盒子，有幾棵大樹遮在屋頂上頭，院子裡有幾個男的在閒晃。

「那些人是誰？」狄恩興奮地問。

「是我的兄弟，我媽媽也在，我姊妹也在，他們是我家人，我結婚了，住在市區。」

「你媽媽會不會說什麼？」狄恩語帶擔心地問，「她對大麻有什麼意見？」

「哦，我抽的大麻就是她給的。」我們在車裡等，維托克則小跑步到屋前，和一個老婦人講了幾句話。老婦人跟著就轉過身，到屋後的園子去摘了一些大麻回來，放在地上晒。維托克的兄弟們站在樹下向我們微笑，維克托回來的時候，笑容很燦爛。

「老哥，」狄恩說，「維克托是我碰到過最甜、最熱心、最可愛的小夥子，你們注意看他那又酷又緩慢的步伐，在這裡，人們做什麼都是不慌不忙的。」一陣又一陣的沙漠微風往車子裡吹，是非常熱的風。

「你們看到有多熱沒有？」維克托坐到前座，指指被烤得滾燙的車頂說。「不過，抽了ma-ree-gwana 之後，你們就不會再熱了，等一等吧。」

「有什麼問題，」狄恩一面說，一面調整他的太陽眼鏡。「我當然會等，你放心，好孩子。」

這時，維克托的一個高個子哥哥走了過來，手上拿著一把用報紙捲著的大麻葉子，他把報紙捲拋到維克托的大腿上以後，就漫不經心地把頭探到車窗前，微笑著對狄恩說：「你好！」狄恩點頭微笑回禮。沒有人說話，但感覺很美好，維克多正在捲一根大得前所未見的大麻煙，他用棕色紙袋紙捲出來的這根大麻煙，足足有花冠煙那麼大⑲。狄恩兩眼瞪得大大，維克托一下子就把煙點燃，再傳給我們每個人一人抽一口，抽這樣一根大東西，感覺上就像在吸一根煙囪，一陣爆炸似的熱氣會直灌喉嚨。我們全都屏住呼吸，等每個人都抽過一口以後，才同時吐氣，把煙噴出來。霎時間，每個人都亢奮到了最高點，我們彷彿一剎那就到了阿卡普爾科海灘，額上的汗一下子全乾了。我望向後擋風玻璃，只見維克托的另一個兄弟靠在遠遠一根竿子上，向我們揮手——他太靦腆了，所以不敢走過來跟我們握手。似乎，整輛車子都被維克托的兄弟所包圍，因爲又有另一個維克托的兄弟出現在狄恩那邊的車窗，每個人情緒是如此高昂，以致一切的拘泥，都被拋到了九霄雲外，維克托的兄弟開始低聲談論我們，與此同時，我和狄恩和史丹則在用英語談論他們。

「你注意到維克托那個站在我們車子後方的兄弟沒有？他死都不肯離開竿子走過來，可是，臉上的靦腆笑容卻始終沒停過。至於我左手邊這一個，年紀較大，也比較有自信，不過他的表情有點憂鬱，看來正爲什麼事情苦惱。在城裡，他可能會被當成乞丐，不像維克托，是個已結婚和受尊敬的人，維克托的樣子就像個埃及國王，這些傢伙都是瘋貓子，我從沒有看過像他們這樣子的人。他們也在那裡談論我們呢，看到沒有？不過，他們對我們感興趣的，卻和我們對他們感興趣的地方，有所不同。他們談的，可能是我們的衣著、我們車裡的奇怪物品，我們的笑聲，甚至可能是我們的味道聞起來跟他們有什麼不同。唉，我眞盼望可以知道他們在談我們些什麼，我願意用萬貫家財去交換這個情報。」

狄恩試著問維克托：「喂，維克托，你兄弟在說些什麼？」

「對，對。」

「不是啦，你沒有聽懂我的問題，我是問你兄弟談些什麼？」

維克托聽不懂狄恩的問題，很困擾地回答說：「你不喜歡這大麻煙？」

「不會啊，怎麼會，你們到底在談些什麼？」

「談？哦，對，我們是在談，你喜歡墨西哥嗎？」沒有共同的語言，要深入彼此是很困難的，大家漸漸安靜了下來，各自享受沙漠的風和遐想。

是該去找女人的時候了，維克托的兄弟各回到樹下的原來位置，她母親站在門邊，目送我們慢慢遠去。

車子再一次在土路顛上顛下，只不過，現在的顛簸，不但不讓人厭煩，反而變成是世界上的最高享受，它讓我們有蕩漾在藍色海洋之感。狄恩一直說我們不懂得它的老爺車的彈跳之妙，這妙，我們現在終於領略得到了。這時，我看到狄恩的臉上，放射出一種超自然的金光。一路上，維克托都口若懸河、嘰哩呱啦說個不停，他的英語本來就很破，加上說得太快，我一句都聽不懂，但狄恩卻似乎很專心在聆聽，並不時回答一句「對！」「當然！」「我毫無疑問也是這樣想！」「就這麼說定了，老兄！」「確實確實！」「漂亮！」有那麼一下子，我還眞的以爲，狄恩單憑一種不可思議的天啓，就聽懂了維克托所說的一切。在那一刹那，我也覺得狄恩的樣子，變得像極了法蘭克林．羅斯福。[20]我努力要從狄恩臉上放射出的千萬道光芒看淸他的臉——他看起來像上帝。我太亢奮了，即便我把頭緊緊抵在椅背上，也不足以承受這種亢奮，陣陣狂喜隨著車子的每一下顚簸通過我全身。我很想探頭看看外面的墨西哥（此時墨西哥對我的意義已完全不同於往昔），不過又有所猶豫顧忌，就像一個珠寶箱太金光璀璨，反而讓人不敢直視一樣。我大口大口吸氣，看見一條黃金瀑布從天而下，貫穿車頂，流入了我的瞳孔中，我望出窗外，看見一個婦人站在門邊，不斷自顧自點頭。我感覺，她聽得見我們所說的每一句話、每一個字。黃金瀑布還在流瀉著。有一段時間，我完全失去了意識，不知道外頭發生著什麼事。當我再次回過神來，他們告訴我，我們停在維克托家的門外，此時的維克托，手抱著一個小嬰兒，站在車門外。

「來看看我的小寶寶，他叫佩雷斯，六個月大。」

「哇，這是我看過最漂亮的小寶寶。」狄恩說。這時，他的臉仍然散發著極樂和至福的光芒。「索爾、史丹，你們來看看他的眼睛，」他轉過身，用嚴肅而溫柔的語氣對我們說，「我要你們仔——仔——細——細地看，看看這個墨西哥小男孩的眼睛——我的好朋友維克托的兒子的雙眼。透過這雙不一樣的眼睛，你們將可窺探到一個不一樣的靈魂，和預見他將會長成爲什麼不一樣的人，有這樣一雙可愛眼睛的人，自然也會擁有一個可愛的靈魂。」這是一篇漂亮的講詞，而維克托的小孩，也確實是個漂亮的小寶寶。維克多深情地看著他的小天使，我們全都希望，自己有一個這樣的兒子。不知道是不是因爲我們探索小嬰兒的靈魂探索得太過用力了，讓他感到了異樣，開始哭了起來，哭得很厲害，這哭，彷彿來自某種不知名的憂傷，它的源頭，可遠溯至無限遠的遠古，非我們能力所能撫平。我們用盡各種方法去哄他——維克托吻他的脖子和搖他，狄恩裝鳥叫逗他笑，我撫摸他的小手臂——但都不管用，小嬰兒的哭聲有增無減。「唉，」狄恩說，「我把你兒子弄得那麼難過，維克托，眞是十二萬分抱歉。」

「他不是難過，只是在哭罷了。」維克托嬌小、赤腳的太太就站在大門後面。她因爲靦腆，不敢走出來，只能萬分焦急地等著丈夫把小嬰兒送回她那細嫩的棕褐色臂彎中。向我們誇示過他的小寶寶以後，維克托就坐回車內，一臉自豪的表情，指示狄恩把車向右轉。

車子在一條條狹窄的街道七彎八拐了好一會兒以後，就到達一家妓院的門前，那是一棟灰泥建築，在金黃色陽光的照晒下，格外堂皇。街上有兩個穿著鬆垮褲子的警察，趴在妓院的窗臺上，一副昏昏欲睡、百無聊賴的樣子。我們走進妓院的時候，他們對我們投以好奇的一瞥。我們在妓院足足待了三小時，日薄西山才離開，而他們趴在窗臺上看我們狂歡，也足足看了三個小時。出妓院大門的時候，我們在維克托的示意下，給了兩個警察各相當於二十四美分的墨幣。

我們在妓院大廳裡找到一票女孩，她們有些蜷曲在舞池左邊的沙發上，有些在舞池右邊的長吧檯喝酒。大廳中央有一個拱門，可以通到一些看起來就像海水浴場更衣室的小單間，那都是燕好用的房間。妓院老闆是個年輕的傢伙，就站在長吧檯的後面，他聽說我們想聽曼波音樂，就馬上跑出大廳，搬回來一大疊唱片，大部分都是佩雷斯．普拉多的唱片。他把唱片放到連接了擴音器的電唱機上，音量開到最大。霎時間，音樂聲震天撼地，肯定整個格列高里亞都聽得見。狄恩、史丹和我先是愣了一愣，繼而立刻意識到，妓院老闆做了一件我們一直想做而不敢做的事情，音樂本來就應該開這麼大聲才夠聽頭的嘛！沒幾分鐘工夫，全城就有一半的人口擠在妓院窗外，跟兩個警察一道，趴在窗臺上觀看我們幾個老美和女孩子們翩翩起舞。〈更多曼波．湛波〉、〈查塔努加．德．曼波〉、〈曼波第一號〉——一首又一首曼波樂曲在金黃色的午後閃爍著迴響著，和你在世界末日和世界再臨的時候會聽到的一模一樣。小喇叭的聲音嘹亮得遠在城外的沙漠，都大有可能聽得見。（沙漠正是小喇叭的發源地啊！）鼓敲得很凶。曼波的節拍就是來自剛果河——非洲之河暨世界之河——的康加（conga）節拍，那是世界的節拍。昂——蹚，蹚——撲——篷——昂——蹚，蹚——撲——

篷。鋼琴的倫巴舞曲像雨水一樣，從擴音器向我們源源不絕的灑下，樂隊領班的叫喊聲聽起來就像在大口大口喘氣。當「查塔努加．德．曼波」的最後一段小喇叭主奏伴著急勁的康加鼓聲和邦戈鼓聲響起時，狄恩整個人突然像被釘在地上一樣，一動不動，繼而發抖和流汗，而當小喇叭開始用顫抖的回聲——很像岩洞和地穴的迴響——嚼啄令人昏昏欲睡的空氣時，狄恩彷彿見到鬼似的，嘴巴慢慢變大變圓，兩隻眼睛則閉得緊緊。而我自己，也像個被音樂聲擺布的布偶，搖擺得不能自已。

接下來，在快板的「曼波．湛波」音樂聲中，我們與女孩們激烈起舞。她們都是很棒的姑娘，最野的一個是個混血兒，一半印第安人血統，一半山人血統，來白委內瑞拉，年方十八，她看起來出身於一個好家庭。至於為什麼這樣人模人樣而又年輕的女孩子會跑到墨西哥來賣淫，只有天曉得。似乎有某種巨大的憂傷驅使她走上這條路，她豪飲得漫無節制，每當你以為她飲的是最後一杯，她馬上又會點上另一杯。也許，她這樣的豪飲，只是為了讓我們花盡量多的錢罷了。她穿著一件輕薄的家常便服，抱著狄恩的脖子狂熱地跳舞，不斷向狄恩要求這個要求那個，狄恩太神智恍惚了，變得手足無措，不知道該先享受曼波還是先享受女孩。最後，他帶著委內瑞拉女孩，走進拱門後面的一個單間去。至於我，則被一個無趣的肥女孩纏住，她帶著一隻小狗，小狗老是想咬我，讓我很感冒，而肥女孩則因為我不喜歡她的狗而不快。最後她妥協了，同意先把小狗帶到後頭去，不過，當她回來時，我已經被另一個女孩纏住，這個女孩要比肥女孩好看，但還不是大廳裡最好看的一個，她像隻水蛭一樣勾住我的脖子不放。大廳裡我最中意的，是一個十六歲的深膚色女孩，我嘗試擺脫水蛭小姐，但卻沒有成功。史丹相中的是個十五歲女孩，有一身杏色皮膚，我們在妓院大廳裡可說瘋到了極點，而這一切，全看在趴在窗外的二十多個人的眼裡。

不知道什麼時候，那深膚色女孩的媽媽走了進來，臉有憂色地和她女兒作了簡短的交談。看到這一幕時，我突然為自己對那女孩的邪念而感到內疚，我讓水蛭小姐把我帶到大廳後頭的單間去，我們在床上翻覆了半小時。那是一個正方形的房間，沒有天花板，一個牆角裝有水槽，只聽見漆黑的門廳裡到處都有女孩子在喊「Agua, agua caliente!」我知道，那是「熱水」的意思。狄恩和史丹這時顯然也是在某個單間裡。完事以後，女孩向我收三十披索，又說了一番理由，求我額外多給她十披索，我根本搞不清楚墨西哥幣的幣值，而且老是以為自己身上有一百萬披索，所以二話不說把錢給了她。之後，我們雙雙回舞池去跳舞。聚在窗外的人更多了，兩個警察還是和先前一樣，百無聊賴地趴在窗臺上。狄恩那個漂亮的委內瑞拉妞兒這時拉住我的手，帶我穿過一道門，到了另一間奇怪的酒吧去（這酒吧很顯然也是附屬於妓院的）。這裡有一個年輕的酒保，站在吧檯後面，吧檯前坐著個蓄八字鬍的老頭，熱烈和酒保聊著些什麼。這裡有另一個擴音器，播放著一樣震耳欲聾的曼波音樂。似乎，全世界的擴音器都是開著的。委內瑞拉妞兒抱住我的脖子，要我請她喝酒，但酒保不答應讓她再喝下去，她求了又求，酒保終於又遞給她一杯。不過，她一接過杯子，酒便灑落一地，但我知道她不是故意的，因爲從她茫然若失的眼神中，我看到了一絲苦惱。「慢慢來，寶貝。」我對她說。我得一直扶著她，因爲她老是從高腳凳上往下滑，我沒有看過比她喝得更醉的女人，而她才十八歲，因爲她用力拉我的褲子、苦苦求我，我只好再給她買一杯酒，她一口就把酒幹光，但我沒有心情上她，剛才和我相好的女孩年約三十，要比她懂得照顧自己。最後，委內瑞拉妞兒委頓在我懷中，我有一種渴望：帶她到後頭去，脫光她衣服，但什麼都不做，只是聊天。

維克托從頭到尾都背靠著吧檯站著，他看到三個美國朋友這麼盡興，自己也很開心。我們買酒請他喝，他的眼睛不停跟著大廳裡的一個個女孩轉，但卻沒有採取任何行動，因爲他不想對太太不忠。狄恩已經樂昏了頭，以致我在盯著他看時，他根本不認得我是誰。感覺上，這場狂歡不會有盡頭，我們就像身在一個阿拉伯的夢境之中。我帶著我的女孩，再一次跑到後頭的單間去，狄恩和史丹也一樣，只不過這一次他們交換了女伴。換言之，我們都暫時離開了大廳，而行人道上的觀眾，也只好耐心等一等，等下一輪的好戲上演，這個下午漫長而清涼。

格列高里亞的傍晚即將要降臨，曼波音樂沒有停止過一刻，肆恣得仿如一趟沒有盡頭的叢林之旅。我無法把眼睛從那個深膚色的女孩身上挪開，她踱來踱去的神情就像個女王，不過，酒保卻打發她做各種打雜的事情，例如給我們端酒和打掃後頭的單間。妓院的女孩子當中，她無疑是最需要用錢的一個，她媽媽來，也許爲的就是想問她要些錢，給襁褓中的妹妹或弟弟買食物，墨西哥人都是很貧窮的。儘管如此，我從頭到尾都不曾有過走向她、直接把錢給她的念頭。我有一種感覺，如果我那樣做，將會受到她某種程度的鄙夷，一想到會被像她這樣的女孩子鄙夷，我就畏縮不前。奇怪的是，狄恩和史丹似乎也不敢接近她，她那種尊貴的神態，正是讓她在這家妓院裡吃不開的原因。狄恩一度也想接近她，但走到她前面時，一看到她冷傲的眼神，就打消了念頭。狄恩不敢造次，因爲她是個女王。

突然間，維克托猛抓住我的手臂，激動地向我比手畫腳。

「怎麼回事？」我問。維克托用盡各種方法，都無法讓我們明白他的意思。最後，他跑到吧檯去，從嗤之以鼻的酒保手上把帳單搶過來給我們看。帳單上的數字超過三百披索，也就是超過三十六美元，不管你逛的是家什麼妓院，這都不能不算是筆大數目。儘管如此，我們還是捨不得離開這間我們在一段艱苦旅途盡頭所找到的阿拉伯宮殿。但夜即將降臨，我們必須要上路了。狄恩明白這一點，他皺起眉頭，內心苦苦掙扎。最後，我想出了一個可以讓我們心甘情願離開的理由。「還有很多好東西在前頭等著我們呢，老兄，現在走沒什麼大不了的。」

「有道理！」狄恩喊道，然後轉過身去找他的委內瑞拉妞兒。她終於醉倒了，躺在一張木凳上，兩條白皙的大腿從絲袍向外叉了出來，站在窗戶外面的觀眾可謂飽足了眼福，在他們身後，紅色的陰影正慢慢拉長。這時，不知從那個地方傳來了嬰孩哭聲，我這才清楚意識到，我人是在墨西哥，而不是在什麼天堂裡。

我們跌跌撞撞走出妓院，走到一半才想起把史丹漏在了裡面。回頭找到他的時候，他正向一個剛上班的妓女風度翩翩地鞠躬爲禮，他沒有要走的打算。喝醉了的史丹，是死也不願意離開女人的，而那個女的，也像根象牙一樣蜷在他身上。史丹死都不肯離開，狄恩和我只得在他背上揍了幾下，硬把他拉走，他對每一個人——妓女、警察、觀眾和街上的小孩——都揮手說再見，又向四方八面拋飛吻。走過人群的時候，他試著跟他們說話，他很想告訴別人，這個美妙的下午他過得有多開心。每個人都笑了，有人還拍拍他的背，狄恩把史丹弄上車後，馬上跑回頭，給了兩個警察四披索，又跟他們握手、微笑和鞠躬。他跳入車子以後，所有我們剛才認識的女孩全都圍了上來，跟我們話別和親吻，那位委內瑞拉姑娘甚至還哭了起來。我們雖然深知，她這哭，不完全是因我們而發，但也夠我們感動的了，而我鍾情的那位女王，這時則消失在妓院裡的陰影中，一切都過去了。一踩油門，我們就把狂歡極樂和好幾百披索留在了後頭，震天的曼波樂聲尾隨了我們幾條街才告消失。一切都過去了。「再見啦，格列高里亞！」狄恩高喊，並拋出了一個飛吻。

維克托既爲我們三個驕傲，也爲自己驕傲。「你們想洗澡嗎？」他問。對，我們全都想洗個美妙的澡。

於是，他帶我們到了這世界最奇怪的地方：一個典型的美國式公共浴池，位於市外兩公里，高速公路的旁邊。這裡有一個游泳池，擠滿了戲水的小孩，還有一個石頭的淋浴間，只要付幾分錢，就可以進去洗個痛快，還會有侍者爲你遞上肥皂和浴巾。除此以外，這裡還有一個兒童公園，裡面除了鞦韆，還有一個廢棄的旋轉木馬場。在夕陽的照耀下，這旋轉木馬場顯得既怪異又漂亮。我和史丹接過毛巾後，就走進淋浴間去淋浴，出來時感到煥然一新。狄恩則懶得洗澡，他拉著維克托的手，到兒童公園去散步聊天，一面走，一面興奮地比手畫腳。狄恩是因爲我們即將要離開，所以想把握這最後的時間，單獨和維克托談一談，好好挖他一挖。

道別那一刻，維克托非常憂傷。

「你們會回來格列高里亞，回來看我嗎？」

「當然，老兄！」狄恩說。他甚至答應維克托，要是他喜歡，回程時可以把他一道帶到美國去，維克托說他會好好考慮這個建議。

「我有太太小孩，又沒有錢，我會想想看的。」

當我們從車內向他揮手作別時，他紅潤的臉上綻放出一個甜美、有禮的笑容，在他身後的，是那個憂愁的停車場和那群小孩。

6

一出格列高里亞，路就變為下坡，兩旁都是大樹，天色漸漸黑下來，數以億兆計的昆蟲在樹上聒噪不止，有如連綿不絕的一聲尖叫，狄恩想打開車頭燈，但卻發現車頭燈壞了。「搞什麼鬼？幹！」他猛捶儀表板罵道。「沒輒了，看來我們得摸黑前進了，在這樣一個森林裡摸黑開車，想想看有多恐怖？除非有一輛車從後面開過，否則我們不會看著半點光，但這種時候、這種地方又哪會有另一輛車？我們要怎麼辦呢？幹！」

「也許我們應該往回開？」

「不，不！我要繼續向前開，我勉強可以看得到路。放心，我辦得到的。」於是我們在一片昆蟲的尖叫聲中摸黑前進，一種濃烈難聞、近乎腐臭的味道從樹上飄下，傳入我們鼻腔。我突然記起，據地圖顯示，一出格列高里亞，就是南回歸線。「我們進入一個新的氣候帶了，怪不得會有這味道！聞聞這味道！」我把頭伸出車窗外，飛蟲不斷往我臉上撲。突然間，車頭燈恢復了作用，射出兩道光柱，照亮路兩旁的大樹，它們蜿蜒盤纏，密湊得像牆，足有三十公尺高。

「狗奶養的！」史丹在後座吆喝，「幹他妹的！」他的情緒仍然處於亢奮狀態，顯然這座陰險的森林並沒有把他快樂的靈魂嚇倒，想到這個，我們不禁大笑起來。

「管他娘的，大不了我們今晚就睡在這座鬼森林裡，」狄恩扯著嗓子說，「老小子史丹是對的。老小子史丹根本不在乎！那些娘兒們和大麻煙和震天價響的曼波仍然讓他血脈賁張。說到那些曼波，我的耳鼓還在痛著呢，史丹知道自己在幹什麼！」我們脫下T恤，光著上身在森林裡飛馳。沿途沒有半個城鎮，一公里又一公里過去，完全是森林，氣溫愈來愈熱，昆蟲的叫鳴聲愈來愈大，兩旁的植物愈來愈高，空氣中的腐臭味也愈來愈甚。不過，我們已慢慢習慣了這個味道，甚至喜歡上它。「我很嚮往能在森林裡裸奔，」狄恩說，「只要找到個好地點，我就會付諸實行。」驀地，萊蒙（Limon）出現在我們眼前。萊蒙是個叢林小鎮，昏黃色的燈光，黑色的陰影，巨大的天空，雜亂無章的棚屋，聚在棚屋前的一群群男人，在在讓它顯得是個典型的十字路口小鎮，我們到達的，是一個輕柔得難以想像的地方。天氣熱得像七月天紐奧良麵包師傅的烤箱，街頭巷尾都是一個個圍坐在屋前聊天的家庭。偶爾會有一些女孩走過，好奇地打量我們，她們都極爲年輕，赤足而骯髒。我們靠在一家破雜貨店門廊的木欄杆上，旁邊有一袋一袋的麵粉，這家店的櫃檯上擺著些新鮮的蘋果派，蒼蠅在上面飛來飛去。街道上有一盞油燈，再過去是更多棕色的燈光，之後，便是無邊無際的黑暗，我們把車沿著土路開到小鎮背後停好，累得不成人形，一心只巴望著人睡一場，但天氣熱得根本讓人睡不著。狄恩從車上拿出一張毯子，鋪在柔軟、灼熱的沙子上，然後躺了下來。史丹則躺在福特的前座，敞著兩扇車門通風——但壓根兒就沒有一絲風。我躺在後座，猶如泡在汗裡，根本無法成眠，我乾脆下車，在黑暗中晃了晃。整個小鎮似乎都在一瞬間就寢，剩下的唯一聲音只有狗吠聲。唉，我今晚有望可以睡一覺嗎？數以千計的蚊子早已叮遍我的胸、臂和腳踝。我突然想出一個好主意：何不睡在車頂？我爬上車頂，攤開四肢躺著。雖然仍然沒有一絲風，不過，車頂清涼的金屬觸感卻讓我身上的汗得以凝乾，汗乾了以後，數以百計的死蟲子黏在了我的皮膚上。我躺在車頭上，臉面對著漆黑的夜空，感覺上就有如夏夜躺在一個密封的貨車車廂內。這是我平生第一次，空氣不是輕拂我、烤炙我或是冰冷我，而是與我合而爲一。大氣與我渾然成爲了一體，無以數計的小蟲子像小雨點一樣灑落在我的臉上，讓我感到愉悅和受催眠。天空沒有一顆星，顯得漆黑而沉重，我不在乎就這樣躺一個晚上，因爲夜空對我所可能有的加害，不會比一幅天鵝絨來得大。死蟲子融入了我的血液中，而蚊子則繼續叮咬我，沒多久，我開始感到全身刺痛，從頭髮到臉到腳到腳趾（我的腳當然是光著的），爲了吸去身上的汗溼，我穿回我那件沾滿蟲血的T恤。路邊有一團蜷縮的黑影，那是正在睡覺的狄恩，我可以聽見他的打呼聲。史丹也在打呼。

三不五時，鎮上都會劃過一縷微光，我知道那是警長的手電筒所發出的微弱光線，他正在巡邏。沒多久，我就看到閃燈向我們這邊慢慢接近，我聽得見踩在沙子上的輕柔腳步聲。走近以後，警長停下了腳步，用手電筒照了照我們的車子，我坐了起來，看著他。他指指地上的狄恩，用一種極端輕柔的聲音問我：「Dormiendo?」我知道他問的是，狄恩是不是在睡覺。

「Si，Dormiendo（是，睡覺）。」

「Bueno，Bueno（晚安，晚安）。」說完，就帶著很不願意把我們丟下不管的憂鬱神情，掉頭到別的地方巡邏去了。哈，這樣可愛的警察，在美國要往哪裡找？他不疑心你些什麼，不嘮叨你些什麼，也不爲難你些什麼，只一心一意做個沉睡小鎮的守護者。

我躺回車頂上去了，太黑了，我甚至不能確定，天空是直接在我上方呢，還是中間還隔著些樹枝，不過這對我沒有什麼分別，我張大嘴巴，深呼吸了幾口叢林的氣息。我吸的不是空氣，絕對不是空氣，而是從樹和沼澤裡所發散出來，一些活的和可觸的放射物。我一直醒著，樹叢某處有雞在啼，但天空卻完全沒有破曉的跡象，沒有一絲風，沒有一滴露。突然間，一陣激烈的狗吠聲自遠而近，繼而是微弱的馬蹄踢踏聲，聲音愈來愈接近。這麼晚了，還有哪個瘋子在騎馬？接著，我看到了一個奇景：一匹白得像鬼魅的野馬沿著土路飛奔而來，直直往狄恩的位置衝過去，白馬後面追著一群嗥叫的狗，我看不到狗的樣子，因為牠們都是髒兮兮的老土狗，但那隻野馬卻白得像雪（幾乎會發出螢光），而且碩大無朋，一眼就看得見。不曉得爲什麼，我一點都不爲狄恩擔心，當白馬看見躺在地上的狄恩以後，就放慢了腳步，用小跑步從他頭上跳過，又一躍而過福特車，沒入了另一邊的叢林裡，馬蹄聲在叢林裡漸漸遠去。幾隻狗停止追趕，坐了下來，互相舔舐。那白馬是什麼來路？牠來自什麼樣的神話，是何種鬼魅、何種精靈？狄恩醒過來以後，我把這回事告訴他，起先，他認爲我一定是在做夢，但繼而，他模模糊糊憶起，曾夢見一匹白馬。我肯定地表示，我不是在做夢。史丹也慢慢醒了過來，天色仍然黑得像瀝青，我們再次汗如雨下。「趕快開車，弄些風來吹吹吧，」我高聲說，「我快熱斃了。」

「對極了！」

於是，我們坐上車，呼嘯出了鎮，一任頭髮在高速公路上隨風飛揚，沒多久，天就亮了。灰濛濛的晨曦照亮了我們兩旁低窪的沼澤地，路的兩旁，零落地豎立著些高大、藤蔓盤纏的樹木，沿著一條與鐵路平行的道路行駛了一陣子以後，曼提城（Ciudad Mante）電臺那奇形怪狀的天線就出現了在我們前方，樣子和我們在內布拉斯加見到的電臺天線很像，我們在一個加油站停下來加油。這時，最後一隻飛蟲正撲向燈泡，然後掉落在我們腳邊大群大群奄奄一息的飛蟲之間。牠們之中，有些翅膀足足有十公分長，有些嚇人的蜻蜓，體積大得可以吞下小鳥，另外，還有數以千計的蚊子和各式各樣不知名的蜘蛛狀昆蟲，爲了怕踩到地上的蟲屍，我用單腳在人行道上跳著走。最後，我坐在車內，兩手抱膝，滿懷惶恐地探身去看堆積在車輪四周的蟲屍。「我們快離開這裡吧！」我喊道。但史丹和狄恩卻對滿地的死蟲子一點都不以爲意，他們平心靜氣喝了幾瓶密星橙汁，一面喝一面把四周的蟲屍往外踢，他們的Ｔ恤和褲子——就像我的一樣——都沾滿蟲屍和蟲血，顯得斑斑駁駁，我們往身上的Ｔ恤用力聞了聞。

「你們曉得嗎，我開始喜歡上這種味道了，」史丹說，「它讓我聞不到自己原來的味道。」

「這種味道又怪又好聞，我決定了，到達墨西哥市以前，我不會把它換下來，我還要把它保存起來，留作紀念。」

群山在我們前方隱約在望，全都蒼翠青綠，爬過這些山以後，就會是中部高原，屆時，墨西哥市就不遠了。三兩下工夫，我們就已經開到近兩千公尺高的山道上，往下望去，可以俯瞰得到一條黃褐色的河流，那是莫克特蘇馬河（River Moctezuma）。沿路所見的印第安人五官都極端怪異，他們是自成一國的山區印第安人，要是沒有泛美高速公路的話，他們等於是與世隔絕。他們矮而胖而黑，牙齒也是黑黑的，每個人背上都揹著些龐然重物。越過溝谷，我們看到在對面的山坡上，闢著一片片補丁樣子的梯田，人們在斜坡上走上走下，從事農作。

狄恩把車速降到八公里，以便把一切看個仔細。「哇噻，老天爺，我做夢也沒想到過這種地方會有這些玩意兒！」對，誰又會想得到，在像落磯山一樣高的高山上，竟會看見有人種香蕉？狄恩下了車，一邊搓揉肚子，一邊指指點點。我們停車的地點，是一片岩脊，而在這岩脊的邊緣上，孤零零屹立著一間茅屋。太陽射出的金光，照得我們看不清莫克特蘇馬河，現在，它位於我們下方已經超過兩公里。

在茅屋前方的院子裡，有一個三歲大的印第安女孩，吮著一根手指，瞪著褐色大眼看我們。「她大概一輩子也沒有看過一輛汽車停在她家門前！」狄恩呼吸急速地說，「嗨，小女孩，妳好嗎？妳喜歡我們嗎？」小女孩害羞地把頭轉開，噘著嘴，當我們開始談起話來的時候，她又轉過頭來打量我們，一根指頭仍然吮在嘴巴裡。「唉，我眞希望能送她些什麼，想想看，她一生下來就是住在這片岩脊上，換言之，這片岩脊就是她的整個世界。她的父親，說不定有時會用一根繩子，把自己垂到溝谷下面，從某個山洞裡爲小女孩摘一個鳳梨上來。她永遠永遠不會離開這裡，也永遠永遠不會知道外面的世界是什麼樣子。這裡的人自成一個國家，想想看他們的酋長會是個多悍多野的傢伙！住在離這條公路幾公里開外的人，一定還要更野和更奇怪，因爲，住在泛美公路邊邊上的人，最少還部分接觸過文明世界。你們注意到這小女孩額上的汗沒有？」狄恩臉帶痛苦表情地指了指，「那和你我有過的汗都不同，它是油油的，而且打她出生以來就在她額上，因爲這裡一年到頭都很炎熱，她從不知道何謂沒有汗，她是與汗一起生、一起死的。」小女孩額上的汗很厚，凝滯不動，像一層橄欖油一樣泛著光。「想想看這會對他們的靈魂帶來什麼樣的影響，想想看這會造成他們的價值觀、期盼和嚮往多麼不同於我們！」接下來的路途，狄恩以十公里的時速駕駛，他嘴巴張得大大的，歇斯底里地打量路上看得到的每一個人。

愈往上爬，空氣變得愈涼快。有一群頭上肩上都披著圍巾的印第安女孩拚老命向我們揮手，我們把車子停下以後，才知道她們原來想向我們兜售小塊的水晶。她們瞪著褐色大眼看我們的神情是那麼的無邪，以致我們當中，沒有一個人會把她們和性方面的事情聯想在一起。再說，她們還非常小，有些只有十一歲（但看起來卻像三十歲）。「注意看她們的眼睛！」狄恩激動地說，她們的眼睛，就像還是小女孩時候的聖母瑪利亞，從中，你可以看見耶穌那種溫柔和寬恕的目光，毫不膽怯地瞪著我們看，我們難以置信地揉了揉眼睛。不過，一旦開始說起話來，她們的樣子就變得有點痴狂，甚至有點蠢，她們只有在無言的時候才是她們自己。「她們會兜售這些水晶，應該還是前不久的事，因爲這條高速公路十年前才開通，這之前，這一帶的人一定都是不說話的！」

女孩們圍著車子興奮地吱吱喳喳，其中一個眼神特別深情的小女孩抓住狄恩汗淋淋的手臂，用印第安話對他不知咕嚕些什麼。「好好好，親愛的。」狄恩以輕柔、近乎憂傷的聲調回答說。他下了車，打開後行李廂，從破行李箱裡找出一個腕錶來，他把錶拿到那女孩面前，她高興得啜泣了起來，其他女孩都驚訝地圍上前來。之後，狄恩伸手到那女孩手中，挑了一顆不比草莓大的水晶。（他說：「這顆最美、最清、最小的水晶，是她特別爲我從山裡撿來的。」）然後，他把吊在手上的腕錶遞給了她，女孩們的嘴巴都張大得像唱詩班的小孩，她們紛紛撫摸狄恩，向他千恩萬謝。狄恩站在這群女孩中間，翹首仰望著下一個山口（也是最高和最後的一個山口），樣子就像是個爲她們而降臨的先知。我們回到車上，重新出發，但她們卻不捨得讓我們離開，我們一面開，她們一面在後面追趕和揮手，直到我們轉過一個彎以後，才失去她們的身影，不過我們知道，她們一定還在後面追趕著。「眞令人心碎啊！」狄恩捶胸說，「她們能保持這種忠誠和神奇多久呢？什麼事將會發生在她們身上？如果我們放慢車速，她們會跟我們一路跟到墨西哥市去嗎？」

「一定會。」我說。我很肯定。

我們開到了東馬德雷山脈令人暈眩的高度，香蕉樹在陽光中閃耀著金光，大片大片的霧從築在懸崖邊的石牆後面升起。往下看，蜿蜒在叢林間的莫克特蘇馬河就像一根繡在綠色草席上的金絲線。在這世界屋脊上，我們駛過一個又一個十字路口小鎮，披著大披巾的印第安人紛紛從帽簷下面打量我們。這裡的生活沉重、黯黑而古老，他們用鷹隼般的眼睛看著駕駛座上又嚴肅又瘋癲的狄恩，他們全都向我們伸出雙手。他們是從更偏遠和更高的山上移居到這裡來的，以爲可以從這些文明人那裡討到些什麼，而做夢都沒有想到過，文明生活是如何的破碎、可悲和虛幻。有朝一日，炸彈將會把我們所有的橋梁和道路炸成瓦礫，屆時，我們將會像他們一樣貧窮，像他們一樣要伸出乞討的雙手，我們的破福特、三〇年代的老爺福特，格格響地在人群之間穿過，只留下一片灰塵。

我們快要進入最後一個高原了。太陽是金色的，天空湛藍，偶爾會有一陣風沙吹過，狄恩在睡覺，開車的人是史丹。前頭出現了一些牧羊人，每人都身穿有皺褶的長袍，女的人手一卷金色亞麻布，男的都拄著木杖。沙漠上陽光閃爍，牧羊人全聚在大樹下遮陰，羊群則在太陽下面跑來跑去，揚起莽莽灰塵。「老兄，醒醒，」我喊狄恩，「快起來看看牧羊人，看看耶穌所來自的那個金色世界！」

狄恩抬起頭，望了車窗外被落日餘暉所籠罩的世界一眼，就又倒下來睡覺，睡醒後他把剛才看到的每個細節向我描述了一遍，又說：「老哥，剛才多虧你把我叫醒。主耶穌啊，那樣感人的景色，你叫我要怎麼辦！」他揉著肚子，用一雙布滿血絲的眼睛望向天空，一副幾乎要掉淚的樣子。

旅程的終點站愈來愈逼近，大片大片的田野在我們兩邊展開，天空上玫瑰色的雲朵又大又低。「看看墨西哥市的薄暮！」我們辦到了，我們在一個下午從丹佛的一個院子出發，走了三千公里的路，來到這個《聖經》般的地方，終點在望了。

「我們該把身上的蝨血T恤換掉了嗎？」

「不，我們把T恤穿到城裡去，管他娘的。」

通過一條短促的山口後，我們就到了一個可以俯瞰到墨西哥市的所在。整座墨西哥市，連同它的火山口，連同它噴出的城市煙霧，全都盡收眼底。我們火速驅車而下，取道叛軍大道，直奔位於雷福馬大道的市中心區。小孩子在一些面積廣大的荒地上踢足球，揚起陣陣塵埃，計程車司機把車靠過來和我們搭訕，看看我們是不是想找女人。不，我們現在不想找女人。一些長條形的、房屋參差的貧民區在平原上延伸，在貧民區幽暗的小巷子裡，可以看到一些寂寞的人物。沒多久，夜幕就降臨了。整個城市一片喧鬧，我們穿行於咖啡座、劇院與五光十色的燈光中，報童向我們叫賣。一些赤腳、拿著扳手和碎布的修理工無精打采從我們身邊走過，墨西哥的汽車都是不裝消音器的，喇叭聲此起彼落，吵鬧的程度簡直難以想像。這裡的人開起車來毫無交通規則可言，車子從我們四方八面出現，開車的，都是些赤腳的印第安駕駛。不過，狄恩很快就習慣了這裡的交通，開起車來和印第安人沒兩樣。「橫開豎開都可以，這眞是我夢寐以求的交通！」這時，一輛救護車奔馳而過。美國的救護車趕路時都會鳴笛示警，但這裡的救護車卻不興這一套，只管以一百二十公里的時速向前衝，不會爲任何人、任何情況慢下來，每個人都得快快靠兩邊閃，自求多福。儘管墨西哥市中心區的交通擁擠不堪，但我們眼前的救護車卻如入無人之境，一下子就絕塵而去。開救護車的，當然也是印第安人。這裡的公車幾乎是不停站的，就算你是老婦人，不用跑的休想搭得上公車。我們眼看著一個個年輕的生意人，先是小跑步追趕公車，繼而像運動選手一樣，一躍而上。公車司機全都赤腳，穿著T恤，面露怪笑，一副神經神經的樣子，駕駛座的位置很低矮，方向盤則很巨大，車廂內的燈光是褐色和淡綠色的，長凳上坐著一張張陰沉的臉。

　　市中心區有數以千計的時尚一族，他們戴著大草帽，穿著長翻領的夾克，赤著胸，在大街上逛來逛去。有些人在巷子裡賣耶穌受難像，有些人在棚屋裡看墨西哥的滑稽歌舞雜劇，有些人則在破落的神龕裡跪地禱告。有些巷子碎石滿布，穿過一個小門，你就可以進到一間依附在土磚建築牆上、只有儲藏室大小的酒吧，要進去的話，你得先跳過一條水溝。出來的時候，你背貼著牆移動，就可以回到大街上。在這些小酒吧裡，你可以買到摻了蘭姆酒與肉豆蔻的咖啡，到處都轟鳴著曼波音樂。數以百計的妓女像列隊一樣，沿著昏暗狹窄的街道站立，我們經過的時候，她們都用一雙愁苦的眼睛打量我們，我們有如遊蕩在一個夢裡。只花了四十八墨分，我們就在一家名字古怪的墨西哥餐館裡吃到上好的牛排。餐館裡有老中青三代木琴師，站在一個巨大的木琴前面，爲我們演奏。除此以外，還有一些彈唱的吉他手和一個站在角落吹小喇叭的老頭兒，在一些傳出酸臭味的龍舌蘭酒館裡，你可以用兩墨分，買到一杯仙人掌汁，街道上的熱鬧，整晚都沒有停歇過。乞丐裹著從籬笆上撕下的廣告海報，躺在地上睡覺，一家家人坐在人行道上，吹奏小橫笛和咯咯笑。整個墨西哥市就是一個巨大的波西米亞營地。在很多街角，都有賣墨式捲餅的老婦人，她們從煮熟的牛頭上切下肉塊，包在墨式捲餅裡，澆上熱醬汁，然後用報紙包裹，交給顧客。這是最後一個無拘無束的費勒人之城，最後一個孩提般的城市，而我們早就料到，在旅途的盡頭，會找到一個像這樣的地方。狄恩兩手垂在身旁，嘴巴張得大大，兩眼閃著光芒。我們一直逛一直逛，黎明時，我們在一處田畝遇到一個戴草帽的小孩，他和我們聊天談笑，又想找我們玩躲貓貓的遊戲，在墨西哥市這裡，樂趣是沒完沒了的。

到墨西哥市不久，我就病倒了，是痢疾。我發著高燒，神志不清，囈語連連。病榻上的我，只感到一片漆黑和天旋地轉。但我仍然知道，我躺在一張離海平面兩千五百公尺高的床上，躺在地球的屋頂上，也知道，我在我身上這副由原子所構成的臭皮囊裡，不只活了這一輩子，也活了好幾輩子。我做著各式各樣的怪夢，當狄恩從桌子邊探頭看我，告訴我他正準備要離開墨西哥市的時候，是我生病好幾天之後的事。「什麼事，老哥？」我呻吟著問。

「可憐的索爾，你病了，史丹會照顧好你的。現在你仔細聽我說——假使你聽得見的話。我已經辦妥跟卡蜜兒的離婚手續，所以必須馬上回紐約找伊麗莎去，但願我的破福特撐得到紐約。」

「什麼，你又要重來一遍？」我驚呼。

「對，我又要重來一遍，老友。我要回到原來的生活去，但願我能夠留在這裡陪你。也祈求上蒼保佑我能再回來。」我抱著絞痛的肚子哀號，當狄恩再一次出現在我上方的時候，手裡已提著他那破行李箱。我已經不認得他是誰了，他也意識到這一點，帶著同情的眼神幫我把被子拉到肩膀上。「嗯，我得走了，再見了，可憐的索爾。」說罷就走了。我在高燒中折騰了十二小時後，才徹底明白到狄恩已經離開的事實。當時的他，正在一個人沿著那些長滿香蕉的山脈往回走，不過這一次是在夜晚。

等我病好一點，意識慢慢恢復以後，我開始認清狄恩這個人有多寡情薄義，他竟然在我輾轉病榻，在我最需要他的時候，不顧而去，返回一眾老婆身邊。不過，我隨即想起他那錯綜得不能再錯綜的身世背景。「好吧，狄恩，我不怪你。」我對自己說。

譯註

①位於維吉尼亞州北部，西距華盛頓一百二十公里。

②指湯馬斯．傑克遜（Thomas Jonathan Jackson；1824-1863），美國南北戰爭中南軍的著名將領，「石壁」爲其綽號，後戰死沙場。

③俄亥俄州西南部城市。

④堪薩斯州中東部城市。

⑤他身上穿的，是監獄爲出獄犯人準備的西裝。

⑥賈利．古柏（1901-1961）：美國電影明星，拍過《日正當中》（*High Noon*）、《黃昏之戀》（*Love in the Afternoon*）等九十多部電影。

⑦高康大（Gargantua）：中世紀作家拉伯雷《巨人傳》（*La vie de Gargantua et de Fantagruel*）中的主角，是個大巨人。

⑧漫畫《寄宿公寓》中的搞笑人物。

⑨居勒斯比（Dizzy Gillespie）：美國小號演奏家，咆勃爵士樂的創始者之一。

⑩英語中的粗話不見得一定是用來罵人，很多時候有口頭禪或發抒情緒的功能。

⑪美國最接近墨西哥的一個城鎮。

⑫亞特蘭提斯：傳說中大西洋上一個物產豐饒的島嶼，後因地震沉沒於海底之下。這裡不是實指。

⑬沙卡塔卡（Zacatecas）：墨西哥中北部一州。「沙卡塔卡人傑克」並非實指。

⑭芒通（Menton）：法國地中海沿岸城鎮。

⑮ 密史脫拉風（mistral）：地中海北岸一種乾冷的西北或北風。這裡不是實指。

⑯ 狄恩丹佛撞球室的死黨之一，也是個瘸腿的人。

⑰ 美國的度量衡單位使用的是英制，本書大部分公制數字，乃譯者爲方便讀者理解而轉換，非其原來如此。

⑱ 費勒人（Fellahin）原指埃及農民，作者何以用費勒人來指稱印第安人，不得而知。不過，作者這裡所說的費勒人或費勒印第安人顯然並非實指，而是借指過著初民生活的人們。

⑲ 一種著名的哈瓦那雪茄。

⑳ 美國總統，杜魯門的前任。

THE
BEAT
GENERATION

第五部

1

回程途中，狄恩又到格列高里亞找了維克托一趟。破福特一直撐到路易斯安那州的查爾斯湖才壽終正寢，整個行李廂垮了下來——這件事原屬狄恩意料之中。他打電報向伊麗莎要了機票錢，一回到紐約，就立刻和她辦理結婚手續。不過就在同一晚，他大汗淋漓地對伊麗莎說了一堆莫名其妙的理由以後，就跳上一輛巴士，再一次橫越美國大地，到舊金山去找卡蜜兒與兩個小女娃。換言之，狄恩現在離過兩次婚、結過三次婚，正在跟第二任太太同居。

我在秋天隻身離開墨西哥市。途經德州的迪里（Dilley）那個晚上（一過拉雷多就是迪里），我站在一盞撲滿夏天飛蛾的弧型路燈下面攔車，卻聽見黑暗中傳來沉重的腳步聲。一個揹著大袋子、白髮蓬亂的老頭，慢慢向著我走來。經過我身邊時，他說：「去爲所有的人哀悼吧！」說完，就又沒入黑暗中。這是不是表示，我應該從此徒步走遍全美國的黑暗街道，進行一場朝聖之旅呢？幾經艱苦，我終於回到了紐約。有一個晚上，我站在曼哈頓一條黑暗的街道上，舉頭向一個窗戶呼喊。這裡住了我一些朋友，我想，今晚這裡搞不好會有個派對。不過，探頭出來的卻是一個我不認識的漂亮女孩。她問：「欸，你是誰？」

「索爾．帕拉代斯。」我說。我聽到我的名字迴響在空蕩蕩的街上。

「上來吧，」她喊道，「我正在煮熱巧克力。」於是我就上樓去。出現在我眼前的這個女孩，有著一雙最純淨無邪的美目，而那正是我尋尋覓覓了許久許久的，我們迅速墜入愛河，並發誓相愛不渝。到了冬天，我們計畫移居舊金山，並計畫存錢買一輛中古小貨車，好把所有破家具和舊家當載到舊金山去。我寫信告訴狄恩這件事，他回了我一封一萬八千字、洋洋灑灑的長信，信中鉅細靡遺述說了他年輕時代在丹佛的種種，又說他會前來紐約，幫我挑車，並充當司機。我們計畫用六星期來存錢買車，於是就開始工作，並省吃儉用，盡可能省下一分一毫。不過，狄恩卻一陣風似的來到了紐約，比我們預期的早了足足五星期半，當時我們誰都沒有錢實踐買車的計畫。

那天晚上，我才在午夜的街頭散了個步，並一心想回家後要把散步時得到的一些想法告訴蘿拉，她站在昏暗的屋子裡，面露古怪的笑容。我才說上沒兩三句話，就意識到屋裡安靜得有點不尋常。我左顧右盼，赫然看到收音機上放著一本被翻得破破爛爛的書，我一望而知那是狄恩每天下午的精神食糧普魯斯特①。就像是身在夢境中似的，我看見狄恩從昏暗的走廊緩緩現身，腳上只穿著襪子。他單起一隻腳，兩手像小鳥振翅一樣上下擺動，笑著，向我跳過來，一面跳一面說：「欸，欸，我說的話你們務必要仔細聽好。」我們全神貫注，準備洗耳恭聽。但他卻忘了自己想說什麼，猶豫了一下以後才說：「瞧，親愛的索爾，可愛的蘿拉，我來了……等一等——」他凝神靜氣，兩隻眼睛瞪著自己雙手看，彷彿在聆聽什麼。「你們聽聽！」原來他在傾聽的，是夜的聲音。「你說這聲音棒不棒？」狄恩輕聲地說，「看到沒，我們根本沒有說話的必要嘛。再聽聽。」

「但你爲什麼要這麼快來呢？」

「呃？」他像看著陌生人一樣看著我，「爲什麼要這麼快來？對，眞的很快。理由很簡單，理由是……我不知道，我是用我的鐵路通行證來的。坐貨車守車②，還有硬板座的火車，從德州出發，一路吹橫笛和小鵝笛③吹到這裡。」他拿出一根新的木製橫笛來，吹了幾個高音，一雙穿著襪子的腳則隨著音符上蹦下跳了幾下。「看到沒？」他說，「索爾，我有太多的話要跟你說了，我的小腦袋裡裝入了太多的事情了。橫越美國的沿路上，我不但都在讀可愛的普魯斯特，而且還挖了一大堆人事物。單談這些，就三天三夜都不夠，更何況，我們還有墨西哥的往事要談呢——不過，我們根本沒有說話的必要。這個時候，無聲勝有聲，你說對不對？」

「好吧，我們不要說話就是。」我說。但接下來，狄恩又開始談起他在洛杉磯和一家人用餐的種種——這家人長相如何，吃些什麼，家裡的家具陳設如何，他們有哪些思想、興趣，鉅細靡遺，足足談了三小時。最後他下結論說：「你們知道嗎，其實這還不是我最最想告訴你們的事。我最想說的，是發生在那以後的事情：我怎樣和火車上一些小夥子玩撲克——用我那副春宮撲克——贏了他們的錢，怎樣應一些水手的要求，爲他們吹奏小鵝笛。索爾，你知道嗎，我坐了五天五夜的火車，爲的就是來看你。」

「卡蜜兒怎麼說？」

「我當然是得到她允許才來的。她在舊金山等著我，我們會廝守一輩子了……」

「那你又要怎樣安置伊麗莎？」

「這個……這個嘛……我希望她和我一起回舊金山，住在城市的另一頭。你不覺得這是個好主意嗎？我爲什麼要來，我自己也說不上來。」頓了一下之後，他又如夢初醒地說：「我來，當然是爲了看你和可愛的蘿拉，不然還爲了什麼？我愛你一如往昔。」狄恩在紐約停留了三晚，之後，就再一次靠著他的鐵路通行證，坐了五天五夜的行李車廂，返回西部去。我們還沒存夠錢買小貨車，自然無法跟他一道走。他在紐約期間見過伊麗莎，儘管他指天誓日，百般解釋，但還是被轟了出來。卡蜜兒寄來一封給狄恩的信，裡面提到了我：「看著你提著包包走過鐵軌時，我心如刀割，我禱告又禱告，祈求老天讓你平安回來。……我衷心歡迎索爾和他女朋友來舊金山，和我們住在同一條街上。……我知道你一定能平安回來，但我仍忍不住要擔心。我們母女三人已作出了決定……親愛的狄恩，這個世紀已過去了一半，我們帶著愛與吻歡迎你回來，和我們共度另一半，我們全都盼著你回來。（簽名）卡蜜兒、艾咪暨小珍妮。」看來，狄恩最終會選擇的，還是他最堅持、最痛苦和最廣爲人知的太太卡蜜兒。我爲他向上帝獻上感謝。

我最後一次見他，是在一個憂傷而奇怪的情境。雷米來了紐約，之前他隨一艘貨輪出海，周遊了世界好幾圈。我介紹他與狄恩認識，但狄恩的態度很冷淡，雷米掉頭就走。雷米弄到了幾張艾靈頓公爵在大都會劇院舉行的演奏會的入場券，堅邀我和蘿拉跟他和他女友一道前往。他變得肥胖而憂鬱，但仍然是個熱情而講究禮數的紳士，所以，舉行演奏會那個晚上，他特地拜託他常下注那家地下投注站的組頭，開一輛「凱迪拉克」來接我們。那是個凜冽的冬冷。我們上了「凱迪拉克」，準備好要出發，狄恩手提著包包，站在車窗外，和我話別。他正準備要到火車站去。

「再見，狄恩，」我說，「我眞希望不用去聽演奏會，可以陪你到火車站。」

「你看我能不能坐你們的車子到第四街？」他輕聲對我說，「我希望能盡量和你多相處一點時間，況且，紐約的街頭現在又冷得見鬼……」我徵求雷米的同意，但雷米不願意，他喜歡我，但不喜歡我的白痴朋友，我不想勉強他。我一九四七年在舊金山的阿佛列餐廳已經傷過他一次，不想歷史重演。

「絕對沒商量。」雷米講得斬釘截鐵。爲了今晚的盛會，他打了一條特製的領帶，上面畫著演奏會入場券的圖案，寫著我、蘿拉、他和維姬（他的妞兒）四個人的名字，還寫滿各種刻薄的笑話和他最愛講的一些名言警句（當然少不了那句「你甭想教老樂師新曲子」）。

爲我們開車那個組頭也不願意和狄恩發生任何瓜葛。所以，狄恩只好一個人徒步走了，我唯一可做的，是透過後玻璃窗，不停向他揮手道別。狄恩穿著一件破舊大衣，踽踽而行。走到轉入第七大道的十字路口時，他停了一下，就消失不見了，蘿拉看著孤零零遠去的狄恩，心有不忍，幾乎要哭出來（我告訴過她所有關於狄恩的事）。「怎麼可以就這樣丟下他不管？不可以，不可以，不可以。」她說。

狄恩畢竟已經走了，現在說什麼都無濟於事。我強作鎮定地大聲說：「他照顧得了自己，不用爲他擔心。」整場演奏會我都心不在焉，一心只想著狄恩，想著他風塵僕僕坐在火車再一次橫越美國大地的樣子，想著是什麼動機——除了看我以外——驅使他往紐約跑。

夕陽再一次西下。我坐在一個破舊的木碼頭上，仰望遠處紐澤西長長、長長的天空。在那後面，有一片巨大無朋的土地，正滾滾向遙遠的西岸敞開。我感覺得到每一條通向那裡的道路，感覺得到每一個在那龐然土地上逐著夢的人。愛荷華的小孩此時想必正在屋外哭泣，不過，等晚上星星統統出來，他們的哭聲就會停止——你不知道上帝就是小熊維尼嗎④？昏星正慢慢沉落，把它最後的微光遍灑整個大草原，繼而，黑夜就會完全擁抱大地，將所有河流、丘陵、山峰，最後是海濱，隱入它的黑毯子之中。屆時，沒有兩個人會知道彼此經歷著些什麼，唯一知道的，是彼此又老了一些些。我惦掛著狄恩，甚至惦掛著他那個我素未謀面的老頭子。我惦掛著狄恩。

譯註

① 普魯斯特（Proust）：法國作家。這裡指的可能是他的小說《追憶逝水年華》（*À la recherche du temps perdu*）。

② 貨運火車上供列車員工作起居用的一節車廂，通常掛在列車的最末端。

③ 豎笛類梨狀小型管樂器，音質與豎笛相仿。

④ 小熊維尼（Pooh Bear）：迪士尼卡通中的角色。

OPEN 精選

旅途上

公路文學的經典創始作

On The Road

作　　者　傑克．凱魯亞克（Jack Kerouac）
譯　　者　梁永安
發 行 人　王春申
選書顧問　陳建守、黃國珍
總 編 輯　王春申
責任編輯　陳靜惠
封面設計　吳倚菁
內頁設計　洪志杰
內頁排版　吳真儀
業　　務　王建棠
資訊行銷　劉艾琳
出版發行　臺灣商務印書館股份有限公司
23141 新北市新店區民權路 108-3 號 5 樓（同門市地址）
電話：（02）8667-3712　傳真：（02）8667-3709
讀者服務專線：0800056196　郵政劃撥：0000165-1
E-mail：ecptw@cptw.com.tw　官方網站：www.cptw.com.tw
Facebook：facebook.com/ecptw

局版北市業字第 993 號
二版：2025 年 8 月
印刷廠：鴻霖印刷傳媒股份有限公司
定價：新臺幣 520 元

法律顧問：何一芃律師事務所

國家圖書館出版品預行編目（CIP）資料

旅途上：公路文學的經典創始作 / 傑克.凱魯亞克 (Jack Kerouac) 著；梁永安譯. -- 二版. -- 新北市：臺灣商務印書館股份有限公司, 2025.08
472 面；17×22 公分. -- (OPEN 精選)
譯自：On the road
ISBN 978-957-05-3635-5(平裝)

874.57　　114009210